DAVID
HEWSON

LA DIVINA PROPORCIÓN

DAVID HEWSON

LA DIVINA PROPORCIÓN

Traducción de Ana Robleda

nausícaä

MURCIA

1.ª edición Nausícaä abril del 2007
Azarbe del Papel, 16 · 30007 Murcia
www.nausicaa.es
www.nausicaaedicion.com

Título original: *The Sacred Cut*

ISBN: 978-84-96633-27-8
DEPÓSITO LEGAL: B-23 149-2007

Impreso en España - Printed in Spain

Impreso por Romanyà-Valls, S.A. · Verdaguer, 1 · 08786 Capellades (Barcelona)

PRÓLOGO

HABÍAN TRANSCURRIDO YA nueve meses desde que huyó de Iraq con seiscientos dólares en el bolsillo y la certeza instintiva de saber lo que debía buscar: hombres que tuvieran camiones y barcos, que supieran llegar a aquellos lugares de los que sólo había oído hablar y que por un precio justo estuvieran dispuestos a hacer contrabando humano. En su casa no había dinero ni trabajo desde que los soldados de Sadam llegaron de Bagdad y se llevaron a su padre, y su madre y ella quedaron solas en la choza húmeda y fría que pasaba por ser granja, con sus cultivos raquíticos y amarillentos bajo la campana de humo de petróleo que procedente de los campos a las afueras de Kirkuk.

Se pasaba horas vigilando el camino polvoriento que llegaba hasta su puerta a la espera de ver llegar a su padre, preguntándose cuándo volvería a escuchar su voz fuerte y serena de adulto que aportaba esperanza y seguridad a sus vidas. Pero nunca volvió a escucharla y su madre fue perdiendo la razón poco a poco, al mismo ritmo que se iba desvaneciendo la esperanza. Permanecía horas sin fin sentada en la puerta de su casa, llorando. Dejó de ocuparse de todo, incluso después de un tiempo dejó de hablar.

A nadie le gustan los locos. Ni ellos ni las decisiones que imponen a los demás. Un día un pariente lejano llegó, las subió a un carro tirado por un viejo burro y después de muchas horas de viaje las dejó en la casa de una tía anciana que quedaba al otro lado de los penachos de humo, una casa que volvía a ser choza, sin dinero y con demasiadas bocas que alimentar. Su madre se sumió en un silencio hermético a partir de aquel momento. Pasaba horas abrazada a sí misma, balanceándose constantemente. Tampoco allí hablaban demasiado con ellas. A la escuela sólo la dejaban asistir de vez en cuando, ya que arrancarle fruto a aquella tierra reseca requería mucho trabajo. Entonces llegaron los soldados y la escuela se cerró. Ella vio llenarse las aulas de cajas de municiones y se preguntó cuándo podrían volver.

Pero sobre la vida de todos ellos pesaba, más extendida que la nube de humo del petróleo y más negra también, la amenaza de la guerra. Los hombres de la familia decían que ya había habido una, cuando ella era muy pequeña, pero que aquella iba a ser muy distinta. Aquella pondría por fin las cosas en su sitio. Los curdos quedarían libres para siempre en el territorio de un nuevo Iraq. Lo que decían era un montón de mentiras. O mentían, o no entendían nada. A veces los hombres pueden ser muy estúpidos.

En el mes de febrero los soldados ocuparon la granja. Eran iraquíes, y se comportaban del modo en que los soldados acostumbraban a hacerlo con los curdos: cuando querían comer, entraban en la casa y se llevaban lo que querían. Cuando era otra clase de apetito el que tenían, otra clase de servicio el que necesitaban, lo saciaban también. Estaba asustada. Estaba llena de una rabia interior demasiado real y demasiado violenta para poder compartirla con nadie. Quería escapar de aquel lugar, ir a otra parte, a donde fuera mientras quedara en Occidente, donde la vida era más fácil. No tenía sentido quedarse. Una mañana en que intentaron vender lo poco que producía la tierra en el pueblo más cercano, oyeron un rumor. Decía que los iraquíes mataban a los hombres curdos que se llevaban disparándoles como si fueran animales. Escuchar un horror así accionó un interruptor en su cabeza. Su padre estaba muerto. Nunca volvería a escuchar su voz de trueno. Entonces comprendió por qué su madre se había retirado a aquel infierno interior al que nadie podía seguirla.

Los días eran interminables. Cada vez era más peligroso viajar. Ella los pasaba sentada a la puerta de su frágil chozo escuchando las conversaciones a su alrededor, sobre la muerte, la guerra, la incertidumbre y siempre, siempre, la certeza de que habían de llegar más soldados: peshmurga, norteamericanos, británicos, hombres que ella sabía que iban a ser iguales que los iraquíes al mirarles a los ojos. Hablarían de otro modo, llevarían otros uniformes, pero eran sólo hombres que llevarían consigo la muerte y el caos, camaradas invisibles y espectrales a lomos de sus jeeps color arena.

Ocurrió en un día claro y frío del mes de abril. Los iraquíes habían ocupado una posición cerca de las aguas oscuras de la charca, junto a las calabazas enclenques y ennegrecidas por el humo del petróleo que se cultivaban al final del camino de su casa. Cinco hombres y un enorme cañón que apuntaba hacia el cielo. Eran peores que la mayoría: violentos, malhablados y peligrosos. Hombres asustados, y ella sabía por qué: porque tenían sólo un proyectil. Estaban allí, sentados en torno al cañón, dándole vueltas a cómo rendirse antes de que llegasen los americanos y los mataran.

A media tarde vio un avión feo y oscuro dar vueltas sobre la granja, como un viejo pájaro de metal que no supiera dónde posarse. No sintió nada, ni siquiera miedo por su propia seguridad, y se quedó ante la puerta del chozo sin hacer caso de los gritos que le ordenaban que se escondiera, viendo cómo el fuego nacía del vientre del pájaro negro, volaba por aquel hermoso cielo azul y acababa prendiendo en el cilindro erguido antes de que los iraquíes tuvieran siquiera oportunidad de disparar su único proyectil.

El impacto hizo que los soldados salieran gritando de su refugio de sacos de arena, con las llamas lamiendo sus cuerpos que se retorcían como los de los contorsionistas. Quiso ver más, quiso asegurarse de que aquel recuerdo se le grababa en la memoria porque era importante, así que salió y se escondió en el hediondo retrete exterior para mirar a través de las hojas de palma que hacían de pared y ver cómo bailaban y rodaban sobre la tierra.

Incluso en aquel momento, casi un año después de todo aquello, recordaba lo que pensó en aquel momento. La escena le recordó los payasos de circo que pasaban por su pueblo de tarde en tarde, cuando todavía vivía su padre. Uno de sus recuerdos más antiguos era el de estar en sus brazos viendo el espectáculo, ahogándose casi con la risa. Pero había algo perverso en su humor, algo cruel en el modo en que exageraban la estupidez y el dolor de la existencia para conseguir que la audiencia se divirtiera con su esperpento. Pensó en reírse de los soldados que intentaban salvarse de las llamas que les consumían. Había muchas razones para hacerlo. Los curdos odian a los iraquíes, los iraquíes odian a los curdos y ambos odian a los norteamericanos, de modo que el odio era el modo de definir el mundo, la razón última por la que la gente se reía en el circo: porque con aquel ejercicio conseguían hacer desaparecer el dolor aunque fuese sólo durante un rato.

Pero no tenía tiempo de hacerlo, de intentar encontrar consuelo en su agonía. Laila tenía que pensar en sí misma, convencida de que el odio era un lujo que tendría que dejar para más adelante. Allí, en aquel momento y en aquel lugar, tenía que estar la oportunidad de escapar, de huir de aquella tierra sedienta y agrietada donde ya no quedaba nada para nadie, ni amor, ni esperanza.

Cuando las llamas se apagaron, se acercó a los hombres. Estaban muertos. Eran trozos de carne encogida, chamuscada por el fuego que les habían escupido desde el cielo. Todos excepto uno, que se aferraba a la vida tenazmente, intentando respirar por la boca, con los labios agrietados, cada respiración un esfuerzo insoportable. No iba a durar mucho más, así que deslizó la mano dentro de su chaqueta, mirándole a aquellos ojos brillantes y asustados. El soldado murmuró algo, un insulto que ella ya conocía y en el que llamaban a los curdos raza de ladrones. Entonces encontró el sobre y él comenzó a gimotear como un niño.

Laila lo miró sorprendida, y dirigiéndose a él en árabe, ya que en la escuela desaparecida y cuyos libros habían sido sustituidos por cajas de munición, siempre había intentado aprender tantas lenguas como le fuera posible, le dijo con desprecio:

—Deberías acudir ante Dios como un hombre, y no como un niño.

Luego le quitó todo lo que pudo: documentos, monedas, un bolígrafo, un reloj, convenciéndose de que a un muerto todo aquello no le sería de ningún provecho y que el mundo en el que vivía no podía condenar un robo insignificante como aquel.

Debía ser rico. A lo mejor era miembro del partido. Tenía casi mil quinientos dólares en billetes de distintos países. Cuando revisó los otros cadáveres, separando con cuidado los uniformes chamuscados de la carne, encontró más. Algunos estaban algo quemados, pero eran dólares, la moneda mágica, la moneda con que se podía comprar todo con tan sólo enseñarlo. A un funcionario de fronteras, por ejemplo, o al anciano de algún pueblo, y siempre había uno que sabía cómo salir hacia occidente, donde vivían los ricos.

LE QUEDABAN TRESCIENTOS dólares cuando llegó a Estambul dos semanas más tarde. Era un lugar raro y hermoso, un lugar que la asustaba por como la miraba la gente cuando mendigaba en la calle.

La mayor parte del dinero se le acabó con la serie de camiones que tuvo que tomar para atravesar Grecia, la costa del Adriático, Albania, Montenegro y Croacia, dejando atrás un brillante mar de primavera y campos de verdor increíble con viñedos y hortalizas. Y edificios derruidos que estaban levantando de nuevo. Sabía algo de italiano. Era una de las lenguas europeas que enseñaban en la escuela simplemente porque era de la única que tenían libros. Le gustaba mucho su sonoridad y las fotografías que veía en sus páginas de una ciudad lejana en la que las calles y las plazas tenían unos nombres y unos edificios preciosos.

La gente de la costa sabía italiano. Era una de las lenguas de occidente que merecía la pena comprender con la esperanza de que su buena fortuna pudiera alcanzarles algún día. Habló con alguno de ellos, comprendió los gestos y las miradas de los hombres más mayores. Allí también habían tenido una guerra.

Le dio sus últimos cien dólares a un corpulento alemán que le pasó la frontera italiana por Trieste y la dejó, dos días más tarde y sin un céntimo, a las afueras de Roma.

Pero el dinero no bastó. Un día de aquel viaje, no podría decir cuál porque no le pareció importante llevar cuenta del tiempo, había cumplido trece años. Sabía cómo complacer a los hombres e intentaba convencerse de que era fácil si mientras pensaba en otra cosa: en las amapolas cabeceando entre los trigos amarillos, en el pan cociéndose en el horno de leña, en las fotos de esa ciudad desconocida que ya quedaba sólo a unos cuantos kilómetros de distancia, con sus preciosos edificios, su riqueza y una promesa de seguridad y felicidad. O en el sonido de la voz de su padre, cantando mientras trabajaba en el campo. Ese era el recuerdo más preciado de todos, el único que rezaba porque no desapareciera jamás.

Y cuando todo terminó y el tipo la dejó en una zona de los suburbios, un lugar de calles oscuras y amenazadoras, nada que ver con la Roma que ella se había imaginado, tomó una decisión: robar sería siempre mejor que aquello. Robando podría conservar algo de dignidad. Robar le permitiría sobrevivir hasta... ¿hasta cuándo?

AQUEL DÍA CÁLIDO de principios de verano no había podido contestar esa pregunta, y ya en diciembre, cuando una nevada inesperada hacía tiritar a la ciudad, seguía sin encontrarle respuesta. Cada amanecer daba comienzo la batalla en la que las armas eran siempre las mismas: buen ojo y manos rápidas. Las organizaciones caritativas la habían echado por robar, y la gente de la calle no la aceptaba porque se negaba a hacer lo que ellos: vender droga o venderse a sí mismos. Todo un mundo la separaba de un hogar que ya no existía, sola como estaba en una plaza vacía en el corazón de Roma, ante algo que parecía un templo y que debía ser casi tan antiguo como los que había visto en aquel lugar que cada vez le costaba más seguir considerando su hogar.

Había seguido a aquel hombre desde una de las calles cercanas a la Plaza de España. Le había visto salir de la puerta contigua a una tienda de Gucci y había decidido seguirlo, lo cual no había sido tarea fácil. También él parecía irse ocultando. De pronto lo perdió, y al llegar a una esquina se encontró en aquella plaza, ante aquel templo que parecía una especie de santuario, con unas enormes puertas cerradas a cal y canto para protegerse de la tormenta.

Un santuario podía estar calentito. Y podía tener algo que robar.

Caminó junto a la fachada del edificio, a la sombra de sus pilares gigantes con curiosas inscripciones, hasta llegar a una estrecha puerta lateral someramente iluminada.

Estaba entreabierta. La nieve se arremolinaba en torno a ella haciéndola parecer un fantasma en el ojo de una tormenta. Entró. Había un vestíbulo pequeño y moderno que conducía a un interior oscuro y airoso en el que se oían voces. La de un hombre y la de una mujer, norteamericanos seguramente, que hacían ruidos que no podía identificar.

Tenía frío y sentía curiosidad de modo que avanzó en las sombras, aturdida por el tamaño y la majestuosidad del edificio, hasta situarse tras una columna de fuste acanalado. Sus ojos tardaron un instante en adaptarse a la luz de la luna que entraba por un enorme y redondo agujero situado en el techo y que bañaba la escena que se desarrollaba en el centro.

Cerca, en un banco, el hombre había dejado su abrigo y su chaqueta. Parecían de buena calidad. Seguramente encontraría dinero en sus bolsillos, lo bastante para ir tirando hasta que desapareciera la nieve.

Él y la mujer estaban a cierta distancia. La ropa de ella estaba tirada sobre los dibujos geométricos del suelo y se había tumbado desnuda justo en el centro, inmóvil, los brazos y las piernas extendidas y dispuestas de un modo artificial y extraño, como si cada miembro formase un ángulo invisible con los muros circulares del edificio.

No estaba bien quedarse allí a mirar. Laila lo sabía, pero su deseo de saber lo que estaba ocurriendo ante sus ojos en el corazón helado de aquel extraño lugar era superior a ella. Creía haberlo visto ya todo en Iraq hasta que, de pronto, la luz de la luna brilló sobre algo, algo afilado, plateado y aterrador, una línea delgada de metal quirúrgico que se cernía sobre la figura del suelo. Entonces supo que se equivocaba.

MERCOLEDÌ

LOS DOS POLICÍAS de paisano se habían refugiado en la entrada de una farmacia cerrada en la Vía del Corso, y no dejaban de temblar. Incluso les castañeteaban los dientes. Estaban observando a Mauro Sandri, un fotógrafo regordete que había venido de Milán, que manipulaba las dos enormes Nikon SLR que llevaba colgadas al cuello. A cinco días de la fiesta de Navidad, Roma iba a disfrutar por una vez de la nieve, pero de un manto de nieve de verdad, de esos en los que se te hunden los pies con un crujido y que únicamente suelen verse en la tele cuando alguna tormenta ahoga a esos pobres desgraciados del norte.

Caía del cielo negro como un velo perfecto y sedoso, y los gruesos copos describían volutas en el aire en torno a las luces de alegres colores que adornaban la calle, antes de abrazarlas con su blanca delicadeza. Sobre las aceras ya se había acumulado una cantidad suficiente para que se hundieran los zapatos, a pesar de la multitud que una hora antes recorría aún el Corso haciendo compras de última hora.

Nic Costa y Gianni Peroni habían leído el pronóstico del tiempo antes de entrar de servicio aquella noche, y ya casi no recordaban el significado de las palabras *alerta meteorológica*. A lo mejor hacía referencia a inundaciones, o a esos vendavales que arrancaban las tejas más viejas de los tejados del centro histórico o del laberinto de calles del barrio renacentista, que era donde trabajaban la mayor parte del tiempo. Pero aquella vez era distinto. El hombre del tiempo había dicho que iba a nevar copiosamente, más de lo que lo había hecho en los últimos veinte años, desde el temporal de 1985, y que la nieve duraría al menos una semana más que en aquella ocasión, con temperaturas que registrarían mínimos históricos. Quizás fuera efecto del calentamiento global, o simplemente un jugarreta del tiempo, pero en cualquier caso los dos millones y pico de personas que vivían en la *Comune di Roma* iban a padecer un temporal de mil demonios, lo que resultaba inquietante y seductor a un tiempo. La ciudad se preparaba para sus primeras Navidades blancas en lo que alcanzaba la memoria y sus consecuencias ya empezaban a notarse. La gente se escaqueaba de los trabajos aduciendo, por ejemplo, haber pillado el virus que campaba a sus anchas por la ciudad y que daba un tremendo dolor de garganta, o no poder coger el autobús de las afueras porque, aun en el caso de que consiguieran llegar al trabajo estando como estaban las calles, cubiertas de hielo, ¿quién podía asegurarles que iba a haber servicio de vuelta por la tarde? La vida había empezado a ser, por primera vez, demasiado peligrosa para hacer otra cosa que no fuera quedarse en casa, o como mucho aventurarse a llegar al bar de la esquina para charlar, por supuesto, del tiempo.

Pero todos, libreros y dependientes, camareros y guías turísticos, curas y policías congelados, compartían en secreto el mismo pensamiento: *esto es maravilloso*. Porque, por una vez, la Navidad iba a ser sinónimo de vacaciones. Por una vez, el ascensor de la vida moderna iba a quedarse congelado y sus ocupantes podrían bajar, respirar hondo, cerrar los ojos y dormir un poco, todo ello rodeados por aquel manto de armiño que descendía sin cesar sobre todo ellos y que prestaba a las piedras negras de las calles desiertas su color de azúcar glass.

Peroni miró a su compañero y Costa le vio una expresión que ya había aprendido a reconocer y que significaba *mira y aprende*.

—Eh, Mauro —dijo el hombrón, acercándose a Sandri y pasándole un brazo como un tronco por los hombros—. Tienes los dedos congelados, esto está más oscuro que el sobaco de un grillo y aparte de la nieve, no hay nada más que ver. ¿Por qué no dejas un rato de hacer fotos? Debes tener ya por lo menos doscientas. ¿Qué te parece si nos vamos a algún sitio calentito? Hasta los tipos como tú pueden tomarse un *caffè correto* en una noche como ésta.

El fotógrafo se volvió a mirarlos con sus ojos de sapo. No parecía muy convencido e hizo un movimiento para desentumecer los hombros. Quizás para quitarse el frío, o para recuperar la sensibilidad después del apretón de Peroni.

—Es un descanso reglamentario, ¿no? Podría seguir haciendo fotos, ¿verdad?

La voz de Sandri era bastante chillona y con un acento del norte muy marcado, y tras oírle decir eso Nic agarró por el brazo a Peroni por si acaso el temperamento de su compañero se disparaba. El fotógrafo llevaba todo el mes acompañando a diferentes patrullas de la Questura. Era un tipo majo al que al parecer el gobierno le había concedido una especie de beca para crear un archivo en imágenes del trabajo de la comisaría. Había fotografiado a todo tipo de gente: policías de tráfico y forenses, a los lúnáticos de la morgue y a los abogados de oficio. Costa había visto parte de su trabajo, una serie de fotografías en blanco y negro de los celadores que trabajaban en las celdas de la comisaría, y no estaba mal. Era comprensible que los mirase a Peroni y a él con codicia profesional cada vez que se cruzaban por el pasillo. Mauro era fotógrafo. Su pensamiento funcionaba en términos visuales y poco más, y verle a él, delgado, pequeño, joven, como un atleta que acabara de dejar el tartán de las pistas, al lado de Peroni, un hombre corpulento que le sacaba más de veinte años y cuyo rostro desfigurado nadie podía olvidar, le hacía sentir un cosquilleo insoportable en el dedo índice con el que apretaba el disparador de su cámara.

Gianni también debía saberlo. Estaba acostumbrado a las miradas a hurtadillas, a la curiosidad que despertaba tanto su aspecto físico como su historia. Había ocupado durante años el cargo de inspector jefe de estupefacientes hasta que, hacía poco más o menos un año, había sido degradado por un único resbalón: saborear la mercancía que se suponía que estaba investigando. Le había movido a ello una razón personal que cierto tiempo después compartió con el compañero que pateaba las calles a su lado, pero eso no era óbice para que un hombre inteligente como Sandri, capaz de encontrar expresión incluso en el rostro maltrecho de Peroni, les hubiera elegido como tema del día. Lo mismo que también era inevitable que Gianni no estuviera por la labor.

—Podrás seguir disparando, Mauro —le dijo y vio que Peroni lo miraba frunciendo el ceño.

—Son sólo fotos, Gianni —le dijo en un aparte a su compañero—. ¿Sabes qué es lo mejor de las fotos?

—Ilústreme, profesor —murmuró Peroni mientras Sandri intentaba cargar con las manos entumecidas por el frío otro carrete en su Nikon.

—Que sólo muestran lo que hay en la superficie. El resto, lo pones tú. Tú eres quien escribe su historia. El principio y el fin. Es pura ficción fingiendo ser realidad.

Peroni asintió. Estaba raro. Algo le rondaba por la cabeza.

—Puede ser. Pero me gustaría que en esa ficción hubiera un *caffè corretto*, ¿vale?

Costa se tapó la boca con el guante para toser y golpeó el suelo con los pies. La verdad era que un café doble con un chorrito de grappa no debía estar mal, sobre todo en una noche como aquella, en la que todos los delincuentes de Roma, sin excepción, debía estar pensando en una cama caliente y nada más.

—Hecho.

La calle estaba desierta. Sólo un autobús de la línea 62 se aventuraba a circular a paso de tortuga por el centro intentando no patinar en el hielo.

Costa abandonó la protección de la puerta no sin antes subirse bien el cuello de su grueso abrigo negro, y protegiéndose los ojos con la mano echó a andar calle adelante, hacia la luz amarilla y distante que a duras penas se abría paso entre los copos y que debía iluminar la entrada del único bar abierto en toda Roma.

COMO SE IMAGINABA, sólo había tres clientes en el pequeño café que quedaba un poco más allá de la Galleria Doria Panphili, en una de las callejas del laberinto que en dirección oeste desembocaba en el Panteón y en la Piazza Navona. Estaban sentados al final del mostrador y en aquel momento Nic intentaba calmar a Peroni antes de que pudiera ocurrir algo desagradable. Mauro Sandri estaba sentado en un taburete a cierta distancia, encorvado, limpiando concienzudamente las lentes de sus malditas cámaras y sin tan siquiera probar el café cargado de licor al que Peroni le había invitado antes de que estallase la guerra.

Un tipo alto y esquelético que rondaba los cincuenta, con una chaquetilla blanca y sintética, bigotito y pelo gris peinado hacia atrás que debía ser el dueño del local, declaró después de mirarlos a los tres detenidamente:

—Si yo estuviera en su lugar, le pondría en su sitio, oficial. Para todo tiene que haber un límite. Hay lugares públicos y lugares privados, y si un hombre no puede tener paz y tranquilidad ni siquiera cuando va a mear y saca el aparato, ¿qué va a ser de este mundo? Eso es lo que me gustaría saber. Eso, y cuándo piensan ustedes largarse de aquí. Si no fueran policías, ya habría cerrado. No se puede pagar la hipoteca sirviendo tres cafés a la hora, y nadie más se va a sumar a la fiesta.

Tenía razón. Sólo habían visto a un par de personas en la calle y desde que habían entrado allí, ni siquiera eso. Todo era blanco al otro lado de la puerta. Cualquiera que tuviese dos dedos de frente estaría metido en casa y convencido de no poner un pie en la calle hasta que aquella tormenta cesara y un poco de sol descubriera el aspecto que tenía Roma tras una noche extraordinaria como aquella.

Gianni se había tomado el café tras añadirle un buen chorro de *grappa*, lo cual era poco habitual en él. Estaba encaramado en un taburete viejo e inestable diseñado para ser lo más incómodo posible a fin de que nadie permaneciera demasiado tiempo sentado en él y miraba sin pestañear las botellas que había al otro lado de la barra. No había sido Sandri y su estúpida cámara lo que había desencadenado aquello. De eso estaba seguro. Pero intentar sacar una foto de Peroni meando (una *vérité*, lo había llamado Sandri), era la gota que había colmado el vaso.

Aquella misma tarde, antes de que Sandri la liara con lo de la foto, ya habían hablado de ello. Costa le había preguntado si estaba bien y Peroni se lo había soltado todo sin que tuviera que insistir. Lo que de verdad le tenía cabreado era que por primera vez en la vida no iba a ver a sus hijos en Navidad.

—Voy a pedirle a Mauro que se disculpe —le decía Costa en aquel momento—. Sabes perfectamente que no lo ha hecho con ninguna intención, Gianni. Lo que pasa es que su vida entera se reduce a sacar fotografías.

Y a decir verdad, aquella podría haber sido una instantánea de las que hacen historia. Era fácil imaginarse una impresión en blanco y negro de grano grueso en la que apareciera el corpachón de Peroni medio encajado en el sucio retrete del bar, como si se tratara de la toma falsa de una película de los cincuenta rodada en París por Cartier-Bresson. Desde luego Sandri tenía ojo para elegir el momento. En parte era culpa suya porque cuando Peroni había salido a toda prisa para el aseo, él había visto encenderse la mirada de Sandri, y debería haberse imaginado lo que iba a pasar.

—Tengo comprados los regalos, Nic —se quejó Peroni, mirándole con sus ojillos de lechón y la culpa y el dolor desfigurando todavía más su cara—. ¿Cómo demonios voy a hacerlos llegar a Siena con este temporal? Después de todo lo que ha pasado, ¿qué van a pensar de mí?

—Llámales, que ellos también sabrán cómo está el tiempo y lo comprenderán.

—¿Tú crees? Se ve que sabes poco de críos.

Costa se encogió de hombros y quitó la mano que había puesto en el hombro de su compañero. Peroni tenía dos hijos: una chica de trece y un muchacho de once que para él seguían siendo niños. Precisamente ése era uno de los rasgos que más admiraba Costa en su compañero. La imagen que proyectaba al mundo era la de un matón duro y desfigurado, el hombre al que nadie querría encontrarse en un callejón oscuro. Pero eso era sólo fachada. En el fondo, Peroni era un hombre de familia a la antigua, honrado y decente, que por una vez en la vida había sucumbido a la tentación de traspasar la línea y había pagado por su error el precio más alto.

—Mierda... —suspiró Peroni—. Perodona. No quería pagarlo contigo. Ni contigo ni con Mauro.

—Vale, no pasa nada. Si hay algo que yo pueda hacer...

—¿Algo como qué?

—Es una forma de hablar, Gianni. Es el modo en que los amigos te dicen que no tienen ni idea de cómo ayudarte y que lo más probable es que nadie pueda hacerlo, pero que si fuera posible, lo harían.

Peroni dejó escapar una especie de chasquido que podía pasar por risa.

—Vale, vale. Me arrepiento de mis pecados. De unos más que de otros, eso sí —añadió con un desprecio que parecía dirigido hacia sí mismo, y miró al fotógrafo, que seguía ocupándose de sus cámaras—. Pero quiero esa película. No me da la gana que la foto de mi polla se cuelgue en el tablón de anuncios. A ese tío le han dicho que podía seguirnos y hacer fotos, pero no que podía meterse en el váter detrás de nosotros.

—Mauro dice que no se ve nada. Que ni siquiera se va a saber que eres tú. Y a lo mejor es una buena foto, Gianni. Piénsatelo.

—Es la foto de un tío meando, no la Mona Lisa.

Costa había intentado iniciarle en el arte, pero sin resultados. Peroni era un romántico convencido, con una idea de la belleza muy limitada. Quizás su tristeza tuviera que ver con otras cosas, aparte del hecho de verse separado de sus hijos. Sabía de la relación que mantenía desde hacía poco con Teresa

Lupo, la patóloga que trabajaba en la morgue de la policía. Se suponía que lo suyo era un secreto, pero pocos secretos conseguían serlo durante mucho tiempo en la Questura. Peroni salía con la simpática y rebelde Teresa, y era del dominio público. Cuando Costa se enteró, hacía ya un par de semanas, estuvo pensando en ello y llegó a la conclusión de que podían hacer buena pareja si Peroni era capaz de tragarse su sentido de culpa y si Teresa era capaz de darle un golpe de timón a su vida y mantenerla a flote durante el tiempo necesario para que las cosas pudieran funcionar, una vez pasado el arrebato inicial que era consustancial a cualquier relación antes de que llegase la rutina de la existencia diaria.

—Póngame un capuccino —le dijo al camarero—. Esta noche va a ser muy larga y muy fría.

—¡Son casi las doce, por Dios! —restalló el camarero—. ¿Qué es esto? ¿Un asilo para policías?

—Yo también quiero otro —dijo Sandri desde el otro extremo de la barra, apartando el *corretto* frío—. Sírvanos tres. Yo invito.

El fotógrafo se acercó y mirando a Peroni a los ojos, le puso el carrete en la mano.

—Lo siento —se disculpó—. De verdad. No debería haberlo hecho, pero es que...

Peroni esperó a que le diera una explicación, pero como ésta no llegaba, insistió:

—¿Pero es que qué?

—Que sabía que me dirías que no si te lo preguntaba. Lo siento, ¿vale? Ha estado mal. Pero tienes que comprender que si alguien como yo tuviera que pedir permiso para tomar una fotografía, apenas habría una sola instantánea en el mundo. Todas las fotos más conocidas, todas las importantes, las ha tomado un tío como yo con una cámara cuando nadie se daba cuenta. La improvisación. La rapidez. Este trabajo va de eso, de robarle momentos a la gente.

Peroni lo miró pensatvo.

—Se parece un poco al vuestro, ¿no?

El camarero sirvió los tres cafés sobre la barra derramando leche y espuma por todas partes.

—Esto es lo último que les sirvo —espetó—. ¿Podrían pagarme ya y largarse a buscar otro sitio en el que camuflarse? Me gustaría irme a la cama y meter en la hucha los siete euros y pico que he ganado esta noche. Mañana tengo que abrir esa puerta a las seis y media de la mañana, aunque estoy seguro que no va a entrar ni Dios.

Costa se había tomado sólo un sorbo de su café, bien caliente, con mucha leche y espuma, cuando la radio crepitó. Peroni le miró cabreado.

—Aviso de robo —dijo Costa tras escuchar el mensaje del centro de control—. En el Panteón. Nosotros somos los más próximos.

—Qué bien. Un robo —cloqueó Peroni—. ¿Has oído, Mauro? A lo mejor incluso tenemos algo de acción esta noche. A lo mejor los chorizos que pululan por allí para vaciarles los bolsillos a los turistas han entrado buscando un sitio calentito en el que pasar la noche.

—Menuda idiotez —contestó Sandri.

—¿Con una noche como ésta?

—Tiene un agujero en el tejado del tamaño de una piscina. El óculo, ¿recuerdas? Hará tanto frío dentro como fuera. Puede que incluso más. Es como una nevera. Y además, no hay nada que robar, a menos que sean capaces de arramblar con unas cuantas tumbas de mármol sin que nadie se dé cuenta.

Peroni le dio una palmada amigable en el hombro.

—Para dedicarte a la chorrada a la que te dedicas, eres un tío cojonudo, Mauro. De verdad. Puedes sacarme las fotos que quieras. Menos en el váter, claro —se volvió a Costa—. ¿Llamamos al jefe? Parecía desesperado.

Era cierto. Leo Falcone había insistido sospechosamente en que podían interrumpirle si era necesario.

—¿Por un aviso de robo?

Peroni asintió.

—Leo no dice algo así si no tiene una buena razón, y es que quiere que lo saquemos de ese sitio.

—Supongo.

Costa sacó el teléfono cuando salían ya al mundo blanco e inmaculado que les aguardaba al otro lado de la puerta, y marcó el número de su jefe. Era raro que Leo no quisiera pasar la velada en compañía de sus superiores. Y también lo era aquello que Mauro Sandri había dicho. Raro pero cierto.

No tenía sentido alguno entrar a robar en el panteón.

LLEVABA YA UN buen rato escuchando el zumbido monótono de las conversaciones de los hombres reunidos en el reservado de Al Pompiere, el añejo restaurante situado en el primer piso de un edificio del guetto donde se reunían todos los años por Navidad. Los abrigos de grueso paño colgaban de una percha en la pared como si se tratara de una exposición de pieles de animales negros. Leo Falcone se volvió a mirar por la ventana. Ojalá estuviera en otro sitio. En cualquier otro sitio.

La nieve caía con ritmo y persistencia, un elemento que influiría de manera decisiva en su trabajo durante unos cuantos días. A él le gustaba trabajar en Navidad, como a casi todos los divorciados menos los que tenían hijos, claro. A principios de semana había leído la desilusión en el rostro de Peroni cuando colgaron las nuevas rotaciones en el tablón de anuncios. Costa y él iban a estar de servicio durante las vacaciones. Peroni esperaba poder ir a ver a su familia a la Toscana, y Falcone se preguntó si podría hacer algo para arreglarlo, pero enseguida lo pensó mejor. Peroni era ahora un policía más, que tendría que aprender a vivir con los turnos como todos. Ése era su deber, como el suyo lo era soportar la dichosa cena anual con los hombres grises del SISDE, el servicio de inteligencia civil, individuos que nunca decían a las claras ni lo que significaban sus palabras ni lo que pretendían con ellas.

Los lugares que ocupaban en torno a la mesa de mantel blanco y almidonado, y pulida cubertería de plata, estaban predeterminados: un poli, un espía, poli, espía. A él le había tocado la cabecera junto a la ventana al lado de Filipo Viale, muy ocupado con su habano en una mano y una copa de grappa chardonay clara como el agua, la segunda de la noche. El runrún monocorde de su voz había estado sonando toda la velada mientras tomaba algunos bocados de la cena, que había consistido en una alcachofa muy frita para comenzar, un plato de *rigatoni con la pajata*, una cama de pasta sobre la que se salteaba parte del intestino de una ternera con la leche materna dentro, y de segundo un cordero *scottadito* con achicoria y anchoas de guarnición. Era la clase de comida que había dado renombre a Al Pompiere pero que no era del gusto ni de Falcone ni de su compañero de mesa, ambos con preferencias más modernas.

Viale llevaba diez años siendo su intermediario con el SISDE, desde que Falcone fue nombrado comisario. En teoría eso quería decir que ambos debían colaborar cuando sus respectivos servicios necesitaran compartir información, pero en la práctica Falcone no recordaba una sola ocasión en la que Viale o cualquier otro de los hombres de gris, que así era como se refería a ellos en su fuero interno, le hubiera facilitado asistencia ninguna. Había recibido, eso sí, unas cuantas llamadas de Viale intentando sonsacarle información o pidiéndole favores, y no había tenido más remedio que acceder a ambas cosas ya que sabía de sobra cuáles serían las consecuencias en caso de negarse: un toque de atención a instancias superiores y el consiguiente tirón de orejas de sus jefes. Antes de recibir el ascenso pensaba que el poder de los hombros de gris había entrado en decadencia, pero eso ocurría a principios de los noventa, cuando la guerra fría tocaba a su fin y el terrorismo parecía quedar relegado al pasado. Años de optimismo, en los que un Falcone más joven, aún casado, aún con cierto sentido de la esperanza, podía creer que el mundo iba a transformarse en algo mejor, en un lugar más lúcido, más seguro.

Pero el círculo había vuelto a cerrarse. Nuevos enemigos sin rostro y sin bandera habían salido de Dios sabe dónde, y mientras la policía y los carabineros se las apañaban como podían para no perder la cara ente la creciente ola de criminalidad cada vez con más medios, los fondos iban a parar a los hombres de gris, llenando sus bolsillos para sufragar operaciones que nunca se sometían a la luz pública. La piedra angular de la moral general había cambiado. Para algunos miembros del gobierno, el fin justificaba los medios. Y ése era el estado del mundo con el que tendría que trabajar seguramente durante el resto de su vida profesional, aunque ser consciente de ello no le facilitaba las cosas. Lo mismo que tampoco se sentía halagado por el aparente convencimiento que tenían los hombres de gris de que Leo Falcone tenía algo que ofrecerles.

—Leo —dijo Viale con su voz monótona—, sé que ya hemos hablado antes de ello, pero aun así, sigo sin poder entenderlo.

—No quiero otro trabajo, y eso es todo —suspiró Falcone.

Llevaban por lo menos cuatro años intentando reclutarle, aunque Falcone no terminaba de estar convencido de que el ofrecimiento de Viale fuera en firme. El SISDE tenía por costumbre tentar a los hombres de la policía, a los que les transmitía la sensación de que podían tener un futuro en otra parte si la vida en la Questura se volvía demasiado difícil.

Viale apuró su copa de *grappa* y pidió otra, y el camarero, que estaba sirviendo un bizcocho de receta antediluviana, abandonó sus quehaceres e inmediatamente le sirvió. Viale debía ser cliente habitual del restaurante. A lo mejor había sido él quien había hecho la reserva. Puede que incluso fuera el jefe. Los empleados del SISDE no solían hablar de su rango, pero suponía que debían haberle sentado junto a alguien de categoría similar a la suya. No le conocía bien. Como tantos otros oficiales del SISDE, resultaba un tipo irritantemente anónimo: traje oscuro, cara pálida y anodina, cabello negro, seguramente teñido, y un gesto muy sonriente pero desprovisto de todo calor humano o de humor. Ni siquiera podría decir cuál era su edad. Era de estatura media, tenía barriguita y por su aire circunspecto se diría que no se sentaba tras la misma clase de mesa que Falcone. Seguramente no tenía que enfrentarse a los mismos problemas que él, que por otro lado eran los de siempre: detección, inteligencia y recursos. Viale se le antojaba un fulano dueño de su propia vida, y eso sí que era envidiable.

Puso una mano en el brazo de Falcone y le miró fijamente a los ojos. Había sangre del norte en él, se dijo. Lo demostraba el paisaje raso y mortecino de su rostro anónimo, y aquellos ojos de un implacable y frío azul grisáceo.

—No, no es todo, Leo. Tú dime que sí ahora, y estarás sentado a una mesa nueva antes de que acabe enero.

Falcone se echó a reír y volvió a contemplar la nieve. Le consolaba recordar lo que aquella noche le había dicho a todos los hombres que tenían que salir de servicio: que lo llamasen al móvil en cuanto tuvieran la más mínima duda.

—Lo pensaré. Lo mismo que la última vez.

Viale lo miró con desprecio y masculló una blasfemia oscura. Iba ya bien cargado.

—No me jodas, Leo. No juegues conmigo.

—Siempre he tenido por norma no joder a los hombres de gris. Sería malo para nuestra carrera.

Viale se sonrió y se llevó a la boca un pedazo de bizcocho que le sembró de azúcar y migas el chaleco.

—Te crees por encima de todo, ¿verdad? Sentado en tu despachito, enviando a tus hombrecillos a perseguir tíos a los que ni siquiera podrías encerrar si llegaras a atraparlos.

—Es un trabajo que alguien tiene que hacer —contestó, y miró su reloj. Eran casi las doce. A lo mejor ya podía excusarse y desaparecer sin ofender a nadie excepto a Viale, que ya lo estaba bastante.

—¿Un trabajo? Vamos, Leo, por el amor de Dios.

El hombre de gris miró a su alrededor y Falcone hizo lo mismo. La mayoría de los presentes estaban ya medio borrachos, como marcaba la tradición. Era Navidad.

Viale llamó al camarero de mala manera y el hombre se acercó con una botella de *grappa* que Viale le quitó de la mano para servir dos copas, como si no hubiera nadie más allí.

—Estas botellas me cuestan a cien euros cada una —murmuró, y con la cabeza señaló la ventana con la nieve pegada a los cristales—. Hasta tú necesitas llevar dentro un poco de calor en una noche como ésta.

Falcone tomó la copa, dio un sorbo de aquel brebaje de fuego y la dejó sobre la mesa. No le gustaban mucho los licores.

—No te gusta integrarte, ¿verdad? Crees que puedes nadar solo entre la mierda siempre que la suerte y las estadísticas te acompañen. ¿Por qué un hombre como tú tiene que lidiar con todo eso?

Objetivos, cotas, metas... a Falcone no le gustaba la jerga de la policía moderna. Pero a diferencia de la mayoría, él era capaz de ver un fin más allá del papeleo del día a día. Todo el mundo necesitaba tener un punto de referencia por el que medir su esfuerzo, privada y públicamente si llegaba el caso, lo cual era un anatema para gente como Viale, que podría estar cagándola durante años sin que nadie se diera cuenta a menos que algún raro y escrupuloso funcionario o político decidiera investigarle. La idea le trajo a la memoria el regusto de un recuerdo, pero no pudo darle forma.

Miró el reloj una vez más y apartó la copa. El olor de aquel licor era demasiado fuerte.

—Di lo que quieras, Filippo. Es tarde, y quiero dormir bien. Con este tiempecito, la Questura va a estar corta de efectivos mañana. A lo mejor tenemos que ponernos el uniforme y ayudar a los de tráfico. Quién sabe.

—¿A los de tráfico? —se burló—. ¿Por qué demonios ibas a perder el tiempo con algo así?

—Creo que tiene que ver con ser un servidor público—respondió con sequedad.

Viale le señaló con su copa.

—Y yo no lo soy, ¿verdad? Tú qué sabrás.

—Pues no lo sé, Filippo. Esa es la cuestión —respondió, inquieto. No quería incomdarle más de lo que ya lo había hecho. Viale tenía influencias, poder quizás, y no quería seguir con aquella conversación—. ¿No deberíamos hablar de todo esto en otro momento? Durante el día, quizás. Cuando los dos estemos... —no pudo evitar mirar la copa de licor—, mejor predispuestos.

Viale enrojeció.

—Me soprende que creas tener tiempo de hacerlo.

Falcone no contestó.

—Piénsatelo, Leo. Tienes cuarenta y ocho años. ¿Alguien te ha invitado últimamente a visitar la jefatura superior?

Se encogió de hombros. Hacía mucho tiempo que no consideraba la posibilidad de un ascenso. Estaba demasiado ocupado.

—No pones el pie allí desde hace tres años —contestó Viale por él—, y ni siquiera lo has pedido. Eso pinta mal.

—Los ascensos no lo son todo —contestó, aunque era consciente de que una respuesta así era un argumento débil—. Algunos de nuestros mejores hombres son policías que nunca ascenderán en la escala o que ni siquiera esperan hacerlo. ¿Dónde estaríamos sin ellos?

Viale apoyó los codos en la mesa y se volvió hacia él, enviándole una vaharada de licor a la cara.

—No estamos hablando de ellos, sino de ti, un hombre que parecía que iba a llegar lejos y al que todo se le ha quedado en agua de borrajas. O aún peor: anda tomando decisiones equivocadas y respaldando a quien no debe.

Ahora comprendía adónde quería ir a parar.

—¿Se puede saber qué quieres decir con...

—Lo sabes perfectamente, Leo. Estás protegiendo a gente que no se lo merece. Al idiota de Peroni, por ejemplo. De no ser por ti, lo habrían echado del cuerpo sin un duro de pensión. Y merecidamente además. ¿Por qué te empeñas en proteger a un fulano como ése?

Falcone se tomó un instante para pensar la respuesta.

—Me pidieron opinión y la di. Peroni es un buen policía, independientemente de lo que pasara. No podemos permitirnos perder a gente de su calibre.

—Ese tío es una bomba de relojería. Él y su socio, los dos. Y no vayas a decirme que no los has defendido. De no ser por ti, ni siquiera estarían trabajando.

Eso no era asunto del SISDE, y a Falcone le hacía maldita la gracia que le estuviera echando la bronca en cuestiones de personal alguien de fuera. Bueno, ni de fuera ni de dentro. Costa y Peroni estaban en su equipo. Quién trabajaba con quién era sólo cosa suya.

—Costa y Peroni son sólo dos policías insignificantes que trabajan en la calle, Filippo, y son problema mío, no tuyo.

—No. Son dos suicidas preparados para destruir lo que queda de tu carrera. Peroni volverá a descarrilar cuando menos te lo esperes, y ese chaval, Costa... —se acercó a él y le dijo como si se tratara de una confidencia—. Vamos, Leo. Ya sabes quién era su padre: el rojo aquel de mierda que nos causó tantos problemas.

En aquel preciso instante Falcone vio con claridad el recuerdo que le había andado rondando por la cabeza. Unos quince años antes el padre de Costa, un político comunista implacable e incorruptible, había sacado a la luz pública varios delitos financieros cometidos dentro de los servicios de seguridad tanto militar como civil. El SISDE en particular salió bastante mal parado y rodaron varias cabezas. Un par de ellos incluso acabaron en la cárcel.

—¿Y eso qué tiene que ver con el hijo?

—Pues que lleva los problemas en la sangre. Esa gente se da aires de superioridad, y tú lo sabes tan bien como yo.

—Todo eso son asuntos policiales internos. No tienes por qué preocuparte con ellos.

—Eres tú quien me preocupa, Leo. La gente empieza a darse cuenta, y en este negocio si no subes, bajas. La inmovilidad no existe. ¿Qué camino crees que llevas tú en este momento?

Se acercó todavía más y sus vapores de *grappa* lo envolvieron.

—Todos los que están conmigo van hacia arriba, ¿y sabes por qué? Porque el mundo es nuestro. Nos pertenece por derecho. Tenemos el poder. Tenemos el dinero, y no necesitamos que un montón de burócratas nos digan cómo usarlo. No tenemos que preocuparnos porque algún soplapollas pueda abrir la bocaza en el Parlamento sobre lo que hacemos o dejamos de hacer. Ya no. Tú eres un hombre que quiere resultados, y eso es lo que me gusta de ti. En nuestra organización tenemos oportunidades para hombres como tú. Y dentro de diez años seguirás teniendo empleo, lo cual, tal y como están las cosas...

Viale no terminó la frase y con pulso tembloroso se echó en su copa lo que quedaba en la de Falcone.

—...donde estás ahora, lo dudo mucho. Escucha a un amigo, Leo. Estos últimos años te he estado ofreciendo un trabajo, pero ahora no es trabajo lo que te he puesto sobre la mesa, sino una tabla de salvación. Una tabla que podría sacarte de toda la mierda en que estás nadando ahora, antes de que sea demasiado tarde.

En aquel instante, sonó el móvil de Falcone. Se disculpó y descolgó. Era una voz familiar.

—Me necesitan —dijo.

Viale compuso una mueca de beodo que pretendía ser de desprecio.

—¿De qué se trata esta vez? ¿Algún turista al que le han robado la cartera, o los kosovares, que se pelean por ver quién controla el negocio?

—No exactamente —contestó Falcone, y sonriendo se levantó para ir a por su abrigo color tostado que a lo mejor no conseguía protegerle del frío en una noche como aquella—. Es más importante que eso. Discúlpame.

Viale alzó su copa.

—Ciao, Leo. Tienes hasta el año que viene. Luego, tendrás que buscarte la vida tú solo.

DEJARON EL COCHE donde estaba, con las ruedas bien hundidas en la nieve, en un callejón sin salida que partía del Corso y fueron andando hasta la Piazza della Minerva empujados por un viento helado. El tiempo estaba cambiando. Brevemente se abrió un claro entre las nubes y una luna llena iluminó los bancos de nieve que se habían ido formando sobre la ciudad. Las estrellas brillaban limpias, pulidas por el viento fino del invierno, con una intensidad que resultaba casi dolorosa.

Entonces arreció el viento y los tres hombres se arrebujaron en sus abrigos antes de girar en la esquina y desembocar en la pequeña plaza, donde el cilindro tosco y sin adornos que constituía la pared trasera del Panteón cerraba la plaza por un lado, como si la luz plateada que le prestaba la luna fuese propia. Era una visión que Costa no se había imaginado poder llegar a ver. El vasto hemisferio de su cúpula, la mayor del mundo hasta el siglo XX, de dimensiones tales que Miguel Ángel construyó la de San Pedro con medio metro menos de diámetro por el respeto que le inspiraba aquella, estaba sepultada bajo una capa de nieve que describía un semicírculo inconfundible contra el cielo, como si fuera el menisco de una luna nueva y gigante que se elevara sobre el horizonte oscuro de la ciudad.

Miró el famoso elefante de Bernini erigido delante de la iglesia y que resultaba una criatura casi irreconocible. La nevada había sepultado la estatua y el pie del diminuto obelisco egipcio que tenía sobre la espalda. Una montaña perfecta en miniatura se elevaba desde el suelo hasta formar un montículo triangular, coronado por el pináculo desnudo de la columna, labrada con jeroglíficos incomprensibles. Sandri hizo algunas fotos más mientras Peroni movía la cabeza. Siguieron adelante, caminando en paralelo al muro oriental del panteón hasta llegar al espacio abierto y rectangular que era la Piazza della Rotonda.

Costa tenía la sensación de conocer aquella pequeña plaza palmo a palmo. Había arrestado allí toda suerte de carteristas que hacían su agosto entra las hordas de turistas que acudían en rebaños a contemplar lo imposible: un templo de la Roma imperial que había permanecido intacto durante casi veinte siglos. Una contemplación que además era gratis, ya que desde el sepulcro original de Adriano hasta el último de los dioses del templo habían sido transformados en el siglo VII en la iglesia consagrada que seguía siendo en la actualidad. En una ocasión, detuvo a un borracho que se había quedado dormido bajo las bocas de los delfines y faunos que adornaban la fuente que quedaban frente a la enorme entrada porticada del templo. Pero mucho antes de ser policía, cuando era sólo un escolar henchido de pasión y admiración por la historia de su ciudad natal, iba por allí siempre que podía sólo para sentarse en los peldaños de la fuente y mientras escuchaba el agua cantarina que caía del morro de los delfines como risa líquida contemplar el modo en que todo cambiaba según la hora del día y de la estación, con la sensación de que dos mil años de historia le rozaban la cara.

Aquella noche apenas podía reconocer el lugar. El viento cortante del norte se encajonaba en las callejas estrechas que daban a la plaza y arrastraba consigo la nieve caída para depositarla en la plaza y en el pórtico del Panteón, componiendo formas imposibles en la fuente. Los chorros de agua que manaban de la boca de los delfines y los faunos eran bloques sólidos de hielo, bisutería fina que relucía a la luz de la luna.

Peroni buscaba con la mirada algún signo de vida en la plaza y Mauro había abierto el cuerpo de sus cámaras para cargar más película. Desde luego aquella visión era rara y extraordinaria, y bien merecía ser inmortalizada.

—¿Dónde demonios está todo el mundo, Nic? —preguntó Peroni—. No veo a los pordioseros de costumbre.

Los mendigos abundaban siempre en sitios como aquel.

—A lo mejor están ya dentro.

O a lo mejor la ciudad había descubierto una reserva desconocida de compasión y había habilitado algún local para que pasaran la noche.

—Tenemos compañía —dijo Peroni, señalando a una figura que salía de detrás del muro occidental del edificio.

Era un hombre vestido de uniforme oscuro que se protegía la cara de la nieve que azotaba con fuerzas renovadas y que los miró expectante.

—¿Son ustedes de la policía?

Peroni le mostró la placa y Costa volvió a mirar a su alrededor. Debería haber más gente allí. Falcone no tardaría en llegar.

—No pienso entrar solo —dijo el hombre, que debía ser el conserje—. Los hay que llevan navaja.

Peroni señaló la puerta con un gesto de la cabeza.

—Entonces, ábranos por aquí.

El hombre se rió quedamente y miró a Sandri, que disparaba sus cámaras en todas direcciones.

—Claro. Ahora mismo. ¿Van a hacer fotos? Dicen que es algo que sólo se ve una vez en la vida. Me refiero a la nieve entrando por el ojo de la cúpula.

—Entonces, ¿a qué esperamos?

Costa sabía cuál era el problema. Detrás del pórtico estaban las puertas más grandes de todo el imperio romano, labradas en bronce, casi tan altas como el propio pórtico y de más de un metro de grosor. A veces, antes de entrar de servicio por las mañanas, se tomaba un café en aquella plaza mientras veía cómo preparaban el Panteón para los visitantes. A nadie que trabajase en aquel edificio se le ocurría pretender entrar por la puerta principal, que además se abría hacia adentro.

—Será mejor que usemos la entrada de mercancías —dijo Costa.

—Eso mismo pienso yo —dijo el hombre, y al apartarse el cuello del abrigo dejó al descubierto una cara sonrosada de la que podría extraerse medio litro de *grappa*—. ¿Van a entrar los tres?

Costa miró a Peroni.

—No te necesito para manejar a un par de indigentes. Quédate aquí con Mauro y espera a Falcone.

—No. Yo me quedo aquí —dijo, señalando al pórtico.

Costa siguió al conserje que a paso rápido se dirigía hacia el muro occidental, donde tuvieron que descender varios peldaños hasta llegar al nivel que debía tener la ciudad cuando se construyó el Panteón. Había una verja de hierro forjado, luego unos cuantos peldaños más y una especie de corredor estrecho a la sombra de la pared del edificio moderno que cerraba el espacio por la otra calle.

—La entrada de mercancías —anunció el conserje. Abrió un par de cerrojos y se hizo a un lado. Costa entró y esperó a que abriera una segunda puerta que seguramente debía dar al interior circular del templo preguntándose qué clase de mendigo cerraba la puerta tras de sí.

—Después de usted —dijo el conserje—. Voy a dar la luz.

Nic entró a oscuras y sintió el frío del viento de la noche en la cara, un viento que se colaba por la cúpula abierta y recorría el vasto hemisferio que sabía que tenía ante sí. Oyó un segundo ruido: el de un ser humano que se movía. Unos pasos cortos y nerviosos, y se palpó la chaqueta en busca de su arma. Entonces se encendieron las luces y un sol áspero y cercenante penetró en las sombras de aquel universo artificial y colosal que era el espacio coronado por la cúpula.

Alguien hizo una exclamación de sorpresa. Era una voz joven cuyo timbre reverberó en aquel enorme vacío de modo que pareció emanar de todas partes a la vez.

—Fíjese —señaló el conserje, que ya no pensaba en los intrusos.

Por el óculo gigante entraba un chorro de nieve que giraba sobre sí misma con la simetría perfecta de una cadena de ADN humano y acababa cayendo en el centro mismo de la estancia, conformando una estalagmita de un metro o más de altura.

Costa percibió movimiento a su derecha. Una figura menuda y pequeña atravesó el haz de luz brillante y amarilla que proyectaba un foco colocado cerca del altar principal para perderse después en las sombras de un nicho.

—Mendigos —murmuró el conserje—. ¿Qué va a hacer usted?

Nic ya lo había estado pensando. Perseguir a un mendigo solitario y muerto de frío en la oscuridad del sancta sanctórum de Adriano... ¿para qué?

—Abra las puertas. Las de la entrada principal —le dijo, y echó a andar hacia allí disfrutando de antemano de la cara de sorpresa que se les iba a quedar a Peroni y a Sandri cuando aquellas gigantescas moles de bronce se abrieran y dejaran ver al mundo lo que se ocultaba tras ellas.

—¿Qué? —se sobresaltó el conserje, y sujetó a Costa por el hombro.

—¡Ya me ha oído! —espetó molesto. ¿Qué demonios se pensaría aquel hombre que estaba protegiendo allí?

Costa sacó el móvil y llamó a su compañero.

—No voy a jugar al escondite aquí dentro, Gianni —dijo—. Creo que es sólo un muchacho. Si sale corriendo, puedes hacer un poco de ejercicio, y si no... bueno, estamos en Navidad.

La risotada de Peroni se oyó en estéreo, por el auricular y al otro lado de la puerta.

—Tus métodos no le van a sentar nada bien a las estadísticas de Falcone.

—Tú quítate de en medio y mira cuando se abran las puertas. Oye, ¿es que está Falcone ahí?

—Está entrando en la plaza en este momento. Viene hablando por teléfono. No será una de esas llamadas a tres, ¿verdad?

Costa oyó una especie de gemido metálico y colgó. El conserje estaba tirando de una de las colosales puertas de bronce, que pivotaba sobre unos viejos goznes, y Nic tiró de la manilla de la otra puerta con fuerza, pero cedió con sorprendente facilidad.

En cuestión de segundos las habían abierto. El viento de la noche entró en tromba por el pórtico y les escupió la nieve a la cara. Gianni Peroni estaba allí, extasiado. Sandri estaba unos pasos más atrás, tenso, erguido, disparando fotos constantemente. Falcone había llegado también, pero parecía estarle ladrando a alguien por teléfono.

Costa se dio la vuelta para contemplar la mágica escena que se estaba desarrollando ante sus ojos, con la nieve cayendo en remolinos desde el cielo, como si una fuerza magnética la atrajese hacia un punto de luz.

El vagabundo había vuelto a moverse pero a Nic no le importó. Es más, se apartó de la puerta para dejarle salir, escapar de aquel universo cerrado que era el sueño de un emperador que llevaba muerto casi dos milenios.

Volvió a mirar hacia fuera y descubrió otra forma, rígida y erguida sobre los peldaños de la fuente. Aquello no tenía sentido, no encajaba con lo que estaba ocurriendo en aquella noche embrujada.

Una figura pasó a su lado, rozándose casi con él. Sin perder tiempo, Costa bajó la cremallera de su abrigo y sacó el arma.

—¡Al suelo! —dijo, pero lo hizo tan bajo que ni siquiera el conserje le oyó—. ¡Al suelo! —gritó aquella vez—. ¡Gianni, al suelo!

Automáticamente, sin planearlo, salió al pórtico y sintió el mordisco del viento gélido en la cara. Gianni Peroni seguía contemplando el interior del Panteón, la cara iluminada, sonriendo. Falcone se acercaba a él y en sus facciones había el mismo rapto, la misma sorpesa.

—¡Al suelo! —gritó otra vez moviendo los brazos, con la pistola en la mano—. ¡Tiene un arma!

Oyó el primer disparo justo al final de sus palabras. Algo pequeño y letal silbó por el aire y unas chispas brillaron junto a la columna más cercana. De un empujón Falcone tiró a Peroni al suelo.

Costa miró a la sombra que seguía sobre las escaleras de la fuente. Estaba solo e iba vestido de negro de pies a cabeza, con uno de esos absurdos sombreros que cubren también las orejas y que te hacen parecer el primo de Mickey Mouse. Su postura era la de un tirador profesional: la mano derecha en el gatillo, la izquierda sujetando la culata del arma, los pies separados, una pose que a veces veía en los concursos de tiro al blanco. Apuntaba deliberadamente en su dirección. Una pequeña llama brilló en el cañón y una detonación reverberó de un modo muy particular en la nieve.

Miró a su alrededor para asegurarse de que no había nadie más y disparó dos veces. Un rosario de estallidos respondió con furia, arrancando más esquirlas de la piedra que les ofrecía su protección. A aquellos que eran lo bastante listo para buscarla.

Mauro Sandri seguía de pie. Quizás fuese el pánico, o a lo mejor estaba en su naturaleza. La cuestión es que seguía disparando hacia todas partes con las condenadas cámaras: al panteón, a la noche, a los tres policías que intentaban encontrar el modo de escapar al fuego que les llegaba desde la plaza.

Entonces se volvió y Costa supo lo que iba a ocurrir. Mauro

giró sobre sí mismo, con la Nikon disparando cada décima de segundo como si fuera un robot. Se dio la vuelta y quedó frente a la figura de negro que seguía en la escalera.

—Mauro —murmuró, consciente de que no tenía sentido gritar.

Apenas estaba ya a un paso de distancia del fotógrafo cuando las balas se hundieron en él. Eran dos. Oyó las detonaciones al salir los proyectiles del cañón. Las oyó cuando alcanzaron su objetivo, cuando atravesaron el tejido de su chaqueta, las oyó penetrar el cuerpo menudo de Sandri como si fueran insectos letales.

El fotógrafo voló en el aire como si acabara de recibir una descarga eléctrica y cayó sobre la nieve en una posición absurda.

—¡Ocuparos de él! —les gritó a Peroni y a Falcone, que se ponían de pie—. ¡Ese hijo de perra es mío!

Aunque sabía que carecía de sentido, que ni siquiera aquel bastardo que seguía de pie ante los delfines y los faunos podía disparar tan bien, Nic apretó el gatillo y empezó a correr, a ganar velocidad mientras pensaba *Al menos yo sé correr. ¿Y tú?*

La figura se estaba replegando sobre sí misma para girar como si fuera un cuervo que se encogiera para dar un salto o medio caer de una valla. Le vio bajar las escaleras y supo que tenía miedo, y aquella certeza le ayudó a mover las piernas más deprisa, sin importarle lo resbaladizo que pudieran estar las piedras seculares del pavimento.

Disparó una vez más. El fulano se perdía por una esquina de la plaza intentando ampararse en la oscuridad y la confusión del laberinto de calles y callejones que partían de allí en todas direcciones.

Y precisamente en el instante en que Costa empezaba a digerir esa idea, el temporal intervino. Un golpe brutal de viento partió del norte, trayendo consigo un torbellino de nieve que le cegó con su hielo abrasador y le hizo perder apoyo. El jugador de rugby que había sido acudió en su ayuda y le dijo que no tenía más remedio que dejarse caer y rodar sobre la manta de nieve del suelo, porque la alternativa sería perder por completo la gravedad y romperse un tendón o un hueso.

Estaba oscuro y hacía frío cuando cayó sobre la nieve blanda, parando el golpe con el hombro. Por un momento el mundo fue sólo un mar blanco y convulso y un dolor agudo y violento. Entonces dejó de dar vueltas y pudo palparse los brazos, asegurarse de que no se había roto nada.

Cuando consiguió recuperar la estabilidad y ponerse de nuevo en pie, la figura vestida de negro había desaparecido. Unas densas redes blancas caían de nuevo con fuerza implacable, borrando las huellas del huido en segundos, transformándolo todo en un vacío único. Se acercó a la esquina de la calle. Podía haber seguido dos caminos distintos: hacia el oeste por Vía Giustiniani, hacia la iglesia de San Luigi dei Francesi, sus Caravaggios y los amargos recuerdos que evocaban en Nic, o hacia el norte, en dirección al dédalo de calles de más allá de Piazza della Maddalena.

Costa miró al suelo. Parecía una cama hecha con sábanas limpias, llena de secretos, todos ellos indescifrables.

De mala gana, consciente de que lo iba a encontrar, desanduvo el camino hacia el pórtico. Una sirena ululaba en el vientre de la noche y se preguntó cuánto tiempo tardaría la ambulancia en llegar con las calles traicioneras por la nevada. Entonces vio a Gianni agachado junto a la forma inerte de Mauro Sandri, y supo que en realidad ya no importaba.

—Eh —dijo, poniendo una mano en el hombro de su compañero y agachándose para mirarle a los ojos. Peroni tenía unos ojos sorprendentemente emotivos, y en aquel momento su furia los transformaba en algo líquido—. No podíamos saberlo, Gianni,

—Lo recordaré cuando tenga que darle la noticia a su madre, a su mujer, a su novia, a quien sea…

—Supongo que le pareció que era uno de nosotros. Podrías haber sido tú. O yo. O cualquiera.

—Muy reconfortante la idea, sí.

Costa bajó la mirada. Una sangre negra a la luz de la noche

se embalsaba en la boca abierta de Sandri. Otros dos puntos, uno en el pecho y otro en el centro del abdomen, brillaban también. Recordó entonces la pose del tío que había disparado. Era curiosa. Incluso podría decir que pretendía decirles algo con ella. Cuando comenzaran a asimilar lo ocurrido, cuando la investigación comenzase, sería un punto a estudiar.

—Se lo dije, Nic —murmuró Peroni—. Le dije "Mauro, no te vas a morir. Te lo prometo. Te vas a quedar muy quieto aquí a esperar que llegue la ambulancia. Y en unos días estarás fotografiando a gilipollas como yo, y te dejaré que me fotografíes meando o como te dé la gana..." Mierda.

—Cojeremos a ese cerdo, Peroni. ¿Dónde está Falcone?

—Dentro —dijo con deliberado desprecio—. Debe estar disfrutando de la vista.

Un haz de luz azul comenzó a pintar las paredes de la esquina más alejada de la plaza. Luego le siguió otra. El estruendo de las sirenas era tan fuerte que la luz se encendió en varias ventanas del vecindario. Costa se levantó. No tenía sentido hablar con Peroni mientras siguiera de ese humor. Tenía que esperar a que pasase la tormenta.

Volvió a entrar en el Panteón y se dirigió hacia el torrente de blanco que seguía cayendo retorciéndose sobre sí mismo, atravesando el ojo abierto del óculo.

El conserje estaba en su cabina de la entrada, cabizbajo y ceñudo, intentando mantenerse al margen de todo. Leo Falcone estaba junto al embudo invertido que no dejaba de crecer con la nieve que le caía del cielo. Nic recordaba haber estudiado el Panteón en las clases de arte. En el centro mismo estaba el punto focal del edificio, el eje sobre el que se disponía todo con un preciso sentido de la simetría, tanto en el hemisferio como en el monumental cilindro de ladrillo que sostenía aquel cosmos imaginario pegado al suelo.

—El fotógrafo ha muerto —anunció.

—Lo sé —contestó Falcone en tono neutro—. Los de criminalística están de camino. Ellos y el resto. ¿Tienes idea de adónde ha podido ir el tío de la plaza?

—No.

La expresión pétrea de Falcone lo decía todo.

—Lo siento —añadió Costa—. Vinimos pensando que se trataba de vagabundos que habían entrado en busca de un poco de calor.

—Lo sé —contestó, y se acercó a la cabeza del cono, en la parte más próxima al altar y en dirección al sur, frente al pórtico de entrada y a las puertas de bronce. Costa le siguió. Falcone se agachó y con la mano en la que se había puesto un guante, señaló el punto en el que se acababa el cúmulo de nieve.

Costa contuvo la respiración y empezó a comprender. Una fina línea de lo que parecía un pigmento salía del embudo hasta el borde de los cristales de hielo que empezaban a derretirse sobre el mármol y el pórfido del suelo. La línea se iba haciendo más clara a medida que se acercaba al borde, pero no cabía duda. A aquellas alturas podía distinguir el color perfectamente. Era sangre.

—Ya he tenido que hacer esto mismo en otra ocasión —dijo Falcone al tiempo que se sacaba un pañuelo del bolsillo—. Maldita nieve...

Despacio, con el mismo cuidado que Costa había visto emplear a Teresa Lupo en situaciones semejantes, Falcone fue apartando la nieve.

Mientras le veía hacer, Nic deseó estar en otro sitio. La cabeza de una mujer empezaba a emerger de debajo de aquella capa de nieve blanda. Se trataba de una mujer guapa, de boca sensual y ojos verdes, con un rostro que no era ni joven ni viejo, expresión abierta e inteligente que mostraba una sorpresa tan vívida que casi parecía un ultraje.

Falcone rozó su pelo negro y largo y miró cómo la nieve se desprendía de la parte superior del embudo y la tapaba de nuevo.

—No toques nada —le dijo—. Ya no debería haber hecho yo lo que he hecho.

—No, señor —contestó Costa, al que la cabeza había empezado a darle vueltas.

—¿Y bien?

Falcone no parecía ni siquiera impresionado. Era como si para él todo fuese normal, sólo un día más de trabajo que asumir con absoluta normalidad.

—¿Bien qué?

—Pues que lo que tienes que hacer es sentarte por aquí y escribir hasta el último detalle que recuerdes. Eres un testigo en este caso, Costa. Interrógate. Y no te olvides de las preguntas incómodas.

GIOVEDÌ

FALCONE ORDENÓ LO que establecía el protocolo para casos como aquél: sellar el Panteón y sus alrededores. Luego convocó a todos los agentes que pudo encontrar y organizó el mejor equipo posible. Los de la morgue no tardaron en llegar con Teresa Lupo a la cabeza, que era lo que esperaba; a la pobre la habían sacado de la cama, pero al ver de qué se trataba, se alegró de que la hubieran despertado. Luego él mismo supervisó un registro inicial del interior del Panteón, gracias al cual obtuvieron información suficiente sobre la identidad de la mujer muerta y pudieron poner en marcha lo necesario para informar a la embajada norteamericana y a la familia de Mauro Sandri. Por fin, y junto con otras disposiciones menores, ordenó que se recogieran todas las cintas que grababan la zona mediante cámaras de circuito cerrado, de las cuales había unas cuantas en el propio Panteón.

Cuando se convenció de que la escena del crimen había quedado perfectamente preservada y lista para un examen más concienzudo a la luz del día, se fue a uno de los coches patrulla aparcados junto a la fuente, reclinó el asiento del copiloto e intentó dormir un rato. Le esperaba un día muy largo y necesitaba recuperar energía para pensar. Pero no lo consiguió, porque tenía algo en la cabeza a lo que era incapaz de dejar de darle vueltas. Cuando horas antes llegó al pórtico del Panteón, estaba a punto de subir las escaleras en las que yacía muerto Mauro Sandri, pero se lo impidió una llamada de Filippo Viale. Borracho y pertinaz, le hacía la misma pregunta una y otra vez: ¿Estás con nosotros, Leo?".

No comprendía por qué Viale sentía la necesidad de retomar aquel asunto con tanta insistencia y tan pronto, y lo había atribuido a la cantidad de alcohol que llevaba en las venas y a su peculiar estado de ánimo. Recordaba palabra por palabra la conversación, y la voz chillona de Viale se le había metido de tal modo en la cabeza que había tenido que pararse justo antes de llegar al pórtico, y con ello había evitado entrar en el espacio que quedaba entre las dos columnas de la entrada y que recibía la luz del interior del edificio, un encuadre perfecto para el tipo de la pistola.

De no ser por la llamada de Viale, estaría criando malvas con el fotógrafo, metido en una bolsa de plástico negro sobre una camilla de metal, aparcado dentro del Panteón como si fuera una maleta frente a una de las más espantosas creaciones modernas de la ciudad: la ordinaria y reluciente tumba de Vittorio Emanuele, el primer rey fuera del periodo romano que había reinado sobre una Italia unida.

Profesionalmente, Leo Falcone tenía que enfrentarse tanto a la muerte como a la frustración con demasiada frecuencia y nunca confería a ninguna de ellas más importancia de la que requería su trabajo. En las raras ocasiones en que la una o la otra le afectaban personalmente, su respuesta iba siendo cada vez menos firme, y esa falta de fortaleza se estaba convirtiendo en un intruso desconocido e incómodo en su vida, que a él le gustaba considerar sana, ordenada y funcional.

En el espacio de una sola noche, un oficial de los servicios de seguridad le había hecho la curiosa advertencia de que su carrera estaba, como poco, estancada, si es que no había comenzado ya a declinar, y un instante después, casi como conjurada por esa idea, el velo negro de la muerte le había rozado la mejilla, tan de cerca que había podido sentir lo frío y vacío que era en realidad el lugar al que nos conducía.

Dormir de verdad era imposible en aquellas circunstancias, de modo que cuando a las siete de la mañana, justo al amanecer, le despertó el golpeteo de una mano en el cristal de la ventanilla, no podría decir si en algún momento de las horas anteriores había conseguido conciliar por completo el sueño.

Secó la condensación del cristal. De todos modos no tenía tiempo de lamentarse. Distorsionada por la humedad, la cara de Bruno Moretti, con su bigote y su expresión siempre severa, lo miraba desde aquel mundo vestido de blanco que había fuera. Bruno Moretti era su superior inmediato, el comisario principal a quien él reportaba diariamente, y al parecer había encontrado una razón lo bastante poderosa para salir de su despacho y visitar la escena del crimen, lo cual constituía un acontecimiento raro y desafortunado.

—Un modo estupendo de empezar la temporada de vacaciones —dijo Moretti en cuanto Falcone hubo salido del coche, mirando a los hombres de uniforme que bloqueaban el paso al Panteón y a casi la totalidad de la plaza—. Los de turismo me tienen loco ya, Falcone. Un montón de gente iba a venir a visitar hoy el Panteón, y con esto...

—Tenemos dos muertos, señor —respondió pacientemente.

—De eso hace ya más de seis horas.

Moretti era un burócrata. Había ido ascendiendo en la escala trabajando en tráfico e inteligencia, ramas del servicio que tenían su mérito, desde luego, pero que se traducían en su poca sensibilidad hacia las necesidades de una investigación.

Falcone miró a los de criminalística y se preguntó si Moretti se daría cuenta de lo importante que era su trabajo y de lo fácilmente que podía echarse a perder si se les presionaba para que hicieran un examen apresurado.

—No puedo pretender que los de criminalística hagan un examen minucioso en la oscuridad. Es imposible. Y sobre todo en un lugar como éste.

Moretti suspiró y no dijo nada, y Falcone supo que eso era todo lo que iba a escuchar de sus labios a modo de reconocimiento de un trabajo en el que no se podía proceder de otro modo.

—Tenemos que reconocer la zona con sumo cuidado, señor. Es la única pista de que disponemos. En cuanto nos vayamos de aquí, la gente lo pisoteará todo. Si nos dejamos alguna prueba por pequeña que sea, desaparecerá.

Moretti miraba el edificio con el ceño fruncido, y se diría que deseaba que no estuviera allí. Había dejado de nevar, pero el cielo estaba de color plomo, promesa de que pronto continuaría. La mole del Panteón lucía un manto pintoresco, pero el resto de la plaza era un charco de agua y papa gris por el constante movimiento de vehículos y pies.

—Comprendo —respondió el comisario jefe—. ¿Cuándo terminaréis?

—A media tarde, como muy pronto.

—Que sea a las doce. Tienes hombres más que suficientes con los que conseguiste reclutar ayer en la Questura sin que yo lo supiera, por cierto. Podías haberme llamado.

Falcone asintió. Podía haberlo hecho, pero decidió lo contrario. Moretti era un sabueso que no pasaba nada por alto, y había demasiadas explicaciones que dar. Había tenido mejores jefes, y también peores, pero con Moretti todo funcionaba mejor si se limitaban cada uno a ejercer sus habilidades particulares. En el caso de Falcone, la investigación, y en el caso de su jefe, la organización tras las bambalinas de las relaciones tanto internas como externas, el manejo del presupuesto y el personal. Pura política.

—No quise molestarle hasta que no supiéramos al menos quién era la mujer.

Falcone se llevó una sorpresa al oírle reír. Además, parecía una risa sincera.

—Es una norteamericana. Eso es todo. Encuentro un tanto insultante que creas que debías llamarme por ella y no por ese pobre diablo de las fotos. Por lo menos él era italiano.

—Yo no dicto las reglas... señor.

Era una de las órdenes que habían recibido hacía poco tiempo. Ataques verbales y físicos sobre norteamericanos eran escasos y normalmente no tenían nada que ver con su nacionalidad, pero el mes de octubre anterior un historiador militar norteamericano había sido apaleado en el centro histórico y de no haber sido porque casualmente dos oficiales de uniforme pasaban por allí, el hombre podía haber muerto. El brutal agresor había escapado, y nadie había asumido la responsabilidad del ataque. En un principio se dio por sentado que las Brigadas Rojas estaban detrás y todos esperaban la habitual llamada anónima en la que se calificaba la agresión de golpe contra el imperialismo norteamericano. Pero esa llamada nunca se produjo y nadie, ni la policía, ni el SISDE, ni siquiera los servicios de información del ejército consiguieron reunir una sola prueba que pudiera sugerir quiénes eran los responsables, o al menos si el ataque formaba parte de una campaña organizada contra ciudadanos norteamericanos. Sin embargo al incidente le siguió una orden que venía de altas instancias, seguramente del propio palacio del Quirinal: había que informar a un superior inmediato de cualquier incidente que tuviera que ver con ciudadanos norteamericanos.

—Así que era simplemente una turista más, ¿eh? —comentó Moretti—. ¿Una mujer sola? Bueno, aquí sería factible. Seguramente conoció a algún tipo con el que tener un romance que contar a la vuelta. Debieron ir a echar unas monedas a la fuente y luego vinieron aquí a divertirse un rato. Crimen sexual, ¿no?

Falcone consulto el reloj. Parecía haber bastante actividad en el interior del edificio.

—Usted me lo dirá —contestó, y echó a andar hacia el edificio, sabiendo que al comisario no le quedaría más remedio que seguirle.

Las luces del Panteón brillaban con fuerza, ayudadas por los focos portátiles de la policía. Media docena de oficiales de criminalística con sus monos blancos estaban estudiando hasta el último milímetro cuadrado del suelo. Una especie de tienda de lona portátil se había montado sobre el cadáver en el centro de la estancia, con unos focos especiales para iluminarlo. La nieve había seguido cayendo de modo constante durante toda la noche y Teresa Lupo y su equipo habían montado aquella tienda de campaña para evitar que el cadáver quedara más enterrado. Desde el momento en que Falcone vio el cadáver emerger de entre el hielo merced a la pericia de Teresa, comprendió que el cuerpo estaba en buenas manos. Era una excelente patóloga, la mejor, aunque a veces la relación con ella fuese un tanto complicada. Se había percatado inmediatamente de lo importante que era preservar cualquier clase de prueba por pequeña que fuera que pudiera haber quedado oculta en el hielo que se había ido derritiendo por el calor de los focos. Había otra razón para no moverlo. El cuerpo había sido colocado deliberadamente dentro del círculo que marcaba el centro exacto del edificio, con los brazos y las piernas abiertas en ángulo, lo cual le recordaba algo pero todavía no era capaz de saber qué. Constituía en sí mismo un mensaje en clave del asesino, un mensaje que tenían que descifrar lo antes posible.

Con cuidado Falcone se abrió paso por la zona marcada con cinta que indicaba el modo de salir del edificio sin estropear las posibles pruebas. Moretti le seguía en silencio. Llegaron a la entrada de la tienda, Falcone se detuvo y le hizo un gesto para que se acercase. Teresa y su ayudante, Silvio Di Capua, estaban de rodillas moviéndose con una cautela y un cuidado casi obsesivos. Les había visto ponerse a trabajar a primera hora de la mañana. Teresa Lupo había ordenado que se levantara la tienda nada más ver el escenario del crimen, pero no había resultado tarea fácil dado el frío del Panteón y la nieve que caía sin cesar. Transcurrió casi una hora antes de que pudieran andar agachados bajo la cubierta para examinar el cono de hielo y empezar a quitar la nieve con pequeños cepillos que iban revelando milímetro a milímetro el horror que yacía debajo.

Moretti vio a la mujer desnuda y compuso una mueca de disgusto.

—Un crimen sexual, Leo. Ya te lo he dicho antes.

—¿Y el fotógrafo?

Moretti frunció el ceño. No le gustaba que le pusieran en evidencia.

—Eso es lo que tú tienes que averiguar.

—Y lo haremos.

—Asegúrate de ello. Sólo nos faltaba encontrarnos con algo que asustara a los turistas.

Falcone sacó del bolsillo el pasaporte de la mujer. Lo habían encontrado en una bolsa abandonada en un rincón del edificio. Se llamaba Margaret Kearney, de treinta y ocho años de edad. Los demás detalles familiares no figuraban. Le habían expedido el permiso de conducir hacía seis meses en Nueva York.

—No sabemos si verdaderamente era una turista. Lo único que tenemos es su nombre.

—Esto va a ser complicado —murmuró Moretti—. Los de la embajada ya se han puesto en contacto conmigo. Tienen algunos oficiales del FBI que quieren hablar contigo.

—Ya —contestó, pero no tenía muy claro lo que había querido decirle—. No entiendo. ¿Me está diciendo que esos oficiales del FBI viven en Roma?

Moretti se rió sin humor.

—Qué maravilla. Algo que no sabías. Pues claro que tienen aquí gente del FBI, y quién sabe qué más. Son norteamericanos, Falcone. Hacen lo que les sale de las narices.

—¿Y qué les digo?

Los ojos de Moretti brillaron. Estaba encantado.

—Bienvenido al arte de bailar en la cuerda floja. Diles lo suficiente para mantenerlos contentos, pero nada más. Estamos en Italia, y es jurisdicción nuestra, digan ellos lo que digan. Al menos hasta que alguien nos diga los contrario.

Falcone miró a Teresa Lupo. Había interrumpido su trabajo para hablar en voz baja con Gianni Peroni, que estaba junto al altar y parecía agotado. Nic Costa estaba por allí, lo bastante lejos para no oír.

—Comprendo.

—Bien. No me has dicho qué tal te fue en la cena. Yo también habría asistido, pero sinceramente creo que no me consideran lo bastante... interesante. Al menos nunca me hablan con el entusiasmo que pareces suscitarles tú.

—Se me ha pasado. Estuvo... bien.

—¿Ah, sí? Pues eso no es lo que me ha dicho el cretino de Viale esta mañana. No le gusta que le digan que no a nada, Leo. No sé si eres muy valiente, o muy necio.

Dos personas entraron en aquel momento en el edificio, siguiendo el camino marcado como si fueran profesionales. Un hombre y una mujer, completamente desconocidos. El tipo debía rondar los cuarenta y cinco, fornido, con el pelo gris y muy corto al estilo de los marines de los Estados Unidos, y una cabeza que resultaba demasiado pequeña para su corpachón. La mujer era mucho más joven. Debía andar por los veinticinco, y llevaba un llamativo abrigo rojo. Entraban en la escena de un crimen como si fuera el salón de su casa y Leo supo sin ningún género de dudas quiénes eran.

Moretti los miró también y vio como Costa y Peroni se acercaban rápidamente a interceptarlos. Luego se arrebujó en su abrigo, dispuesto a volver al calorcito de su despacho.

—Dile a tus gorilas que sean amables, Leo —dijo sonriendo—. Todos tenemos la mirada puesta en ellos. Puede que incluso Filippo Viale esté pendiente. ¿Valiente o necio? Cuando todo esto termine lo sabremos.

COSTA FUE EL primero en verlos. Habían pasado por entre los policías de uniforme blandiendo una tarjeta de identificación y con un desparpajo y una seguridad tan aplastante que le sentó como un tiro.

—Oye, Gianni, ¿tú conoces a esos dos?

Peroni parecía agotado. Teresa les había ofrecido su piso de Tritone para descansar un rato. A Costa no le daría tiempo de ir y volver hasta su granja en Vía Appia, y en cuanto a Peroni... Nic tenía la impresión de que hacía bastante tiempo que no dormía en el pequeño apartamento que había alquilado al otro lado del río, más allá del Vaticano. Además tenía un juego de llaves de la casa de Teresa. A lo mejor vivía en ella.

—No —contestó Peroni, alerta de inmediato. En un abrir y

cerrar de ojos les cortó el paso abriendo los brazos de par en par.

El tipo del corte de pelo estilo militar le miró frunciendo el ceño. Peroni le sacaba media cabeza, pero eran igual de corpulentos.

—No les importará que les pregunte quiénes son ustedes —dijo Peroni—, pero es que esto no es exactamente una obra de teatro.

—FBI —contestó el hombre con voz de barítono y sin dejar de avanzar.

—¡Eh! —gritó, sujetándole por el brazo haciendo caso omiso de su mirada asesina.

—Oficial —intervino la agente femenina—, la víctima es ciudadana norteamericana.

—Lo sé, pero antes vamos a intercambiar unas cuantas formalidades. Me llamo Gianni Peroni, y él es mi compañero, Nic Costa. Somos policías. El caballero que viene hacia nosotros es el comisario Falcone, es decir, el jefe de este tinglado. Cuando él les diga que pueden entrar, entrarán, pero hasta entonces...

Falcone llegó junto a ellos y tras mirarlos de arriba abajo, espetó:

—Aquí tenemos la costumbre de llamar y concertar una cita antes de presentarnos en un sitio.

El hombre sacó su tarjeta de identificación y la mujer le imitó. Costa se acercó y comprobó que las fotografías les correspondían, asegurándose de que los dos comprendieran el significado del gesto: que había normas que cumplir, procedimientos que seguir. Ella no se parecía demasiado a la foto de la tarjeta. Según la fecha, era de hacía dos años. Parecía mucho más joven en la foto.

—Las identificaciones son correctas —dijo—, pero siempre hay que asegurarse. No se imaginan lo que la prensa sería capaz de hacer por conseguir una fotografía.

—Comprendo —contestó la mujer. Pretendía parecer una ejecutiva: ropa de marca, cabello rubio recogido en un moño despeinado que parecía a punto de soltarse y unos rasgos atractivos, casi aniñados. Algo no encajaba y no pudo evitar quedarse mirándola más de lo debido. Tenía unos ojos azul claro de mirada afilada como una cuchilla y los había clavado en él.

—Soy la agente Emily Deacon —dijo en un italiano perfecto—, y él... —señaló a su compañero sin tan siquiera mirarle, de lo cual Nic dedujo que no le gustaba—, es el agente Joel Leapman, y no estamos aquí por casualidad. Si nos permiten acercarnos y ver lo que tienen, a lo mejor podemos ayudar.

Peroni le dio una palmada en el hombro a Leapman.

—Eso está mejor. Así se piden las cosas.

—Entonces, ¿podemos acercarnos?

Falcone asintió y abrió la marcha. Teresa había retirado toda la nieve del cuerpo y les pidió que esperaran mientras dictaba sus notas a una grabadora. La mujer estaba sobre el dibujo geométrico del suelo con las piernas y los brazos abiertos, y su piel desangrada había adquirido un color cerúleo que resaltaba la luz de los focos. Costa había estudiado el cuerpo brevemente mientras ayudaba a los de criminalística y atendía el teléfono. La posición del cuerpo en el mármol central era deliberada. Tenía las piernas extendidas y dirigidas hacia puntos equidistantes en la vasta esfera del Panteón, como si quisieran decir algo con ello. Le recordaba a una imagen que tenía en la cabeza pero que le había costado trabajo conjurar: el dibujo realizado por Leonardo da Vinci de la visión idealizada de un cuerpo, un hombre desnudo con el cabello largo colocado en el interior de un cuadro primero y de un círculo después. Sus miembros aparecían en dos posibles posiciones: las piernas juntas tocando el lado inferior del cuadrado y luego abiertas, sólo rozando el círculo; los brazos extendidos primero en horizontal y rozando el cuadro, y después levantados tocando tanto el círculo como las esquinas superiores del cuadro.

La posición del cuerpo de la mujer sobre aquel suelo mojado y brillante, una postura que sin duda le había hecho adoptar su asesino, era la segunda de aquellas. No se trataba sólo de componer una determinada pose, sino de dotarla de significado específico.

—El Hombre de Vitrubio —recordó de pronto.

La mujer lo miró extrañada.

—¿Cómo dice?

—Me ha recordado a algo que aprendí hace mucho tiempo.

—Tiene usted buena memoria, señor Costa. ¿De qué más se acuerda?

Nic intentó recordar algo más de aquella nebulosa que había encontrado en su cabeza. Era verdad que se trataba de algo que había aprendido hacía mucho, mucho tiempo, aparte de que se trataba de una idea complicada.

—Tiene que ver con las dimensiones y la forma, igual que este lugar —dijo, señalando la cúpula.

—Igual que este lugar —repitió ella con una sonrisa. El cambio que se obró en su expresión fue increíble. La sonrisa le había quitado años de encima. Parecía casi una estudiante, fresca, sin cicatrices ni marcas.

Pero no duró. Leapman hacía ruidos de impaciencia.

—Usted es la forense, ¿no? —le preguntó a Teresa Lupo, que seguía hablándole a la grabadora.

Teresa presionó el botón de la pausa y lo miró con dureza.

—No. Soy la mecanógrafa, ¿no te jode? ¿Y quién demonios eres tú?

De nuevo volvió a aparecer la placa que para su portador debía parecer una especie de amuleto.

—FBI —anunció señalando a su compañera—. Los dos.

—Pues qué bien —contestó Teresa y siguió hablándole a la máquina.

Serena y con una mesura destinada a suavizar los ánimos, Emily Deacon dijo:

—Creo que podemos ayudar.

La patóloga detuvo la grabadora.

—¿Cómo?

—La mujer fue estrangulada, con una cuerda o algo así. ¿Me equivoco?

Teresa miró a Falcone, esperando una señal, pero parecía tan perdido como Costa o Peroni.

—No hay señales de agresión sexual —continuó—. De hecho no tiene nada que ver con el sexo, al menos del modo convencional, lo cual suscita una pregunta: ¿por qué desnudarla? ¿Ocurrió aquí? ¿Han encontrado su ropa?

—Ocurrió aquí, sí —contestó Costa—. En algún momento entre las ocho de la noche, cuando el encargado cerró el lugar, y la media noche, que es cuando llegamos nosotros.

Teresa miraba el cuerpo, intentando pensar. El enfado con la gente no solía durarle mucho, especialmente si creía que podían tener algo que a ella pudiera interesarle.

—Y no vamos a poder precisarlo mucho más. Ha estado nevando sin parar, y eso invalida la mayor parte de indicios que utilizo para determinar la hora de la muerte. Quedan algunos indicadores, pero dadas las circunstancias, no van a resultar demasiado precisos.

Los dos agentes del FBI se miraron y fue como si quisieran decirse que ya habían visto suficiente.

—He sido muy generoso con ustedes —intervino por fin Falcone, y Costa no se explicaba por qué había permanecido callado tanto tiempo—. ¿Qué vamos a conseguir a cambio?

—Ya se lo haremos saber —contestó Leapman.

La mujer miró a Teresa.

—Este cadáver es suyo, y no pretendo presionarla, pero ¿cree que podríamos darle la vuelta? Necesito verle la espalda.

Teresa miró a Silvio di Capua, su ayudante, que estaba guardando parte del equipo que habían utilizado. Di Capua se encogió de hombros.

—Podemos —contestó, pero agarró por el brazo a Leapman al ver que se dirigía hacia al cadáver sin dudar—. He dicho podemos.

El tipo se contuvo de mala gana, y Teresa y Di Capua llamaron a dos ayudantes más. Se colocaron junto a la parte derecha del cadáver y agarraron por los hombros y las extremidades.

—¿Va a ser desagradable? —preguntó Peroni—. Me gusta saberlo con anterioridad, si es posible.

—No lo creo —contestó la agente del FBI.

Siguiendo las instrucciones de Teresa, empujaron suavemente y colocaron el cadáver de lado sobre la piedra. Peroni murmuró un reniego y se apartó, pero Costa se quedó mirando la espalda de la mujer y la extraña forma que habían labrado en ella, un extraño dibujo de curvas simétricas hecho directamente sobre la piel, desde la cintura hasta los hombros, como un tatuaje.

—¿Qué es? —preguntó—. ¿Una cruz?

Era una forma diagonal, con cuatro brazos curvos.

—Nunca había visto algo así —murmuró Teresa.

—Pues tiene suerte —replicó Leapman, y se agachó para mirar más de cerca—. Ha utilizado cuerda. Al menos no se ve ninguna otra marca. Y estaba muerta cuando le hizo todo esto.

La patóloga movía la cabeza, sorprendida.

—El dibujo es muy preciso. ¿Cómo han podido hacerlo aquí?

Emily Deacon no quería mirar más aquel dibujo, seguramente porque lo conocía muy bien, pensó Nic.

—Al principio necesitaría lápiz blando o un rotulador y seguramente un escalpelo. Pero con un poco de práctica, bastaría con algo cortante y pulso firme.

Leapman se sacó un pañuelo del bolsillo y se limpió la nariz ruidosamente.

—Ya hemos visto suficiente. Esta tarde nos reuniremos en nuestra embajada. A las cinco en punto. Que vayan quienes quieran, pero voy a compartir con ustedes una información que no quiero que salga del despacho, así que asegúrense de que sean capaces de mantener la boca cerrada y de escuchar con atención, porque no me gusta tener que repetir las cosas.

—Estamos en Roma —contestó Falcone—. Y esto es una investigación por asesinato. Nosotros somos policía nacional, y llevaremos la investigación a nuestro modo. Serán ustedes quienes vengan a visitarnos, cuando y como yo lo diga, y haré todas las preguntas que me dé la gana.

Leapman sacó un sobre del bolsillo.

—Es una orden firmada por alguien en el Palazzo Chigi que

seguro que ninguno de ustedes quiere discutir, comisario. Todo está ya acordado con sus superiores y con el SISDE. Échele un vistazo a las firmas. Esta orden me da permiso para quedarme el cadáver en custodia cuanto tiempo me plazca y cuando me parezca oportuno, que va a ser ahora mismo, así que hagan el favor de no estropear nada hasta que llegue nuestra gente.

Teresa enrojeció de furia y tras acercarse al norteamericano, le empujó por el pecho con el dedo índice.

—¿Cómo dices que os llamáis? ¿El imbécil del coyote y la liebre? Tú aquí no pintas nada, cariño. Yo soy la médico forense oficial, y quien dice adónde y cuándo se llevan ese cuerpo.

Falcone estaba leyendo el papel, lívido.

—¿Cuánto falta para que llegue aquí su gente? —le preguntó a Leapman sin mirarle y sin hacer caso de las protestas de Teresa.

—Diez minutos. Quince.

Falcone le devolvió el sobre.

—Es suya. Nos veremos a las cinco. Pero hasta que su gente llegue, hagan el favor de esperar fuera.

El agente Leapman dio media vuelta y salió dando grandes zancadas a la nieve y el frío del exterior.

Emily Deacon dudó. Sus ojos azules parecían reflejar cierta incertidumbre, incluso cierta vergüenza.

—Siento que haya sido tan desagradable —dijo—, pero no era su intención. Es que él es… así.

—Ya —respondió Falcone.

—Bien. Olvídense de lo que ha dicho. Con esta climatología no tendremos aquí el coche hasta dentro de por lo menos media hora. ¿Por qué no aprovechar el tiempo?

UNA VEZ SE llevaron los cuerpos, el de Mauro en la furgoneta blanca de la morgue en dirección a la Questura y a la mujer en el coche fúnebre que había proporcionado el FBI, poco se podía hacer allí, de modo que a mediodía, viendo las caras de Costa y de Peroni, Falcone les ordenó que se tomaran un descanso. Quería que ambos asistieran a la reunión en la embajada. Los dos habían visto al hombre que había efectuado los disparos, y quería que estuvieran bien despiertos para la reunión con el FBI.

Así que abandonaron la escena del crimen y fueron caminando los quince minutos que les separaban del piso de Teresa Lupo, hollando el armiño helado que había caído sobre Roma, dejándola desierta. Un breve claro se abrió entre las nubes y el sol pálido del invierno se desparramó sobre el paisaje.

Nic había estado en su casa en otra ocasión. Era un primero de Vía Crispi, una calle estrecha que partía en cuesta abajo desde la Vía Veneto. Aquella calle llevaba dos mil años siendo vía pública. En la época imperial, unía la Porta Pinciana en el muro Aureliano con el Campus Martius, el Campo de Marte, que quedaba dominado en parte por la fuerza arquitectónica del Panteón. La calle que quedaba frente a la casa de Teresa, la Vía degli Artisti, recibió el nombre en el siglo XIX por la escuela nazarena de pintura que había en la zona. Las paredes del vecindario estaban sembradas de placas que daban cuenta de los numerosos artistas famosos que habían vivido allí: Listz y Piranesi, Hans Christian Andersen y Máximo Gorky. La nieve caída le había devuelto parte de su encanto, ya que apenas ningún coche se aventuraba a desafiar la cuesta, ningún turista caminaba por la Vía Sistina en dirección a la iglesia de Trinità dei Monti y no había nadie sentado en lo alto de la Escalera Española para disfrutar de la vista panorámica de la ciudad renacentista que había ido ocupando el Campus Martius a lo largo de los siglos.

Mientras los dos caminaban en silencio, ateridos y agotados, Costa pensaba en la mujer asesinada sobre el suelo de formas geométricas, rígida ya, e intentaba recordar las lecciones de historia que habían prendido en él cuando niño. Era esencial tener en cuenta que los hechos habían sucedido en Roma, y que todo allí estaba relacionado. La inscripción del pórtico del Panteón decía: M·AGRIPPA·L·F·COS·TERTIUM·FECIT. Marcus Agrippa, hijo de Lucio, tres veces cónsul, erigió este edificio. Sin embargo, como tantas cosas relativas al Panteón, aquella declaración era un engaño, un sutil juego de manos que obedecía a razones ya olvidadas. El amigo y aliado de Augusto, Agrippa, había construido un templo en el Campus Martius y lo había llamado Panteón en honor de todos los dioses, pero el edificio se quemó poco después de su muerte. La construcción que lo reemplazó unos ciento cincuenta años más tarde, entre el 120 y 125 después de Cristo, fue impulsada por el emperador Adriano. Hay incluso quien piensa que fue el propio emperador quien lo diseñó. Los monumentos circulares, ideas robadas a Grecia y a algunos otros lugares más al este, vivieron una nueva era de gloria bajo su mandato. Los conocimientos de arquitectura de Nic eran insuficientes para justificarlo, pero cuando pensaba en el legado de Adriano, su villa particular en Tivoli, las ruinas del templo de Venus y Roma en el Foro con su enorme techo en forma esférica, era fácil darse cuenta de que ese rasgo marcaba su pensamiento de principio a fin. La mole redonda de Castel Sant' Angelo en los bancos del Tiber tuvo usos distintos a lo largo del tiempo: fortaleza, prisión, cuartel y alojamiento papal, pero el emperador lo construyó para que fuese su monumento funerario. La rampa en espiral que conducía a su lugar de descanso seguía existiendo a unos diez minutos andando desde la cúpula de San Pedro, que Miguel Ángel construyó unos mil cuatrocientos años después, a imagen del panteón de Adriano.

Habían llegado al piso, pero Peroni parecía no acertar con la llave en la cerradura del portal.

—Gianni, ¿estás bien?

—Sí. Sólo necesito dormir un rato y comer algo. Perdona mi mal humor, Nic. No sé lo que me pasa.

—No te preocupes. Anda, entra, que yo tengo algo que hacer. Y te voy a traer un regalo.

—¡No te pases con la verdura!

—Vale.

Era casi la una, y en la esquina había una tienda que conocía y en la que tenían la clase de comida que le gustaba a Peroni:

porchetta, cerdo asado con su corteza crujiente, colocado sobre un panino tostado con sal y romero. Y seguramente también encontraría algo a su gusto.

Pero primero se pasó por la tienda de fotografía antes de que cerrara, y medio convenció medio obligó al dependiente a que revelara los siete carretes de las cámaras de Mauro. Lo tendría todo listo para las cuatro, y podría recogerlo llamando al primero, que era el piso donde vivía el dueño, directamente sobre la tienda.

Cuando volvió se encontró a Peroni tirado en el sofá de Teresa como si estuviera en su casa viendo el parte meteorológico en la tele.

—No está mal —concendió, tras lanzarse al bocadillo sin pestañear—. ¿Cómo es que no me había dado yo cuenta de que hay una tienda así aquí cerca?

—¿Sales mucho a comprar cuando vienes aquí?

Peroni resopló y cambió de tema.

—Han dicho que sigue la nieve. No va a haber servicio de trenes, ni de aviones, ni se va a poder circular por las carreteras. Eso significa que a nuestro hombre no le va a ser fácil salir de Roma, si es que es eso lo que quiere hacer.

—¿Y por qué iba a querer marcharse?

El cuerpo de aquella mujer era un mensaje, un problema que pedía una solución. ¿Por qué un hombre iba a plantear una adivinanza y marcharse después sin ver si alguien era capaz de descifrarla?

—No sé —murmuró, y tras acabarse el bocadillo, se levantó para sacudirse las migas—. Ya no sé nada. Sólo que necesito dormir. Despiértame cuando sea la hora. ¿Por qué crees que Leo se habrá rendido tan fácilmente con esos dos? —le preguntó—. Podría haber peleado un poco, ¿no? Es increíble que tengamos que ir como corderitos al matadero cuando esa pobre ha sido asesinada en nuestra casa. Ella y Mauro, los dos.

Costa conocía la respuesta a esa pregunta: Leo Falcone nunca luchaba en batallas que sabía que no podía ganar. Era uno de los rasgos que le hacía sobresalir en la Questura: que era más listo que la mayoría. Además podía haber otra razón. Un agente del SISDE se había presentado en el escenario del crimen aquella mañana, justo cuando cargaban a la mujer en el coche fúnebre, y había hablado con Falcone en privado. Él era la primera vez que lo veía pero Peroni, que conocía a todos los policías y agentes de la ciudad, tanto civiles como militares, había maldecido sonoramente al verlo aparecer.

—¿Cómo se llamaba el tío ese del SISDE?

—Viale. No me preguntes lo que hace ni qué cargo tiene, aunque supongo que no anda descalzo. Me lo encontré en un par de ocasiones cuando estaba en estupefacientes y detuvimos a gente a la que él no quería que molestásemos. Se le da bien lo de presionar a todo el mundo.

Costa se dio cuenta de que estaba pisando terreno delicado.

—¿Tan bien como para poder presionarte a ti?

—Si te lo contara, luego tendría que cortarte la lengua —bromeó—. La verdad es que los hombres como él consiguen lo que quieren en estos días. Son gente peligrosa.

Costa sonrió y sin decir nada se tumbó en el sofá.

—Vale. Ya pillo la indirecta —dijo Peroni haciendo un gesto con la mano, y desapareció pasillo adelante en dirección al dormitorio.

MÓNICA SAWYER ESTABA ante el mostrador de pino de L'Angolo Divino y deseó por enésima vez haber aprendido italiano. Una persona de la agencia inmobiliaria le había recomendado aquel lugar y le había intentado explicar un juego de palabras acerca del nombre: que "divino" significaba "digno de un Dios" y "del vino". Le había costado entender el chiste. Era un bar, o mejor dicho, una enoteca, un sitio en el que se vendía vino, tanto caro como barato, y algunos platos especiales de pasta, queso y carnes frías. Por lo menos eso es lo que le habían dicho. El bar estaba situado en la esquina de dos calles estrechas cercanas al Campo dei Fiori. Un brazo del establecimiento en forma de ele parecía una biblioteca, con filas y filas de botellas seguramente carísimas y que llegaban hasta el techo. El resto del bar era apenas un estrecho pasillo en el que cabían tres personas no más, con el suelo de planchas de manera, unas cuantas mesas de pino y algunos platos de queso fragante tras los cristales de una vitrina. Un hombre mayor vestido con chaqueta parda de lona, como las que se suelen llevar en las tiendas de herramientas, le estaba hablando en un italiano tan rápido que bien podría ser urdo. Había sólo otro cliente en la tienda, un hombre vestido con traje negro, sentado a una de las mesas, leyendo el periódico y bebiendo vino en la copa más grande que Mónica había visto en su vida en la que lo hacía girar de vez en cuando antes de olerlo y tomar un mínimo sorbo.

Mónica era de San Francisco, así que estaba familiarizada con los bares. Debería ser capaz de salir de una situación como aquella, así que le dijo al camarero por tercera vez, muy despacio:

—Una copa de chardonnay, por favor.

Y sintió ganas de llorar cuando el hombre volvió a lanzarle otra diatriba en italiano mientras señalaba la interminable selección de vinos que había al otro lado del mostrador.

—Mierda…

Aquello iba de mal en peor. Con aquel tiempo infernal iba a estar sola en Roma durante días, sin nada que hacer y sin nadie con quien hablar. Y para colmo, no iba a poder tomar una copa decente fuera del bar de un hotel, donde una mujer norteamericana de cuarenta y dos años, sola y aún de buen ver, no podía sentarse tranquilamente sin ser víctima de un acoso constante.

—El italiano y el español son primos, pero me temo que no son intercambiables —le dijo muy cerca una voz con acento irlandés.

Mónica se volvió y vio que el hombre del traje negro estaba a su lado. Se había acercado sin hacer un solo ruido, lo cual, en circunstancias normales, le habría sobresaltado un poco, pero por alguna razón aquel desconocido no le inspiró desconfianza alguna. Sonreía, y la suya era una sonrisa afable en un rostro agradable e inteligente, con algunas líneas y arrugas, como si hubiera vivido lo suyo, pero afectuosa en cualquier caso. Debía rondar los cincuenta y seguía teniendo unos dientes muy blancos y perfectos. Llevaba unas gafas de montura metálica y rectangular, quizás algo pasadas de moda y con cristales ahumados que difuminaban lo que a ella le parecieron unos reflexivos ojos grises. Tenía el pelo entrecano y ondulado y lo llevaba largo, como si fuera un artista.

"No hay manera de que te dejen en paz", pensó. Pero al menos aquel era irlandés. Entonces el hombre se quitó la bufanda que llevaba al cuello y Mónica se sintió tan culpable como cuando era pequeña y creía haber cometido un pecado.

—Padre —dijo, con la mirada clavada en el alzacuello algo arrugado—. Lo siento. No me había dado cuenta.

Era un hombre atractivo, y ese era precisamente el problema. Dado que Harvey no iba a llegar a Roma hasta dentro de unos días, incluso una semana quizás, no le quedaba más remedio que admitir que necesitaba un poco de compañía, y el sonido de una voz amable hablando en inglés verdaderamente marcaba la diferencia.

—¿Y por qué iba a dársela?

Debía medir más de metro ochenta y era de constitución atlética, y viéndole su abrigo de zorro debía estar preguntándose qué clase de mujer andaría deambulando por las calles de Roma vacías y cubiertas de nieve vestida como si se fuera al teatro.

—Es lo más caliente que tengo —se explicó sin que nadie se lo pidiera—. Además iba a ir a buscar a mi marido, que llegaba hoy de Nueva York, pero me han dicho que el aeropuerto está cerrado, y Dios sabe cuándo lo van abrir...

Tenía que cuidar lo que decía. Se había educado en un colegio de religiosas en Palo Alto, así que debería saber cómo comportarse, aunque desde luego aquel cura no parecía haberse sorprendido. Los sacerdotes habían cambiado mucho.

Él tocó el abrigo con dos dedos largos y firmes.

—Perdóneme. Es que no suelo ver esta clase de cosas en mi trabajo —dijo a modo de disculpa y le ofreció una mano—. Peter O'Malley. Puesto que los dos somos extranjeros atrapados en Roma por la nieve, espero que no le moleste que me presente. Llevo todo el día dando vueltas sin saber qué hacer, y si quiere que le diga la verdad, me resulta reconfortante oír hablar en mi propia lengua.

—¡Yo he pensado exactamente lo mismo! —contestó ella, estrechando su mano. El apretón fue breve y fuerte—. Mónica Sawyer.

—Me alegro de conocerla —dijo, y miró al camarero—. Querías tomar una copa de vino, ¿no, Mónica?

—Desde luego.

—Entonces vamos a elegir, pero no chardonnay. Es una variedad de uva francesa que no está mal, pero estando en Roma...

Mónica sintió ganas de reír. Allí estaba ella, una extranjera sola en una ciudad desconocida, con un cura bastante guapo del que podría decirse que sabía flirtear.

—Recomiéndame algo, Peter.

—Si lo prefieres blanco, sería un crimen que te marcharas sin haber probado el Greco di Tufo.

El camarero enarcó sus gruesas cejas grises en lo que parecía un gesto de aprobación.

—¿El qué?

—Es una uva que bien podría ser la más antigua de Italia y que trajeron de Tesalia mucho antes del nacimiento de Cristo. Si la memoria no me falla, hay unas cien pequeñas *aziende* al este de Nápoles, o viñedos como se los conoce más comúnmente, que todavía cultivan esa uva. Cuando se toma una copa de Greco, se está bebiendo el mismo vino que bebió Virgilio mientras escribía La Eneida. Si vas a Pompeya, que debes visitar sin falta antes de marcharte, hay unas líneas de grafitti en un fresco que deben tener por lo menos dos mil años y que dicen algo así: "Debes estar muerta, Bytis, mujer de hielo, si anoche ni siquiera el vino de Greco pudo calentarte".

Mientras Mónica pensaba en lo que acababa de decirle, el

camarero sirvió una copa de vino blanco que sin duda debía ser el que el cura había mencionado y que había pedido con tan sólo alzar un dedo.

—¿Y quién era Bytis?

El irlandés de encogió de hombros.

—Una amante. ¿Quién si no? Desde luego una amante que no cumplió con su deber, a pesar del vino. O quizás a causa de él. No olvides lo que dice Macbeth: *lujuria, señor, la provoca y no la provoca: provoca el deseo pero impide su culminación. Así que beber mucho engaña a la lujuria: la engrandece y la acorta; la levanta y la derriba; la excita y la desinfla; la arma y la desarma; la apoya y la desanima; la sube y no la sube; en conclusión: en sueños la engaña y desengañada la deja con un palmo de narices.*

El cura miró un instante hacia la puerta.

—¿Te das cuenta? Pasé demasiado tiempo en mi juventud en las bambalinas del teatro Abbey, del que sólo conseguí sacar una cita para cada ocasión.

De pronto se le acercó para susurrarle al oído:

—Hamlet y los augurios de cambio.

Su interpretación fue tan melodramática que Mónica no pudo contenerse y se echó a reír. El vino... transparente, seco y muy distinto a cualquier otro, ayudaba.

—Has leído mucho, ¿no?

—No te creas. Soy sólo un cura de tantos que hace años tuvo mucho tiempo libre. Uno de tantos. Y si no, que se lo pregunten a mi pequeño rebaño de hermanitas de Orvieto. Aunque Dios sabe cuándo volverán a verme. Sinceramente encontrarme así en el mundo me produce un poco de vértigo. Me he pasado casi todo el día en la estación intentando coger un tren, y el resto llamando a la puerta de los pocos hostales que me puedo permitir intentando encontrar alojamiento, tras lo cual... —alzó su copa—, el irlandés que llevo dentro me ha ganado la partida.

Mónica se sorprendió al darse cuenta de que se había terminado su vino, aunque había que reconocer que el camarero no era demasiado generoso en las copas. El Greco era bueno:

potente, distinto, insospechado. Le apetecía tomar otra copa y algo de comer.

—¿Qué es eso? —preguntó, señalando la copa que el cura sostenía en la mano que parecía un globo y a la que aún le quedaba un resto de vino tinto en el fondo del que el sacerdote iba tomando pequeños sorbos, como si no pudiera permitirse una segunda copa—. ¿Y por qué es tan enorme?

Peter entrecerró los ojos.

—Amarone. Un pequeño placer que me permito cada vez que vengo a Roma. Comparado con lo que bebemos en casa...

Arrugó la nariz y no tuvo que añadir nada más.

—¿Y ese pedazo de copa?

Él hizo girar el trago de vino que quedaba en el fondo y se lo mostró. Ella tomó la copa y al hacerlo rozó su mano accidentalmente. Luego metió la nariz en el cristal y todo un universo de aromas le llegó a la cabeza, haciéndole recordar la prosa florida que se leía en la revista *Decanter:* una repentina y cálida brisa de verano surgida del mar Mediterráneo cabalgando sobre las matas sedientas de tomillo. O algo por el estilo.

—Este establecimiento es un sitio serio —dijo, mirando al camarero—, y como sitio serio, ponen a disposición de los clientes distintos tipos de copas en función del vino que se vaya a tomar, aunque a razón de nueve euros la copa que está el amarone, deberían guardarlo en caja fuerte.

—Ah —contestó ella, y dejó un billete de cien sobre el mostrador—. ¿Crees que tu italiano es lo bastante bueno para decir: *El dinero en la bolsa, hasta que no se gasta no se goza*? Que nos sirva más vino y algo de comer, que yo tengo hambre. ¿Tú no?

Le vio dudar y por un momento temió haberle perdido. Luego sacó un monedero pequeño y bastante femenino y comprobó su contenido.

—Sigo siendo irlandés, y como tal no termino de sentirme cómodo con que una mujer me invite.

Ella puso su mano en el brazo del cura.

—Entonces, considéralo pago de tus clases.

—Hecho —dijo, y le dio unas cuantas órdenes al camarero.

Primero llegó el vino: Amarone, junto con una breve charla sobre cómo se secaban las uvas antes de fermentarlas y luego algo llamado Primitivo di Manduria, que era más o menos el tinto equivalente al Greco, que se extraía de una antigua uva que seguían manteniendo viva un puñado de productores, en aquella ocasión de Puglia, en el tacón de Italia. Y luego la comida: lonchas finas como el papel de ciervo salvaje secado en la alta montaña, una selección de salami, unos picantes y otros dulces; lardo di colonna, trozos translúcidos de grasa de cerdo; lonchas de parmesano curado y una ensalada de mozzarella con tomatitos de Pachino, unos tomates tan pequeños, rojos y dulces como las cerezas.

Comieron y bebieron mientras fuera de allí el día se volvió noche tras el velo de una nevada pertinaz.

Mónica no sabía cuánto tiempo llevaba en el bar, y a decir verdad, no le importaba. Estaba sola en Roma, sin hablar una sola palabra de aquel maldito idioma, y Peter O'Malley era una compañía muy agradable. El hombre soltero más encantador que había conocido en años. Sabía escuchar y cuando hablaba, lo hacía sobre cuestiones que a ella también le interesaban y que podían versar sobre arquitectura, política, literatura, los placeres de la mesa... Puede que Peter O'Malley hubiera disfrutado en demasía de este último, bajo los cuidados de sus hermanas en Orvieto. Quizás se sintiera libre de pronto en aquel extraño y pequeño mundo de calles frías, blancas e intransitables.

Mónica le escuchaba y se reía, consciente de que se estaba emborrachando. Estaba acostumbrada a despertar la atención de los hombres. Era alta, con una hermosa mata de pelo castaño y bien cuidado, y una cara de rasgos elegantes y armoniosos, una cara que a la gente le gusta contemplar. En San Francisco, cuando Harvey estaba de viaje, echaba una canita al aire de vez en cuando. En aquel momento cogió la muñeca de Peter para mirar su reloj y luego lo miró a él asegurándose de que su expresión no transmitiera la idea de que le estaba invitando a algo. No estaría bien. Sería impropio. No era ni lo que sentía ni lo que quería hacer. Simplemente deseaba compañía y la suya era, por el momento, la mejor.

—Peter, tengo que irme. No quiero que malinterpretes lo que voy a decirte, por favor, que no tengo por costumbre recoger hombres en los bares, y mucho menos los que llevan alzacuellos, pero mi marido y yo tenemos alquilado un apartamento muy cerca de aquí. Para dos semanas, nada menos. Sin él está vacío, no hay televisión por cable y no entiendo ni una palabra de las emisoras italianas, así que si no encuentras sitio en el que alojarte, puedo ofrecerte el sofá o la alfombra.

El cura hizo algo extraño en aquel momento: miró las dos copas, la suya casi llena y la de ella vacía, y las alineó cuidadosamente, de modo que ambas quedaron perfectamente cuadradas con el borde de la mesa. Debía ser un rasgo obsesivo. O quizás no. Parecía pensativo.

—No sé —murmuró—. Seguro que encuentro sitio por ahí.

—Tiene terraza —añadió ella—. Es el último piso. Se ve la cúpula de San Pedro y otros sitios de los que ni siquiera conozco el nombre.

—¿Terraza?

—Una de las mejores de toda Roma. Eso es lo que dijo el de la inmobiliaria, y un romano no iba a mentir, ¿no?

—Jamás —dijo él, y alzó la copa hacia ella.

Cinco minutos después, estaban en la calle. Ella se reía y apenas notaba la nieve que caía blandamente. Unos cuantos oficinistas avanzaban con cuidado por las aceras resbaladizas. Peter llevaba sólo una pequeña bolsa de viaje negra, llena a reventar como buen soltero.

Del bolsillo del abrigo sacó algo, lo desdobló y se lo iba a poner cuando sus miradas se cruzaron.

—Estaría un poco ridículo —dijo, y volvió a guardárselo en el bolsillo.

Era uno de esos absurdos gorros de Disney que llevaban los niños, con unas enormes orejazas de Mickey Mouse que se sujetaban en lo alto de la cabeza.

—Sí que lo estarías —contestó ella.

Peter le ofreció su brazo y ella aceptó, apoyándose en él para avanzar sobre la nieve cruzando la desierta Piazza Navona de camino a su casa.

MIENTRAS GIANNI PERONI hacía todo un catálogo de ruidos en sus abluciones en el cuarto de baño, Nic Costa estaba viendo las fotografías que había recogido y se encontró con una descripción minuciosa de lo ocurrido en las últimas dieciséis horas minuto a minuto. La investigación se había centrado, lógicamente, en el hombre vestido de negro que aparecía en las escaleras de la fuente junto a los delfines helados, con las piernas entreabiertas y el arma en la mano. Toda su atención estaba puesta en aquella figura, sin darse cuenta de que había otro actor en la escena: la persona que había quedado atrapada en el Panteón cuando llegaron ellos, la sombra que había salido rozándole del interior cavernoso del edificio que albergaba en su interior aquel macabro secreto oculto bajo una montaña de nieve y hielo.

Sabía que era importante reunir información sobre el hombre de negro, averiguar qué sabían de él los agentes del FBI, pero no podía olvidar al otro participante, alguien que parecía un intruso en aquella historia, uno cuya presencia, como cómplice o accidental, necesitaba explicarse.

Intentó recordar sus impresiones de aquellos momentos en la oscuridad, seguir la recomendación razonable aunque cáustica de Falcone: interrogarse a sí mismo sin olvidar las preguntas difíciles. Apenas había podido ver a la figura que aparecía y desaparecía en las esquinas del congelado hemisferio aquella noche. Las fotos de Mauro tampoco ayudaban en ese sentido. Había examinado las más de doscientas instantáneas que cubrían el tiempo transcurrido desde su estancia en el bar hasta los últimos momentos fuera del Panteón. En las tomas principales todo lo que Mauro había podido captar eran sombras, manchas oscuras impresas en la película. La verdad es que había sido una tontería esperar otra cosa. Una vez volvieran a la Questura, se las entregaría a un especialista, aunque estaba convencido que no iban a sacar nada en claro.

O nada a lo que mereciera la pena matar... a lo mejor era lo que había pensado el hombre de negro.

Interrógate. Sabía que sólo había visto sombras, pero tenía que examinar sus otros sentidos así que cerró los ojos e intentó pensar. Había algo más. Recordó entonces el momento que había quedado relegado al fondo de su memoria por lo extraño y casi imposible que parecía ser.

Cuando el fugitivo había pasado a su lado, habían ocurrido dos cosas: una mano pequeña, rápida y diestra, le había palpado el bolsillo, buscando, como si lo hiciera habitualmente. Y por otro lado, había percibido una fragancia, algo almizclado y penetrante, conocido, un aroma que estaba conectado con algo único en su cabeza.

Miró la sombra apenas perceptible que había quedado registrada en la última foto que Mauro Sandri tomó en su vida en un rincón iluminado del pórtico.

El perfume era pachuli, y Nic sabía la clase de personas a las que les gustaba llevar ahora aquel perfume preferido de los hippies: a los niños de la calle, los que se habían abierto camino para llegar desde los Balcanes, Turquía y más allá, con la esperanza de alcanzar un paraíso acogedor, pero que lo que encontraban era que el único modo de mantenerse vivos consistía en desarrollar cuanto antes el talento necesario para robar carteras. O algo peor.

Peroni entró en el salón y miró por encima del hombro de Costa.

—¿Hay algo?

—Nada. Aquí es donde estaba —contestó, tocándose la frente—. Debería habérmelo imaginado. Era un vagabundo. Me refiero a la persona que estaba dentro del Panteón. Intentó quitarme algo del bolsillo al salir. Llevaba esa clase de... olor que llevan los niños de la calle. Es un olor dulce, casi como una droga. Pachuli. ¿Sabes qué olor es?

Peroni se sentó a su lado en el sofá. Acababa de salir de la ducha y a Nic le gustaba el aspecto que tenía en aquel momento. A su compañero le sentaba bien la actividad. Y a él, también.

—Por supuesto.

—Viene del este. En el Campo lo venden mucho.

—Y en Termini también. Lo usan las chicas, y suele significar que se drogan. O que se venden. O ambas cosas. Los niños que viven en la calle no tienen posibilidad de cuidar su higiene personal.

Costa recordó la voz que había oído en la oscuridad.

—Entonces, es una chica.

Peroni frunció el ceño.

—¿Y por qué iba a intentar robarte algo en ese momento? Si fuera yo el que huyera de ese lugar, no me habrías visto ni el polvo.

—A lo mejor es carterista, y no lo otro.

—Es posible, pero...

—No todas están en las drogas y en la prostitución, Gianni. Sólo las que tú has conocido. Yo he conocido a montones de críos de estos que se buscan la vida en la calle robando. Algunos podría decirse que son incluso profesionales. Que robar está en su naturaleza.

—Si tú lo dices...

—Cuéntame otra vez lo que había en las cámaras de circuito cerrado. En la del Panteón.

—Nada de nada. En el interior hay cuatro cámaras y ese tío inutilizó las cuatro. El hombre de seguridad con el que hablé no pudo decirme qué les había hecho. Me dijo que tenía que haber manipulado la caja de control o algo así. No tocó los cables porque si lo hubiera hecho...

—Se habría disparado la alarma —concluyó Nic por él.

—Sí —Peroni se puso una corbata y se la anudó a su cuello de toro—. ¿Qué andas rumiando?

—Que ese tío entró sin que las alarmas se dispararan. A lo mejor tenía llaves, quién sabe. Y tuvo que convencer a la mujer para que entrase. No podía arriesgarse a atacarla en la calle, ni siquiera con este tiempo. Y luego hizo lo que quiso sin que tampoco las alarmas se dispararan. Además ya estaba fuera cuando nosotros llegamos. Debimos tardar... unos diez minutos desde el bar. Tuvo que matar a la mujer, desnudarla y hacerle esas marcas en la espalda. Para todo eso debió necesitar por lo menos una hora, si no más.

Peroni asintió sin saber adónde quería ir a parar.

—A lo mejor la alarma se disparó después de que la hubiera matado.

—También podría ser. Pero ¿y si salió, cerró todo y se alejaba ya cuando se disparó la alarma? Eso debió sorprenderle. No había nadie vivo allí dentro, o al menos eso debía pensar él. Había inutilizado los sistemas de seguridad que podían estorbarle, pero lo que no sabía es que había una cría metida allí dentro, escondida, a lo mejor intentando refugiarse del frío. Y ella lo vio todo. Todo.

—Pues menuda gracia.

Costa seguía pasando las fotos aunque sin verlas en realidad. Entonces se dio cuenta de que estaban desordenadas. En la tienda las habían maclado al revelarlas.

—¿Y qué hizo entonces? —preguntó Costa.

—Esperar fuera a que abriéramos las puertas. Hasta que quien estuviera dentro intentase escapar y matarlo. O intentarlo al menos. Pero el pobre Mauro se cruzó en el camino de las balas, y tú empezaste a disparar antes de que ese canalla pudiera terminar el trabajo. Dios...

Había seguido mirando las fotos, se detuvo ante una y la separó de las demás. Estaba en el grupo equivocado, entre las que se habían tomado en el bar.

Mauro había empleado el zoom para acercar la imagen que seguramente había sido la última que tomó. La muchacha era casi tan alta como Nic pero más menuda, llevaba vaqueros y una cazadora oscura. Estaba saliendo del pórtico y empezaba a correr. La foto estaba ladeada. Quizás Mauro estaba cayendo ya, alcanzado por las balas.

Era difícil deducir la edad en aquella única imagen; además

eso era bastante corriente entre los niños de la calle. Físicamente parecía no tener más de trece o catorce años, con el pelo
corto como lo llevan los niños abandonados, pero su cara, un
rostro bonito de piel oscura era la de un adulto. Tenía la boca
abierta, a medio camino entre el bostezo y el grito, y una mezcla de terror y determinación le brillaba en los ojos abiertos de
par en par que miraban más allá de Mauro, directamente al
hombre plantado en las escaleras de la fuente de los delfines y
que intentaba poner fin a su vida.

Peroni miró atentamente la foto.

—Una inmigrante ilegal. Turca, quizás. No tendrá casa. Ni
siquiera identidad real, así que no podemos esperar que acuda
a nosotros.

Costa miró su reloj. Quedaban todavía quince minutos antes de la reunión en Vía Veneto. Tendrían que darse prisa.

—Alguien tiene que conocerla.

Gianni cogió aire entre los dientes cerrados, aún examinando la foto y la cara que parecía mirarles. Había trabajado
durante años en narcóticos y conocía bien el camino que re-
corrían inevitablemente la mayoría de aquellas criaturas y que
les llevaba desde la delincuencia menor hasta las drogas y la
prostitución. El destino trágico de esos críos le ponía enfermo,
y más en aquel momento.

—Puedo pedir que me devuelvan algunos favores —le dijo a
Nic—, pero a lo mejor tenemos que visitar algunos sitios que a
Leo no le harán ninguna gracia. ¿Te parece?

Costa volvió a mirar la foto, los ojos oscuros y desesperados
de la niña.

—No hay problema.

LA EMBAJADA NORTEAMERICANA estaba en una empinada curva de la via Veneto, cerca de la Piazza Barberini. Allí, protegidos
por una verja de hierro bien custodiada, un pequeño ejército de
diplomáticos, administrativos, militares, policías de inmigra-

ción y demás pululaban por el elegante laberinto de corredores del siglo XIX en lo que fue una vez el Palazzo Margherita.

Leo Falcone los aguardaba en la sala de espera, silencioso y muy serio, vestido de gris. Nic se sorprendió al descubrir que Teresa Lupo estaba con él, manoseando su incipiente cola de caballo. Llevaba vaqueros y una vieja cazadora, lo que le confería un aspecto algo abandonado. Además, no parecía muy contenta con tener que estar allí.

—¿Cómo estás, Gianni? —le preguntó a Peroni cuando todos se sentaron a esperar.

—Bien. No te lo tomes a mal pero, ¿qué haces aquí?

—Trabajar, si me dejan —contestó de mala gana—. ¿Algún problema?

Él murmuró algo que sonó a disculpa.

—Está aquí porque yo he querido que viniera —explicó Falcone—. Aparte de lo que pueda saber esta gente, el cadáver sigue sin estudiarse.

—Ya os lo dije antes —añadió Teresa—: soy la mecanógrafa.

—Si quieres verlo así —murmuró Falcone cuando un hombre alto y de aire formal caminaba hacia ellos con unos papeles en la mano—. Pero dejemos estas discusiones para cuando estemos fuera de aquí, por favor.

El oficial de la embajada se presentó como Thornton Fielding. No parecía ser compañero del agente Leapman porque su forma de dirigirse a ellos era diplomática y cortés. Quería que firmaran un documento en el que se comprometían a no difundir la información que iban a recibir.

Falcone lo leyó y dijo:

—Estamos en Italia, señor Fielding, y no tengo por costumbre firmar documentos sobre lo que voy o no voy a hacer en mi propio país.

Fielding ni siquiera pestañeó.

—Técnicamente, comisario, estamos en suelo norteamericano. Así funcionan las embajadas. O me firman estos documentos, o no podrán verse con el agente Leapman —hizo una breve pausa—. Personalmente ésa sería razón más que suficiente para no firmarlos, pero ustedes deciden.

—Así que a usted también le gusta el chico, ¿eh? —dijo Peroni.

—El tío más divertido que van a conocer en su vida. ¿Van a firmar o no?

Cuando terminaron hizo una llamada desde el teléfono de una mesa. Al momento, Emily Deacon apareció en el pasillo.

—Ella sí es una chica agradable —dijo Fielding—. No la juzguen por la compañía que le ha caído en gracia.

Y dicho esto, desapareció. Siguieron a Emily y la vieron introducir una tarjeta para abrir la puerta que daba acceso a un amplio despacho de techos altos.

El agente Leapman estaba sentado en un butacón de cuero tras una mesa de madera pulida, embutido en una camisa blanca remangada que dejaba al descubierto unos brazos peludos y fuertes. Emily Deacon, vestida con una blusa color crema que le robaba el color de la cara y pantalón marrón que le confería un aire demacrado, les invitó a acomodarse en un sofá de piel. Ella se sentó en una silla de oficina al lado de Leapman, ya que debía ser inferior en rango. Sobre las piernas se colocó un cuaderno y Costa pensó que podría pasar por su secretaria, de no ser por el modo en que buscaba entre un montón de papeles que había sobre la mesa y cuyo texto parecía conocer hasta la última coma.

—Les agradezco que hayan venido —dijo Leapman sin el más mínimo atisbo de emoción mientras pulsaba los botones de un mando que tenía en la mano. Las persianas de las ventanas giraron noventa grados para bloquear la luz eléctrica de los focos de seguridad de la calle y una pequeña pantalla bajó del techo.

—¿Acaso teníamos elección? —preguntó Teresa.

—La verdad es que no —respondió Leapman con franqueza—. Sé que dije que no me correspondía a mí decidir quién debía asistir a esta reunión, Falcone, pero esperaba que vinieran sólo policías.

Falcone respiró hondo antes de contestar.

—Un papel, por muy del Palazzo Chiggi que sea, no puede

alterar las leyes de este país. La señorita Lupo debe firmar un documento que acredite la muerte de la mujer, así que tiene todo el derecho a estar aquí. Llame a donde le parezca oportuno si quiere comprobarlo.

Leapman miró brevemente a Emily Deacon como queriendo decir ¿Lo ves? Ya te había dicho yo cómo son.

—Bien. No olviden lo que hemos acordado: lo que se hable aquí ha de quedar entre nosotros. No quiero leerlo mañana por la mañana en *Il Messaggero*. Deacon...

Le entregó el mando y ella pulsó un botón. Una foto apareció en la pantalla. Era un edificio que Costa conocía, y luego una serie de tomas en las que se veía desde ángulos distintos. Era una especie de templo de piedra rosada fotografiado a plena luz del sol, con fuentes y agua cerca y con una amplia cúpula soportada por una columnata abierta.

—Se parece al Panteón —dijo Peroni.

—Y así debe ser —contestó ella—. Es el Palacio de Bellas Artes de San Francisco. Se construyó en 1915 para la Exposición Universal. Maybeck, el arquitecto, pretendió recrear un edificio romano clásico siguiendo un grabado de Piranesi de un templo semi derruido.

—Muy bonito. ¿Encontraron algún cadáver en él?

Ella asintió. Parecía sorprendida de que hubiese percibido tan rápido de qué se trataba.

—En el mes de mayo de este año. Fue el primero, que sepamos.

—¿Quién era? —preguntó Falcone.

—Un hombre. Un turista de Washington. A pesar de lo que hemos visto hoy, no creemos que el móvil sea sexual. Podríamos equivocarnos, por supuesto...

Leapman se meció en su sillón.

—Pero no lo sabemos con seguridad —continuó ella—. El Palacio está cerca del puerto deportivo. Es un lugar bastante tranquilo en general, pero hay barrios conflictivos cerca. La policía lo atribuyó a las bandas, pero había algo raro.

Volvió a apretar el botón y pasó una serie nueva de fotos. Eran de la víctima, boca abajo sobre el suelo de mármol rosa.

Estaba desnudo de cintura para arriba. La cuerda que se había empleado para estrangularle estaba todavía hundida en el cuello. Le habían dibujado algo en la parte baja de la espalda, algo parecido a lo que habían visto aquella mañana en el Panteón.

Leapman carraspeó, encendió un cigarrillo y dijo:

—Entonces el asesino todavía no tenía experiencia. Luego ha mejorado mucho. Siguiente.

Más fotos, esta vez de una torre circular, achaparrada y con dos galerías en la parte alta.

—Coit Tower, también en San Francisco —continuó ella—. Tres semanas después encontraron esto al abrir por la mañana, también en la planta baja. Se le dan bien las cerraduras.

Era otro cadáver, esta vez completamente desnudo y también bocabajo. Un hombre regordete, de cabello gris, de unos cincuenta años. Las marcas de la espalda estaban mejor trazadas. El dibujo era más grande y más nítido: un baile geométrico de ángulos y curvas que componía una imagen reconocible.

—¿Quién era? —preguntó Falcone.

—Otro turista de Nueva York —respondió Leapman—. Estaba solo en la ciudad. Había visitado varios bares gays, lo cual nos complicó un poco las cosas. Ocurre siempre con la policía urbana —continuó—. Es que son estrechos de miras. Les gusta sacar conclusiones fáciles y pensaron que se trataba de un pervertido más. Ni siquiera nos avisaron. No supimos que había ocurrido hasta un mes más tarde.

Hizo un gesto a Emily y en la pantalla apareció la imagen de otro edificio clásico con un pórtico blanco y cúpula de ladrillo. Sólo la bandera de barras y estrellas que ondeaba en un mástil indicaba que no estaban en Italia.

—Monticello, Charlottesville, Virginia. Finales de junio. El edificio fue la casa de Jefferson cuando se retiró, lo cual no sabemos si es significativo. Él mismo la diseñó. La influencia neoclásica puede provenir de la época en que fue embajador en París, pero no hay que ser arquitecto para ver de dónde provenía la idea.

—Al abrir encontraron a una turista muerta en el vestíbulo

—intervino Leapman, y la imagen de un cadáver apareció en la pantalla—. Esta vez era local. Imagínense el espectáculo.

—¿Sigue sin haber motivación sexual aparente? —preguntó Falcone.

Leapman negó con la cabeza.

—¿Puedo ver la autopsia de alguno de ellos? —preguntó Teresa.

—No. No tenemos copias, y además, no le veo sentido.

—Podría ser que...

—La respuesta es no. Siguiente.

Podría ser casi el mismo edificio de no ser por la ventana del pórtico, que había cambiado de forma.

—Éste también es de Jefferson —dijo Emily—. La Universidad de Virginia. La Rotonda es una copia del Panteón a tamaño reducido. Sólo cuatro días más tarde. Se encontró un cuerpo en el centro del vestíbulo, muy parecido a lo que hemos visto hoy. Ya ha conseguido el dibujo que quiere y no hay variaciones.

Los miembros del cadáver estaban colocados exactamente en el mismo ángulo que los de la mujer del Panteón. En una segunda imagen se le veía dado la vuelta.

—Su trabajo con el escalpelo ha mejorado—dijo Leapman.

—Además, se vuelve quisquilloso en cuanto a la posición de los cadáveres —continuó Emily—. La cabeza debe apuntar hacia el sur. A partir de este momento, siempre lo hará así. La posición de los miembros la irá alternando. A veces los colocará en este ángulo, y otras colocará los pies juntos y los brazos en un ángulo de noventa grados con el tronco.

Leapman hizo un sonido por el que parecía querer decir que aquel detalle no le parecía interesante.

—El hecho de que la cabeza esté colocada siempre señalando el sur es particularmente extraño —continuó ella—, porque en la mayoría de los edificios no había razón obvia para hacerlo, ya que no estaban orientados en ninguna dirección en particular. Sólo reparamos en ese detalle más tarde. En el Panteón, la entrada y el altar mayor siguen la línea norte—sur. Por eso dispuso así el cuerpo. Los anteriores eran como... ensayos para lo que ocurrió anoche. Como si el Panteón fuese una especie de destino.

—¿Es muy difícil? —preguntó Costa.

—¿El qué? —inquirió Leapman.

—Lo que les hace en la espalda.

Leapman miró a su compañera. Parecía perderse en lo que no fuera cuestiones de procedimiento.

—No es ni fácil ni difícil. Puedo proporcionarle el sumario del perfil psicológico si quiere, pero después. Todavía no hemos terminado.

Otra foto, un edificio pequeño y circular casi escondido en un bosque, pero con un ancestro obvio.

—Ya estábamos trabajando en el caso cuando ocurrió, pero no nos lo estaba poniendo fácil. Hubo una especie de intermedio, hasta mediados de julio. Puede que creyera que se estaba arriesgando demasiado. Éste es un disparate arquitectónico en Chiswick, al oeste de Londres. Y una vez más, se trata de un turista norteamericano. Una mujer esta vez.

Otra copia del Panteón, en aquella ocasión junto a un lago.

—Diez días después, en Stourhead, Wiltshire, al suroeste de Inglaterra. Ahora hay cada vez más distancia física entre sus trabajos. Puede que piense que hemos visto algo. O a lo mejor *quiere* que lo veamos.

Una fachada familiar de Venecia apareció en la pantalla.

—Finales de agosto. Las distancias son cada vez mayores. Un hombre.

—¿Cuántos lleva en total? —preguntó Falcone.

—Siete que sepamos, sin contar la víctima de anoche. Pero no hay seguridad de que tengamos información de todos. Es un tipo muy listo y salta de país en país. Mata a intervalos impredecibles. Han tenido que pasar meses para que consiguiéramos demostrar que hay un patrón que se extiende más allá de sus primeros asesinatos en nuestro país. Lo único que sabemos con seguridad es que ha asesinado a cinco hombres y tres mujeres. Todos norteamericanos, caucásicos, de clase media. Nada fuera de lo normal, elegidos al azar para demostrar algo.

—¿El qué? —preguntó Costa.

Con el mando buscó una imagen en la que se veían las siete espaldas marcadas, todas de forma similar, y luego les mostró un gráfico.

—Éste es el dibujo de uno de los cadáveres más recientes. Seguramente el más próximo a lo que pretende conseguir.

Encendió las luces de la habitación, cogió una hoja impresa con el dibujo de las incisiones y la colocó sobre la mesa de Leapman. De un cajón sacó un lápiz negro y grueso, una regla y un compás y dibujó un cuadro en la hoja casi pegando a los bordes.

—El dibujo es en realidad un subconjunto de una idea más complicada.

Ágilmente, con la habilidad que se asocia a un arquitecto o a un artista, trazó cuatro líneas rectas dentro del cuadrado que partían del punto en el que los brazos de la cruz tocaban el perímetro. Luego utilizó el compás para unir los puntos en los que las líneas curvas y las rectas se tocaban en el borde formando una vez unidos un círculo perfecto.

—A esta figura se la conoce como la divina proporción. En las primeras víctimas incluso puede verse las marcas que utilizó para alinearlo debidamente.

Les mostró dos imágenes más tomadas en la morgue; versiones iniciales del diagrama.

—Si miran con atención, verán que trazó un par de líneas con rotulador para ayudarse. La otra pista que sugiere una conexión es el modo en que alterna la posición de los miembros. Se trata de una referencia directa al Hombre de Vitrubio. Un hombre desnudo, con los brazos y las piernas extendidas en horizontal y vertical, dibujadas dentro de un cuadro y un círculo. Es el mismo concepto.

Miró a Costa y él comprendió.

—Como el cuerpo del Panteón. Entiendo.

—Es usted afortunado —murmuró Leapman y miró ostensiblemente su reloj—. Bueno, agente Deacon. Usted es el arquitecto del grupo. ¿Qué significa todo esto?

—Yo sólo tengo algunos conocimientos de arquitectura

—contestó—, pero no soy una experta —se tomó unos segundos para mirarlos a todo, como queriendo hacerles comprender que no estaba demasiado segura de lo que iba a referirles—. Por un lado, se trata de un diagrama empleado para explicar la geometría sobre la que se apoyaba la arquitectura antigua, y por otro es una metáfora de la perfección, una especie de símbolo místico. Se supone que representa la unión perfecta entre el mundo físico y el espiritual. ¿Recuerdan el modo en que se había colocado el cadáver del Panteón?

Con unos cuantos trazos hábiles y rápidos reprodujo el conocido dibujo de Leonardo da Vinci.

—Los griegos fueron los primeros en dejar constancia por escrito de que los grandes edificios dependían de unas proporciones geométricas precisas, aunque seguramente robaron la idea en Asia y Oriente Medio, porque esa misma teoría puede encontrarse en edificios construidos con anterioridad en ambas zonas. Los romanos recogieron la creencia de que esas proporciones provenían directamente de los dioses y que se proyectaban en el cuerpo de un ser humano. Vitruvius fue soldado a las órdenes de Julio Cesar antes de llegar a ser arquitecto, y escribió diez tratados que han llegado a ser la Biblia de la materia. Durante algunos siglos estuvieron perdidos, hasta que en el Renacimiento Vitruvio recuperó su papel de maestre para la mayoría de los arquitectos más respetados en la actualidad. Miguel Ángel bebió en las fuentes de Vitruvio constantemente y dibujó Hombres de Vitruvio en todos los perímetros, intentando asimilar la idea. Y no fue el único.

Emily colocó los dos dibujos juntos sobre la mesa.

—Vitruvio utilizó el cuerpo humano, sagrado para él, como punto de partida para determinar las proporciones necesarias del edificio perfecto —continuó, recorriendo las líneas con un dedo—. El hombre de Vitruvio consigue la cuadratura del círculo, igual que el divina proporción. Todo esto tenía una gran importancia religiosa en sus orígenes. Simbolizaba el matrimonio de lo terrenal, el hecho físico del cuadrado, con la perfección inefable de lo celestial, el círculo. Se trataba de... —miró a Leapman, que parecía estarse poniendo nervioso con tanto detalle— encontrar la verdad, incluso a Dios, dentro de una forma. La forma del cuerpo humano, o la forma de un edificio. Las proporciones son las mismas. Fíjense —dijo, y señaló las líneas de la divina proporción—: aquí tenemos todas las formas y proporciones que van a encontrar después en un gran edificio. Incluso los rectángulos que crea la divina proporción siguen la regla aritmética y más correcta según la tradición clásica que en arquitectura se denomina el número áureo y que explica la organización de todo, desde la naturaleza a la misma arquitectura.

Costa intentaba recordar algunas de sus clases de arte en las que se había hablado del justo medio. Era un concepto que influía en todo: arquitectura, escultura, pintura, matemáticas, incluso la música.

Emily Deacon no había terminado.

—Cuando este hombre coloca un cuerpo en el centro del Panteón o en otro lugar similar, lo hace para declarar algo. Es como poner una pieza en un rompecabezas, intentando completar el cuadro. El Panteón es simplemente una versión mayor del patrón geométrico que él está empleando al colocar los miembros de los cadáveres. Un círculo cortado por un cuadro. El cuerpo de la mujer estaba en el lugar en el que el mismísimo Adriano debió estar una vez, contemplando desde el punto focal de un cosmos artificial a través del ojo del óculo lo que para él era el paraíso. La víctima estaba en el epicentro de aquella visión estructurada del universo que él había creado. Y del mismo modo, el universo verdadero la contemplaba a ella. No sabemos quién es el hombre que buscamos, pero desde luego no es un simple... chiflado.

—¿Ah, no? —suspiró Leapman—. ¿Y adónde nos lleva todo esto? Andar haciendo perfiles psicológicos no nos ha servido de nada hasta ahora.

—Pues todavía no lo sé —contestó ella, molesta—. Puede que así se sienta... no sé, completo quizás. Puede que ande buscando algo, o que esté intentando poner orden en su mundo. Pero no tenemos información fehaciente, así que todo son meras deducciones. Además, nos falta una pieza. Se trata de un hombre inteligente, educado y muy, muy capaz. Algo debió empujarle a tomar este camino. Si pudiéramos averiguar el qué...

—Pero no lo sabemos —la interrumpió Leapman—. Y no lo vamos a averiguar, de modo que ¿para qué seguir insistiendo? Yo no quiero entender a ese bastardo: quiero atraparlo. Ha matado al menos a ocho personas, o quizás más. Todos norteamericanos. Si tenemos la oportunidad de preguntarle por qué cuando esté en la cárcel, bien, pero no me va a quitar el sueño si en lugar de a la cárcel lo mandamos al cementerio. No vamos a atrapar a ese animal haciendo perfiles psicológicos ni otras gaitas por el estilo. Lo cogeremos trabajando —entonces miró a Falcone—. Con un poco de suerte, lo cogeremos con su colaboración.

Un pálido reflejo de sonrisa cruzó el rostro del comisario.

—Yo no confío demasiado en la suerte, agente Leapman. Y por cierto, los muertos son nueve. Anoche perdimos a un fotógrafo. Italiano, eso sí, pero entra en la misma cuenta.

Leapman murmuró algo entre dientes y se volvió a mirar las imágenes de aquellas espaldas torturadas.

—Pero sí confío en analizar los detalles —continuó—. ¿Por qué no nos entregan copias de todo su material para que nosotros podamos analizarlo a ver si hay algo que hayan pasado por alto?

—Nosotros no cometemos esa clase de errores —espetó.

—En ese caso, déjeme decírselo de otro modo. Podría ser que entre toda esa información haya algo, algún detalle que para nosotros tenga significado y para usted no.

Para sorpresa de Costa, Leapman no descartó la idea de inmediato.

—Pero tendría que ser recíproco.

—¿Qué quiere decir?

—Pues quiero decir un *quid pro quo*. Deacon trabajaría con ustedes a partir de este momento. Ella me informará a mí de lo que encuentren. A cambio les entregaremos algunos informes.

La mujer lo miró desde donde estaba con la cara sofocada

por la rabia.

—Señor...

Leapman no la dejó continuar.

—Puedo prescindir de ti. Así me ahorro todas esas mierdas de perfiles psicológicos, estadísticas y demás.

Falcone asintió y le dedicó a ella una sonrisa.

—De acuerdo. Bienvenida a bordo.

Leapman empujó el teclado de su ordenador hacia Falcone.

—Le enviaré por correo electrónico algunos documentos. Permítame insistir sobre su confidencialidad. Si los copian o se los envían a alguien más lo sabremos, y yo personalmente lo llevaré a rastras hasta el Palazzo Chigi para que le pongan en su sitio. Ni que decir tiene que si veo algo de esto en la prensa, estará poniendo multas de aparcamiento en Nápoles antes de que termine la semana.

—Parece tener usted muchas influencias —contestó Falcone.

—Si lo desea, puede ponerme a prueba.

—No, pero me gustaría que me dijera una cosa más.

—¿Qué cosa? —preguntó sin mirarle.

—Cuánto tiempo llevan aquí en Roma, esperando que ese hombre apareciera. Por qué decidieron venir aquí, y...

Falcone tiró un poco más del teclado para asegurarse de que Leapman le miraba a la cara.

—Y por qué demonios hemos tenido que esperar a que murieran dos personas para que se dignasen confesarnos qué clase de compañía tenemos en nuestras calles.

Leapman frunció el ceño.

—Deacon.

Ella parpadeó varias veces y presionó un botón del mando. La rabia manaba de ella a oleadas. Una fotografía nueva apareció en la pantalla: era un templo oriental, de paredes rojas y tres tejados, al que se accedía por una escalinata de mármol blanco.

—El Templo del Cielo, en Pekín— explicó ella—. Un Panteón chino, podríamos decir. La cosmología, las proporciones son virtualmente las mismas. Hubo un tiempo en el que fue también altar de sacrificios.

—Y sigue siéndolo para el hombre que buscamos —añadió Leapman casi como si hablara para sí mismo.

Emily Deacon se esforzaba por no perder la compostura.

—Es el último caso del que hemos tenido noticia antes de lo de Roma. En septiembre encontraron a un hombre de cincuenta y cinco años aquí. Nos costó un poco enterarnos del caso. No esperábamos que operase fuera de Estados Unidos o Europa, además de otras… razones.

Pulsó de nuevo el botón y apareció otra imagen. La víctima estaba de espaldas, desnudo, el rostro una máscara de horror y un trozo de cuerda hundiéndosele cruelmente en la carne del cuello.

—Discúlpenme —dijo Emily y salió de la sala.

Suspirando Leapman cogió el mando y mostró la imagen siguiente: el hombre boca abajo, con el dibujo habitual en la espalda.

—Después de esto, nos llegó información de inteligencia que señalaba a Roma.

—¿Inteligencia?

—Sí. Y no me pregunte porque no podría contestarle aunque quisiera. Tendrá que aceptar mi palabra. Nos temíamos que pudiera estar de camino hacia aquí, así que… —cerró los ojos como si todo aquello le aburriera— aquí estoy, alimentándome de comida basura, viviendo en un apartamento asqueroso y perdiendo el tiempo porque mis jefes en Washington decidieron que montásemos una oficina aquí y que esperáramos un poco a ver qué ocurría. ¿Que por qué no les dijimos nada? ¿Qué le parece a usted, comisario? No teníamos pruebas de que pudiera estar aquí, ni de cuándo o dónde podía hacer algo, si es que aparecía. ¿Qué me habría dicho usted si me presento en su despacho y le pongo encima de la mesa este montón de conjeturas y suposiciones?

Leapman esperó una respuesta que no llegó.

—Interpretaré su silencio como que comprende mis razones.

Teníamos que venir y teníamos que esperar. Ahora sabemos que ese animal anda suelto por las calles y tenemos que cazarlo de una vez por todas. Ya lleva demasiado tiempo dándonos por culo. Además...

Mostró unas cuantas imágenes más del cadáver de Pekín.

—La víctima no era un turista con mala suerte esta vez. Era un tío importante, agregado militar a la embajada de Estados Unidos en Pekín. Diplomático de carrera. Un tío con talento. Un poco estirado, pero no se puede tener todo en la vida. Provenía de una de esas familias de Nueva Inglaterra que ponen a sus vástagos al servicio público sólo para demostrar lo buenos ciudadanos que son, sin preguntarse siquiera una vez si es el trabajo que les conviene a esos niñatos malcriados.

Leapman volvió a mirar la foto y suspiró.

—Para eso debería servir la clase, ¿no? Para poder elegir.

Les mostró otra imagen. En ella se veía al mismo hombre en una ocasión formal, vestido de etiqueta, estrechando la mano de un oficial chino. Miraba a la cámara con desabrimiento, y tenía en la mano una copa, a la que se aferraba como si fuera un bote salvavidas.

—Se llamaba Dan Deacon. Yo no veo ningún parecido, pero supongo que debe tenerlo. El bueno de Dan le preparó a su hijita una carrera estupenda, ¿no les parece? Eso sí, creo que a ella no le preguntó ni una sola vez lo que quería hacer. Un día estaba en Florencia tan contenta estudiando arquitectura técnica, y al día siguiente se encuentra haciendo flexiones en un campamento porque así lo quiere su papá, que por supuesto sabe bien cómo engrasar las palmas de los examinadores. Y eso, al final, me ha servido a mí.

Apagó el proyector y encendió las luces para que pudieran verle bien.

—¿Saben de qué va todo esto? De motivación. La agente Deacon es una chica muy motivada. La elegí precisamente por eso. Utilícenla bien, e intenten devolvérmela de una pieza.

EL PISO DE Mónica Sawyer estaba en una calle oscura y estrecha cerca del Palazzo Borghese. Se trataba de un apartamento
moderno de planta cuadrada que había sido construido directamente sobre el tejado de un edificio sólido y gris del siglo
XIX, lo que le hacía parecer obra de la mano de un niño que
jugase con los bloques de construcción. El de la inmobiliaria
le había dicho que tenía las mejores vistas de la ciudad. Por
supuesto no era cierto, pero sí que se disfrutaba de una vista
razonablemente interesante, de modo que Mónica lo había reservado para el mes de mayo, al precio de tres mil quinientos
dólares la semana, cuando Harvey y ella podrían disfrutar de
la terraza que se extendía en tres de las caras de aquella horrible estructura.

Una capa de nieve inmaculada, sembrada de huellas de pájaros, ocultaba en aquel momento las baldosas de barro con
que habían enlosado la terraza y que ella había podido ver al
llegar. Mónica caminaba con cuidado, ya que casi le llegaba a
la rodilla mientras escuchaba a Peter O'Malley hablar mara-
villado de lo que podía verse desde allí. Tenía una voz suave y
musical que parecía la de un actor profesional, con un tinte irlandés y metálico que le hizo pensar en lo mucho que el acento
hiberniano había influido en el norteamericano. La noche era
clara, y aunque quedaban restos de nubes altas, la luna llena
brillaba en todo su esplendor. Habían puesto la televisión al llegar. Peter quería saber qué iba a pasar con el tiempo y cuándo
podría volver a Orvieto. Ella se sirvió un whisky mientras él
escuchaba aquel italiano impenetrable en la tele. Después salieron imágenes en las que los coches de policía atestaban la
plaza del Panteón, de una conferencia de prensa en la que un
comisario alto y con barba de chivo miraba a la cámara como
si no estuviera dispuesto a soltar prenda.

Pero eso no era lo que le interesaba a Peter. Él sólo quería
saber qué iba a depararles la climatología. Cuando terminó el
telediario se lo contó: a partir de la media noche, volvería a
nevar.

Ahora allí, en la terraza, aún con su abrigo de piel puesto

y con el vaso de whisky en la mano, le seguía los pasos, escuchándole. Él había dejado de beber. En realidad apenas había tomado nada en la enoteca.

Peter O'Malley se reía. Estaban en la cara norte de la terraza, mirando a las luces de una colina más allá del río.

—Simetría —dijo colgándose de su brazo—. ¿Lo ves?

—¿Dónde? —preguntó ella, sintiéndose un poco estúpida.

—En todas partes. Sólo tienes que mirar —señaló a las farolas de la calle que parpadeaban en la distancia—. ¿Sabes qué es eso?

—No tengo ni idea.

—Trinità dei Monti. La iglesia que queda en lo alto de la escalinata de la plaza de España.

Mónica asintió. Había estado paseando por allí antes de que empezase a nevar y le había sorprendido encontrarse con un McDonald prácticamente al pie de la escalera y un Santa Claus estilo americano haciendo sonar la campana y pidiendo dinero a voces en italiano.

—He estado allí. ¿Y qué?

La condujo a la pared opuesta del apartamento. El edificio blanco, brillante, con aspecto de tarta nupcial de la Piazza Venezia sobresalía por encima del océano de tejados renacentistas, con su asombrosa cúpula esférica que ella ya reconocía.

—También he estado allí —le dijo, orgullosa—. Entré a visitarlo ayer. Es un edificio hermoso.

—El Panteón, morada de todos los dioses. Eso está bien.

Fueron entonces al muro occidental, sobre el que se había construido la terraza más grande, de unos diez metros de ancho, adornada con macetas de barro, una mesa de piedra y una barbacoa con un pequeño fregadero al lado. Delante de la cristalera del salón se había montado una pérgola, en torno a cuyos pilares se enroscaba el tronco retorcido, como de cuero viejo, de unas parras a las que aún les quedaban algunas hojas ennegrecidas que colgaban de pámpanos consumidos. Dos altas estufas de exterior silbaban suavemente y producían calor suficiente para que incluso en una noche como aquella se pudiera estar allí sentado contemplando Roma desde las alturas sin ser visto.

Él la llamaba con la mano y se acercó. Señalaba a un punto al otro lado del río, al lugar en el que un edificio circular con su traje de nieve se erigía iluminado por un bosque de focos.

—¿Y eso es…

—Ya te lo he dicho antes.

—Castel Sant' Angelo. Piensa, Mónica. Si trazásemos una línea desde Trinitá dei Monti hasta el castillo, y otra desde el panteón hasta la Piazza del Popolo, ¿qué tendríamos?

Siguió las direcciones que le había dado y luego se sentó bajo el emparrado, en uno de aquellos duros y fríos asientos de verano. Estaba claro dónde pretendía ir a parar. No estaba hablando con una estúpida.

—Una cruz. Un crucifijo.

—¿Y dónde estamos nosotros?

—Donde se unen los dos brazos, ¿no? ¿Y qué, Peter? Me estás asustando. No es más que una coincidencia. Es… —miró hacia la ciudad iluminada por aquella luna gélida y cruel y se estremeció—. Es como son las cosas.

Él se acercó a la pérgola y tomó un sorbo de whisky del vaso de ella.

—¿Y si no existieran las coincidencias? ¿Y si todo tuviera un por qué? ¿Una razón?

No podía estar hablando en serio. Tenía que tratarse de alguna especie de juego.

—En un lugar como éste, puedes sacarte de la manga lo que te dé la gana. Podría decir: *mira, ahí está el Coliseo*. O el Capitolio. O lo que se me antojara. Y fíjate, forman un círculo. O un cuadrado. O un octógono. Que estamos en Roma, Peter. Todo está aquí.

—Todo —repitió él.

—Ahora estás hablando como un cura —dijo, arrastrando un poco las palabras—. Se me había olvidado que eso es lo que eres.

No sabía qué pensar: si sentirse estúpida por franquearle a

un extraño el paso a su casa, a sus pensamientos, o si simplemente debería dejarse llevar y ver adónde conducía todo aquello. Al fin y al cabo, era sacerdote. No tenía de qué asustarse.

—Debe ser duro lo que haces. Me refiero a lo de estar siempre solo.

—Eso no tiene nada de duro. Te ayuda a centrarte en lo verdaderamente importante.

—¿Y no echas de menos el consuelo que puede ofrecerte otra persona?

Sus ojos se nublaron.

—No se puede echar de menos lo que nunca se ha tenido.

—No me lo creo, Peter. De ti, no.

Peter O'Malley no era feliz. Parecía estar siempre buscando algo. ¿Por qué?

—¿Por qué te hiciste sacerdote? No sé, me parece como que no cuadra contigo. ¿Qué empuja a un hombre como tú a hacer algo así?

—A un hombre como yo... —se rió. El hechizo que había empezado a crearse en torno a ellos se deshizo y Mónica se sintió aliviada—. Un hombre como yo es un idiota si se empeña en buscar magia donde no la hay. Hasta que...

Con un gesto de la mano abarcó aquella gloriosa noche, los tejados blancos de la ciudad bajo aquel cielo que brillaba como una joya.

—Hasta que de pronto se te acerca furtivamente y te das cuenta de que ha estado ahí, frente a ti, desde siempre.

Su cara no era la de un sacerdote. Ése era el problema. Era la cara de un hombre de mundo, un hombre que llevaba una existencia activa y plena antes de retirarse a aquella concha oscura, a ocultarse tras el uniforme anónimo de la vocación.

—Magia —murmuró ella, preguntándose si quería seguirle a donde él parecía querer dirigirse.

Peter miró su reloj y el corazón se le cayó a los pies.

—Y una ciudad llena de iglesias, Mónica. Será mejor que busque una en la que rezar, ¿no te parece?

UNA HORA DESPUÉS de haber salido de la embajada, Emily Deacon llegó a la Questura. Se había vestido para la velada: chaqueta negra, pantalón negro y pelo suelto. Parecía más joven, como una estudiante recién salida de la universidad. Más joven y aliviada de verse libre de las garras del Agente Leapman, aun a pesar de que un cambio de destino tan repentino debía haberle sorprendido.

Estaba de pie junto a la mesa de Costa, en la sala común de la comisaría. El turno de noche estaba ya a pleno rendimiento hablando por teléfono, trabajando en los ordenadores, leyendo informes. Falcone había puesto prácticamente a todos sus efectivos a trabajar en el caso, en total unos cincuenta hombres y mujeres que habían empezado a analizar la información de que disponían: vídeos de las cámaras de vigilancia, conversaciones mantenidas con las personas que vivían en los apartamentos vecinos, sobre las tiendas y restaurantes que quedaban cerca del Panteón.

—¿Han conseguido algo? —le preguntó.

Peroni miró a Costa. Los dos habían mantenido una reunión con Falcone poco antes para que les explicara con detalle qué información debían darle y qué debían guardarse, pero no habían llegado a ninguna conclusión. Falcone les había dicho algo en lo que no le faltaba razón: era absurdo darle vueltas a esa pregunta mientras que no tuviesen algo que mereciera la pena, y ese momento parecía quedar bastante lejos. Ya sabían que las cámaras de circuito cerrado del Panteón no tenían nada, y las de las calles de alrededor habían grabado poco aparte de la tormenta, de modo que Falcone no les había explicado más y había abandonado el despacho para asistir a una reunión con el Comisario Principal Moretti.

—Aún es pronto para saber nada —contestó Peroni sin demasiado aplomo—. ¿Quiere tomar algo? ¿Le apetece un café?

—No confían en mí, y es comprensible —le dijo ella, mirándole con sus inteligentes ojos azules—. Si yo estuviera en su situación, seguramente actuaría del mismo modo. Supongo que es por ser norteamericana.

—No —contestó Costa—. Es que todo esto es un poco... inusual.

—¿Y le cuesta enfrentarse a lo inusual?

—En absoluto. Pero a veces cuesta un tiempo. Las comisarías son como monasterios muchas veces.

Peroni hizo una mueca y Emily sonrió.

—¿Monasterios?

—Sí, como los monasterios. Se deja que entren unas cuantas mujeres sólo para la galería, pero en el fondo todas estas instituciones son rancias y herméticas, y rara vez comparten sus prácticas con otros, además de sospechar por principio de todos aquellos que no forman parte de su entramado. Las grandes organizaciones funcionan así. Seguro que el FBI también.

Ella reflexionó un instante.

—Pero en el FBI hay mujeres.

—Ya. ¿Y el resto?

—Tiene razón.

Los dos hombres se miraron. Peroni empujó una silla con el pie para ofrecérsela y se fue a por unos cafés.

Emily miró la pantalla.

—¿Qué es eso?

—La base de datos de delincuentes balcánicos —le explicó—, que por cierto crece cada día.

—El tipo que buscamos no es balcánico.

—¿Cómo lo sabe?

—Lo sé. He visto su perfil. Tenemos información sobre los sitios en los que ha estado en Estados Unidos, siempre con nombres falsos y tarjetas de crédito falsas. Está bien organizado. Hemos interrogado a personas que han estado en contacto con él, y cada uno nos dio una descripción distinta. Es muy hábil disfrazándose y cambiando de acento. A veces habla con un inglés norteamericano, otras británico. Otras, australiano. Incluso sudafricano. Sabe manejarlos todos.

—¿Tenéis un retrato robot?

—¿Cuántos quiere? —respondió ella. Estaba claro que era una pregunta obvia—. Leapman se los ha enviado a su jefe junto con los informes. Se nos salen por las orejas. Todos son distintos, y no un poco, sino completamente. Ya le he dicho que es bueno.

Peroni volvió con los cafés y ella, tras mirar el líquido negruzco que humeaba en las tazas de plástico, dijo:

—¿Y a esto le llaman café? Hay un sitio cerca del Panteón que se llama Tazza d'Oro. Si tenemos tiempo, podríamos pasarnos por allí. Eso sí que es buen café.

Peroni se picó, y en un italiano muy coloquial, el lenguaje que utilizarían dos policías en plena refriega en la calle, contestó:

—Oiga, ricura, no se pase ni un pelo, que está hablando con dos tíos que se fríen las pelotas aquí a diario. ¿Desde cuándo dejan entrar yankees en el Tazza d'Oro?

Pero a ella no se le pasó por alto ni una sola sílaba.

—Desde que han descubierto que dejamos propinas como Dios manda. Es de la Toscana, ¿verdad? ¿De dónde exactamente?

—De cerca de Siena.

—Se nota —sentenció, y con un gesto de la cabeza señaló a Costa—. Él es de Roma. Clase media. Apenas dice tacos —Emily hizo una pausa—. ¿Qué? ¿Me he ganado un poco de confianza o no?

—Algo —contestó Costa—. Esa forma de hablar no se aprende en la universidad.

—He vivido en Roma casi diez años cuando era pequeña. Teníamos una casa preciosa en el Aventino. Mi padre estaba destinado en la embajada. Luego hice los estudios de arquitectura en Florencia. ¿Y saben lo más gracioso?

Ninguno de los dos dijo nada, pero estaba claro que iba a contarles algo que no lo era.

—Debe ser porque los últimos años los he pasado en Washington, pero a veces hablo con acento norteamericano. Se me escapa, pero enseguida me doy cuenta. Siempre te encuentras con alguien en el autobús o en cualquier otro sitio que te mira con mala cara, o que te da una charla sobre el colonialismo, porque siendo romanos se supone que saben mucho del tema.

O incluso llegan a escupirte a la cara, que eso también ocurre de vez en cuando.

—¿Siempre? —preguntó Peroni, dando marcha atrás en su argumento.

Ella tomó un sorbo de café e hizo una mueca.

—No. He exagerado un poco, pero sí ocurre con mucha más frecuencia que cuando era niña. De hecho... entonces no me ocurrió nunca. Esta ciudad era un lugar feliz del que no quería marcharme.

Había dicho aquellas últimas palabras para sí misma, más que para ellos.

—El mundo ya no es aquel lugar feliz —contestó Costa—. Para ninguno de nosotros.

—Eso es cierto —contestó. Parecía incómoda por haber revelado aquello de sí misma—. Sigo esperando una respuesta, Costa. Este tío no es serbio, ni kosovar, ni nada por el estilo. ¿Por qué está examinando estas listas?

Costa le contó lo de la niña que había escapado del Panteón al entrar ellos, y cómo una conexión balcánica sería quizás el mejor modo de encontrarla, ya que controlaban a la gente de la calle mejor que nadie. Entonces le enseñó la foto que había tomado Mauro de aquel rostro joven y asustado.

—Pobrecilla —se compadeció—. Intentar robar una cartera aun estando muerta de miedo. ¿Tan desesperados están?

Costa detestaba las explicaciones tan simplistas.

—A veces. Es su forma de ganarse la vida. Siempre encuentras a alguien en la calle dispuesto a gritar ¡gitanos! cada vez que se comete un delito menor, pero tenemos delincuentes de muchas otras nacionalidades. Y sí, están así de desesperados. Pertenecen a bandas organizadas, con estructura propia y reglas propias.

—Eso está bien. Así podremos encontrarla.

Ésa era la apuesta de Peroni.

—Podría ser —contestó el hombrón.

—¿Tendrá familia aquí? ¿Podrían localizarla a través de ellos?

—La mayoría no la tienen —explicó Peroni—. Al menos no lo que nosotros definiríamos como familia.

Ella no apartaba la mirada de la foto y a Nic le pareció un buen momento para preguntar.

—Cuando Leapman la reclamó para este trabajo —empezó Costa—, supongo que podría haberse negado. El hecho de que el tío que buscamos matase a su padre significa que pretende que se haga justicia, por supuesto, pero también significa que está más involucrada que nadie. Tiene algo... personal invertido en el caso, y eso me preocupa un poco.

Emily Deacon miró la foto por última vez y la dejó sobre la mesa.

—Podría haberle dicho que no a mi padre cuando me ofreció trabajar en el FBI. Tenía mi licenciatura en arquitectura técnica y podría haber hecho un master, seguramente aquí, en Roma— hizo una pausa, como intentando encontrar la respuesta correcta también para sí misma—. Sé que no lo van a entender, pero mi familia, los Deacon de Boston, somos buena gente a la que han educado en el concepto del deber. Llevamos trabajando para el gobierno más de cien años: en Hacienda, en el Departamento de Estado, en el ejército... somos así, y lo hacemos sin preguntar por qué.

Nic se preguntó hasta qué punto se creería lo que estaba diciendo.

—Y cuando encontremos a ese hombre, ¿qué? ¿Qué querrá entonces?

—Justicia —respondió con firmeza.

—¿También el agente Leapman?

—Joel Leapman es un organismo primitivo guiado por impulsos primitivos —contestó con frialdad, casi con desdén—. Es por gente como él que a la gente como yo nos escupen a la cara en los autobuses, así que hágale esa pregunta a él, no a mí.

Se quedó pensativa un instante y después los miró a ambos con sus perspicaces ojos azules.

—Yo sé exactamente lo que quiero. Quiero ver a ese tío ante un tribunal y quiero oír cómo le condenan por todos los seres humanos a los que ha asesinado, por cada vida que ha arruinado. Quiero ver cómo se pudre en la cárcel y que sus fantasmas lo atormenten cada día. Quiero dormir mejor sabiendo que él no podrá hacerlo, porque las pesadillas no se lo permitirán.

Peroni miró a Costa a hurtadillas. ¿Por qué siempre nos toca a nosotros?, parecía querer decir.

Nic sabía bien a qué se refería. Empezaba a comprender unas cuantas cosas sobre aquella mujer y no le hacían ninguna gracia. Estaba claro que no era una de las agentes punteras del FBI. De eso estaba seguro. Quizás Leapman había pedido que la enviasen a Roma por sus conocimientos de arquitectura, por mucho que se empeñara en desdeñarlos. O por su perfecto italiano. Puede que incluso fuera más sencillo que todo eso. A lo mejor su presencia allí se debía únicamente a ser quien era: la hija de la última víctima. Los Deacon parecían ser una familia importante. A lo mejor no había tenido elección. Puede que también Leo Falcone se hubiera encontrado en la misma situación. Eso explicaría un comportamiento tan poco corriente en él, que habitualmente era un hombre cáustico e individualista, en cuanto al modo en que había permitido que los americanos entraran a saco en el caso.

—¿Usted cree que ese tío conoce Roma? —preguntó Peroni.

—Como la palma de su mano. Estoy convencida de ello.

—Qué va. Eso es lo que él cree. Es como usted. Va al Tazza d'Oro y le gusta porque así se siente romano, y no como esos turistas que arrojan monedas a la fontana de Trevi. No quiero que me malinterprete. O sea, que eso está bien, porque significa que lo está intentando, lo mismo que usted, pero no es verdad. Nic y yo somos de aquí. Ésta es nuestra ciudad, y tomamos café en un millón de sitios mejores que el Tazza d'Oro. ¿Le apetece que vayamos?

Eso pareció divertirla.

—¿Ahora?

Peroni miró su taza de café.

—Sí, ¿por qué no? Esto sabe a meados.

—¿Y cree que va a ser fácil encontrar a esa muchacha?

—Desde luego. Pero no sentándose delante del monstruo de un solo ojo —añadió, señalando al ordenador—. Hay que buscarla entre la gente, Emily. Me refiero a la gente de la noche, y yo tengo en la cabeza una lista de esa gente más larga que la que hay ahí. Va a conocer lugares de Roma que ni siquiera sabía que existen.

—Bien. Si es tan fácil, oficial Peroni...

—Somos Gianni y Nic, por favor.

Emily sonrió.

—Si es tan fácil, ¿no crees que él también debe estar haciéndolo? Esa chica debió verlo todo, y debe saber cosas que a nosotros nos encantaría escuchar. ¿Por qué si no iba a querer matarla?

Costa miró a su compañero. Eso debían haberlo pensado ellos. Se habían dejado distraer por la reunión en la embajada y por la incorporación de una desconocida a la investigación.

—Yo conduzco —dijo.

MIENTRAS PERONI RENOVABA su amistad con el primer nombre de la larga lista de delincuentes llegados de la Europa del este, Teresa Lupo estaba dictando los resultados preliminares de la autopsia de Mauro Sandri empleando los términos que había acabado aprendiendo a lo largo de los años cuando se enfrentaba a muertes por arma de fuego, pero sin poder quitarse de la cabeza lo que había escuchado en la embajada norteamericana.

Silvio Di Capua limpiaba la mesa de acero observándola a ella por el rabillo de sus ojos de sapo con la reverencia de siempre y preguntándose quizás qué podía ver en aquel gigantón de la Toscana que vivía ahora en su casa. No era asunto suyo, desde luego, aunque la respuesta a la pregunta hubiera sido interesante. Gianni Peroni era un buen hombre: honrado, decente y amable, a pesar de que su aspecto pareciera indicar lo contrario. Disfrutaba con su compañía.

Por lo menos había servido para que su ayudante dejara de beber los vientos por ella tan descaradamente como antes. Había terminado su tarea y estaba ya junto a la puerta, lavándose las manos y dispuesto a enfundarse en su corta cazadora negra para irse a casa cuando Leo Falcone entró, y le fastidió ver encogerse a Silvio como lo haría un ratoncito ante un pájaro de presa. La verdad es que la analogía era bastante apropiada. Falcone, como sugería su apellido, tenía los ojos pequeños y brillantes de un ave rapaz y una cabeza sin pelo, ornitológica, realzada por su barba de chivo. Era la clase de persona a la que Silvio di Capua más podía temer, y no sólo por su afilada lengua o por su costumbre de no andarse nunca por las ramas. Peor, mucho peor era la capacidad que tenía para que no se le escapara nada, y en la morgue era precisamente a Silvio di Capua a quien solía elegir para bombardear con sus preguntas.

En ocasiones, y si servía a sus propósitos, Teresa se olvidaba de hacer las cosas según la norma, algo que ocultaba celosamente, y era al pobre de Di Capua a quien Falcone presionaba para obtener información por adelantado, mirándole con sus ojos de halcón y haciéndole preguntas que el hombrecillo no quería oír. Teresa siempre terminaba teniendo que llamarle a capítulo, y lo peor de todo era que el colofón lo ponían unas temblorosas disculpas de Silvio acompañadas de una invitación a cenar.

—Inspector —lo saludó, fingiendo una sonrisa—, buenas noches. Me alegro de verte, y sobre todo de verte sin esos amiguetes norteamericanos tan agradables que te has echado últimamente.

—No ha sido idea mía. Ya lo oíste en el Panteón.

—Pues la verdad es que no. Estaba intentando pensar por qué alguien iba a colocar así un cadáver. En ocasiones como ésa, oír cómo los policías se tiran a degüello es una diversión secundaria —apagó la grabadora y metió sus notas en una carpeta—. ¿Qué puedo hacer por ti?

Falcone fue directo al grano, como siempre.

—Decirme qué encontrasteis en el cuerpo de esa mujer al

examinarlo. Y no me digas que nada porque no me lo voy a creer.

Teresa sonrió.

—¿Eso es por la gran confianza que te inspiran nuestras habilidades profesionales?

—Podría ser. O porque sé perfectamente cuándo hay algo que no nos estás contando. Y en este momento me da a mí en la nariz que hay más cera que la que arde.

—¿Es que no quieres el informe de ese pobre fotógrafo?

—Ya sé lo que le pasó al fotógrafo, Teresa —suspiró—. Yo estaba allí, ¿recuerdas?

Teresa lo miró a la cara y sintió una punzada de remordimiento. Falcone no lo estaba pasando bien, y no estaba bien pincharle. De todos modos, sí que tenía algo para él.

—Así que quieres que te ofrezca algo sobre un cadáver que con tu pleno consentimiento me arrebataron delante de las narices, sin razón aparente y de un modo contrario a la ley italiana, ¿no?

—No empecemos, Teresa —le advirtió, controlando la mala leche que se le estaba subiendo a los labios y que le proporcionó a ella gran satisfacción—, que vengo de arriba de escuchar a Bruno Moretti darme la lata sobre lo contentos que debemos mantener a los del FBI.

Luego hubo un momento de silencio y Teresa pensó que, por vez primera, Falcone parecía consumido por las dudas.

Afuera, en el aparcamiento, se oyó arrancar un coche con un rumor dulce y suave.

—Ven —dijo Falcone, acercándose a la ventana. Allí señaló un Lancia de los caros que avanzaba hacia la salida, demasiado deprisa para las condiciones del asfalto—. ¿Sabes quién es?

—¿Y tú quién te crees que soy yo? ¿*Superwoman* con visión nocturna y rayos que atraviesan la carrocería de un coche?

—Era Filippo Viale, uno de los mandamases del SISDE. A lo mejor le conoces.

Ella no contestó. Aquello no era propio de Falcone.

—Ha estado presente durante toda la conversación con Moretti. En realidad, es él y no Moretti quien lleva las riendas de todo.

—Leo, ¿estás bien?

—Sí. Sólo estoy cabreado. Tengo a los americanos diciéndome que tengo que informarles de lo que hagamos. Por otro lado, tengo a Viale que me dice que tengo que informarle a él de lo que hagan los americanos, y en medio de todo esto necesito averiguar qué le pasó a esa mujer y asegurarme de que no vuelva a ocurrir.

Parecía asustado. Bueno, no. Lo que le faltaba era su aplomo habitual, que en Leo Falcone era casi la misma cosa. Era totalmente impropio de él contar detalles de esa naturaleza, particularmente si en ello se veía envuelto el SISDE. Esa gente entraba y salía del edificio como fantasmas, sin identificarse, casi sin ser vistos. Todos sabían que nadie debía dar cuenta de su presencia, lo mismo que estaba admitido que había que aceptar sus órdenes.

De la carpeta que tenía sobre la mesa sacó algunos documentos.

—Puesto que esto es sólo para ti, no me voy a andar con remilgos. Silvio, trae la cámara.

Silvio abrió un armario y se acercó con una Canon grande y semi profesional.

Teresa lo miró.

—Las luces, Silvio. Muévete.

Silvio obedeció, apagó las luces y bajó la pantalla. Teresa cogió el mando y pasó unas cuantas fotografías.

—¿Tienes detalles sobre la identidad de la víctima? —preguntó Falcone.

—No. Sólo conocemos su nombre y el hotel en el que se hospedaba. ¿Es importante? Ya oíste a Leapman. El asesino elige a sus víctimas al azar. El único factor que las une es que son todas turistas norteamericanos.

—Lo sé, pero ¿a qué se dedicaba esta mujer?

—No tengo ni idea, y tampoco tengo mucha esperanza de saberlo. Leapman dice en su informe que era una divorciada de

Nueva York, pero desconocemos su profesión y sus detalles personales. A partir de ahora las preguntas de los medios hemos de dirigírselas a él, que es lo único que me satisface de esta historia.

—Pues qué bien.

Proyectó la imagen del torso de la mujer y la amplió. Falcone siguió la dirección de su índice.

—Por supuesto, todo sería mucho más fácil si tuviera un cuerpo con el que trabajar, pero haré lo que pueda. ¿Ves aquí?

Estaba señalando una cicatriz que la mujer tenía en la parte izquierda delantera del abdomen.

—¿El apéndice?

—¿Me tomas el pelo? ¿Qué clase de cirujano dejaría una cicatriz como esa en una intervención de apendicitis, y con esa pérdida de masa? Si hicieran algo así en Estados Unidos, esta mujer les habría plantado una demanda millonaria. No estaría de vacaciones en Roma. Sería la dueña del chiringuito.

Di Capua se balanceaba sobre los talones y sudaba un poco, incómodo, como si supiera a dónde conducía todo aquello.

—¿Entonces? —inquirió Falcone.

—Pues que como no tengo cadáver y como no puedo examinar esa cicatriz más a fondo y con la luz adecuada, no sé lo que habría debajo.

—¿Qué crees que es?

—A mí me da la sensación de que es la cicatriz de una herida de bala. Un disparo desde bastante cerca, diría yo, teniendo en cuenta el tamaño de la zona afectada. Seguramente fue una suerte que sobreviviera.

Falcone parecía sorprendido.

—¿Una herida de bala? ¿Cuánto haría de eso?

Teresa pasó un dedo por encima de la foto.

—No puedo decírtelo con exactitud. Más de tres años, desde luego. Sin duda siendo ya adulta, cuando había dejado de crecer. No puedo decir más. Por supuesto sería fácil de aclarar si pudiéramos tener acceso a su historial médico. ¿Cómo se llamaba?

—Margaret Kearney, pero no sueñes que nos vayan a dejar consultarlo. Ya has visto cómo son.

—¡El crimen ha tenido lugar en Roma, Leo! —su voz había subido un par de decibelios sin que pudiera evitarlo—. ¿Por qué nos manejan a su antojo, como si fuéramos meros espectadores?

Falcone parecía tan molesto con todo aquello como lo estaba ella.

—No lo sé. Quizás porque su última víctima era diplomático. De todos modos, no serviría de nada preguntar. Tenemos que arreglárnoslas con lo que tenemos. ¿O acaso crees que debería volver al despacho de Moretti y preguntarle que a qué estamos jugando? Porque no pensarás que todo esto ha salido de su mesa, ¿verdad?

—No lo sé.

Era absurdo ventilar su rabia con Falcone. Él no tenía la culpa.

—¿Y eso es todo lo que tienes? ¿Una herida de bala antigua? Aunque lo fuera, no me sirve de nada.

—Supongo que no.

Miró a Silvio Di Capua, que seguía balanceándose en sus impecables botas.

—Trae la cuerda, Silvio. Y el cabello.

Se alejó haciendo un ruidito de ratón asustado y volvió con dos bolsas de muestras.

—Antes de que empieces a echar la casa abajo, déjame decirte que esto se lo quité del cuello a la mujer del modo más inocente. Dijeron que querían el cuerpo, y se me ocurrió que no iban a echarlo de menos.

El cordón estaba enrollado sobre sí mismo dentro de la bolsa como si fuera una pequeña culebra.

—¿Eso es lo que usó para estrangularla? ¿Es cuerda?

—*Parece* cuerda —contestó Teresa y con dos pinzas lo sacó de la bolsa y lo desplegó—, pero sólo hasta que separas sus fibras.

Falcone miró con atención. Era gris oscuro y verde, una especie de trenzado manual muy apretado.

—¿Reconoces la forma?

Era la cruz maltesa de la que les había hablado Emily Deacon. Una aproximación casi perfecta.

—¿La cortó de una tela y después la utilizó para matarla? —preguntó, atónito.

—Ésa podría ser una explicación. Se trata de una tela muy resistente, y a mí me parece que está fabricada industrialmente. Le he pedido a un especialista que la analice.

Falcone frunció el ceño.

—No veo adónde quieres ir a parar.

—Paciencia, Leo. ¿Ves esto?

Era una muestra de cabello metida en una bolsa transparente.

—Proviene de la cabeza de Margaret Kearney. Negro como el carbón, ya ves.

Él asintió pero seguía sin comprender.

—Eres un caballero, Leo, así que lo diré yo por ti. Tú no te molestaste en echar un vistazo debajo de su ropa, ¿verdad? Su color natural no es éste. Así —dijo, mostrándole una dispositiva en la que se veía un cabello atrapado entre dos pequeños cristales—, es como debería tenerlo. Nos hemos tomado la molestia de quitarle el tinte para estar seguros. No se puede confiar en lo que las zonas públicas te digan de una persona. Ésta es una observación que va mucho más allá del simple vello corporal. Espero que Silvio y tú lo tengáis en cuenta.

Falcone suspiró y miró el reloj de la pared. Eran casi las nueve.

—O sea, que te parece que tiene una vieja herida de bala, que la mató con un absurdo trozo de tela y que se teñía el pelo.

—¡Vamos, Leo! Verdaderamente no sabes nada de mujeres, ¿eh? Ésta tenía el pelo de un precioso color castaño, con el que personalmente yo estaría encantada. ¿Ves? —le preguntó, mostrándole su propio pelo—. ¿De qué color es?

—Negro.

—¡No, no y no! ¿Cómo es posible que un hombre como tú, normalmente tan observador, pueda estar tan ciego? Es un castaño muy oscuro. El negro auténtico, que es el color que tenemos aquí —le mostró la segunda diapositiva—, es muy raro en la naturaleza.

Él abrió los brazos en un gesto de absoluto desvalimiento.

—Mira, si una mujer tiene el pelo negro y empiezan a salirle canas, puede que se lo tiña de negro, pero todas las demás... puedes consultar las estadísticas de los fabricantes de tintes. Yo ya lo he hecho. Muchas mujeres se tiñen de rubias porque es lo que más les gusta a los hombres, ¿verdad? A muchas otras les gusta el castaño más o menos rojizo u oscuro. Piensa un momento. ¿Alguna vez has conocido a una mujer con un hermoso pelo castaño que se lo haya teñido de negro? Vale, ya veo que estás intentando que la experiencia responda mi pregunta, pero déjame hacerlo por ti. No. Eso no ocurre. Es muy raro. Ni siquiera aparece en las estadísticas. El negro, pero el negro de verdad, es algo que te llega por la herencia biológica y con lo que tienes que aprender a vivir. A vivir con él, o a deshacerte de él, pero nunca intentas adoptarlo.

—¿Y eso es todo? ¿Una herida de bala y un tinte inexplicable?

Silvio suspiró. Los dos sabían lo que Falcone estaba haciendo: desafiarla a encontrar algo más.

—No. Eso no es todo. Silvio...

—Esto es la leche —murmuró mientras abría uno de los cajones en los que guardaban todo lo relacionado con una muerte, por ordinario e insignificante que pudiera parecer—. ¿Por qué no podré yo trabajar con gente normal? ¿Por qué no...?

—¡Cállate! — le gritó ella.

Sacó una caja de plástico verde y la dejó sobre la mesa. Llevaba una etiqueta pegada en la que se leía "Margaret Kearney". Dentro había unas cuantas prendas bien dobladas, un bolso y varias bolsas pequeñas llenas de objetos personales.

Falcone abrió los ojos de par en par.

—Lo de la cuerda, pase, pero haz el favor de decirme que esto no es lo que yo creo que es.

—Son sus cosas, Leo. Si no puedo quedarme con ella, por lo menos podré quedarme con sus cosas, ¿no?

—Lo dejé todo muy clarito, Teresa. Leapman tiene ese documento que le da autoridad plena para...

—Un momento —le interrumpió—. Tú no estabas presente cuando llegó aquel equipo de idiotas que habían contratado. "Venimos a por el cadáver", dijeron. Y eso es exactamente lo que se llevaron. Incluso les dejamos llevarse nuestra camilla. ¿Tienes idea de lo que cuestan esos trastos? Pienso facturársela a la Casa Blanca si no nos la devuelven.

Falcone puso una mano en la caja.

—Esto...

—Esto es algo que no pidieron y que por supuesto pedirán cuando alguien se de cuenta del error que han cometido. Y cuando lo hagan, se lo daremos. Yo no pienso interponerme, pero dime, Leo, ¿qué querías que hiciera? ¿Que saliera corriendo detrás de ellos para decirles que se les había olvidado, o que lo dejara en el Panteón? ¡Por favor!

Algo enteramente extraordinario ocurrió entonces: los hombros de Leo Falcone se elevaron un par de centímetros. Era risa. Un acontecimiento completamente nuevo para ella.

—Yo soy sólo un mero observador, ¿verdad? —preguntó.

—Mira esto.

Sacó el pasaporte de Margaret Kearney y le mostró la foto.

—¿Te das cuenta de lo negro que lleva el pelo, y de lo forzado de la pose? Esta foto no se la hizo en uno de esos fotomatones de supermercado.

—¿Y?

—Fíjate en las gafas —dijo, señalando la foto, y las sacó de una de las bolsas—. Son éstas. No te preocupes, que ya hemos buscado huellas y no hay ni una. Como dijeron los americanos, este tío es bueno. Ten, pruébatelas y dime lo que ves.

Falcone frunció el ceño.

—Yo no uso gafas.

—¡Pruébatelas, Leo!

El comisario obedeció.

—No veo nada.

—¿No ves borroso, o distinto?

Falcone se las quitó. Era evidente que empezaba a interesarse.

—No.

—Por supuesto que no, porque es·sólo cristal. No tienen graduación.

¿Saldría corriendo a transmitir aquella información a los americanos, o la rumiaría primero? No podía correr el riesgo, aunque ello significara que se subiera por las paredes cuando descubriera lo que había hecho.

—Una cosa más —añadió—. Margaret Kearney. En su permiso de conducir hay una dirección. Leapman y sus amigos dijeron que iban a ponerse en contacto con su familia, ¿no?

—Sí, eso dijeron.

—Internet es un invento maravilloso, ¿sabes? Cuéntaselo, Silvio.

Di Capua, sin levantar la mirada de sus botas, dijo en una voz que apenas se oía:

—No hay ningún teléfono registrado a nombre de Margaret Kearney en Nueva York.

—¿Qué? —gritó Falcone.

—Que no hay ningún teléfono a ese nombre. Podría no aparecer en la guía, por supuesto, pero la dirección que aparece en el pasaporte no es de una vivienda, sino de un apartado de correos.

—¿Habéis estado buscando a esa mujer en Internet? —rugió—. ¡Esto es la morgue, por Dios! ¿Quién os da derecho a interferir en nuestro trabajo una vez más?

Teresa puso la mano en su brazo.

—Pero vosotros no podíais hacerlo, Leo. Te lo prohibieron los americanos, ¿recuerdas? A nosotros nadie nos dijo nada, así que cuando me di cuenta de lo del pelo, de la foto y de las gafas… por favor, no culpes a Silvio, sino a mí. No pude por menos que pensar que algo no encajaba.

Falcone se debatía entre gritar o darles las gracias. A veces era duro ser Leo Falcone.

—Esto se acaba aquí y ahora, ¿entendido?

—Desde luego —contestó ella—. Y si quieres los llamo y les

digo que se dejaron unas cuantas cosas. ¿Qué te parece? No quiero que piensen que no queremos colaborar, no vaya a ser que...

Que sospechen es lo que iba a decir, pero dejó la frase en el aire. Habría sido demasiado.

—Hazlo.

—¿Te das cuenta de lo que implica todo esto, Leo? Que no sabemos quién es Margaret Kearney. El pelo, las gafas, esa absurda foto, lo del número de teléfono, la dirección... lo que sí sabemos es quién no es.

Falcone frunció el ceño mirando el contenido de la caja verde, como si aquel revuelto de objetos inanimados pudiera tener la culpa de algo.

—Aun así, imagino que no es necesario que se lo contemos todo al agente Leapman, ¿verdad?

Teresa le vio meditar la decisión. Falcone era un hombre listo y seguro que ya lo había pensado por su cuenta, pero de todos modos era necesario decirlo en voz alta, sólo para que los tres quedaran en el mismo plano, metidos hasta el corvejón en aquella bomba de relojería.

STEFAN RAJACIC NO tenía pinta de chulo. Debía rondar los sesenta, y su traje anticuado junto con el abrigo marrón le hacían parecer regordete. Tenía unos ojos oscuros y tristes en un rostro expresivo y tostado. Además el mostacho que llevaba, hirsuto y canoso, como el de una vieja morsa, le delataba. Rajacic pertenecía a un mundo que había desaparecido ya: el de la Europa del Este antes del fin de la guerra fría. Podría pasar por ser un Stalin robusto llegando a la vejez perseguido por sus recuerdos y por lo que le quedaba de dignidad. Era el séptimo proxeneta con el que hablaban aquella noche y el único al que Gianni Peroni, que parecía conocer a todos los que trabajaban en la ciudad, trataba con cierto respeto.

Rajacic miró la foto de la niña a través del velo de humo que desprendía el cigarrillo turco que se estaba fumando y movió la cabeza.

—Oficial Peroni —dijo con acento muy marcado y la voz rota por años de fumar—, ¿qué quiere de mí? Esta muchacha debe tener... ¿qué? ¿Trece? ¿Catorce años?

—No lo sé —admitió Peroni.

El serbio señaló la foto.

—¿Qué clase de hombre cree que soy? —miró a Emily Deacon—. ¿Es que le ha dicho que yo trabajo con niñas? Porque es mentira. Yo soy lo que soy, pero eso no tengo por qué aceptarlo.

—El subinspector Peroni no ha dicho nada de eso, señor —le contestó—. Lo que me ha dicho es que es usted un buen hombre. Su nombre estaba el último de nuestra lista, y esperábamos no tener que acudir a usted. Supongo que eso le dirá algo, ¿no?

—Un buen hombre —repitió Rajacic y miró a Peroni—. Pues si eso es lo que le ha dicho, es que es usted un iluso, y no me lo parece.

—Sé perfectamente lo que es usted —contestó Peroni—, y los hay mucho peores en Roma. Eso es todo. Y sí, sé que no tendría trabajando para usted a una niña de esta edad, pero pensé que a lo mejor había oído algo, o nos podía indicar con quién hablar.

Rajacic apuró su cerveza y pidió otra, que el camarero le sirvió con gran respeto. Sabía perfectamente a quién estaba sirviendo. En el bar sólo había otros dos clientes más. Las calles estaban hechas un lodazal de nieve derretida, pero el negocio seguía como de costumbre. Costa sabía que si miraba con atención descubriría a varias busconas intentando ganarse la vida. En aquel barrio había unos cuantos lugares que contaban entre los favoritos de Nic en Roma. A un corto paseo quedaban los baños de Diocleciano, y la iglesia creada por Miguel Ángel a partir del frigidarium original. En el Palazzo Massimo, que quedaba a la vuelta de la esquina, había toda una estancia de la villa privada de Livia, la emperatriz de Augusto, decorada a imitación de un jardín campestre, con pájaros cantores, flores y árboles frutales, pero todo ellos eran ya raros oasis de belleza en una zona que parecía deprimirse más cada año. Estaba deseando salir de allí.

—Estamos desesperados, señor Rajacic —dijo—. Necesitamos encontrar a esta chica porque podría estar en peligro. Sabemos cómo funciona el sistema: vienen aquí siendo muy jóvenes, y si tienen suerte, las organizaciones benéficas les consiguen una casa. Pero si no, se caen de la red y entran en otra rueda bien distinta. Primero aprenden a mendigar. Luego, a robar. Después, cuando son lo bastante mayores, ellas mismas son la mercancía. Y se sacan un sobresueldo vendiendo droga al mismo tiempo. Así son las cosas. Y en algún punto de esa cadena no les queda más remedio que acudir a alguien, a una persona como usted para ver qué opciones tienen.

—Si me conocen, no acudirán a mí —insistió Rajacic—. Si preguntan por ahí, no acudirán a mí. La gente que pone a trabajar a los niños en este negocio es basura. Yo no acepto a nadie que no sea lo bastante mayor para saber lo que se hace. Y tampoco vendo drogas.

—Lo sé —insistió Costa—, pero ya le he dicho que estamos desesperados.

—¿Y quién no? Vivimos tiempos desesperados. ¿Es que no se había dado cuenta?

Tomó otro trago de su botella de cerveza, apagó el cigarrillo y los miró. A lo mejor sacaban algo de allí. Con un poco de suerte...

—Cuando vine aquí hace ya quince años, tenía que llamar a mi país y rogarles a las chicas que vinieran. La mayoría ni siquiera me devolvían la llamada. Entonces tenían dignidad, y no necesitaban a un tipo como yo. Pero ahora... vivimos en un mundo en constante movimiento, amigos míos. Tengo a las Naciones Unidas trabajando para mí, y más mujeres pidiéndome trabajo de las que puedo colocar: kosovares, croatas, rusas, turcas, curdas... todas provienen de países en los que cuando cayó el muro de Berlín pensaron: ahora empieza lo bueno. Ahora todos seremos libres y ricos como nos prometieron los peces gordos de occidente. Menudo chiste, ¿eh? Lo que hicieron fue dejarles las puertas abiertas a fulanos como yo. Yo soy quien tiene que contarle cómo son aquí las cosas a una niña de diecisiete años que acaba de desembarcar, sin papeles, sin dinero, sin nada que vender excepto lo que tiene entre las piernas. Y ahora me piden que les ayude...

—No tenemos tiempo de disculparnos, Stefan —dijo Peroni.

—No lo tenéis —respondió, clavando en él sus ojos oscuros—. Ya lo sé —cogió la foto y volvió a mirarla—. ¿Qué es? ¿Kosovar? ¿Albanesa?

—No tenemos ni idea —confesó Peroni.

—Por su aspecto podría ser de cualquier parte: turca, incluso kurda. Dios...

—Pero no se puede llegar a una ciudad como ésta sin que alguien se entere, ¿no? —intervino Emily—. Debe tener un nombre, un número de teléfono, algo.

—De donde usted viene, puede que sea así —contestó—. ¿Con quién habéis hablado?

Peroni le dio la lista de nombres y el serbio frunció el ceño.

—Joder... no querría encontrarme con ninguno de estos tíos en la calle. Y menos con los seis el mismo día.

—¿Se le ocurre alguien más con quien podamos hablar? —preguntó Emily.

Él la miró con incredulidad.

—¿Es que le parece que tengo ganas de morir?

—Señor Rajacic, se trata de una niña —insistió—. Puede que ni siquiera haya entrado en el círculo del que usted habla. No sabemos dónde está, pero sí sabemos lo que ha visto, y debe estar muy asustada. Y en peligro.

—¿Qué es lo que ha visto?

Los dos policías se miraron. Se estaban quedando sin opciones.

—Dos asesinatos —explicó Peroni—. No se le ocurra ir contándolo por ahí, que la chica ya tiene bastantes problemas.

Rajacic se acabó la cerveza y chasqueó los dedos para pedir otra.

—¿Dos?

—Han hablado de ello en la televisión —dijo Costa—. Una mujer ha sido asesinada en el Panteón, y a un fotógrafo italiano lo han matado de un disparo. Sabemos que la niña estaba dentro, seguramente intentando refugiarse del frío. Y también sabemos que el tipo que asesinó a la mujer la vio.

El serbio reflexionó un instante, luego se levantó, fue a la barra y sin decirle ni palabra al camarero, cogió el teléfono y comenzó a hablar rápidamente en su lengua nativa.

—Se comporta como si fuera dueño del local —comentó Emily.

—Y lo es —respondió Peroni—. Hasta los chulos necesitan tener una oficina. Supongo que no entenderás ni palabra de esa lengua, ¿verdad?

Ella negó por la cabeza mientras Rajacic hablaba a grito pelado por el teléfono.

—Tampoco actúa como un chulo.

—No es una profesión que haya elegido por gusto —le contó Peroni mirando a Rajacic—. Era granjero en Bosnia. Los croatas decidieron que sus tierras eran suyas, y tuvo el buen juicio de marcharse sin discutir.

—Pues pasar de ser granjero en Bosnia a proxeneta aquí, es un gran salto —comentó Costa.

—Sí. Él mismo ha dicho que vivimos en un mundo en constante movimiento, pero yo tampoco lo entiendo. En fin... si todos los chulos que tenemos en la ciudad fuesen como él... nada de drogas, ni de niños...

—Te recuerdo que se gana la vida vendiendo mujeres —precisó Emily, mirando a ambos.

—Aquí llevamos dos mil años haciéndolo, Emily —espetó Peroni—. Y te aseguro que seguirá haciéndose durante otros dos mil más. ¿De verdad crees que podríamos evitarlo? Somos policías, no cristos milagrosos.

—Lo sé —contestó ella, moviendo el café en una taza que estaba ya vacía—. Sólo quería asegurarme de que no nos olvidamos de qué clase de hombre es.

Peroni inclinó su corpachón de gladiador hacia ella para asegurarse de que le atendía.

—Lo que es en realidad, Emily, es nuestra única posibilidad de encontrar a esa niña. Esta gente vive en su propio mundo, hablan con nosotros a su manera, cuando les apetece. Por mucho que les grites, o por mucho que los encierres en una celda, eso no cambia, créeme. Lo he intentado. Los dos lo hemos intentado —añadió, señalando a Costa con la cabeza.

—Es cierto —corroboró Costa que no había dejado de mirar a Rajacic y se estaba dando cuenta de que su actitud había cambiado. Parecía más contento. A lo mejor había conseguido lo que quería.

El serbio volvió a la mesa y se sentó.

—No sé por qué hago esto —les dijo.

Peroni le dio una palmada en el brazo.

—Porque eres un buen tío, Stefan.

—O porque soy un imbécil. No se te ocurra comentarlo con nadie, Peroni. No quiero que se puedan hacer la idea de que colaboro con la policía. Aunque en realidad no sé si lo que estoy haciendo va a servir de algo.

Una mujer salió entonces de una puerta que había en la pared del fondo. Tenía unos treinta años, pelo largo y negro, piel morena, muy maquillada y lucía un vestidito rojo y escotado. En sus ojos brillaba el resentimiento y el aburrimiento a partes iguales. Debía ser ella con quien había estado hablando Rajacic.

Rajacic acercó una silla y la invitó a sentarse.

—Es mi sobrina Alexa —anunció.

Peroni la miró de arriba abajo.

—No sabía que tu negocio fuese familiar.

—Eso cuando lo hay —espetó ella.

—A ver si ahora voy a tener yo la culpa de la nieve —contestó el serbio, señalando la ventana—. Además ya he oído bastantes tonterías por una noche, Alexa. Estos caballeros te van a pagar, así que o te vas con ellos, o limpias la cocina. ¿Qué eliges?

—Menuda elección —rezongó—. ¿Qué quieren?

—Oye, zíngara —la reconvino Rajacic, acariciándole el pelo—. No te pongas estupenda, que sólo quieren hablar contigo.

Peroni empujó la foto hacia ella.

—No sé quién es —contestó—. ¿Por qué me preguntan a mí?

Rajacic sonrió.

—Hace tiempo que en nuestra familia entró sangre gitana, pero no me preguntes cómo —explicó—. Es una sangre muy densa, ¿verdad, Alexa? A lo mejor como la de esta chica. Mis amigos quieren saber dónde se escondería una niña como ésta si tuviera miedo de andar por la calle.

—¿Andar por la calle, con este tiempo?

Sus ojos negros no revelaban nada.

—Vamos, Alexa, que no todo el mundo vive en un hotel. No todas las chicas tienen chulos que las cuiden. Si está sola, ¿dónde puede ir? ¿Qué opciones tiene una cría como ella?

—No muchas —contestó—. ¿Qué gano yo con esto?

Rajacic se acercó, la cogió por un brazo y apretó. En aquel momento sí pareció el chulo que era.

—Harás muy feliz a un viejo como yo —le dijo en voz baja—. Vamos, largo. Antes de que me arrepienta.

HABÍAN PEDIDO PRESTADO un todo terreno a los de tráfico. Costa conducía, aunque no estaba acostumbrado a manejar coches con tracción a las cuatro ruedas, que era el único modo de avanzar a velocidad razonable sobre la nieve que lo cubría todo. Las calles más estrechas del centro histórico habían tenido que cerrarse al tráfico y la escasa circulación se había canalizado por las vías principales y las avenidas más amplias que discurrían a ambos lados del río. Alexa sabía dónde ir. Habían pasado ya por varios lugares: un edificio medio en ruinas al norte del Panteón, un bloque ocupado ilegalmente en Testaccio, un hostal sucio y helador en San Giovanni, y en todos ellos habían obtenido el mismo resultado: un puñado de adolescentes hoscos que no dejaban de temblar bajo aquellas ropas negras y baratas que no les protegían del frío miraban la foto y negaban con la cabeza. Después Alexa les gritaba Dios sabe qué en su propia lengua, pero no conseguía arrancarles ni una palabra.

En aquel momento avanzaban despacio por el Lungotevere, en la margen del río a su paso por el Trastévere, escrutando los pequeños grupos de gente que se refugiaba junto al Tiber. La corriente del río no se veía desde la carretera, pero las anchas márgenes que quedaban a un nivel inferior que el de la calle eran refugio habitual para los sin techo.

Alexa iba en el asiento del copiloto, echando el humo de su cigarrillo por una rendija abierta de la ventanilla. No parecía preocuparle el aire gélido que entraba de la calle. La atmósfera que se respiraba en el interior del coche era mala. Todos presentían el fracaso.

—Estos chavales no van a hablar con la policía —dijo Alexa—. ¿Por qué iban a hacerlo?

—Porque esa chica necesita nuestra ayuda —contestó Emily secamente.

—Pero ellos no lo saben, y no se creen ni una palabra de lo que les decís. La policía siempre les trae problemas.

—¿Y qué sugieres que hagamos? —preguntó Costa.

—Dejádmelo a mí. Les diré que sois su familia y que la estáis buscando. ¿Tenéis dinero?

Peroni le entregó unos cuantos billetes.

—Vaya... podríais pagaros unos cuantos polvos con esto. Ya sabéis lo de la ley de la oferta y la demanda. Mucha oferta y poca demanda últimamente.

—Tenemos que encontrarla —insistió Peroni.

Se guardó el dinero en el bolsillo de su brillante anorak rojo y señaló el río.

—Para aquí. Conozco un par de sitios. Además, ahora que lo pienso, el viento sopla de este lado, y esos críos no son idiotas. Al menos, la mayoría.

Tomaron la margen derecha del río y se detuvieron en un semáforo.

—Tú no eres sobrina suya, ¿verdad? —preguntó Emily de pronto.

Alexa se volvió a mirarla.

—¿Eso quién lo dice?

—Me ha parecido que era sólo una... forma de hablar.

—¿Algo parecido a lo de trabajadora del sexo?

—Eh... no, no —balbuceó.— Lo siento. No pretendía ofenderte.

—Soy su sobrina. Mi madre y Stefan son hermanos. Mi padre era un gitano que se coló en la habitación de mi madre una noche —hizo una pausa—. Eso sí que es una forma de hablar. Al final se casaron y después...

El coche arrancó y ella miró hacia el río.

—Después todo se vino abajo. No sólo lo personal, sino la vida en general. El país. Todo. Para por aquí. He visto luces.

Costa se detuvo en un aparcamiento vacío y bajaron del coche. Seguía nevando y la temperatura estaba muy baja, con un viento helado que parecía volar por el canal que el Tiber abría en la ciudad. Estaban ya lo bastante cerca de la orilla para ver la superficie oscura y sedosa del río, y la luna de plata que los miraba desde el círculo perfecto que dibujaba en el agua. No había luz ninguna por allí, pero había gente al abrigo del puente. Costa veía las brasas diminutas de los cigarrillos y olía el humo acre de un improvisado brasero.

—Quedaros aquí hasta que os llame —dijo Alexa, pero cuando iba a descender las escaleras se detuvo—. Stefan es mi tío —les dijo—. Cuando perdimos la granja... la de él, la nuestra, la de todos, huí de mi país y me vine aquí. Estaba convencida de que todo me iba a salir bien. Pensaba que las calles estaban hechas de oro. ¿Y sabéis lo mejor de todo? —preguntó, mirándoles con aquellos ojos negros y penetrantes, sin molestarse en ocultar la amargura—. Que comparado con lo que hay ahora mismo en mi país, es como si de verdad lo fueran. A veces necesito recordármelo cuando tengo algún seboso hombre de negocios resoplando encima de mí. Vine aquí y me dediqué a lo más fácil. Stefan empleó el poco dinero que le quedaba en encontrarme e intentar convencerme de que volviera a casa. Discutimos y yo gané, lo cual estuvo bien porque, dadas las circunstancias, la razón la tenía yo. Y si es necesario tener chulo, mejor que sea tu tío, sobre todo si es un hombre honrado como Stefan. Podéis preguntárselo a cualquier de sus chicas.

—Lo siento —dijo Emily, mirándola a la cara.

Alexa bajó la escalera y ellos tres se quedaron arriba, golpeando el suelo con los pies intentando en vano que no se les quedaran fríos. La noche olía a invierno, a un invierno duro y frío que no iba a pasar pronto. No tardaría en volver a nevar.

—¿Qué haremos si esto no funciona? —preguntó Peroni mirando hacia abajo, hacia el lugar del que provenían las voces.

—Seguir buscando hasta que se quede sin sitio en donde ocultarse —contestó Costa—. No tienes por qué quedarte —añadió dirigiéndose a Emily—. Nosotros estamos de servicio, pero tú no.

—Estoy bien.

—Si quieres, puedes...

—Estoy bien.

Peroni se encogió de hombros mirando a su compañero.

—¿Cuánta gente trabaja para Leapman en Roma? —preguntó.

—No lo sé —contestó ella.

—¿Dos? ¿Tres? ¿Cincuenta? —insistió.

Ella se arrebujó en su abrigo.

—Mira, Peroni: hasta el mes pasado yo era un oficial de inteligencia de baja graduación que trabajaba de nueve a cinco en una oficina de sistemas en Washington, pero de pronto, sin más ni más, me trasladaron aquí. ¿Por qué? Pues quizás porque conozco Roma, o porque hablo italiano. O puede que Leapman piense que me lo debe por lo de mi padre, pero en realidad no lo sé, créeme. No me ha dicho una palabra, y tampoco escucha nada de lo que yo pueda decir. Según él, estamos persiguiendo a un lunático, un asesino en serie al que le gusta viajar.

—Y puede que esté en lo cierto.

—Eso es imposible —contestó enfadada—. En todo esto hay

una lógica, una lógica distorsionada y delirante pero racional, que nosotros tenemos que descubrir.

—Estoy de acuerdo —intervino Costa, pero aun así no estaba convencido de que descubrirlo pudiera servirles de mucho. Había que reconocer que Leapman tenía razón: los servicios de inteligencia, el trabajo forense, la investigación concienzuda... todo eso era importante. Pero el último acto solía llegar de forma accidental. Un error o un encuentro fortuito. El asesino era muy activo y con tanto dinamismo se corrían riesgos. La cuestión era tener gente esperándole a pie de calle cuando cometiera el error. Falcone lo sabía tan bien como el que más, y tanto él como Leapman tendrían gente en la calle trabajando con la escasa información de que disponían y esperando encontrárselo un buen día al girar en una esquina. De hecho, buscaban a la chica para protegerla y no porque confiaran en que ella pudiera conducirles hasta él.

Las voces del puente subieron de volumen. Parecían estarse acalorando, y Costa miró a Peroni con preocupación. Habían permitido que se metiera sola en lo desconocido, asumiendo que podía arreglárselas por sí misma. Para alivio de Costa, se oyeron pisadas de una sola persona sobre la nieve de las escaleras y Alexa volvió a aparecer. Parecía sorprendida; puede que incluso algo asustada.

—Estábamos empezando a preocuparnos —dijo Peroni—. No parecían muy contentos.

—La mayoría van de droga hasta las cejas. He conseguido un nombre: Laila. Es kurda. Al parecer ha estado aquí esta noche, pero no saben dónde está ahora. Es lo que me han dicho.

—¿Y? —preguntó Costa.

—Pues... no sé. Les di la pasta y me contaron eso, pero podrían habérselo inventado. ¿Sois vosotros los únicos que la buscáis?

Peroni miró a Emily.

—Sí, que nosotros sepamos.

—Parece ser que alguien más ha preguntado por ella, pero no tenía foto.

—¿Qué les dijo? —quiso saber Costa.

—Era un cura. Les dijo que la chica vive en el albergue que él lleva, que habían discutido y que quería arreglarlo, pero... —se volvió a mirar las sombras que se movían junto al río, desde donde se elevaban voces enfadadas—, esa chica, Laila... es una niña de la calle, y le gusta ir a su aire. Me han dicho que es un poco rara. No vende ni consume droga, y tiene muchos pájaros en la cabeza. Si decían la verdad, no puede ser la misma persona que buscaba ese hombre.

—A la mierda —murmuró Peroni cuando ya había echado a andar hacia las escaleras—. Tenemos que hablar con ellos.

Alexa le sujetó por una manga.

—Ten cuidado. Hay unos cuantos gilipollas.

—Vale —contestó Peroni y siguió andando.

Bajó tan rápido las escaleras que Costa y las dos mujeres no oyeron sus primeras palabras, pero Nic recordó en aquel momento por qué seguía siendo compañero de Peroni, por qué ni siquiera se planteaba cambiar. Estaba hablando a un montón de chiquillos, alrededor de quince, muy juntos los unos a los otros, rostros jóvenes asustados y resentidos iluminados por el resplandor de un miserable y apestoso brasero en el que ardía carbón y leña húmeda. Sabían que estaban hablando con la policía, y sabían que eso significaba problemas, pero Peroni les hablaba exactamente del modo contrario a lo que ellos se esperaban: con convicción, con amabilidad, con respeto.

—Tenéis que creerme —les estaba diciendo—. Sabemos que queréis proteger a esa chica, y también entendemos por qué no queréis ayudar a la policía, pero esa chica está metida en un lío, y tenemos que encontrarla.

Alexa les increpó con unas palabras incomprensibles y sacó unos cuantos billetes más. El grupo permanecía inmóvil pero inquieto. Al final un chiquillo consumido como un sarmiento y tan alto como Costa salió de la oscuridad y cogió el dinero.

—Yo enseño —dijo, señalando río arriba, hacia el Vaticano—. Venir conmigo. Allí. Ahora. Venir.

Tiraba de la manga de Peroni. No era más que una treta,

pensó Costa. Les estaba engañando con la esperanza de arañar unos cuantos euros más. Vio que Peroni hacía ademán de seguirle y se preguntó cuánto tiempo más podrían ir de acá para allá antes de que no les quedara más remedio que admitir la derrota. Entonces oyó algo que le hizo darse la vuelta. El movimiento de la masa de cuerpos había cambiado. Se apartaban para hacerle sitio a alguien. Emily Deacon se había metido directamente entre ellos y les hablaba en italiano, pero seguramente el miedo hizo que su acento traicionara sus orígenes.

Parecía haber visto algo. Una sombra delgada que se escondía pegada a la pared.

—Laila —la llamó—. ¡Laila!

—¡Amerikane! —murmuró alguien.

Estaban arremolinándose en torno a ella, empujándose, apartándose. Alexa no estaba allí.

—¡Gianni! —gritó Costa, y de pronto distinguió algo metálico que brillaba a la luz de la luna.

Emily también lo vio, y tras esquivar el ataque titubeante del chaval, le dio una buena patada en la entrepierna. El muchacho cayó al suelo aullando, pero una docena más la rodeó. Gritaban.

Y la sobra de la pared también se movía, pero para alejarse del barullo aprovechando la confusión.

Costa sopesó sus opciones, y llegó a la conclusión de que sólo había una. Disparó dos veces al aire y los miró fijamente para hacerles entender lo que significaba aquello.

La chica había empezado a correr hacia el tramo de escaleras siguiente. Iba sola.

—Qué bien —le lanzó Emily—. Y yo creía que éramos nosotros los que sacábamos demasiado rápido la pistola.

—Tengo que asegurarme de devolverte de una pieza al agente Leapman. ¿Qué tal corres?

—Muy bien.

Señaló el puente con la cabeza.

—Sube por ahí y mira hacia dónde va. Yo iré tras de ella. Gianni, tú con Emily.

Peroni ya empezaba a subir la escalera.

A algo más de veinte metros, Nic vio a la chica resbalar sobre la nieve, levantarse como un rayo y seguir corriendo, así que respiró hondo y salió tras sus pasos.

Tardó apenas un minuto en llegar a la escalera y subió a toda prisa siguiendo sus huellas en la nieve pensando que había sido un error disparar, aunque verdaderamente no sabría decir por qué.

Cuando llegó al nivel de la calle vio que Peroni y Emily ya estaban allí esperando sus indicaciones y que Alexa se había reunido con ellos. Fumaba, y de su cigarro subía una delgada columna de humo al aire gélido de la noche.

Miró hacia la otra acera y vio a la muchacha entrar en el laberinto de calles que parten del Corso Vittorio Emanuele.

Viéndola desaparecer, alumbrado por las luces de un supermercado, había un hombre alto y erguido, vestido de negro.

EL MONJE GIORDANO BRUNO, acusado de herejía, murió en la hoguera en el Campo dei Fiori un frío día del mes de febrero del año 1600. Ahora su estatua negra y encapuchada encaramada en un pedestal contemplaba con desinterés el siglo XXI. Los restos del mercado, cajas de madera, hortalizas lacias, bolsas de plástico... formaban un montón de suciedad. Los encargados de la limpieza del mercado habían utilizado la excusa del mal tiempo para no hacer su trabajo. Sólo unos cuantos y osados bebedores desafiaban la nieve para hacer su ronda habitual de bares. Los norteamericanos al Drunken Ship y al Sloppy Sam's, y los locales a la Vinería y la Taberna del Campo. Y bajo la estatua, replegados sobre sí mismos para combatir el viento, la tropa habitual de indigentes, parásitos permanentes de una zona de la ciudad que nunca carecía de su suministro de turistas.

De entre el centenar de personas que rondaban aquella noche el Campo, Emily Deacon era una de las pocas que sabía quién había sido Giordano Bruno. Incluso podía recordar las razones que hicieron de un hombre solitario y excéntrico cuya terquedad le acarreó la muerte a manos de una autoridad vengativa a la dignidad de padre de la filosofía humanista moderna. Siendo adolescente había visitado muchas veces aquella plaza, más a menudo cuanto más se desintegraba su familia, y se había preguntado en multitud de ocasiones qué pensaría Bruno, un hombre convencido de que el futuro sería mucho mejor que el tiempo que a él le había tocado vivir, del mundo moderno en la ciudad de Roma. Todos aquellos recuerdos, buenos y malos, le daban vueltas en la cabeza en aquel instante, dificultándole la concentración. Leapman debía haberla mandado llamar por sus conocimientos especializados, pero a lo mejor se equivocaba. A lo mejor le habría resultado más útil alguien virgen, limpio de cicatrices y lazos con el pasado. Pensar así le hacía daño. Sabía que tenía un trabajo que hacer, un trabajo importante y que podía cerrar aquel caso definitivamente. Había dejado atrás a Peroni boqueando como un pez fuera del agua en las calles más cercanas al puente, Nic había tomado un camino distinto al suyo, de modo que ella, siguiendo su instinto, encontró a la chica y la siguió por aquel laberinto de callejones medievales que partían del Corso Vittorio Emanuele y que se extendían más allá del Palazzo della Cancelleria en dirección al Campo. Pero no estaban solas. Emily podía correr tan rápido como la chica, más incluso, y quienquiera que las estuviera siguiendo, aunque estaba en forma, era mayor, una figura vestida de negro ocultándose en las sombras, decidida, con un propósito claro.

Cuando giraba para desembocar en el Campo, ya sabía lo que se iba a encontrar. Los movimientos de la niña eran predecibles. Iba siempre en busca de grupos de gente, particularmente de los grupos que le parecían igual a ella. Seguro que Laila había aminorado la marcha y se mezclaba ya en el enjambre de cuerpos que pululaban junto a la estatua con la esperanza de volver a recuperar el anonimato. Emily se volvió pero no vio nada. Ni un alma se movía en el callejón de la Vía del Pellegrino, y prefirió pensar que había perdido a su perseguidor.

—Es muy astuto —se recordó en voz baja. Sacó el revólver y lo camufló en el bolsillo derecho de su chaqueta, y las esposas de reglamento en el izquierdo. Ojalá hubiera prestado más atención en las tediosas y repetitivas clases de armas de fuego a las que había asistido en Virginia.

Bajó la cabeza y con la mirada puesta en la nieve ajada avanzó en diagonal por la plaza, a una distancia prudencial de la estatua, intentando pasar por ser uno más de quienes se movían en la noche.

Laila se había ocultado allí, entre el grupo de jóvenes, y no le gustaba lo que estaba viendo. Disimuladamente se colocó una de las esposas en la muñeca izquierda, manteniéndola oculta en el bolsillo. Podían pasarse la noche entera corriendo por Roma detrás de la muchacha. Era importante detenerla allí.

Cortó hacia la estatua con un movimiento rápido y sin hacer ruido se coló entre dos jóvenes que compartían un porro para acercarse a la chica.

—Laila —le dijo cogiéndola por el brazo—, no te asustes. Estamos aquí para ayudarte.

La muchacha se volvió a mirarla y su cara estaba desfigurada de puro terror.

—No te asustes —insistió Emily.

Pero Laila parecía dispuesta a echar a correr y no le quedó otra opción. Sacó la mano del bolsillo, agarró la muñeca derecha de la muchacha y le cerró en ella la esposa. La chica saltó para alejarse como si le hubiera alcanzado una descarga eléctrica. El resto del tropel había empezado a darse cuenta de lo que pasaba y comenzaban a roderlas.

—¡Policía! —gritó Emily—. ¡Policía!

Laila casi la arrastró escaleras abajo. Alguien intentaba separarlas tirando de la cadena de las esposas. Volvía a repetirse la escena del río, y pensó en las opciones que tenía ante sí en un ambiente en el que llevar un arma blanca formaba parte de la vida diaria. De pronto recordó lo que Nic Costa había hecho en una situación similar. Necesitaba ayuda, y necesitaba dejar claro lo que se cocía allí.

Sacó el arma del bolsillo, la alzó en el aire y por segunda vez en la noche dos disparos apuntaron al disco blanco de la luna.

—¡Nic! —gritó—. ¡Peroni!

Los jóvenes captaron el mensaje y empezaron a retroceder, asustados, dispuestos a correr, a no meterse en el lío. Aparecieron rostros anónimos en las ventanas de los bares del Campo, pero no hubo movimiento alguno. Los disparos le habían concedido tiempo, pero ahora lo que necesitaba era ayuda.

—¡Nic! —volvió a gritar y empujó a la chica contra el pedestal de piedra de la estatua para que no siguiera tirando—. Vamos a...

Pero algo se interpuso y le impidió decir nada más. Un puño duro como la piedra y que partió desde detrás de su hombro derecho se estrelló contra su mandíbula e hizo que el revólver se le escapara de la mano y cayera resbalando sobre aquellas viejas piedras cubiertas de aguanieve.

Fue a parar contra el pedestal. La boca le sabía a sangre e intentó pensar con claridad. Entonces alguien se agachó junto a ella, con el rostro oculto por la noche, y se rio con una risa normal, flemática, serena, una risa que le erizó la piel.

—Pides hombres, y te mandan niños —dijo la sombra. Su acento era norteamericano. Algo negro, frío y familiar se apoyó en su mejilla y el olor a aceite para engrasar armas le llegó directamente al cerebro.

Miró angustiada más allá de la pistola, preguntándose dónde demonios se habrían metido Costa y Peroni. Tenían que haber oído los disparos. Entonces el hombre tiró de ella para obligarla a levantarse. Tenía unos cincuenta años, un rostro anónimo y unos ojos grises y sin vida. Entonces se le ocurrió algo estúpido: ella lo conocía.

Tiró de la cadena de las esposas hacia arriba para juntarlas a las dos mientras ella buscaba frenéticamente en el bolsillo.

—La has esposado bien —dijo—. Te he visto. Pero siempre hay que pensar en las consecuencias. Siempre. ¿Era lo más juicioso? ¿Qué podía pasar después?

El arma pasó de rozar la cabeza de la muchacha a la suya.

—Decisiones —suspiró—. A veces no hay modo de evitarlas. ¿Eres americana o italiana?

—Adivina —espetó ella, y dio un paso para interponerse entre la muchacha y él mientras en el fondo de la cabeza le martilleaba la idea de si verdaderamente existía la posibilidad de salir de una situación como aquella, si podría encontrar refugio en el puñado de gente que se apartaba de la violencia de aquella escena.

Entonces la claridad se le hizo en el pensamiento: no te engañes, se dijo, y con todas sus fuerzas, escupió a aquel rostro sin color y sin emoción.

—Mataste a mi padre, hijo de puta. Espero que te pudras en el infierno.

Él parpadeó. Algo debió pasarle por la cabeza, algo que cambió las cosas de un modo inesperado. No es que hubiera tiempo de considerar lo que debía estar pensando, pero por fin había encontrado lo que buscaba en el bolsillo: las llaves de las esposas.

El tipo la había reconocido. Seguro. La miraba aturdido, confuso, preocupado, intentando asimilar algo que ella no podía ni imaginarse. Luego estiró el brazo, cogió un puñado de su pelo y se lo llevó a la nariz.

—Emily Deacon —murmuró—. La pequeña Em siguiendo los pasos de papá. Qué lástima...

El arma le rozó los labios mientras ella metía la llave en la cerradura de las esposas y la abría. Luego apretó la mano de la chiquilla para hacerle saber que estaba libre pero no soltó su mano, a la espera del momento adecuado.

—Civiles —murmuró, y le dio la impresión de que había encontrado un obstáculo que debía vencer—. ¿No te pone de los nervios cuando se interponen en tu camino? ¿Eh, pequeña Em...?

—No me llames así, maldito asesino —espetó, y con todas sus fuerzas le lanzó el puño que tenía libre y que fue a parar contra su cuello con la parte externa de la mano, tal y como le habían enseñado, de modo que no se estrellaba con el objetivo sino que lo desequilibraba, en aquel caso lo suficiente para verle caer sobre la nieve.

—¡Corre! ¡Corre! —le gritó a Laila y de un empujón la mandó lejos de la sombra de Giordano Bruno y en dirección a la plaza, bajo un cielo estrellado que empezaba a cubrirse de nubes que traían la promesa de más nieve.

Alguien gritaba. Una voz familiar. La de Nic Costa.

El hombre se incorporó. Decidió no correr. Aquel tipo era bueno y podría abatirla cuando quisiera. Seguía teniendo el arma en la mano como el profesional que era.

—Termina ya, cerdo —le dijo—. Pero esta vez no vas a tener tiempo de jugar con el escalpelo. No vas a poder dejar tu marca.

—La niña de Dan Deacon —dijo, y miró por encima del hombro para ver dos figuras que se acercaban a toda velocidad—. Estás muy crecidita ya. Y como es costumbre con los Deacon, te joden cuando menos te lo esperas.

En un abrir y cerrar de ojos se abalanzó sobre ella, la agarró por el cuello de la chaqueta y presionó con el dedo índice y pulgar los tendones en la base del cuello obligándola a mirarle, impertérrito una vez más.

—No vuelvas a interponerte en mi camino, pequeña Em —le advirtió—. No tengo tiempo para distracciones.

Estaba tan cerca que el vapor de su respiración le rozó la cara. Tenía una especie de tic en la mejilla.

—¿Quién eres? —le preguntó, intentando concentrarse en aquel rostro angular y en su voz, en el rasgo que le resultaba más familiar, que le identificaba en su recuerdo.

Él pareció meditar su pregunta.

—Kaspar, el fantasma hostil —contestó distraído, como si estuviera pensando en otra cosa—. Adivina, pequeña Em. Los dos tenemos cosas que hacer.

Y tras mirarla por última vez, la soltó y echó a correr, alejándose de la sombra del monje encapuchado y refugiándose en la de un callejón, perdido por el momento pero no para siempre.

Se apoyó en el pedestal. La cabeza le iba a toda velocidad. Había tocado a la bestia. La conocía, aunque en aquel momento su nombre no fuera más que una nebulosa. Instintivamente supo que el análisis de Leapman era erróneo. Aquel hombre no había nacido así. Algo le había transformado y él lo sabía, incluso lo lamentaba. Como el filósofo de piedra que la sostenía, no temía ser juzgado. Puede que, en cierto sentido, hasta lo buscara.

Pequeña Em...

Nadie la llamaba así desde que cumplió doce años y empezó a crecer. Su familia y los allegados se dirigían así a ella durante los días cálidos que pasó en Roma, cuando el mundo era humano e inmaculado, en un tiempo en que muchos hombres amigos de su padre pasaban habitualmente por su casa en Aventino y siempre la traían regalos y bailaban con ella en aquel salón blanco.

Pequeña Em.

Alguien se acercaba. Era Nic Costa, el joven policía italiano, que la miraba con la preocupación pintada en su rostro de expresión inteligente. Recogió su arma del suelo y sacó un pañuelo del bolsillo.

—Ten.

Se le había olvidado el dolor y se pasó la lengua por el labio. No parecía estar demasiado mal.

—Gracias. ¿Dónde diablos estabais?

—Buscando. Esto es muy grande y está oscuro.

Ella asintió.

—En eso tienes razón.

Jamás había pasado por una experiencia como aquella. Nada en la formación del FBI la había preparado para eso.

—He perdido a la niña, Nic. Lo siento, pero es que no tenía elección.

Él no contestó, pero no parecía molesto.

Gianni Peroni llegó entonces hasta ellos, casi sin aliento pero contento de ver que estaba bien. Aquellos dos hombres le gustaban y mucho. Se sentía rara. Incluso temió echarse a llorar.

Junto a Peroni estaba Laila. La chica se acercó y mirándola con algo que quizás podía ser gratitud le mostró la muñeca de la que colgaba la esposa vacía.

—Claro —contestó Emily—. En cuanto...

En cuanto hayamos hablado, quería decir. En cuanto me haya metido en el papel de agente del FBI, desbordante de confianza y arrojo, transmitiendo la sensación de que todo iba bien y aún mejor en cuanto contestara a unas cuantas preguntas y escuchara lo que la fría y dura agente del FBI tenía que decirle.

En cuanto...

Las luces se apagaron. Vagamente notó que fueron los brazos de Nic los que evitaron que se abriera la cabeza contra las heladas losas del Campo.

REINABA EL SILENCIO en aquel apartamento cercano al Palazzo Borghese. Mónica Sawyer daba vueltas y más vueltas bajo el pesado edredón, el pensamiento lleno de sombras, de figuras desconocidas que bailaban al son de un sueño cuya lógica no comprendía. Era un sueño inquietante, tentador, un sueño al que no estaba acostumbrada, que le hacía revolverse y gemir de miedo y expectación. Que la hacía sudar en aquel camisón rojo que Harvey le había comprado en unas cortas vacaciones que pasaron en Maui creyendo que con él podría inyectar algo de vida a un matrimonio muerto ya.

Harvey.

Aquel nombre interrumpió su sueño como una nota discordante que destrozara una maravillosa pieza de música.

El rojo era su color, o eso decía Harvey. Era un color que le hacía parecer una guarra, y eso a él le gustaba.

—Harvey... —susurró, pero sin saber si quería o no conjurar su presencia. Ojalá no hubiera bebido tanto. Ojalá no hubiera dejado que aquellas uvas de la época de Virgilio se le subieran a la cabeza.

—Mírame ahora. Fíjate en...

Se despertó con una violenta sacudida. La cabeza le funcionaba a toda velocidad. Había un pensamiento incómodo que la molestaba. No era Harvey a quien intentaba conjurar, como si fuera un íncubo de una parte oscura de su imaginación. Era a Peter O'Malley.

Peter O'Malley, que había salido a buscar una iglesia.

No podía ser cierto. Con el descanso del sueño y la mitad de la resaca ya pasada podía darse cuenta de que aquel hombre ocultaba algo. Su historia no cuadraba. Los sacerdotes no andaban por los bares así como así, ganándose con artes dudosas la confianza de las mujeres sin compañía. No entendían de comida y de buen vino. No podían ser tan encantadores, ni abrirse paso en la confianza de los demás con tal destreza y determinación. Y no se pasaban la noche por ahí. De haber vuelto, se habría despertado. Aun estando medio borracha, tenía un sueño muy ligero.

Nada encajaba en su historia. No era la clase de hombre que se ocuparía de un rebaño de monjas en Orvieto, o en ninguna otra parte. Peter O'Malley era un solitario que deambulaba por las calles de Roma sin sitio en el que hospedarse por quién sabe qué razón, y con una pequeña bolsa negra por toda compañía. De no haber sido por el alzacuello, jamás se habría planteado invitarle a dormir en su casa. Qué idiota.

"Es un embaucador", se dijo, y le sorprendió no sentir miedo. "Eso es porque en el fondo esperas que vuelva y que..."

—No —dijo en voz alta, y recordó que le había dado el único juego de llaves de la casa. Cuanto más lo pensaba, más se daba cuenta de lo estúpida que había sido. Estaba en una ciudad extranjera, sin saber ni palabra del idioma y por lo tanto incapacitada para descolgar el teléfono y llamar pidiendo ayuda. Miró el reloj y calculó la hora que sería en San Francisco: última hora de la tarde.

"¿Y qué dirá Harvey si lo llamo?"

Verás, Harvey, es que me encontré con un cura, ¿sabes? Y como no tenía dónde dormir... nos tomamos unas copas y lo uno nos llevó a los otro. Bueno, no. Yo me tomé las copas. Y ahora resulta que ni es cura ni nada, pero resulta que me pone.

Qué tontería. Llamarle sería como saltar de la sartén para caer en el fuego. Seguramente se trataba de un gorrón inofensivo buscando un sitio donde dormir. De hecho, si lo analizaba con frialdad, ya había tenido oportunidad de llevar las cosas más lejos. Si después de estar charlando en la terraza hubiera insistido un poco...

Recordó aquel momento y tuvo que reconocer la verdad: si hubiera insistido un poco más, se habría ido a la cama con él pensando *Al diablo con Harvey. Veamos lo que es capaz de hacer la gloria de Dios.*

Pero no lo había hecho. Se había marchado.

A buscar una iglesia.

Ya.

Se levantó y se puso una bata porque en aquel cajón artificial hacía un frío de mil demonios. Sabía lo que tenía que hacer, que era buscar algo, lo que fuera, en lo que poder basar sus sospechas para así llamar a la policía y gritar por teléfono hasta desgañitarse para conseguir que alguien la atendiera.

—La bolsa —murmuró de pronto.

Abrió la puerta del dormitorio. El salón estaba vacío. La bolsa de viaje estaba en el suelo junto al ventanal, que por cierto estaba entreabierto y dejaba entrar un frío cortante. Genial. La mejor noche para dejarse la ventana abierta. En la terraza las dos estufas de gas seguían ardiendo, siseando apaciblemente, como si fueran las fumarolas de un volcán cuyo cráter estuviera en un tejado en mitad de la ciudad.

Fue a la puerta del apartamento. Tenía una de esas complicadas cerraduras que uno esperaría encontrarse sólo en Fort Knox y todas ellas habían sido cerradas desde fuera. Por mucho que lo intentó no consiguió abrir, pero descubrió un cerrojo a la vieja usanza y lo echó. Eso le hizo sentirse mejor. Salir no podía, pero Peter tampoco podría entrar a menos que ella se lo permitiera.

—Vamos a ver lo que se puede hacer —se dijo y volvió al sofá. Cogió la bolsa negra, que por cierto pesaba bastante, la colocó sobre la mesa y parpadeó varias veces intentando ver mejor. Las luces de la casa eran pésimas, apenas unos bulbos amarillentos que no conseguían disipar del todo la oscuridad. Miró a la terraza de nuevo. Había dos fluorescentes en la pérgola que daban una luz mucho más clara. Mejor allí. Salió y colocó la bolsa en la mesa de resina que había bajo la pérgola.

Hacía una noche extraordinaria: estrellada, serena, como las que aparecían en esas antiguas tarjetas de Navidad que la gente mayor tenía por costumbre enviar.

"Tú también serás mayor un día", le dijo una vocecilla en su cabeza.

—Sí, pero no me dedicaré a mandar chorradas.

Aunque había echado el cerrojo a la puerta, cerró también el ventanal de la terraza. Le pareció buena idea hacerlo.

Abrió la cremallera y cerró los ojos. ¿Estaba obrando bien? ¿Era razonable revolver las cosas de un desconocido en busca de pruebas que demostraran que no era quien decía ser? También podía quedarse allí tranquilamente, sabiendo que nadie podía entrar, y esperar a que amaneciera, llamar a la policía y decirle que había perdido las llaves. Pero podía encontrársele en la escalera al salir. O también podía...

Demasiadas posibilidades se le agolparon en la cabeza. Terminó de abrir la cremallera y descubrió que en el interior de la bolsa había exactamente lo que, en otras circunstancias, habría esperado encontrar. Todo impecablemente doblado, del modo en que un hombre que viviera en una institución habría ido aprendiendo a lo largo de los años.

Miró a su espalda. El salón seguía vacío. A lo mejor se había marchado para no volver, o para ganarse la vida quién sabe cómo.

Sacó un jersey y lo dejó sobre la mesa con cuidado de que no se desdoblara. Pretendía meter todo lo que sacara en la misma posición y del mismo modo en que lo había encontrado.

Otro jersey. Ropa interior. Calcetines. Todo muy limpio. Y un par de zapatos ligeros, poco adecuados para un invierno como aquel. Todo muy normal.

Quedaban aún dos camisas dobladas de tal modo que tuvieran el menor número de arrugas posibles. Desde luego Peter O'Malley o quienquiera que hubiera hecho aquella maleta sabía cómo preparar un equipaje.

Lo último que encontró era distinto. Algo caqui, abultado, de aspecto militar, aunque quizás la iglesia obligase a sus sacerdotes a llevar esa clase de prendas para que no olvidaran quiénes eran.

—Esto es cotillear, Mónica —se dijo—. Eres una estúpida que anoche bebió demasiado y que tiene terrores nocturnos. Eres...

Quitó la camisa caqui, la dejó en orden junto al resto de las cosas y sintió que la respiración se le congelaba en el gélido aire de la noche.

Era un arma. Había un arma pequeña y negra allí.

La sacó y la sopesó en la mano. Era verdaderamente pequeña, tanto que se preguntó cómo podría hacerla funcionar si la necesitaba. Luego volvió a dejarla en orden sobre la mesa.

Junto al arma encontró una serie de cosas incoherentes: una radio con cascos pequeños. Unos cuantos tubos plateados y del tamaño de un cigarrillo con unos alambres dentro que daban la sensación de estar clavados en un cigarro de cera. Unos cuantos euros y dólares, todos ellos de pequeño importe. Y por fin algo absolutamente incomprensible.

Lo sacó del fondo de la bolsa y lo acercó a la luz. Era una especie de rollo de un material desconocido para ella. Lo desenrolló un poco y vio que presentaba una serie de cortes siguiendo una especie de patrón geométrico. Lo estiró y vio cómo aquellos cortes se estiraban sin perder su forma, como si el tejido y el dibujo en sí les proporcionaran una fuerza inusitada.

—Curiosear no es de buena educación —dijo una voz desde un punto fuera de su campo de visión.

Mónica Sawyer intentó hablar, pero todo lo que salió de su garganta fue una especie de clac clac clac. Sintió miedo. Del dibujo de la tela. De aquel lugar. De aquella noche tan fría.

Pero sobre todo sintió miedo de aquella voz que no dejaba de hablar, utilizando palabras que sus oídos se negaban a escuchar y que cada vez adquiría un acento distinto, un tono diferente, que provenía de una sombra que debía haber estado encaramada al tejado de la pérgola todo el tiempo, contemplando una Roma helada y perfecta bajo un cielo helado y perfecto.

VENERDI

NIC COSTA MIRABA por la ventana del salón. El día había amanecido luminoso y el jardín era una sábana blanca e inmaculada, rota por la silueta de los olivos, que a modo de viejos encorvados se vencían bajo el peso de la nieve. La casa de campo de la Vía Appia no podía con las inclemencias del tiempo. Hacía frío en ella a pesar de los fuegos de leña que ardían a grandes llamaradas en las dos chimeneas de aquella espaciosa habitación. Desde la muerte de su padre y su lenta y solitaria recuperación de un disparo que a punto había estado de segar su vida, el único ruido que se oía en aquel viejo caserón era el de sus propios pasos, y eso era una pena. Aquella casa necesitaba gente que le transmitiera vida.

Viendo arder la leña del verano anterior a la que la humedad de la nieve hacía chisporrotear en las dos antiguas chimeneas, recordó a su padre en sus últimos días, sentado en su silla de ruedas y envuelto en una manta, agostándose lentamente, combatiendo a la enfermedad sin tregua. Entonces oyó las carcajadas explosivas y roncas de Gianni Peroni en la cocina, seguidas de una risa joven y más tímida.

Teresa Lupo apareció y miró a Nic moviendo la cabeza.

—¿Vas a subírsela, Nic, o lo hago yo? —le preguntó, refiriéndose a la bandeja que tenía en las manos—. Se va a enfriar el café, y no hay nada que los americanos detesten más que el café frío.

—Yo la subo. ¿Cómo está?

—¿Quién? ¿Gianni?

A Teresa le brillaban los ojos, como si hubiera estado a punto de llorar. Estaba agotada, pero parecía contenta. La había llamado después del incidente en el Campo y por decisión propia Teresa se había presentado allí y se los había llevado a todos a la granja. Nic no sabía cómo se las habrían arreglado sin ella.

—Está bien —suspiró—, pero es un idiota. Es una inmigrante ilegal, Nic. He hablado con los de la asistencia social mientras dormías, y van a tener que llevársela. No se puede... —tardó en elegir la palabra siguiente—, transferir lo que sientes por tus propios hijos a otra niña, por mucho que lo necesites. Gianni sólo querría estar en casa con su familia. Lo sé y no le culpo.

Seguramente las cosas no eran tan sencillas.

—La niña parece feliz, Teresa. A lo mejor les está ocurriendo lo mismo a los dos. Puede que ella vea en él un poco de su propio padre. Además, Gianni sólo está haciendo su trabajo. La niña no había dicho ni una palabra hasta que él empezó a hacer el tonto.

—No es la niña quien me preocupa —dijo con una inesperada severidad—. Gianni no es el toro que parece, ¿o es que no te habías dado cuenta?

—Lo sé.

—Me alegro. Y ahora haz el favor de llevarle el café a tu invitada.

Nic no pudo evitar cierto nerviosismo al tocar con los nudillos en la puerta de la habitación de invitados. Eran poco más de las ocho. Emily Deacon había dormido como un tronco desde que la acomodaron en la cama de la granja y seguramente recordaba poco de lo ocurrido en el espacio de poco más de una hora que transcurrió desde que se había desmayado en el Campo, de modo que iba a despertarse deseando hacerle un montón de preguntas. Respiró hondo y a pesar de que nadie había contestado a su llamada, entró.

Aquella habitación era la de su hermana hasta que por su trabajo tuvo que trasladarse a Milán. Desde sus ventanas se disfrutaba de una increíble vista de la Vía Appia. El perfil de la tumba de Cecilia Metilla se dibujaba en el horizonte con la forma de un tambor. Dejó la bandeja sobre la mesilla, tosió ruidosamente y esperó a que Emily se desperezara y recuperara lentamente la consciencia. Ante sus ojos la vio pasar de ser una joven llena de inocencia que descansaba en la cama a la intuitiva y lista agente del FBI que había conocido el día anterior.

Miró a su alrededor y frunció el ceño.

—¿Dónde estoy? —preguntó, y bebió un trago largo de zumo de naranja.

—En mi casa, con la niña. Está abajo con Peroni. ¿Te acuerdas de nuestra forense?

—Sí.

—Le pedimos que viniera a reconocerte cuando te desmayaste. Nos preocupaba que pudieras haberte dado un golpe en la cabeza al caer. No dejabas de... murmurar.

—¿Y avisáis a una forense? Hombre, eso está bien.

—Teresa es médico.

Emily se palpó la cabeza.

—Podríais haberme llevado a mi casa.

—Es que no sabíamos dónde vives, y tu amigo Leapman no nos ayudó mucho cuando fuimos a hablar con él. Sólo se interesó por el hombre.

—Igual que yo.

—Lo siento, pero es que no se nos ocurrió otra cosa. Queríamos llevar a Laila a un lugar seguro, y mi casa nos pareció lo mejor.

Emily murmuró algo ininteligible.

—Qué bien. Ahora sí que estoy lista.

Nic tuvo la impresión de que estaba recordando algo de lo ocurrido la noche anterior, un recuerdo que prefirió no compartir con él.

—Necesito ir a la oficina. ¿Podrías llevarme?

—Claro. El baño está ahí. Cuando hayas terminado, baja. Peroni está preparando el desayuno. Seguro que te sorprende. Y además...

Nic sintió ganas de reír. Emily se miraba. Bajo las sábanas seguía vestida con la ropa del día anterior.

—Esto es como volver a los días de estudiante —se lamentó—. ¿Además, qué?

—Que puede que no hayas metido la pata como tú te imaginas.

MONICA SAWYER PERMANECÍA inmóvil en el suelo, con los brazos por encima de la colcha con que él la había arropado la noche anterior, la cuerda hundiéndosele en la carne, el pelo castaño desparramado alrededor de la cara. Parecía una muñeca de trapo quebrada con aquel llamativo camisón, la boca abierta, los ojos en blanco clavados en el techo. Las marcas rojas de los pulgares que tenía en el cuello se habían vuelto púrpura y una línea de sangre seca partía de su labio inferior.

No era un sueño. Es más: lo cierto es que lo había sabido desde un principio. Kaspar la miró y sintió algo parecido al remordimiento. No lo tenía planeado. Había perdido el control y eso no era bueno. Recogió la bolsa y como un autómata, sin pensarlo conscientemente, le dio la vuelta y con el escalpelo cortó la espalda del camisón y de la braga y se quedó contemplando su espalda. No estaba mal para una cuarentona. Piel lisa y sin marcas.

¿Qué habría sido de él si hubiera tenido oportunidad de llevar una vida disoluta? Si hubiera quedado algún resquicio en aquellos últimos trece años para hacer otra cosa que no fuera mantenerse vivo, sobrevivir a cada día y buscar venganza.

—Pues que estarías gordo como un cerdo, Kaspar.

Era otra de las voces. Cada vez alborotaban más, sobre todo después del último contratiempo. Era la del tipo de Alabama. Su nombre se le había olvidado.

—Llevarías traje a rayas, trabajarías en un banco y te tirarías a tu mujer una vez a la semana para tenerla contenta.

Aquella era la voz nasal del neurótico aquel de Nueva Inglaterra, el de la Supremacía Blanca. Había conocido a muchos oficiales como él. O a lo mejor era sólo una película. Incluso Dan Deacon en persona. Tenía que serlo. Hablaba así, con acento de Nueva Inglaterra. Debía habérselo recordado su hija. Y la había dejado vivir...

—He sido yo —murmuró con una voz que apenas reconoció, una voz sin acento alguno porque era la suya propia. O quizás no.

—He sido yo, Monica —continuó, acariciándole la mejilla con un solo dedo—. ¿Y sabes una cosa? Que yo no te habría gustado porque no soy como Peter O'Malley. Ni como Harvey. Ni como ningún otro que conozcas. Yo sólo soy una mierda seca que arrastra el viento. Soy sólo un elemento más, como la lluvia o la nieve, que espera encontrar el lugar preciso en el que caer.

Se sentó a horcajadas sobre sus nalgas, la agarró por el pelo y le volvió la cabeza.

—¿Me oyes, puta?

Volvía a hablar el tipo de Alabama, que seguramente se quedaría allí todo el día. Era un hijo de perra, un animal que podía serle útil. Negro como la pez, con músculos de acero y un vocabulario que parecía un muestrario de obscenidades.

Monroe. Así se llamaba. Él se había llevado la primera bala en la huida de Humvee, cuando la única salida que le quedaba era intentar llegar al lugar más seguro. El metal candente le alcanzó en la cabeza, arrancándole la mandíbula inferior. El tío siguió corriendo aún sin media cara hasta que una segunda bala terminó el trabajo. Era un idiota. Se creía inmortal el muy imbécil, capaz de cualquier cosa, hasta de agarrar un hierro al rojo con la mano.

A veces, cuando le asaltaban los recuerdos, quería llorar, taparse la cara con las manos y sollozar como un niño. Pero últimamente era capaz de controlar sus acometidas bastante bien. Ya había llorado suficiente. Le ayudaba pensar en el dibujo, en aquel dibujo mágico que llevaba en la bolsa negra, trazado sobre piel humana, incompleto.

—¿Ves, Monica? —dijo con su verdadera voz—. No leen a Shelley, querida. ¿Puedes creerlo?

—Mi nombre es Ozymandias, rey de reyes —declamó. Le salía bien el acento inglés. Hasta sabía hablar como los de clase alta—. ¡Contempla mi trabajo, Todopoderoso, y rabia!

Dejó el escalpelo sobre la espalda, se arrellanó sobre sus rollizas nalgas y se imaginó la mágica cruz sagrada, la forma que tenía grabada a fuego en su subconsciente y que ya era capaz de reproducir sin necesidad del dibujo que había necesitado para ayudarse al principio.

Las líneas le daban sentido a las cosas, confirmaban la existencia de la cordura y la verdad en el universo. Trazó la primera de ellas con rapidez y soltura, pero no le satisfizo.

—¡Contempla mi trabajo, Todopoderoso, y rabia! —masculló, pero seguía siendo su propia voz. No conseguía dar con el tono adecuado.

Porque aquella vez no iba a funcionar. Tenía los ojos llenos de lágrimas. No podía hacerlo. No era quien debía ser. Era como la pequeña Emily Deacon, pero con algo menos de suerte. No tenía que estar allí.

Gimiendo en voz baja igual que lo hacía cuando sus carceleros entraban y lo llevaban arrastras hasta la habitación de las descargas eléctricas y los látigos, acunándose de un lado al otro, fue cortando, rajando aquella piel cerúlea, de arriba abajo, de un lado al otro, acuchillándola, dejando en ella lo que parecía la huella de la pata de un enorme pájaro.

Siguió así un rato, aunque no podría decir cuánto. Seguía buscando todas aquellas voces dentro de sí: la de Dan Deacon, la de Monroe, la de aquel enorme sargento sin cara, incluso una de mujer. La de cualquiera. Daba igual, siempre que no fuese la suya propia.

Pero no iba a encontrarlas y sabía por qué. Los había ofendido. Pero no por ello dejaban de susurrarle al oído, sobre todo Dan Deacon. Había sido un idiota. La lista estaba incompleta. Faltaba una porción de piel, la más importante, de alguien que ni siquiera sabía imaginar. ¿Y a qué se dedicaba mientras debería estar buscando? Pues a dejarse distraer por una californiana cachonda que no sabía respetar las cosas de los demás.

Piensas como un animal en celo cuando deberías concentrarte en otras cosas y no olvidar quién eres en realidad.

—Puta —murmuró, y el escalpelo volvió a levantar el vuelo en su mano.

Además, aquel cuerpo le estorbaba. Podría quedarse allí durante días pero el cadáver empezaría a oler y él no soportaba un hedor que le traía demasiados recuerdos.

Sácala a la terraza, tío. Es como un congelador. No olerá.

Muy listo, chico de Alabama... Los helicópteros no dejaban de patrullar el cielo, se montaban cámaras en los tejados, micros en las paredes, gente espiándote constantemente, sin perderse ni una sola palabra que pudieras pronunciar en sueños. Tenían que hacerlo porque sabían que él estaba entre ellos, a punto de terminar el trabajo.

Entonces, bésame el culo, ¿vale?

No te compliques, imbécil. El negro se lo decía siempre y a veces tenía razón.

En la cocina del apartamento podría rodarse uno de esos programas de cocineros: cuchillos grandes, cuchillos pequeños, sierras para los huesos, cuchillas de carnicero... Monica Sawyer tenía dos maletas grandes y caras que seguían en el salón con sus etiquetas de embarque de primera clase, y sería una pena desperdiciarlas.

LA VÍA DEL Babuino partía de la Plaza de España y llegaba a la Piazza del Popolo. Era una calle empedrada y medieval en la que nunca entraba el sol por los altos edificios que la bordeaban. Aún estaban bajados los cierres de las tiendas de ropa de diseñador y el quiosco de periódicos próximo a la iglesia griega abría los suyos en aquella mañana brillante y soleada justo cuando los tres coches pasaron por delante.

Las ruedas del Fiat patinaban sobre un firme tan resbaladizo lo que asustó a un rebaño de monjas vestidas de negro que salieron desperdigadas como cuervos sobre la nieve en dirección a la escalera que descendía de Trinità dei Monti. Leo Falcone ocupaba el asiento trasero del primer coche junto a Joel Leapman. Ojalá el sonido de las sirenas pudiese disimular la desconfianza que le rugía en las tripas. Seguía dándole vueltas a lo que Teresa Lupo le había revelado la noche anterior, sobre todo porque había decidido guardarse esa información contraviniendo las órdenes expresas de Filippo Viale, al menos por el momento. Ya resultaba bastante duro tener que soportar a sus propios hombres de gris como para verse encima obligado a añadir unos agentes del FBI al guiso. Aquella misma mañana había intentado hablar de ello con Moretti, pero se había llevado un buen chasco al enterarse de que el comisario principal ya compartía su despacho con Leapman y Viale. Iba a ser una reunión sin sentido, a excepción de la dirección que le había dado Costa como única pista. Aun así, no podían hacerse ilusiones. Sería ridículo pensar que, dadas las circunstancias, el tipo fuera a quedarse en casa.

Estaban a punto de llegar cuando Leapman, con su abrigo negro de invierno abotonado, se removió inquieto en su asiento.

—¿Ocurre algo? —le preguntó Falcone al ver que el americano se sonreía.

—Es que sois la pera. Vuestra despreocupación me mata. ¿Y si el tío no se ha marchado y sigue en el piso? ¿Pensáis invitarle a dar un paseo?

—Podría ser.

Falcone conocía bien aquella zona. Las casas eran idénticas: construidas en forma de terraza, valían una fortuna, a pesar del ruido constante del tráfico que discurría entre la plaza de España y la del Popolo. Todos los pisos habían sido transformados en apartamentos y a todos ellos se accedía por una única puerta en la base del edificio, y contaban con una sola salida. Y a aquellas horas era fácil acceder a sitios como aquél.

El coche se detuvo. Falcone se bajó, pulsó varios botones a la vez en el portero automático y esperó a que alguien abriera. Cuando el cierre sonó, empujó la puerta verde de madera y dejó que su equipo de seis hombres entrara al estrecho portal.

Leapman no podía creer lo que estaba viendo.

—Es la hora de que se lleven la basura —explicó Falcone, señalando con un gesto el montón de bolsas negras que había en el suelo.

—Increíble —murmuró Leapman. Luego sacó un revólver negro, lo comprobó y ante la mirada feroz de Falcone, volvió a guardarlo en su funda.

—Nada de armas —ordenó Falcone—. Hasta que yo lo diga.

Uno de los detectives estaba hablando con una mujer que había salido del apartamento del primer piso y señaló hacia arriba.

—Tercer piso, número nueve —dijo—. Extranjero y apartamento alquilado. Lleva aquí unas dos semanas. La mujer me ha dicho que no le ha visto desde hace dos noches. Tiene una llave de la casa.

Falcone envió delante al equipo de asalto y Leapman se quedó con él abajo. Parecía aburrirse. Falcone comprobó su arma por si acaso y volvió a guardarla.

—¿La ha usado alguna vez? —preguntó el americano.

—Muchas. Pero nunca he tenido que dispararla.

Leapman volvía a sonreír.

—Ya. Un rollo muy europeo.

—No entiendo.

—Que hay un modo intermedio, digamos, de hacer las cosas que nosotros también podríamos utilizar si fuéramos tan civilizados como vosotros. Que con plantarse en mitad de la calle basta para que todo salga bien.

—Siempre es mejor... siempre es mejor no juzgar las situaciones demasiado rápidamente. Y no creo que eso sea una cuestión europea o de ningún otro lugar. Es simplemente un modo de trabajo.

Leapman hizo una mueca.

—Hasta que la realidad os espabile. Eso es lo que nos separa. Nosotros no esperamos a que una sorpresa desagradable nos demuestre lo que ya sabemos. Ese tío es un lunático, ¿no? O le tratas como lo que es, o te vas a encontrar con lo que no quieres.

—Podría ser —contestó Falcone. ¿Cuántos hombres tendría Leapman en Roma? ¿Dónde estarían? ¿Qué estarían haciendo?—. Me imaginaba que habría hablado ya con la agente Deacon. O con algún otro.

—¿Por qué? ¿Para que nos dé otra lección de arte?

—Ha sido ella quien nos ha traído hasta aquí. Ella y mis hombres, por supuesto.

Peroni le había llamado a la una de la madrugada para referirle lo ocurrido en el Campo, una información que se había visto obligado a compartir con Leapman ante la insistencia de Moretti. Luego había llamado a Viale, en parte porque le gustaba la idea de sacarlo de la cama.

—Ya. Así que vio al tío que estamos buscando y ¿cuál ha sido el resultado? Pues que ella se desmaya y el tío sigue en la calle. Qué vergüenza. Esa cría no está hecha para esto.

No iba a contradecirle. Emily Deacon no estaba hecha para el trabajo que él le había dado, pero no pensaba decírselo.

—Entonces, ¿por qué la ha hecho venir a Roma?

A Leapman no le hizo ninguna gracia la pregunta. De estar en su posición, a él tampoco se la habría hecho. Eran decisiones operativas que se dejaban en manos del oficial al mando. Hasta que salían mal.

—Me pareció buena idea en su momento —contestó—. Habla italiano como una nativa, conoce la ciudad y como ya os dije ayer está suficientemente motivada para querer coger a ese tío. Son motivos más que suficientes. ¿Podemos echar ya un vistazo?

Falcone subió las escaleras de piedra y entró en el apartamento. Sus hombres lo estaban analizando concienzudamente. Era uno de los típicos apartamentos de alquiler: un estudio amplio con un viejo sofá, una pequeña mesa con sillas destartaladas y una tele barata. En un rincón había una cama individual con aspecto de ser bastante incómoda, deshecha, con las sábanas caídas al suelo. Falcone se asomó al minúsculo cuarto de baño y en un primer vistazo le pareció que no había nada que pudieran aprovechar para hacer las pruebas de ADN: ni cepillo de dientes, ni pañuelos usados. En la habitación principal tampoco.

—Ese tío ha debido volver a limpiarlo todo —dijo Leapman—. Es lo más lógico, dadas las circunstancias. Seguramente entró y volvió a salir antes de que hubierais terminado de llamar al médico.

Pero la intervención del médico era importante, pensó Falcone. No se podían olvidar las prioridades.

—¿Cómo pudo saber esa cría que era de aquí? —se preguntó Leapman—. ¿Estaba intentando estafarle o algo así?

—No —contestó. Habían investigado a la niña. Una de las organizaciones de cooperación había trabajado con ella unos meses pero sin éxito. Al parecer tenía alguna clase de problema psicológico que no cedía. Una forma de cleptomanía que se negaba a desaparecer aún cuando sabía que podían descubrirla—. Sigue a las personas que le parecen interesantes y les roba algo. El hombre salió de este edificio y la niña le vio en la calle. Lo siguió hasta el Panteón. Se acordaba de una puerta verde y la tienda de Gucci.

—¿Le vio encontrarse con la mujer?

—No. Parece ser que lo perdió un momento y la pareja estaba ya dentro del Panteón cuando ella entró, lo cual resulta muy interesante en sí mismo. A lo mejor significa que ya se conocían.

—Eso es absurdo. Me gustaría preguntárselo personalmente a esa cría.

—No —se negó Falcone con firmeza—. Puedes leer las transcripciones de la conversación que tuvo con mis agentes, pero no pienso someterla a interrogatorio. No lo permitiríamos con una niña italiana. Es la Ley.

Leapman suspiró pero no intentó discutir.

—La ley. En este caso no pienso acudir a las barricadas, Falcone, pero no intentes interponerte en mi camino cuando se trate de algo importante porque no lo permitiré.

—Ya me lo imagino. ¿Y qué quiere de mí, agente Leapman?

—Un poco de acción no estaría mal.

—¿Acción? —repitió. En su opinión, eso era lo último que debían hacer. Aquel hombre planeaba sus movimientos con sumo cuidado y no iba a caer en un operativo aleatorio de búsqueda. Desaparecería en cuanto oyera pasos en su misma calle—. Tenemos casi cincuenta efectivos trabajando en el caso. Creo que es acción más que suficiente.

Leapman cogió un jersey que uno de los policías había encontrado en un armario. Era lo único que no se había llevado. A lo mejor ni siquiera era suyo. En cualquier caso a Leapman no pareció interesarle demasiado y Falcone tuvo que recordarse qué clase de agente era: no un policía, sino un miembro más de una agencia; un burócrata que formaba parte de un rígido aparato burocrático que se ceñía a las normas y que estaba acostumbrado a pensar que lo que él entendía por acción, la investigación constante y la presión que un número casi ilimitado de efectivos podían ejercer, siempre proporcionaba resultados. Era un modo de enfocar las cosas que a veces tenía sentido, pero no siempre. Había que ser flexible, esquivar los problemas. No se podía seguir siempre el manual.

El móvil del americano sonó y se fue a un rincón para contestar. Falcone se volvió a Ciccone, un miembro del equipo que había traído para la ocasión, y le preguntó:

—¿A quién pertenece este piso? ¿A quién se lo alquiló?

Seguramente a la mujer que le había dejado las llaves.

—Me voy —anunció Leapman después de concluir la conversación—. Quiero que me mantengas informado en cuanto sepas algo, Falcone.

—Haré todo lo que esté en mi mano —contestó Falcone con una sonrisa—. Te acompaño a la salida.

Bajaron la escalera y Falcone abrió la puerta. Había empezado a nevar de nuevo. A lo mejor fue eso lo que hizo dudar a Leapman.

—Tienen muy buena opinión de ti en el SISDE, ¿sabes? Que enigmático es el tío ese, ¿verdad?

—La verdad es que no le conozco bien. Yo trabajo para la policía, no para el SISDE, aunque me siento halagado.

—O a lo mejor son sólo sandeces del tipo "tenemos a nuestro mejor hombre en el caso". Quién sabe.

Falcone había tomado la decisión de relacionarse con Leapman educadamente, amablemente, manteniendo las distancias. El modo que más podía molestarle al americano.

—Te mantendré informado.

Se acercó a la puerta del primer apartamento. Estaba entreabierta. Tras ella, sujeta por la cadena, se parapetaba una desaliñada mujer de mediana edad, con una blusa blanca y falda negra que lo miraba preocupada. Tenía el pelo prematuramente gris y lo llevaba demasiado largo.

—Señora...

Esperó a que soltara la cadena y entró. El recibidor estaba atestado de muebles antiguos y caros, lo cual ofrecía un rabioso contraste con la covacha de arriba.

—¿Qué ha hecho ese hombre? —preguntó ella.

—Puede que nada. ¿Lo conocía usted personalmente?

—Me llamó por el anuncio. Me pagó un mes por al alquiler y no he vuelto a verlo. Salía sobre todo por las noches, pero no me pregunte por qué.

—¿Y a qué se dedicaba?

La mujer encendió un cigarrillo. Las manos le temblaban ligeramente.

—Es un turista. ¿Cómo voy a saberlo?

Falcone asintió varias veces, pensativo.

—¿Cuánto cuesta ahora alquilar un apartamento como el suyo?

—Cuatro mil al mes.

—¿Tanto?

Tenía la sensación de que quería que se marchase. Algo no iba bien.

—Es obligatorio tener una fotocopia del pasaporte de un extranjero que alquila un piso —le dijo—. Supongo que usted se la pidió.

Ella se acercó a un buró de madera bruñida y sacó una hoja.

—Conozco las normas.

Era la fotocopia de la página principal de un pasaporte de la Unión Europea.

—Gracias —contestó—. ¿Y el recibo? Sabrá que también está obligada a darle una copia del recibo con el importe del alquiler a la persona que se lo paga. Es por Hacienda.

La mujer clavó la mirada en la alfombra. Así que era eso...

—No lo tiene, ¿verdad? Supongo que le pagó en efectivo.

—Es un asco tanto papeleo —murmuró—. Soy viuda. ¿Se imagina que no tengo nada mejor que hacer que andar archivando papelajos?

—Es lo que manda la ley —respondió con severidad—. Sin esos recibos, ¿cómo puede usted demostrar que está declarando los ingresos que percibe por el alquiler? ¿Quién me dice a mí que ese dinero no va a parar directamente a una caja de zapatos que guarda bajo la cama?

Los de ese alquiler y los de muchos otros seguramente. No debía haber declarado los ingresos del alquiler desde hacía años.

—¿Puedo sugerirle algo?

La mujer lo miró a los ojos con una luz de esperanza. Dobló la fotocopia del pasaporte y se la guardó en el bolsillo de la chaqueta.

—Si usted no le dice nada a nadie, en caso de que alguien venga a preguntar, yo no hablaré con los del fisco. ¿Le parece bien?

—Y luego se preguntan por qué la gente odia a la policía —espetó.

Falcone sintió que las llamas de la ira comenzaban a arder en su interior.

—La verdad es que sí nos lo preguntamos. Al fin y al cabo, hacemos lo que se supone que ustedes quieren que hagamos, y no es fácil, se lo aseguro. Fíjese en usted misma, por ejemplo: una mujer de clase media que se considera decente. Si algo ocurriera en la calle, sería la primera en descolgar el teléfono y llamarnos a gritos. Pero en privado usted también es una delincuente a pequeña escala, aunque por supuesto usted no lo ve así. Entonces ¿para qué estamos nosotros? ¿Sólo para molestar a la gente que no le cae bien?

La mujer no contestó. Se había dado cuenta de que se había pasado de la raya.

Falcone estaba incluso pensando en cambiar de opinión cuado ocurrió algo: el aullido de una sirena en la calle, voces, y en la distancia, el ruido de una explosión, una especie de trueno ahogado que conocía muy bien, un sonido que le provocó un escalofrío en la espalda.

Antes de ser consciente de lo que hacía, Leo Falcone corría ya hacia las escaleras de la Plaza de España desde donde partía una columna de humo negro que se elevaba por encima del blanco absoluto de las calles.

EMILY DEACON SE duchó y enfundada en la misma ropa bajó al salón de la granja. La luz invernal que entraba por las ventanas era cegadora.

Costa la esperaba al pie de la escalera y su aspecto era asquerosamente fresco y despierto. Qué envidia. A ella le dolía la cabeza y se sentía incómoda en aquella hermosa y solitaria casa sin saber qué consecuencias había acarreado su encuentro de la noche anterior con el hombre llamado Kaspar.

—¿Pero dónde demonios estoy, Nic? Tengo que volver a Roma.

—Leapman sabe dónde estás y no ha reclamado a voces tu presencia, te lo aseguro. Es mi casa. En un día como el de hoy, estamos a veinte minutos, treinta como mucho de Vía Veneto. La Porta San Sebastiano está exactamente a un kilómetro en aquella dirección —añadió, señalando la pared del fondo en la que ardía alegremente un fuego de leña.

—Genial. Así tengo tiempo de desayunar. ¿Y si me contases también qué está pasando?

La acompañó hasta la espaciosa cocina. Gianni Peroni y la muchacha estaban ocupados ante dos enormes sartenes.

Peroni fingió una mueca siniestra.

—Prepárate para comer: mi amiga Laila y yo estamos preparando comida kurda, que por cierto se parece bastante a la toscana, pero es menos conocida.

—¡De eso nada! —protestó la niña.

Emily se acercó tanto cómo se lo permitían las salpicaduras de lo que se estaba cocinando y contempló el banquete: huevos nadando en aceite de oliva, trocitos de pan dorándose entre dientes enteros de ajo, gajos de cebolla y un amasijo de pimientos a medio hacer.

—Supongo que no tendrás pan de molde, o yogur...

Teresa se acercó a ella con una taza de café.

—Estamos en casa de un soltero, por si aún no lo has notado, y eso quiere decir que el pan está mohoso y que los yogures... por cierto, Nic, algunas cosas de las que tienes en el frigoríficos están tan pasadas de fecha que ya no pueden considerarse vegetales.

—He tenido mucho que hacer —se disculpó.

—Ya —contestó Teresa—. ¿Cuánto falta, Gianni?

—Volved en cinco minutos.

—Vale —contestó Costa, y acompañó a las dos mujeres al salón.

Emily se sentó y fue directa al grano:

—¿Qué ha pasado con la niña? ¿Qué os ha contado?

—Tranquila, que se lo hemos pasado todo a Leapman —contestó Costa—. Nos ha dado una dirección. Parece ser que es el primer sitio donde le vio. Seguramente es donde vivía, pero las posibilidades de que siga allí todavía...

—¿Eso es todo? ¿No le habéis sacado nada más?

Los dos italianos intercambiaron miradas.

—Emily —intervino Teresa—, estamos hablando de una niña deshecha, que ya había sufrido mucho antes de lo de anoche. Incluso los organismos de ayuda a los inmigrantes la habían dejado por imposible de lo inestable y destructiva que puede ser. Digamos que no está en su sano juicio. No puedes pedirle que se siente, hacerle preguntas y tomar notas. Puedes intentarlo tú, si quieres.

—A lo mejor debería hacerlo. A mí no me parece que esté tan mal en este momento.

—Es que ha conocido al hombre adecuado —contestó Costa—. Es la especialidad de Peroni. Dale una cría muerta de hambre y un par de sartenes y verás el milagro. No sé cómo lo hace.

Teresa miró hacia la cocina y suspiró. Fue así como Emily se dio cuenta de que había algo entre ellos.

—Pues está claro: ejerciendo de padre —dijo Teresa—. Nosotros hemos hecho lo que hace siempre la policía: hacerle preguntas y más preguntas. Sin embargo Gianni ha sabido esperar, casi sin decir nada, y al poco la niña ha empezado a hablar. Como ha dicho Nic, es un don que no se puede comprender.

Emily pensó en Gianni Peronni y se dio cuenta de que ella también había presentido que había algo extraordinariamente cálido detrás de aquella fachada de boxeador, pero aun así...

—Tenemos que saber qué pasó en el Panteón —insistió—. Qué fue lo que vio.

—Eso es algo que ni siquiera Gianni puede preguntarle aún —respondió Costa—. La muchacha se cerraría en banda. Pero dale tiempo. Además podemos hacerlo. Ese hombre debe estar intentando huir porque sabe que lo buscamos, pero no va a encontrar un medio de abandonar Roma con facilidad. No salen trenes de Termini, ni hay autobuses ni aviones.

Emily recordó cómo la había mirado la noche anterior y tuvo una certeza:

—No se va a marchar de Roma. Aún le queda algo por hacer.

—Entonces lo que debemos hacer es centrarnos en descubrir qué es.

—Esto es demencial. ¿Por qué estoy aquí? ¿Por qué reteneis a un testigo presencial de un crimen en una casa particular, siendo además el único testigo de que disponemos?

—¿Y por qué no? —preguntó Costa—. ¿Adónde quieres que vaya? No tiene casa, ni padres, al menos aquí. Ninguna organización la quiere porque les roba en sus mismas narices.

—¡Me importa un comino! —explotó—. Las cosas no se pueden hacer así. No se puede llevar una investigación criminal de esta manera.

La forense elevó la mirada al cielo y no dijo nada.

—¿Y qué crees tú que deberíamos hacer? —preguntó Costa.

—Insistir con ella. Traer al agente Leapman.

—Sí, seguro que el agente Leapman le iba a encantar —respondió Teresa—. Seguro que empezaba a hablar por los codos —añadió, mirando a los ojos a Emily, desafiándola a contradecirla.

—Bueno, vale. Puede que no sea buena idea.

—¿Y qué sugieres que hagamos? —insistió Costa.

La muchacha asomó la cabeza por la puerta de la cocina y Emily la vio dudar. Debía haberla oído gritar y presentía la tensión que había en aquel salón, y se obligó a sonreír.

—Irnos a comer —dijo en voz baja, y luego añadió—. Qué bien que nos hayan preparado el desayuno. Es estupendo.

—Venid —contestó, haciendo un gesto para que volvieran a la cocina.

Se acomodaron en torno a una vieja mesa de madera y Peroni y Laila fueron pasando los platos con la comida: patatas, cebollas y pimientos con un par de huevos fritos encima, todo nadando en aceite de oliva y con un trozo de pan al lado. Emily lo miró preguntándose si alguna vez había comido algo parecido en el desayuno, la comida o la cena.

—Sana comida de campo —dijo Peroni, señalando el plato—. En una casa normal —añadió, mirando significativamente a su compañero—, habría también jamón, salchichas o algo por el estilo.

—Está perfecto así.

Con un suspiro, Emily vio a Teresa sacar una vieja botella de ketchup de un armario, comprobar la fecha de caducidad y dejarla sobre la mesa encogiéndose de hombros. La niña la cogió sin esperar más y tras servirse una generosa cantidad en el plato comenzó a comer como si llevara pasando hambre toda la vida, lo cual, dadas las circunstancias, podía ser perfectamente su caso.

—¡A comer! —dijo la chica al ver que todavía no habían tocado la comida—. ¡Vamos!

Emily probó un trocito de uno de los huevos, casi achicharrado pero curiosamente delicioso, y de pronto y sin saber por qué se echó a reír. Le resultaba increíble estar en aquella situación, entre desconocidos y sin embargo conmovida por la intimidad de la escena.

Fuera de aquellos muros, un hombre se dedicaba a trazar dibujos mágicos en la espalda de las personas a las que previamente asesinaba y aguardaba que llegase su momento en aquella ciudad congelada. Un hombre que tenía un nombre: Kaspar. Entonces lo recordó. Ante sus ojos se materializó un recuerdo distante de la infancia, de hacía diez, doce años, quizás más. Estaba en el estudio de su piso de la colina Aventina y había interrumpido momentáneamente su ensayo en el piano al oír un comentario de su madre. Era muy raro que en su casa se hablara del trabajo de su padre.

Bill Kaspar. Qué hombre.

—Qué hombre... —murmuró.

Peroni la estaba mirando.

—¿Quién, yo?

Emily sonrió y miró el festín que había sobre la mesa. Laila, que ya se había terminado lo de su plato, miraba a Peroni preguntándose, como si fuera Oliver Twist, si se le podía pedir más a la vida.

—Por supuesto.

HABÍA SIDO UN coche. Algún lunático con un viejo Renault, seguramente robado, al que le importaba un comino lo que pasara después con tal de divertirse un rato. A Falcone le habían referido lo ocurrido los dos policías de uniforme que había en la escena. El muy animal había prendido fuego al coche en lo alto de las escaleras y después, bajo la atenta mirada de un par de vendedores ambulantes, lo había empujado escaleras abajo. El coche había terminado junto a la fuente de la Plaza de España y allí había explotado. Esa detonación, como un suave rugido, era lo que Falcone había oído. Los bomberos habían llegado ya y estaban sofocando el fuego ante un pequeño grupo de atónitos viandantes.

Resultaba una escena inquietante en una parte de la ciudad que él siempre encontraba desconcertante. La mezcla de turistas y asiduos de McDonald a la sombra de la casa en la que murió Kyats le resultaba, cuando menos, chocante.

Echó a andar por la Vía del Babuino y ordenó a los policías de uniforme que volvieran a la Questura. Luego llamó al servicio de inteligencia para averiguar lo que pudiera sobre el nombre al que se había emitido el pasaporte que le había entregado la casera del piso. Una vez le dieron la información, tomo el coche y se dirigió a casa de Costa. El trayecto le proporcionaría tiempo para pensar, sobre todo en la reunión que había mantenido aquella misma mañana con Joel Leapman, Bruno Moretti y Filippo Viale, los hombres de gris del SISDE, que habían permanecido sentados y silenciosos, como si todo aquello no fuera más que un juego.

Las calles resultaban traicioneras con aquella mezcla de nieve y barro. Aún habiendo menos tráfico de lo normal, tenía que conducir con los cinco sentidos alerta. La mayoría de los romanos jamás habían conducido con nieve, y las normas de convivencia en las carreteras de Roma se habían esfumado. Los coches circulaban enloquecidos, patinando de izquierda a derecha de la calzada y abundaban las pequeñas colisiones y las discusiones de los conductores. En resumen: que la ciudad estaba sin control, sin orden. Pensó en el viejo Renault precipitándose escaleras abajo y ardiendo junto a la fuente, y le pareció increíble que nadie hubiera resultado herido. Roma, como todas las grandes ciudades, tenía que soportar ciertas dosis de vandalismo. Aun así, había lugares que de alguna manera parecían casi sacrosantos. A nadie se le ocurría destrozarlos de ese modo. Era como hacer un grafitti en los muros de San Pedro.

A nadie se le había ocurrido... por el momento.

Tomó Vía Appia Antica y no pudo evitar echarse a reír. Todo

era un caos. Las autoridades carecían del equipo necesario para despejar las calles de tanta nieve y sin embargo allí, fuera del centro, la Vía Appia estaba limpia y desembarazada, mostrando aún el pavimento que en algunos casos rondaba los dos mil años de antigüedad.

—Granjeros —musitó. Evidentemente habían sacado los tractores y por su cuenta y sin recibir ninguna compensación económica, habían retirado la nieve. Allí terminaba la ciudad y comenzaba una Italia diferente. Intentaría no olvidarlo la próxima vez que le asaltaran las dudas de por qué Nic Costa vivía donde vivía.

La entrada de la granja fue harina de otro costal. Había tal capa de nieve que sin apenas rozar el acelerador consiguió a duras penas avanzar con el coche y no quedarse atascado. Hizo una última llamada a la Questura y se acercó a la puerta. Se sacudió bien los pies en el felpudo para deshacerse de la nieve que se le había quedado pegada a las suelas de los zapatos y respiró hondo. No estaba acostumbrado a disfrutar de aquel olor a campo fresco y saludable.

Costa lo miró de arriba abajo cuando abrió la puerta.

—¿Hay problemas?

—Algunos. ¿Sigue aquí?

—¿La niña? Claro.

—No. Emily Deacon.

Costa asintió.

—Tengo que llevarla a la embajada.

—¿Te ha dicho algo?

—¿Algo de qué? No sabía que tuviera que interrogarla.

—A lo mejor deberíamos hacerlo —Falcone no hizo ademán de entrar. No quería mantener dentro aquella conversación—. Para empezar, deberíamos preguntarle de qué va el tal Leapman. ¿Qué demonios se trae entre manos ese tío?

Costa cambió el peso de un pie a otro.

—La verdad es que no sé si podría decírnoslo. Me parece que anda tan perdida como nosotros.

—Puede que sí, y puede que no —le contestó en voz baja, y

tras secarse por última vez sus caros zapatos de vestir en el felpudo, entró, dejó el abrigo en una silla y siguió a Costa hasta la cocina.

Peroni estaba retirando un plato en el que aún quedaban huevos y unas cuantas patatas fritas.

—Hombre, Leo. ¿Quieres?

—Me parece que paso —contestó, mirando al grupo congregado en torno a la mesa: Emily Deacon, Teresa Lupo y la niña kurda—. ¿Interrumpo algo?

—Sólo el desayuno —contestó Peroni—. En lugares como éste, la gente suele desayunar junta, ¿sabes?

—Déjate de charlas —espetó—. ¿Tienes café?

Teresa le acercó la jarra de la cafetera eléctrica y Leo se la quedó mirando sin decir nada.

—Estamos en una casa, Leo. Una casa de soltero, y no en una cafetería. Así es como se hace el café.

Falcone miró entonces a la niña y le tendió la mano.

—Supongo que tú eres Laila. Yo soy Leo Falcone, y tengo el dudoso privilegio —añadió, en beneficio de ellos y no de la niña—, de ser el jefe de estos tres.

La niña estrechó su mano con recelo. Estaba claro que no le gustaba la autoridad.

—¿Cuántos años tienes?

—Tre... trece.

—Estoy seguro de que ya te lo han preguntado, pero creo que debo hacerlo otra vez: ¿hay alguien en Roma a quien quieres que llamemos? A tu madre, o a tu padre. ¿Sabes dónde pueden estar?

—Mi padre murió, y mi madre está en Iraq. No sé dónde.

Lo dijo en un tono de resignación que Falcone conocía bien. Estaba verdaderamente sola.

Sacó su cartera y de ella un billete de diez euros.

—Bien. ¿Sabes lo que me gustaba hacer a mí cuando tenía trece años y hacía un tiempo como éste?

—¿Alguna vez has tenido tú trece años? —se burló Teresa Lupo.

—Cuando tenía trece años —continuó—, me encantaba hacer muñecos de nieve.

—¿Muñecos de nieve? —preguntó la muchacha con los ojos muy abiertos.

—Era lo mejor. Esto es para ti.

La niña fue a coger el billete, pero él lo metió bajo un plato, dejando la mitad a la vista.

—Pero podrás quedártelo cuando me hayas hecho el mejor muñeco de nieve que yo haya visto. Y ahora viene lo mejor de todo —añadió, con una sonrisa—: nuestra querida doctora va a ayudarte.

—¿Ah, sí? —preguntó la aludida.

Falcone se acercó al oído de la niña como si quisiera decirle un secreto, pero lo hizo en voz alta para que todos lo oyeran:

—Se le da de maravilla.

Esperó a que las dos salieran y a que sus voces se oyeran fuera en la nieve, con ese tono agudo y resonante que adquieren en las bajas temperaturas. Entonces se volvió a Emily Deacon, sacó un papel del bolsillo de la chaqueta y se lo mostró.

—Tengo la fotocopia del pasaporte del hombre que estamos buscando, agente Deacon. Su amigo Leapman no sabe nada de esto. Si lo desea, puede mostrárselo cuando llegue a su oficina.

Costa y Peroni se acercaron a mirar. El pasaporte había sido emitido a nombre de Roger Houseman, un hombre corriente que llevaba gafas de montura oscura, y en él se daba la dirección de su esposa en Londres como pariente más próximo.

—¿Es el hombre al que viste anoche? —preguntó Costa.

Ella contestó que no con la cabeza.

—No. Bueno, creo que no. Debe ser falso.

—Lo es —corroboró Falcone—. Acabo de llamar para asegurarme. Deben andar de rebajas los pasaportes falsos.

—¿Perdón?

—He dicho que deben andar de rebajas. La mujer que fue asesinada en el Panteón también llevaba pasaporte falso. Pero supongo que eso ya lo sabe. Al fin y al cabo, fue usted la encargada de ponerse en contacto con su familia.

—¿Qué? —se sorprendió. No parecía estar fingiendo, pensó Falcone. Y Costa parecía haberle incomodado aquel comentario, lo cual era muy revelador—. ¿De qué demonios me está hablando?

—Margaret Kearney, de treinta y ocho años y nacida en Nueva York no existe. Ni ella ni la dirección que figura en el pasaporte. Lo hemos comprobado. Sé que se supone que debemos tragarnos toda la mierda que Leapman y usted nos ponen delante, pero en este caso no lo hemos hecho. Margaret Kearney no existe. Bien, agente Deacon: ¿quién era en realidad? ¿A qué familia consoló usted?

—¡No lo sé! —respondió. Falcone tenía la impresión de que no fingía, pero no podía olvidar que estaba tratando con una agente del FBI, entrenada durante años y quién sabe... a lo mejor mentir formaba parte de ese entrenamiento—. Yo no me ocupé de eso. Supongo que lo hicieron los encargados habituales de esas cosas que hay en la embajada

—¿Quién? ¿Estos hombres, quizás? —sacó otra hoja del bolsillo y la desdobló delante de ella—. Me ha llegado esta mañana del Palazzo Chigi. Es una lista de cinco hombres, todos agentes del FBI según tengo entendido. ¿Los conoce?

Emily leyó sus nombres y negó con la cabeza.

—No tengo ni idea de quién son.

—Ya. ¿Cree usted que irán armados? Yo supongo que sí. ¿Andarán buscando a Roger Houseman, o como se llame ese hombre? Diría que sí también. Llevo toda mi vida trabajando en la Questura, agente Deacon, y jamás he visto algo así. Esta lista significa que el FBI tiene cinco hombre aquí haciendo Dios sabe qué y si da la casualidad de que me cruzo en su camino, he de mirar hacia otro lado y fingir que no existen.

Tomó un trago de café e hizo una mueca de disgusto.

—Dígame, agente: ¿qué está pasando?

—¡No lo sé, de verdad! No tenía ni idea de que hubiera más gente trabajando en el caso. ¿Qué se supone que están haciendo?

—Dígamelo usted.

—¡No tengo la más remota idea!

—¿Sabe usted quién es este hombre...

—¡No! —gritó—. Créame, comisario: yo no formo parte de esto.

Costa había empezado a enrojecer y Peroni, más listo, se mantenía al margen. Ambos sabían cómo trabajaba Falcone. Le habían visto emplear aquella misma táctica en muchas otras ocasiones. Presionaba y presionaba a ver hasta dónde conseguía llegar. Parecía creer lo que Emily le decía, pero tenía que asegurarse.

—Jefe —intervino Costa—, la agente Deacon nos ayudó mucho anoche, incluso poniendo su vida en peligro. Sin ella no sabríamos nada.

—Gracias, Nic —dijo Emily en voz baja—. No puedo creer que me estéis interrogando así después de...

No terminó la frase, pero Falcone lo hizo por ella.

—Después de que Roger Houseman, o quienquiera que fuese, estuviera a punto de matarla. O para ser más preciso, después de que decidiera no hacerlo. ¿Por qué?

La reacción fue tan insignificante... apenas una mínima duda en su mirada. Pero inconfundible.

—No lo sé. A lo mejor no encajaba en sus planes. Laila había escapado, y puede que no mate sólo porque sí. De hecho, todo lo que sabemos de él indica precisamente lo contrario. Es demasiado cuidadoso y está demasiado obsesionado con los detalles.

—Estoy de acuerdo con la última parte —dijo Falcone—, pero aun así, al verse enfrentado a una agente de la ley, una agente decidida a detenerle...

—Fue demasiado listo para mí, y demasiado fuerte. Él... —escogió cuidadosamente lo que iba a decir—, él sabe cómo trabajamos. De hecho, me felicitó por cómo había esposado a Laila. Como si fuese un instructor o algo así. ¿No es increíble? Como si supiera que había hecho un buen trabajo.

—No nos lo habías mencionado, Emily —intervino Peroni con una nota de desconfianza en la voz.

—Es que acabo de recordarlo.

—Por supuesto —respondió Facone—. Tuvo que ser muy chocante para usted. Debería esforzarse por recordar.

—Lo haré —suspiró.

—¿Y nos lo contarás? —preguntó Peroni.

—Ése es el trato, ¿no?

Falcone sonrió de medio lado.

—Lo siento, agente Deacon. Supongo que todo esto es muy estresante para usted. No pretendía ofenderla, ni tampoco interrogarla, pero es que hoy he pasado demasiado tiempo con su compañero y tengo que admitir que ese hombre me pone de los nervios.

Ella no mordió el anzuelo.

—Supongo que comprende en qué situación me encuentro, ¿verdad?

Emily no contestó de inmediato. Luego miró a Costa.

—Nic, necesito ir a la oficina. Tengo que estar allí.

—Debería comprenderlo porque este problema también es suyo —continuó Falcone—. Si Leapman le miente a usted tanto como nos miente a nosotros, tiene que ser por un motivo. ¿No se le ocurre cuál?

—No sé cómo trabajan ustedes, comisario, pero cuando nosotros tenemos problemas acudimos a nuestra propia gente, y no a extraños de otro cuerpo y de otro país.

—¿Es eso lo que somos? ¿Unos cuantos extranjeros curiosos que no hacen más que estorbar?

—No. Ustedes son la fuerza policial de este país, y tienen todo el derecho a conocer lo que sabemos nosotros. Eso es lo que hemos acordado, e intentaré respetar ese compromiso cuanto me sea posible.

—Se lo recordaré, no lo dude —contestó Falcone, entregándole la fotocopia del pasaporte—. Déselo a Leapman si quiere, que para lo que vale, pero me temo que descubrirá que no le interesa lo más mínimo. El agente Leapman va un paso por delante de nosotros, y también de usted. Yo le sugeriría que analizase lo que eso significa.

Ella se levantó rápidamente. Necesitaba salir de allí, pero él le puso una mano en el brazo.

—En momentos como éste, Emily, lo mejor es que trabajemos juntos. Cuando nos necesite...

Ella clavó la mirada en su mano hasta que él la retiró. Emily Deacon no era una mujer a la que se pudiera presionar fácilmente, pensara lo que pensara de la posición en la que la había puesto Leapman.

—No lo olvidaré, comisario. Nic, ¿podemos irnos ya?

Peroni se volvió para verlos salir.

—¿Más café, Leo?

Falcone hizo una mueca mirando su taza.

—¿De verdad Nic no sabe hacerlo mejor?

—Como te ha dicho Teresa, Nic vive solo. ¿Qué hombre se toma la molestia de hacer un buen café sólo para él?

La cara de Falcone lo decía todo.

—Vale, supongo que tú tienes una cafetera en casa para hacerte tu *espresso*, pero anda, traga y calla.

La conversación con Emily le había dejado preocupado. Le había quedado la sensación de que se guardaba algo. Su cara al mencionar el incidente del Campo...

—Peroni, en situaciones como ésta, no puedes olvidar que soy tu jefe. No puedes saltarte mi rango a la torera.

—Perdón —contestó Peroni, mirando entorno suyo—. Ha sido este lugar. Es un hogar... bueno, al menos lo era, porque cada vez se me parece más a una tumba. ¿Qué voy a hacer con este muchacho?

—Él me dice lo mismo de ti.

—El que con críos se acuesta...

Miró por la ventana. Teresa y la niña estaban haciendo el muñeco de nieve, que tenía ya lo menos un metro de altura.

—Eso vale ya más de diez euros, ¿no te parece?

Falcone las vio trabajar en la figura blanca y se recordó a sí mismo de niño. Pasaba horas haciendo aquellos muñecos en la casa de fin de semana que tenía su padre en las montañas, cerca de la frontera suiza.

—Sí.

—¿Cómo se te ocurrió la idea?

—Porque es verdad que me encantaba hacer muñecos de nieve cuando era niño. ¿Tan raro te parece?

—Eh... no, qué va. Lo que pasa es que... nada. Olvídalo.

Falcone sacó el billete de debajo del plato y se la entregó.

—Dáselo a ella. Los niños se te dan mejor que a mí. Luego quiero que hables con ella y que lo hagas a fondo. Que lo hagáis los dos: tu amigo y tú.

Peroni pestañeó varias veces.

—¿A fondo?

—Moretti me está presionando más de lo normal. No sé que está pasando aquí, pero necesito llevarle algo y esa cría puede dárnoslo. Necesitamos saber qué ocurrió de verdad en el Panteón.

—¡Pero eso ya lo sabemos! —espetó.

—No con detalle, y ella debió verlo todo.

—¡Es una niña de trece años, Leo! ¿Quieres que me líe a gritos con ella para sacárselo?

—Si es necesario, sí. Para eso te pagan, no lo olvides.

Peroni no contestó. Era un buen policía, uno de los mejores.

—Y hay algo más —continuó—. ¿Por qué ese tío quería matarla? ¿Sólo por lo que vio? No tiene sentido. No encaja con lo que sabemos hasta ahora de él. Lo único que habría conseguido sería más tiempo para quedarse en el piso, y estoy seguro de que de todos modos no iba a tardar en abandonarlo. No es lógico.

La cafetera terminó de filtrar el agua y se apagó. Falcone miró su reloj.

—Olvídate del café —dijo—. No tengo tiempo. Cuando me haya marchado, que entre esa cría y hazla hablar.

Peroni no podía distanciarse de la niña y ése era el problema. Y quizás la solución.

—No me importa cómo se lo saques: con crueldad o con delicadeza, pero necesito esa información.

Peroni estaba empezando a cabrearse.

—¿Te das cuenta de lo que estás diciendo? Te pareces a ese americano de las narices. ¿Es eso lo que pretendes?

—Soy tu jefe, Peroni. Me importa una mierda lo que pienses de mí.

—¿Ah, sí? Nos conocemos hace veinte años, Leo, y soy tu amigo. Podría ser yo quien te diera órdenes si las cosas hubieran salido de otro modo.

Falcone se lo quedó mirando, incapaz de decirle con palabras lo que pensaba, pero no hizo falta. Peroni ya lo sabía, de alguna manera lo llevaba dentro: *algo, alguna anomalía de tu personalidad apareció cuando menos lo esperabas y te destrozó la vida.*

—Está bien —suspiró Peroni—, pero deja que este humilde servidor tuyo te dé un consejo. Sé lo que estás pensando. Piensas que puedes hacerlo a tu manera, empleando la magia Falcone, y dejar así que Moretti y los demás se cuezan en su propia salsa. Pero te equivocas. El americano tiene a los chupatintas de su lado, con sus trajes y sus títulos que no significan nada, pero si la cagas con ellos...

—Esto no es el lejano oeste —espetó Falcone—. Tengo a la ley de mi parte, y eso pesa más que cualquier papel del Palazzo Chigi.

Peroni meneó la cabeza.

—¿La ley? ¿De verdad no te has dado cuenta de lo que está pasando últimamente? A los únicos que les importa la ley es a unos cuantos tarados más como nosotros. Vivimos tiempos de conveniencias, amigo mío. Háblales de la ley a la gente con la que estás tratando ahora y se te reirán en la cara. Y déjame que te diga otra cosa, Leo —añadió tras una breve pausa—: lo que acabas de decir me parece la mayor idiotez que te he oído en años, y tú no eres precisamente un idiota.

Falcone no podía apartar la mirada de la escena del jardín: Teresa viendo cómo la niña trabajaba en el muñeco de nieve. Las montañas tenían un olor propio que impregnaba el aire de la casa. Incluso le parecía poder oír las voces de sus padres fallecidos ya. Los hijos únicos eran siempre así: toda la vida les seguían como fantasmas sus años de soledad.

—¿Ah, sí?

—*Tranquilo, chico. Tranquilo. Que para ser blanco, lo estás haciendo bastante bien.*

Bill Kaspar se había quedado observando cómo caía el coche por la escalinata de la Plaza de España, describiendo una trayectoria perfecta sobre la línea que discurría desde el Panteón hasta el Vaticano, al otro lado del río, sin dejar ni un momento de escuchar aquellas voces que se habían negado a abandonarle. Toda la noche habían estado acosándole, desde el momento mismo en que mató a esa mujer, algo de lo que ellas eran también responsables, lo cual no quería decir que pretendiera negar su culpabilidad. Algo iba mal. La última pieza del rompecabezas debería haber ocupado su sitio. Todos los integrantes del equipo de Dan Deacon estaban muertos ya, y la Bestia Escarlata había perecido con Deacon en China. No le cabía la menor duda. En la cárcel había tenido todo el tiempo del mundo para recrear la historia y repartir los papeles. Sólo le faltaba limpiar algunas piezas, saldar un par de cuentas pendientes pero menores y recuperar algunos recuerdos, preciosos para él. Sagrados.

Pero las voces...

—*Sé que me oyes, Kaspar. Alto y claro. ¿Qué fue lo que te dijo Dan?*

No había modo de hacerlas callar. Permanecían inmóviles, sentadas sobre su hombro, insidiosas como los demonios de los dibujos animados.

—*¿Qué te dijo, muchacho?*

Le dijo lo mismo por dos veces, recordó. Dos veces, pero con trece años de separación. Cuando trabajaban en las *Babylon Sisters*, había establecido una rutina con él: se reunían en el Panteón, en un rincón tranquilo del interior. Nadie podía escuchar su conversación en un lugar como aquel. Y en una ocasión, Dan le había hecho partícipe de sus dudas.

—*Dilo.*

Kaspar contestó en voz alta.

—¿Has visto al hombre de la Piazza Mattei?

Corría el mes de noviembre de mil novecientos noventa, un mes antes de la fecha prevista para su entrada en el desierto. Kaspar no le entendió y así se lo dijo. A aquellas alturas no había tiempo de incluir a nadie más en la operación. Sería una estupidez. Ganas de correr riesgos inútilmente. Y en un rincón de su conciencia aquella pregunta despertó ciertas dudas: la sospecha de que Deacon le estaba probando.

Luego la conversación degeneró hacia otras cosas y durante trece años permaneció muerta hasta que en Pekín le puso la cuerda alrededor de su cuello de grulla e intentó arrancarle una confesión catártica que no consiguió. Lo único que hizo Dan Deacon fue negar con la cabeza y decir…

—*¿Qué? ¿Qué te dijo?*

—Deberías haber hablado con el hombre de la Piazza Mattei.

Y lo intentó, pero más adelante, cuando consiguió escapar. Pero todo salió mal, tan mal que a punto estuvieron de pillarle.

Había dos modos de desentrañar un secreto: podías buscarlo a plena luz del día, o se podía ir minando la resistencia mientras se esperaba que la verdad aflorara entre las mentiras. De un modo u otro podía llegar a averiguarse, y cada vez estaba más convencido de ello, más seguro, con más firmeza, como la que le proporcionaban los dibujos del suelo del zigurat. Tenía que ser así. Sería el único modo de que las voces callaran para siempre.

—*¿Cuánto tiempo vamos a tener que esperar, Billy K?*

—No lo sé —contestó apretando los dientes.

Aquella voz negra seguía alzándose por encima de las demás, provocándole. No le gustaba recordar. Es más: los recuerdos le estorbaban. Tenía cosas importantes de las que ocuparse, como por ejemplo de conseguir dinero, por ejemplo. Sin él, tenía las manos atadas. Las tareas cruciales... comprar billetes de avión, conseguir pasaportes falsos, armas, herramientas, información. Sin dinero todo eso era imposible, y se estaba quedando sin fondos.

Desde que volvió a entrar en el mundo, tras huir de aquella cárcel infernal de las afueras de Bagdad, había ingresado treinta y cinco mil dólares en siete cuentas bancarias distintas en el Reino Unido, Francia, Italia y las Bahamas, siempre en pequeñas sumas obtenidas también de delitos pequeños, que más tarde retiraba y cambiaba en la calle. Le bastaba con ello para cubrir sus necesidades, pero no siempre era fácil acceder a esas cuentas. Desde el once de septiembre, tanto las autoridades norteamericanas como las europeas habían cambiado la normativa concerniente a los movimientos de cuentas en el extranjero. Cuando la primera transacción disparó las alarmas y se vio forzado a salir de San Francisco a toda velocidad, utilizó la Red, y las agencias de noticias en particular, para recabar información sobre cómo funcionaba el nuevo orden mundial en cuanto al control del dinero. Vigilaban los movimientos de capital tanto como les era posible. Intentaban arrancar información a los bancos extranjeros y pequeños en los que cualquiera podía abrir una cuenta. Incluso en instituciones legítimas, las transacciones de dinero, aunque fuesen modestas, llamaban su atención. Era un desafío constante intentar transferir unos cuantos cientos de dólares aquí y allá, siempre de una cuenta a otra, intentando ocultar el rastro por si alguien sentía curiosidad. El resultado: una cantidad limitada de efectivo que llegaba con seguridad a sus manos cada semana, a la que debía sumar alguna otra fuente de ingresos para cubrir los gastos inesperados.

Como la compra de equipo, por ejemplo. Tres micrófonos y un receptor que le había comprado a un traficante de Testaccio le habían costado dos mil euros, casi todo el dinero que tenía. Entre ese gasto y el bloqueo al que estaban sometiendo a sus fondos, apenas disponía de efectivo.

Ya había utilizado el cibercafé de la Piazza Barberini en alguna otra ocasión. Era un local lo suficientemente grande para pasar desapercibido. Con pagar la conexión e introducir una dirección de Hotmail falsa le bastaba para acceder a sus cuentas, mover un poco de dinero, investigar, informarse leyendo las noticias en la CNN o en *La Stampa*, ir un poco por delante del rebaño. El lugar era perfecto. Podías pasarte todo el día sentado ante un ordenador sin hacer absolutamente nada y sin que nadie te preguntase nada. Cuando terminaba, con reiniciar el ordenador bastaba para que todo lo que hubiera estado haciendo quedase borrado. Era más anónimo que el teléfono, más seguro que un encuentro personal; el lugar perfecto para sus pretensiones. Una vez incluso ligó con una mujer, una libanesa que enviaba mensajes a su país y a la que le robó el bolso mientras esperaba que saliera del baño en uno de esos cafés de moda de la Vía Veneto.

Aquella mañana el local estaba prácticamente vacío y la plaza, desierta. La nieve seguía paralizando la ciudad. En la red se hablaba de los problemas a los que debían enfrentarse las autoridades: la carencia de maquinaria o, en su defecto, de tractores que pudieran ayudar a despejar las calles, ya que no nevaba así hacía más de veinte años, y la reticencia de los empleados municipales a ocuparse de una tarea que nunca antes habían tenido que acometer. De los autobuses circulaba sólo un tercio de la flota y sólo un diez por ciento del número de viajeros habituales se atrevía a utilizar sus servicios. El metro no se había visto afectado por la nieve, pero en Roma sus estaciones estaban emplazadas en lugares a los que la gente ni iba a trabajar. Era como si una manta blanca de letargo hubiese caído del cielo e impidiera el movimiento en la ciudad.

Todo ello debería proporcionarle oportunidades excepcionales sin duda, si es que conseguía descubrir cómo emplearlas.

Había encontrado tinte para el pelo en el cuarto de baño de Monica Sawyer y después de aplicárselo, esperar, aclararlo y utilizar su secador, se miró en el espejo y le gustó lo que vio: un pelo castaño que se estaba volviendo gris. Aun así y para asegurarse, se compró un autobronceador y unas gafas de sol baratas en una tienda de Tritone. El cambio le sentaba bien, le ayudaba a no perder el hilo, a esforzarse por encajar en aquella nueva piel, a olvidarse de quién y de qué era en realidad.

Estaba en aquel momento en los lavabos del café echándose un poco más de aquel potingue en la cara. Resultaba un poco exagerado, demasiado oscuro quizás, pero estaba bien. Así la gente no le miraría con demasiada atención. Las gafas no le sentaban muy bien y alzó un poco los hombros. El resultado final le gustó. Podría pasar sin problemas por ser uno de esos chulos de tres al cuarto que se apostaban en las salidas de los restaurantes a los que acudían los turistas para intentar convencer a los incautos de que con él y con el menú especial que les proponía les esperaba una cálida bienvenida a Roma. La clase de hombre a la que la gente siempre intentaba evitar.

Volvió a la sala y se sentó frente a un ordenador cubierto de polvo que quedaba en un rincón, lejos de la mirada del idiota del mostrador, que era lo bastante tonto para no reparar en los cambios, y se quedó allí, perdiendo el tiempo, esperando que se le aclararan las ideas.

¿Cuánto tiempo?

La maldita pregunta y aquella voz negra no iban a dejarle en paz, como tampoco iba a poder evitar que sus manos empezasen a teclear, a probar con todas las posibles combinaciones. Cuando se escapó de la cárcel, se encontró con que todo aquello era nuevo para él. Qué barbaridad. Cuánto habían cambiado las cosas en poco más de una década. Y qué útil resultaba disponer de una memoria global a la que se podía acceder desde cualquier sitio, siempre que alguien te vendiera la llave de su puerta.

Conectó con Google y escribió: Tormenta del Desierto.

Cuántos datos, y cuántos de ellos falsos. Sólo las impresiones de los medios de comunicación y las mentiras de siempre. Pero las fechas estaban allí, lo mismo que los plazos: el quince de enero de 1991.

O salís cagando leches de Kuwait antes de esa fecha, u os echamos nosotros a patadas.

Sí. Eso fue lo que ocurrió. Pero no esperaste a que llegase

enero, ¿verdad? En la guerra, el orden y la previsión lo es todo. Lo preparaste todo para asegurarte que ibas primero en las apuestas y después, aprovechando la Navidad, colocaste dos *humvee* camuflados bajo otros dos *black hawks,* metiste en ellos a dos equipos de especialistas que habían estado encerrados durante semanas entrenándose en una villa anónima al norte de Orvieto y los soltaste en algún punto del desierto a las afueras de Babilonia, donde les diste las coordenadas de donde se suponía que iban a estar los aliados esperándoles. Pero lo que nunca, nunca, les dijiste fue que en el desierto lo bueno y lo malo eran conceptos relativos que dependían del momento, ni que había un buen montón de dólares colocado junto a los M16, las granadas autopropulsadas y las radios para que esos mismos *black hawks* pudieran volver en cualquier momento a salvarte.

Recordar. No soportaba los recuerdos. Por eso pinchó en esa otra sección de Google que te lleva al territorio sin ley en el que todos los usuarios anónimos de la red pueden fingir ser quien les dé la gana, decir lo que se les antoje sabiendo que están siempre fuera de alcance, ilocalizables, ocultos, sin rostro y sin nombre, encendiéndose unos a otros a cualquier hora del día y en cualquier parte del mundo, buscando qué decir, qué escribir en su ordenador con tal de hacer daño al otro, físicamente, permanentemente si era posible, como un demonio que fuera capaz de escapar por la pantalla.

Eso era lo que más le gustaba. Se podía decir lo que pensabas sin que nadie fuera a pedirte cuentas después. Podrías teclear Tormenta del Desierto. Babilonia. Bill Kaspar y que al punto apareciera... ¿qué?

Una lista de episodios de alguna de esas absurdas series de ciencia ficción nacidas al calor de Star Trek. Tecleó aquellas mismas palabras infinidad de veces en cuanto se vio libre, y siempre con el mismo resultado, hasta el mes de septiembre anterior en Pekín. Algo ocurrió allí. Algo que le puso en la senda por la que transitaba en aquel momento.

En la red todo quedaba registrado. Nada se borraba. El mensaje, el único titulado *Babylon Sisters,* seguía estando allí:

La Bestia Escarlata fue generosa, y debes honrar su memoria. Que se joda China. Que se joda el zigurat. Reunámonos en el lugar de costumbre. Ha llegado la hora de que la clase del noventa y uno vuelva a encontrarse. Queda un solo sitio libre en la mesa. ¿Vienes?

El correo iba firmado por *WillFK@whitehouse.gov*. Recordaba bien la primera vez que lo leyó en un ciber café al otro lado del mundo. Creyó volverse loco entonces; temió ceder al impulso de agarrar el monitor y estrellarlo contra el suelo de la sala vacía, pisotearlo hasta que no quedase más que cristal pulverizado y plástico triturado.

La Bestia Escarlata fue generosa y debes honrar su memoria.

Así que decían que estaba muerto. Y que Dan Deacon también lo estaba. Mentían, como siempre, y quizás fuera ésa una de las razones por las que las voces se negaban a desaparecer.

Cerró los ojos, apretó los párpados e intentó pensar, recordar, calmarse. No había mordido el anzuelo en Pekín. La sorpresa había sido demasiado fuerte para poder darse cuenta entonces, pero con el tiempo había llegado a la conclusión de que no tenía nada que perder.

Había leído el libro de las Revelaciones durante el tiempo que pasó en el páramo, encerrado en aquella cárcel maloliente de Bagdad. La Biblia era el único libro que les permitían tener, y su lectura fue para él una experiencia nueva. Cuando recibió sus órdenes, cuando leyó por primera vez el nombre en clave que le daban a la figura que había creado y financiado su proyecto, no lo relacionó, pero leer el libro de las Revelaciones le abrió los ojos. *La Bestia Escarlata, la Puta de Babilonia, llevaba en su mano una copa de oro llena de abominaciones y de la inmundicia de sus adulterios.*

Nueve cuerpos sacrificados y las voces seguían gritándole a él, a Bill Kaspar, escupiéndole que seguía sin tener un rostro en el que poder creer, ni un nombre real. Nada.

Así que creías conocerle, ¿eh, blanquito? ¿O es que también la cagaste allí?

—¡Y una mierda! —estalló en voz alta, y dio un puñetazo en la mesa que sobresaltó de tal modo al japonesito sentado un par de puestos más allá que le hizo levantarse y buscar otro sitio.

Incapaz de controlarse, escribió su respuesta en el monitor aun sabiendo que era precisamente eso lo que perseguían. Estaba en el mayor cibercafé de toda Roma, volcando sus vísceras en cada palabra, mientras algún agente de tercera fila de Washington, algún soplagaitas haciéndose pasar por personal del FBI estaría con la mirada clavada en la pantalla esperando que el pez mordiera el anzuelo.

Mentiroso hijo de puta, traidor, cobarde de mierda —escribió—. *Ya he esperado más que suficiente. Bill Kaspar es mi culo. Baja de las nubes, gilipollas. Yo no tengo miedo. Habrá reunión, y pronto. Reza porque no nos encontremos.*

Cazas y eres cazado. Te miran y miras desde el borde del precipicio preguntándote quién probará antes la sangre del otro, y cuándo.

Maldiciéndose en parte por haber sido tan impetuoso, cortó la conexión, reinició el ordenador y se pasó las manos por el pelo mientras se miraba en el monitor. Luego salió por la puerta lateral para no pasar por el mostrador de entrada y en el frío de la calle pensó en las distancias, en el espacio que separaba aquel bloque de oficinas del edificio en la Vía Veneto, la cantidad de aire gélido que los separaba.

El micrófono tenía un alcance de medio kilómetro, quizás más y estaba hecho casi completamente de materiales plásticos, lo que lo hacía indetectable ante cualquier sistema de escáner. Llevaba una pequeña pila que le garantizaba una autonomía de casi una semana. Había reconocido el terreno y la embajada debía estar en su radio de acción, pero para asegurarse cruzó la carretera, se detuvo un instante a contemplar los esfuerzos de un autobús por avanzar sobre la nieve a medio derretir y caminó unos cientos de metros colina arriba antes de sacar el auricular y colocárselo en al oído como si estuviera escuchando el partido en una de esas radios pequeñas.

Echó un vistazo hacia atrás en dirección a Barberini sólo

por satisfacer su curiosidad. Un par de tipos con abrigos oscuros entraban en aquel momento en el ciber café. Desde luego no formaban parte de la clientela habitual.

Imbéciles. Era como jugar con aficionados. Como hacerlo con la pequeña Emily Deacon, que en cierto modo no había cambiado mucho desde que él la conoció siendo una niña, de lo cual hacía ya toda una vida, con su melena rubia saltando al ritmo de una música de rock en el salón de Dan Deacon el impasible. Una niña que se preguntaba por qué la encontraban tan graciosa dos adultos cargados de cerveza.

Había un café en una calle lateral. Un café del montón, con unas puertas automáticas que se abrían de tarde en tarde, dos incómodos bancos de madera junto a la ventana y un solo cliente, un viejo que apuraba el azúcar manchado de café de su taza ya vacía. Pidió un cappucino por el que le clavaron una buena cantidad, y se sentó a escuchar junto al cristal pringoso y húmedo por la condensación. Los micrófonos no eran de gran resolución y nunca funcionarían desde dentro de la embajada. Además en esas instalaciones había aparatos que se ocupaban precisamente de que no hubiera escuchas transmitiendo una cortina constante de ruido electrónico que impedía que alguien pudiera captar lo que ocurría dentro.

Pero aun así, él intentaba pescar, aunque debía admitir que ya empezaba a desesperarse. La idea se le había ocurrido la noche anterior, justo cuando empezaba a caer en la cuenta de quién era Emily Deacon, mientras ella se debatía por soltarse de su mano de hierro y él intentaba convencer a las voces de que podía hacer algo mejor con ella que quitarle la vida.

El micrófono era del tamaño de una moneda de céntimo, y se lo había colocado con velcro bajo el cuello de la gruesa chaqueta de paño negro que llevaba. No sabía si podría servirle de algo, o si ella terminaría dándose cuenta de que lo llevaba, pero merecía la pena intentarlo.

El auricular crepitó. Era sólo corriente estática, el zumbido ininteligible de la infinidad digital, a lo mejor incluso el sonido de su micrófono que alguien en la embajada había localizado.

Se había gastado en él sus últimos dos mil euros y todo podía irse por el desagüe.

Media hora más tarde, justo cuando el camarero había empezado a mirar su taza vacía preguntándose cuándo iba a pedirle otra, algo distinto llegó a su oído: el ruido inconfundible del tráfico que se percibía desde el interior de un coche. Un cláxon, el motor de un coche, el eco gutural de un autobús que avanzaba por la Vía Veneto.

Hizo una seña al camarero para que le preparara otro café y de pronto le llegaron al oído dos voces: la de Emily Deacon y la de un italiano, tan claras, tan jóvenes y decididas que casi podía imaginarse el rostro entre el siseo gaseoso de aquel sonido.

—Puedes dejarme aquí, Nic. Tengo que pasar por casa y recoger unas cuantas cosas antes de ir a la oficina.

Le señaló un bloque de pisos que quedaba justo enfrente de la embajada. Era un bloque de lujo y Nic lo miró sorprendido.

—Es del gobierno —le explicó—. Yo no podría permitirme vivir en un sitio así con el sueldo del FBI.

Tardó un momento pero al final sacó un pequeño cuaderno, escribió un número y se lo entregó.

—Si quieres puedes llamarme directamente aquí. Es mi móvil. A veces es difícil conseguir que te pongan con una extensión en la embajada. El apartamento tiene el nombre de Clinton en el portero. Supongo que a alguien debió parecerle gracioso.

Un autobús pasó al lado, navegando casi sobre la pasta gris en que había quedado convertida la nieve, y luego se detuvo un poco más allá de la embajada, justo delante del bloque que le había señalado.

—Deberías dormir un rato —sugirió Nic—. Ha sido una noche muy larga.

—Ya he dormido. ¿No te acuerdas?

—Ah, ya.

Era fácil olvidarlo, viendo su expresión exhausta y preocupada. Había presenciado el interrogatorio de Falcone y desde luego había estado a la altura, pero había algo que la preocupaba y seguro que no era sólo unas cuantas preguntas de un policía italiano bastante incisivo.

—¿Qué vas a hacer ahora?

—Cambiarme de ropa, darme una ducha e ir a la oficina. ¿Qué más puedo hacer?

No mucho, la verdad. Ninguno de los dos podía.

—Lo que no se puede es trabajar sin descansar. No hay nada nuevo, ¿verdad? Ya viste la cara de Falcone. Es como un barómetro.

Ella no contestó.

—Bueno, lo que quería decir es que no hay nada nuevo que nosotros sepamos. A lo mejor tu amigo está mejor informado.

Emily sonrió, y el efecto volvió a ser el mismo: los años desaparecieron de su rostro. Su oficio no encajaba con ella. Era un peso muerto que transportaba sobre los hombros, una responsabilidad ante la que jamás se arrugaría. Es más: estaba casi seguro de que nunca había entrado en sus planes.

—Puede. ¿Cuántas veces tengo que explicarlo, Nic? ¿De verdad crees que me lo va a contar?

—Pues no lo sé.

Ella no dejaba de mirarlo con sus ojos azules, que parecían reprocharle algo.

—¿Ah no?

—No. Lo único que sé es que nos lleváis de un lado para otro como si fuésemos aprendices, y estamos en nuestra ciudad, Emily. Deberías recordárselo a Leapman de vez en cuando.

—Sí. Y seguro que me escucharía.

—Alguien tiene que hacerlo.

Ella movió la cabeza y se pasó la mano por el pelo.

—¿Me estás pidiendo lo que creo que me estás pidiendo?

—Lo que te estoy pidiendo es un poco de confianza.

—No te conozco —dijo—. ¿Tú vas por ahí confiando en gente a la que no conoces?

—Constantemente. Es una de mis muchas debilidades.

—Entonces es que eres tonto, Nic. Será mejor que me vaya.

Nic miró por el parabrisas del jeep, que se estaba empañando a pesar de que tenía el ventilador del coche a toda velocidad. Ella había recogido su bolsa y estaba a punto de abrir la puerta cuando Nic la sujetó por un brazo. Tenía que dejar clara su intención. Merecía la pena intentarlo.

—Leapman se ha negado a decirnos por qué sabía, antes de que ocurriera nada, que debía venir a Roma. ¿Te lo ha dicho a ti?

Emily suspiró.

—Ya hemos pasado por esto antes, Nic. No tengo ni idea. Sólo sé lo que él quiere que sepa.

—Emily, te hemos contado que lo de Margaret Kearney era falso. Te hemos dado la foto del pasaporte. Me parece que es mucho más de lo que cualquiera de los de ahí —señaló el edificio gris—, nos ha dado a nosotros. Y otra cosa más.

¿Cómo decían los ingleses? De perdidos, al río.

—Lo siento, pero tengo que insistir: ¿qué haces tú aquí? ¿Nunca te lo preguntas? ¿Por qué tú, una...

Ni siquiera sabía qué puesto tenía en Estados Unidos.

—Una analista de sistemas junior.

—Eh... pues eso. No me parece precisamente el entrenamiento ideal para perseguir a un asesino en serie por Roma.

—Mira, Nic, esa pregunta me la hago yo a todas horas, y aún no he obtenido respuesta. ¿Qué se supone que debo hacer? ¿Gritarle a Leapman hasta que hable? Vosotros no sois los únicos que estáis en la oscuridad aquí. Leapman es una incógnita. La mitad de la embajada no sabe quién es y la otra mitad ni se atreve a hablar con él.

—Qué maravilla...

—¡Pues sí que lo es!

—Está bien —suspiró, en un intento de bajar la temperatura de la situación—. Permíteme que te haga una sugerencia. Puede que sirva de algo, y puede que no, pero...

Esperó. Tenía que ser ella quien se lo pidiera.

—¿Qué?

—Verás, desde octubre estamos en lo que podría llamarse alerta por ataques contra los norteamericanos. Un hombre llamado Henry Anderton fue atacado en el gueto. Le dieron una paliza de muerte, pero la suerte le sonrió y consiguió sobrevivir. La policía intervino, pero el agresor consiguió huir.

—No lo sabía —comentó ella. Había captado su atención—. ¿A qué se dedica ese hombre?

Costa sacó su bloc de notas y buscó en sus páginas.

—Lo he revisado esta noche. Era una especie de académico que trabajaba en un proyecto de historia militar o algo así. ¿Te suena el nombre?

Ella negó con la cabeza.

—¿Debería conocerlo?

—No lo sé. Hice unas cuantas averiguaciones, pero no pude encontrar a ningún académico en Roma por el nombre de Henry Anderton. Fue dado de alta en el hospital dos días después del asalto para trasladarse a una clínica privada de la que nadie sabe nada.

—Eso pasa.

—Sí, ya.

No quería pedírselo directamente. Aún no estaba seguro de poder hacerlo, pero aun así…

—Alguien tiene que saberlo, Emily, y podría sernos útil. A nosotros y a vosotros.

Emily cruzó los brazos y suspiró.

—Esto no tiene nada que ver con mi padre, Nic. No intentes utilizarlo. Quiero atrapar a ese tío por lo que les ha hecho a esas personas, y sobre todo porque es mi trabajo. Es mi responsabilidad, me guste o no.

Él se encogió de hombros.

—Lo siento.

Ella no se movió.

—¿Lo pensarás?

—¿Qué quieres que piense? ¿Si debo o no robar información de un archivo confidencial de la embajada norteamericana? —estalló—. ¿Quieres que me despidan?

—¿Tan malo sería?

—¿Por qué lo preguntas? ¿Es que tú también piensas que soy pésima en este trabajo?

Estaba metiéndose en un terreno pantanoso.

—Lo decía porque me da la impresión de que no... disfrutas con esta clase de trabajo.

—Puede que no, pero lo que está claro es cuáles serían las consecuencias, y no creo que la cárcel me gustase más que esto.

Nic se sonrió.

—¿Qué tiene de gracioso?

—Que yo tuve esa misma clase de conflicto hace tiempo. Lo hice todo mal pensando que lo hacía todo bien.

—¿Qué pasó?

—Es una larga historia. Si quieres puedo contártela en otro momento. Pero la cuestión es que sigo aquí, ¿no?

—Ya —murmuró ella mirándole directamente a los ojos—. Estás aquí. Lo estáis los dos: tu compañero y tú. Y desde luego no pasáis desapercibidos.

Tenía la sensación de estar caminando sobre el filo de una navaja. Podía echarlo todo a perder en un suspiro.

—Henry Anderton —repitió ella.

—Si quieres te lo escribo... —se ofreció, pero ella le quitó el bloc de las manos.

—Lo que faltaba. ¿Estarás esta noche en tu casa a partir de las seis o las siete?

—Seguramente.

Emily escribió algo en el papel.

—Hazme un favor: búscame este nombre en todos los registros posibles. Esta noche compararemos información y... ¡mierda!

Había una figura junto al coche. El agente Leapman se había plantado delante de la ventanilla, observándolos, con cara de estar más cabreado de lo normal.

—¿Qué es esto? ¿Una fiesta del jardín de infancia? Hace una hora que deberías estar en tu sitio, Deacon.

Emily ocultó la mano derecha tras la espalda y depositó en la mano de Costa el papel que había arrancado y arrugado. Sus dedos se enlazaron un instante, pero Leapman no se enteró de nada. Estaba demasiado ocupado intentando causar impresión.

—Ve a sentarte a tu mesa y que se vea que haces algo, que yo tengo cosas que hacer.

Ella recogió el bolso y salió del coche.

—¿Puedo ir yo?

—¿Para qué? —le dijo sin volverse hacia ella—. Redacta algún informe, archiva algo, entretente con el ordenador...

Costa los vio alejarse cada uno en una dirección. Emily no se volvió a mirar, y Nic sintió por una parte cierto escozor pero por otra se lo esperaba. Falcone lo había dicho. Quizás se había imaginado lo que iba a ocurrir.

—Son juegos peligrosos... —musitó.

Estiró el papel y leyó un nombre: Bill Kaspar.

Desde el otro lado de la calle, sentado a la mesa de un café, alguien los observaba. Observaba cómo Emily Deacon le mostraba una tarjeta al guardia de seguridad de la puerta y entraba después a un mar de ruido ininteligible.

Gianni Peroni tenía mano con la chica. Bueno, no, se corrigió Teresa. Era algo más. Había forjado un vínculo tal con ella que ambos eran capaces de comunicarse una emoción cualquiera (compasión, desilusión, expectación...) con tan sólo mirarse. Era capaz de proporcionarle a Laila lo que necesitaba en cada momento: tranquilidad y, a veces, sólo atención. Y no era tarea fácil. Cuando Laila se cansaba, Peroni aflojaba. Sabía siempre cuándo debía dejar de presionar.

Y a la niña le gustaba estar sola. O al menos eso era lo que quería que pensaran porque apenas pasaba un rato de diez o quince minutos y ya estaba otra vez al lado de Peroni, dándole con el codo en las costillas o haciéndole alguna pregunta absurda. Hablaba italiano con mucho acento, pero bastante mejor de lo que se imaginaban en un principio. Y además, era una chica lista. En sus ojos oscuros brillaba una luz de inteligencia, aunque muchas veces quedase distorsionada por la desconfianza propia de todos los muchachos de la calle. Nunca eran del todo felices, ya que siempre algún cataclismo, el hambre, el desastre, un encuentro con la policía, les esperaba a la vuelta de la esquina.

Además Laila no podía dejar de robar, ni siquiera estando en casa de Nic. Peroni había recuperado de la multitud de bolsillos de aquella astrosa chaqueta negra que llevaba siempre puesta toda clase de objetos, desde cubertería a comida, pasando por fotografías de familia e incluso un viejo cenicero. Dios sabe lo que tendría oculto en la habitación que Nic le había dejado en la planta de arriba, a la que se retiraba de vez en cuando, siempre que necesitaba espacio para respirar.

Los tres estaban sentados en aquel momento frente a la chimenea más grande del salón, con Laila tirada como sólo sabían hacer los adolescentes en un viejo sofá, leyendo un cómic que Nic había encontrado quién sabe dónde. Peroni dormitaba en el sillón, roncando suavemente. Eran casi las doce. Teresa había llamado a la oficina para hablar con Silvio Di Capua y enterarse si había algo nuevo. La autopsia de Mauro Sandri ya estaba completa y su correspondiente informe archivado en el cajón marcado como "rutina", en el que se guardaban los resultados de las autopsias realizadas a personas fallecidas por heridas de bala o de arma blanca y que en raras ocasiones necesitaban una mayor atención. El agente Leapman y sus amigos se habían asegurado de que no pudiera acceder de ningún modo al cuerpo que verdaderamente le interesaba, que era el de la tal Margaret Kearney.

Silvio parecía tenerlo todo bajo control. Es más, debería dejarlo solo más a menudo para que se convenciera de que era capaz de llevar las riendas sin problemas.

De pronto recordó la secuencia de acontecimientos del día anterior y algo le vino a la memoria.

—Mierda… —murmuró entre dientes. Gianni ni siquiera se movió. Estaba profundamente dormido.

Llamó de nuevo a la oficina con la intención de decirle a

Silvio que se ocupara de llevar los efectos personales de la americana a la embajada. Era un detalle que se le había pasado por alto. "Te estás haciendo vieja", se dijo. "El alzheimer ataca".

Un detalle que acarrearía sin duda otra discusión, o quizás más problemas para Leo Falcone con los hombres sin rostro que habitaban por encima de él. Había oído rumores en la Questura la noche anterior. Falcone no estaba de racha, y el ascensor de su carrera profesional parecía estancado. A lo mejor incluso empezaba a descender.

Pero, por otro lado, esa era la clase de chorradas que empleaban los hombres cuando querían conseguir algo de alguien. No eran capaces de llevarse a una persona a un rincón tranquilo y preguntar: ¿qué te pasa? Sólo sabían sacar el látigo y los grilletes, y a amenazar a todo el mundo con el despido.

Aunque claro, su olvido le proporcionaba la oportunidad de echar otro vistazo. No es que esperase encontrar nada nuevo, pero le parecía bien volver a intentarlo. La niña no les había sido de mucha ayuda por el momento. Lo mismo que si hubieran invitado a un marciano a hablar con ella. O a Leo Falcone.

—Laila —la llamó en un susurro y la niña la miró con una sonrisa no exenta de desconfianza. Teresa señaló a Peroni con un movimiento de la cabeza, juntó ambas manos y se las colocó a un lado de la cara. Luego señaló la cocina y se levantó.

La niña, como ella esperaba, se levantó también y la siguió.

Había quedado zumo suficiente para llenar otros dos vasos, pequeños eso sí. Los hombres y la compra. Venus y Marte.

—El muñeco de nieve nos ha quedado genial. Supongo que ya lo habías hecho antes.

—No —contestó Laila, sorprendida.

El rechoncho muñeco de nieve seguía plantado en el jardín, y las miraba a través del cristal congelado de la ventana, tocado con un viejo sombrero que habían encontrado en un armario de la casa.

—Te tratamos como una niña y no lo eres, ¿verdad?

Laila cambió de postura en silencio. Ojalá fuera capaz de comunicarse con ella. Peroni tenía hijos, y seguramente eso le

LA DIVINA PROPORCIÓN

había proporcionado las tablas suficientes para enfrentarse a una niña recalcitrante como aquella.

—No importa. ¿Hay algo que quieres que te traiga del centro cuando vaya? ¿Quieres que me ponga en contacto con alguien?

Su mirada se endureció. Volvía a desconfiar. Si hubiera sido Peroni quien le hiciera esa pregunta, probablemente le habría contestado.

Teresa tocó aquella vieja y sucia chaqueta negra.

—¿Qué tal algo de ropa nueva?

—Yo me consigo mi propia ropa.

—Era sólo una idea. Eres tan linda, y tan delgada que sería un placer para mí ir a comprarte algo. Es que yo nunca he estado delgada. A tu edad... —intentó recordarse con sus mismos años, comparar la imagen que tenía de sí misma con la de aquella niña—. A tu edad yo era un monstruito gordo y con mala leche. Como ves, no he cambiado mucho.

Laila se rió nerviosa.

—¿De qué te ríes? ¿Es que no me crees?

—¡No!

Había una línea que no se podía cruzar, y de haber sabido más de niños, tanto por ejemplo como Peroni, ya lo habría comprendido. Un niño nunca podía ver a un adulto e imaginarle cuando era joven. No podía darle una imagen distinta de la que tenía en el presente: un ser que formaba parte de otro mundo, en el caso de Laila de un mundo amenazador, manejado por otras personas, con sus dificultades y también con sus posibilidades ocultas. Peroni lo había asumido desde el primer momento y nunca había pretendido ser quien no era. Se había limitado a explicarle su posición: quiero ser tu amigo, puedes confiar en mí. Escúchame y lo comprobarás por ti misma. Y luego había esperado a que fuese ella quien encontrara el modo de acercarse a él, como una mariposa se siente atraída por la llama. Con su actitud había conseguido establecer una conexión casi inmediata, creando al mismo tiempo espacio para el dolor. Tanto Laila como ella habían oído la acalorada conversación que había mantenido con Falcone. Peroni incluso le había contado parte del problema. Teresa, como la adulta que era, podía hacer caso omiso si quería de aquella discusión, pero Laila no. Ella había oído gritar a los hombres y se había replegado sobre sí misma, como si se temiera lo peor. Su reacción debía provenir quizás de su propia historia, de unas experiencias que quizás algún día quisiera compartir con ellos.

"De todos modos, puedes intentarlo", se dijo Teresa.

—¿Cómo crees entonces que era cuando tenía tu edad?

Laila lo pensó un instante.

—Pues… normal.

—¡Ja! Ni siquiera soy normal ahora. ¿Quieres saber cómo me llaman en la Questura?

—¿Cómo?

—Teresa la Loca. La forense chiflada.

Laila negó con la cabeza como si no se creyera lo que le estaba contando. Qué injusticia.

—Que es verdad, te lo creas o no. Y además, estoy loca. Lo bastante para comprarte algo simplemente porque me apetece. Sólo porque esas chaquetas negras me sacan de quicio. ¿Por qué siendo guapa te empeñas en ocultarlo?

Laila no entendía su razonamiento porque no se consideraba guapa. Ese concepto no existía en su mundo. Seguramente ni siquiera tenía una idea en ese sentido de sí misma.

—¿Cuándo me van a echar? —le preguntó con ansiedad.

—Nadie te va a obligar a nada, Laila.

Tampoco la creyó, y no podía culparla. Le había dado una respuesta vaga, tan llena de agujeros que incluso una cría de trece años se daba cuenta de ellos.

—¿Gianni se va a quedar conmigo?

—Claro, pero sólo durante un tiempo. Es un policía y tiene trabajo. Un montón. Y tú no eres su…

Se detuvo a tiempo, horrorizada por las palabras que se le agolpaban en la boca. *Tú no eres su hija. Gianni tiene dos, y está convencido de que les ha fallado. Tú estás llenando su espacio sin tan siquiera darte cuenta.*

—No es trabajo suyo, Laila, pero no te preocupes que ya encontraremos algo. Gianni y Nic se ganan la vida metiendo en la cárcel a los malos, y tienen que encontrar al hombre que viste en el Panteón. Necesitan tu ayuda.

La niña clavó la mirada en el suelo y se cruzó de brazos.

—Yo no vi nada —musitó—. Yo sólo…

En una situación como aquella, no se podía amenazar con nada. No funcionaba. Habían pasado horas intentando sacar lo ocurrido paso a paso de la cabeza de Laila, y todo había resultado inútil. La dirección había salido con facilidad, pero el resto era todo un batiburrillo, una confusión… había seguido a aquel hombre porque lo encontraba interesante, les había dicho.

¿Ah, sí?, le habían preguntado. ¿En qué sentido, Laila? Pero ella no les había dado explicación alguna. Se había limitado a encogerse de hombros. Ella lo hacía así. Se limitaba a seguir a la gente. A lo mejor les ofrecía algo, pensó Teresa. Algo que prefería no imaginar por lo que después le diesen dinero y, si era posible, la cartera también.

Habían conseguido que hablase hasta donde ella quería hablar, pero luego se cerraba en banda, por mucha sutileza que empléase Peroni a la hora de intentar burlar sus defensas. Todas sus preguntas, directas o indirectas, se estrellaban contra un muro de ladrillo.

Intentó imaginar cómo debió ser para ella aquella noche. Entró en un templo antiguo sólo porque alguien se dejó la puerta abierta. ¿Qué podía pensar en aquel momento?

Pues que debía estarse calentito ahí dentro.

Vale. ¿Y qué pensó al entrar y ver a dos adultos, un hombre y una mujer, muy cerca el uno del otro, a punto de hacer algo?

Pues que iban a hacerlo y ella desde allí iba a poder verlo.

También valía. A su edad, ella también habría pensado así.

Además podría llevarse algo, aunque no sabía qué.

Y eso también podía ser. El problema es que el desenlace de la historia no había tenido nada que ver con lo que ella había imaginado. A juzgar por lo poco que había visto del cuerpo, lo más probable era que no lo hubieran hecho. Había ocurrido algo completamente distinto.

El tío la había estrangulado con aquella cuerda tan especial que reservaba para semejantes ocasiones. Luego la había desnudado, había sacado el escalpelo y tras mirar a su alrededor, la había colocado boca abajo sobre el suelo de mármol para hacer su trabajo, un trabajo que ya se sabía de memoria, sin necesidad de trazarlo de antemano, porque ya lo había ejecutado... ¿cuántas veces? Ocho exactamente. Después le había dado la vuelta, los ojos en blanco clavados en el óculo, para colocarle los brazos en una determinada posición, con las manos señalando a algún punto mágico del espacio.

Miró a Laila y una voz interior le proporcionó la respuesta. Supo sin ningún género de dudas lo que había ocurrido, con tanta certeza que no necesitó martirizar a la niña una vez más.

Laila hizo lo que cualquier persona en su sano juicio habría hecho en una situación así: esconderse en las sombras, exactamente en el mismo sitio en que la encontró Nic al llegar, aterrada, temblando, ahogando la necesidad de gritar, negándose a mirar porque si lo hacía los ruidos que estaba oyendo adquirirían otra dimensión y se quedarían en su cabeza para siempre.

Apoyó una mano en el hombro de Laila y sonrió.

—Sólo dime la verdad, Laila, y no volveré a preguntarte. En realidad no viste nada, ¿verdad? Era demasiado... malo. Demasiado horrible para mirar. No tienes por qué avergonzarte de ello. Todos habríamos hecho lo mismo.

—Ya os lo he dicho antes —contestó la niña haciendo un puchero.

"No. No nos lo habías dicho", pensó Teresa. Ni siquiera Gianni se había dado cuenta de ello, quizás porque hacía falta que una mujer comprendiera cuál podía ser la reacción de una adolescente ante semejante terror. Los hombres sentían siempre una curiosidad que no podían dominar. Tenían que mirar. Era compulsivo. Pero una mujer siempre tenía donde refugiarse, un lugar en su interior en el que podía creer que el mundo seguía siendo un lugar cálido, acogedor y bueno.

Ojalá Peroni estuviera despierto y con ellas, porque Teresa supo en aquel momento que la niña decía la verdad, lo mismo que también supo que ocultaba algo. Ninguna otra cosa podía explicar su mirada. Ocultaba un secreto. Quizás demasiado personal… una niña de trece años podía ofrecerle cosas a un hombre que…

"Deja de imaginar", se dijo. "No tienes ni idea. Será ella quien decida contártelo o no".

Teresa pensó en Falcone y en cómo se habría enfrentado él a una situación semejante. Peroni y él eran muy distintos. Empleaban tácticas muy diferentes persiguiendo el mismo fin. Temperamentalmente se sentía más cerca de Falcone porque no le gustaba andarse por las ramas, discurrir de puntillas en torno a los problemas, buscarles el punto débil. Ella prefería acometerlos de frente, hacer las preguntas adecuadas y luego esperar, cruzada de brazos y dando golpecitos con el pie en el suelo a que las respuestas cayeran como fruta madura. Ésa era una de las razones por las que le gustaba tanto Peroni, por la que incluso le quería, aunque no estuviera muy segura de saber qué significaba eso exactamente. Gianni añadía una pincelada de humanidad a la rutina diara de sus investigaciones, la creencia innata de que en todo el mundo existía una brizna de humanidad que simplemente había que descubrir. Desde luego era un proceder muy raro en un policía. Incluso Costa había empezado a endurecerse. El trabajo tenía ese efecto en la mayoría de ellos. El por qué de que Gianni Peroni, después de veinte años de pelear en estupefacientes siguiera siendo el hombre que era, se le escapaba.

Él había llegado tan lejos como le había sido posible. Era hora de confiar un poco en las tácticas de Falcone. Además, lo único que estaba haciendo era contarle a Laila la verdad, aunque un poco suavizada.

—¿Sabes lo que significa ser despedido? —preguntó Teresa en voz baja y tras mirar al salón y asegurarse de que Gianni seguía dormido.

Una emoción brilló en los ojos de Laila.

—No soy idiota.

—Lo sé. Sólo quería asegurarme de que lo comprendías.

—¿El qué?

Teresa sintió dudas.

—Nada. Es por Gianni, pero no tiene nada que ver contigo.

Había despertado su curiosidad, y eso bastaba.

—Sé lo que significa ser despedido —repitió.

—El hombre que ha venido antes y que nos pidió que nos saliéramos fuera, ¿recuerdas?

Laila sacó el billete que le había dado Falcone y casi sonrió.

—Ya. Supongo que los oíste discutir, ¿no? ¿Te ha contado algo Gianni?

—No.

—Típico —sentenció, y así habría sido—. No sé por qué te cuento esto, Laila. Seguramente no debería hacerlo, pero he visto que os lleváis tan bien que a lo mejor debes saberlo. Gianni tiene problemas. Las cosas no le han ido demasiado bien últimamente.

Dejó que la muchacha asimilara la información y esperó. Ojalá no tuviera remordimientos después.

—Pues Falcone ha venido a darle un ultimátum: o consigue que hables, o está despedido. Se quedará sin trabajo, sin dinero, sin nada, Laila. Y Gianni tiene hijos. Uno es poco más o menos de tu edad.

La niña se estremeció y bajó la mirada.

—No es verdad.

Teresa se encogió de hombros.

—Si eso es lo que quieres pensar... no importa. ¿Por qué te ibas a preocupar por él? Ni siquiera le conoces —estiró un brazo y acarició el pelo lánguido de la niña. Ojalá Peroni nunca se enterara de lo que estaba haciendo—. Lo siento. No debería habértelo contado. No es asunto tuyo. Bueno, tengo que irme ya. Voy arriba un momento. Por favor, no le digas nada a Gianni.

Laila tenía los ojos húmedos y la vio contemplar toda la casa. Seguramente debía parecerle un palacio.

Teresa subió al primer piso y buscó una habitación desocupada. Sólo pretendía que estuvieran solos. Si Peroni se despertaba y se encontraba con la niña mirándole con ganas de hablar, a lo mejor funcionaba. Había presenciado aquella mañana cómo la unión entre ellos se reforzaba por momentos y tenía que funcionar. Laila no hablaría con nadie más.

Así que se tumbó sobre el edredón de la cama que había en aquella habitación que olía a polvo y humedad, cerró los ojos y tuvo un sueño infantil y estúpido enmarcado en un mundo de colores pastel en el que el sol brillaba siempre y las familias, jóvenes y mayores, permanecían siempre juntas, compartiendo los años, estrechando su unión cada vez más. Era la clase de lugar de ensueño del que no se quiere uno marchar, un país de nunca jamás fuera del alcance de todos.

Un ruido la arrancó de aquella ensoñación: era la puerta de abajo.

"Nic", pensó. Sabía tanto sobre su familia como Peroni. Todo estaba allí, en aquella vieja y fría granja, enterrado bajo la nieve que cubría la Vía Appia, en la que se podía dormir para siempre bajo un edredón apolillado.

La puerta volvió a oírse poco después, y eso ya no encajaba. Tenía que formar parte de su sueño.

A lo mejor...

Apartó el edredón con esfuerzo para salir de su estupor y bajó la escalera angustiada.

Peroni seguía dormido delante del fuego y Nic iba de un lado para otro, buscando por todas las habitaciones.

—¿Dónde está Laila? ¿Arriba contigo?

—Creo que no.

Teresa se acercó a la ventana del salón. La nieve caía otra vez en forma de gruesos copos, pero a través de ellos pudo distinguir unas pisadas frescas que hacían zigzag en dirección a la puerta y que estaban desapareciendo rápidamente bajo la nieve.

—Mierda —murmuró—. Mierda, mierda, mierda. Esa niña tiene sólo trece años, por amor de dios. ¿Cómo demonios iba a saber yo que intentaría escaparse? ¿Has visto a alguien montando en bici al venir?

Él señaló la ventana.

—¿Con este tiempo?

Teresa volvió al sofá. Su bolso estaba abierto y el monedero había desaparecido.

Una figura encorvada se acercó a ella y sintió su sorpresa sin necesidad de palabras. Peroni sabía comunicar sus sentimientos sin hablar.

—¿Dónde está? —preguntó Costa de nuevo.

—¿Tienes bici?

Él asintió.

—Pues ya no. Se la ha debido llevar. Lo siento. Me he quedado dormida.

—Teresa, por Dios…

—¡Oye, que tú también estabas dormido! Y el policía eres tú, ¿recuerdas?

Costa cogió las llaves del jeep y dio media vuelta. Parecía agotado.

—¡Yo sólo pretendía ayudar! —les gritó, pero ellos siguieron hacia la puerta sin volverse—. Yo quería…

Salieron.

—Mierda —volvió a decir sin nadie que la escuchara.

Ni siquiera había tenido tiempo de decirles que la culpa era suya.

Un remolino de fatiga le nubló la vista hasta que algo la sobresaltó: el teléfono aullaba como una bestia salvaje, con el volumen del timbre al máximo. Lo normal en el caso de un hombre que vivía solo en aquel caserón.

—¿Diga?

Era Silvio Di Capua, que gritaba histérico preguntándole por qué no contestaba al móvil, que Teresa se había dejado en otra habitación y que, por supuesto, no había oído sonar. Le escuchó con atención alegrándose en parte de que hubiera surgido trabajo que le ayudara a olvidarse de las dudas y la culpa por lo que había ocurrido. Silvio solía ponerse histérico cada cierto tiempo, pero en aquella ocasión parecía tener buenas razones.

—Es un cuerpo, Silvio —le dijo cuando se presentó la oportunidad de interrumpir el mar de detalles y preguntas—. No lo olvides, y limítate a seguir el procedimiento habitual.

—¿No me digas? ¡El procedimiento! ¡Ya me lo contarás cuando llegues aquí! Es como si hubiéramos ido al matadero, que por cierto, estaba al lado del McDonald.

—Muy apropiado, ¿no?

—Déjate de coñas, Teresa. Falcone anda subiéndose por las paredes porque no le has cogido el teléfono.

—¿Pero quién se piensa que soy? —gritó—. ¿El genio de la lámpara, que basta con frotar para que aparezca?

Pues ya se podía preparar Falcone, porque en un momento iba a tener todavía más razones para ponerse hecho una furia. Su único testigo se había largado, y estaba claro que ella no iba a poder eludir la culpa.

"Piensa en el trabajo, que para eso te pagan".

—Una cosa, Silvio: dices que a la mujer la han marcado en la espalda.

—Y de qué manera.

—Bien. Ahora tranquilízate y concéntrate en lo que voy a preguntarte porque es importante: ¿podrían haberlo hecho usando un escalpelo?

Hubo una pausa al otro lado del teléfono.

—Un escalpelo y algo más. Tienes que venir, Teresa. Es... espeluznante.

Sacó las llaves del coche del bolso. Menos mal que eso no se lo había llevado.

—En veinte minutos. Y que mi hamburguesa sea doble con queso.

EMILY DEACON ESTABA en el pequeño apartamento que le proporcionaba la embajada mirando el teléfono y preguntándose qué podía decir. Hacía más de un mes que no hablaba con su madre, y una semana desde su último correo electrónico. Su relación era buena, pero con ciertas limitaciones. Nunca se habían sentado a hablar de verdad sobre la muerte de su padre, y ni siquiera podía decir cuáles eran los sentimientos de su madre al respecto. Evidentemente había sufrido por ello, pero no parecía haberle sorprendido demasiado. Sólo hablando podía aclarar sus dudas.

Llamó a su casa, intercambiaron los saludos y las preguntas y respuestas de rigor y luego la conversación empezó a languidecer y a cargarse de silencios.

—¿De qué querías hablar conmigo, Emily? —preguntó su madre al fin.

—Quiero enterrar a papá. Tengo la sensación de no haberlo hecho aún. ¿Y tú?

Hubo una pausa.

—Estábamos divorciados, cariño, y nuestra relación no era buena, ya lo sabes. Cuando murió, hacía tiempo ya que estábamos completamente distanciados. Sé que para ti es distinto, y es natural.

—¡Pero tú le querías!

—Exacto. Le quería…

Su madre era a veces una mujer dura. Quizás fuera como resultado de estar casada con su padre.

—¿Y es que después del divorcio llegaste a odiarle?

—No —contestó, pero su voz sonó absolutamente fría. En cierto modo, Dan Deacon había salido de la vida de ambas mucho antes de que exhalara su último suspiro en un templo en Pekín—. No podemos tener esta conversación por teléfono, hija. Espera a que vuelvas a casa.

—No puedo esperar, mamá. Estoy en Roma y tengo recuerdos y están ocurriendo cosas aquí que…

Tuvo que esperar tanto tiempo a que su madre contestara que temió que la comunicación se hubiera cortado.

—¿Cosas?

—Puede que no tengan nada que ver, no lo sé, pero es que… hasta que lo aclare —continuó tras una pausa—, hasta que sepa de verdad quién era, qué hacía, por qué terminó de ese modo… sigo teniendo la sensación de no haberle enterrado.

—¡A tu padre lo asesinó un loco! —gritó su madre—. ¿Qué más necesitas saber?

—Quién era y qué hacía.

Otra pausa y después ocurrió algo que jamás se hubiera imaginado, algo cruel, algo que no habría esperado ni en los momentos más duros del divorcio de sus padres.

—No estoy de humor para esto —espetó su madre, y colgó.

Emily tardó un instante en darse cuenta, en comprender que ella era la única persona que mantenía vivo el recuerdo de Dan Deacon.

THORNTON FIELDING ERA uno de los funcionarios más afables de la embajada, un norteamericano a quien la estancia de más de dos décadas en Roma había vuelto italiano. Emily lo había conocido siendo pequeña. Ahora debía rondar ya los cincuenta y cinco años. Seguía siendo un hombre delgado y elegante como nadie, vestido con traje de lana fría y oscura, camisa blanca y corbata de seda roja. Lo recordaba con un hermoso cabello negro que incluso entonces resultaba un poco estrafalario para un trabajo como el suyo; ahora lo tenía entre negro y gris y lo llevaba corto como un escolar. El que no intentara disimular su edad, su eterna sonrisa y su mirada inteligente le hacía resultar todavía más agradable.

Se había enamorado de él cuando era una cría, aunque incluso entonces había percibido que Thornton era, de algún modo, diferente. Cuando volvió a la Vía Veneto bajo el ala de Leapman, lo comprendió. Fielding se había quedado en Roma por dos razones: por un lado, le gustaba tanto aquella ciudad que había terminado por convertirse en su hogar, y por otro, Roma no le juzgaba. Su sexualidad no era motivo de escarnio allí. Profesionalmente había afectado a su carrera, manteniéndolo fuera del círculo de traslados constantes que implicaba ser promocionado dentro del mundo diplomático. Y en privado, la ciudad le dejaba respirar, le permitía ser quien era. Jamás habría podido serlo en otro lugares, y mucho menos en su propio país, entre la brega y la maledicencia de Washington.

Leapman se refería a él como el fagot, a veces incluso estando él presente. A lo mejor se debía a que sabía que a ella le caía bien, o puede que fuera sólo una paranoia suya. En cualquier caso, se evitaban el uno al otro en la medida de lo posible, lo cual era lo mejor, aunque el mantenimiento de los sistemas de seguridad fuese competencia de Fielding. Según tenía entendido, él era el enlace del FBI con la embajada, el hombre al que acudían cuando había que organizar algo, o si hacía falta mediación con otros organismos. Por lo tanto era imposible que pudieran evitarse siempre.

Había introducido en sus bases de datos los dos nombres que tenía, Henry Anderton y Bill Kaspar, y no había obtenido resultado alguno. Necesitaba un acceso de mayor rango de modo que, tras pensarlo detenidamente y darse cuenta de que tenía muy pocas opciones, decidió acudir a Thornton Fielding. Esperó a que una de sus asistentes acabase de hablar con él y luego entró en su despacho cerrando la puerta tras de sí.

Fielding era un hombre listo y en cuanto la vio cerrar así la puerta, dijo:

—Sé que es mucho especular, Emily, pero si vienes a quejarte de tu jefe, voy a ahorrarte las molestias. Primero, yo no tengo competencia en cuanto al personal del FBI. Segundo, en el caso de que la tuviera, no hay nada que yo o cualquier otro de los empleados de la embajada podamos hacer por ayudarte. Leapman va por libre. Nosotros nos limitamos a cederos una mesa con calefacción y café gratis. Lo que hagáis con ello es cosa vuestra.

Podría haber encontrado graciosa su respuesta. Fielding había dado por sentado que no podía soportar a un tío como Leapman porque estaba claro que para él seguía siendo la niña que conoció.

—¿Y por qué iba yo a querer quejarme de él?

—¿Me lo preguntas en serio? Ese tío es inaguantable. Si yo tuviera que trabajar con él, me habría oído hasta el Papa.

Emily sabía que no era cierto. Fielding tenía sangre de diplomático y habría encontrado algún modo de esquivar el escollo.

—No le han contratado por sus modales, Thornton. Está aquí porque es bueno en su trabajo. Y lo es, ¿verdad?

Fielding miró hacia la puerta de cristal. No había nadie.

—Supongo —contestó, abriendo de par en par los brazos—. ¿Tú sabes exactamente qué hace?

La pregunta la pilló desprevenida. Aquella era la primera vez que trabajaba con Leapman. No tenía ni idea de dónde había salido, pero la había avasallado con tal cantidad de órdenes y exigencias que ni siquiera se había parado a pensar en su bagaje profesional.

—No lo sabes, ¿me equivoco? Es sólo un superior, uno de los muchos que hay por encima de ti. ¿A que sí?

—Supongo —admitió.

—Bueno, pues déjame decirte una cosa, Emily. Conozco a esa clase de hombres. Si pudieras leer su expediente del FBI... es más, ni siquiera yo tengo garantizado el acceso a información de esa naturaleza, apostaría a que sus inicios no fueron en el FBI. Puede que empezara en el ejército, aunque ni lo sé ni me importa. La cuestión es que a los del FBI puedo aguantaros casi siempre, pero con Leapman... es distinto. Está claro que hay algo personal dándole por saco, aunque no sé qué es ni me interesa lo más mínimo, pero si no es trabajar con él lo que te molesta, cuéntame qué te pasa.

Cogió una silla y la puso junto a su mesa.

—He venido a pedirte un favor: quiero que me hables de mi padre.

—¿Ahora? Me parece que tienes ganas de charlar, y a mí me encanta, pero no en momentos como éste. ¿No podríamos quedar para cenar, por ejemplo, después de las vacaciones?

—Sí que podríamos, pero me gustaría poner la bola en movimiento. Es que estar aquí... me trae recuerdos.

Él parecía desconcertado, y daba la impresión de que no le hacía mucha gracia su petición.

—No entiendo tanta urgencia.

—Digamos que he sentido una curiosidad repentina. Me gustaría saber qué pensabas tú de él, o a qué se dedicaba aquí.

Yo era muy pequeña y a mi padre no le gustaba hablar de su trabajo.

Dan Deacon era el agregado militar de la embajada. En el sentido estricto del término, significaba que su trabajo era colaborar con su equivalente en el país de destino, pero también podía ser uno de esos puestos tapadera. Había llegado a esa conclusión después de leer todo lo que se publicó en la prensa tras su muerte. No es que se dijera nada en particular sobre él, pero circulaban historias por todas partes, en diarios de prestigio de todo el mundo, lo cual no dejaba lugar a dudas de que su trabajo era una tapadera para otro tipo de actividad.

—Yo no trabajaba directamente con tu padre —contestó Fielding con cautela—. Sólo nos conocíamos. Supongo que trabajaba con los militares que tenemos en la embajada. No soy la persona más adecuada para hablarte de tu padre, Emily. Pídeselo a tu madre.

—Se divorciaron hace diez años, poco después de que nos marcháramos de Roma. Las cosas se pusieron... difíciles para ellos. Mi padre estaba casi siempre de mal humor. ¿No sabías que se habían divorciado?

—Sí —contestó, incómodo—. De todos modos, deberías preguntarle a ella.

—Ya lo he hecho, y o bien no lo sabe, o no quiere contármelo.

Su expresión cambió de pronto y por primera vez Emily se dio cuenta de los años que los separaban. Thornton Fielding tenía siempre un aire juvenil, aniñado incluso, y en aquel momento le costó mantenerlo a flote.

—Tendrá sus razones para hacerlo.

—Es posible, pero yo también tengo derecho a conocerlas, ¿no?

—Dios bendito —murmuró Fielding, y se levantó para plantarse ante la ventana. La nieve caía como un torrente.

Emily se colocó a su lado. Era una visión extraordinaria: una avalancha de esponjosos copos de nieve caía del cielo, transformándolo todo en un mundo frío y desprovisto de color.

—¿Qué te parece? —murmuró Fielding—. No había visto algo así en mi vida, y dudo que vuelva a verlo.

—¿Por qué no? El tiempo se vuelve loco de vez en cuando.

—Todo se vuelve un poco loco de vez en cuando —contestó, mirándola—. Y lo único que se puede hacer es sentarse, dar de sí todo lo que se pueda, observar, aprender y cuando la locura se termina, pasar página.

—¿Qué quieres decir con eso?

—Pues que tu padre era un hombre bueno y valiente que sirvió a su país, y que su muerte fue una tragedia. Lo siento.

No era suficiente. No estaba dispuesta a quedarse así.

—Todo el mundo lo siente, Thornton, pero la compasión no me sirve. Estoy intentando comprender, y sé que tú puedes ayudarme.

Él enarcó unas cejas de dibujo perfecto.

—¿Estás segura?

—¡Por supuesto! Estabas aquí. Lo conocías y no sólo de vista. Yo era sólo una niña entonces pero recuerdo que venías a casa. Había música, risas, y creo que... —era un recuerdo distante, pero tan raro que sobresalía entre todo lo demás—. Creo recordar que bailábamos.

Él rompió a reír.

—La cerveza corría en casa de los Deacon, Emily. Bailar formaba parte de la diversión.

—Lo sé. No te creas que era tan tonta. Recuerdo cosas. No con detalle, pero sí la sensación, la atmósfera.

Él no mordía el anzuelo.

—Recuerdo precisamente cómo se enrareció esa atmósfera en 1991 —continuó—. Hasta el punto de que les costó el divorcio pocos años después. ¿Qué pasó? Yo sé que se marchó durante un tiempo. Fue mi cumpleaños y mi padre no estaba. Eso no había ocurrido nunca, porque siempre volvía para mi cumpleaños. Decía que...

El recuerdo fue tan intenso, tan real, que casi le hizo llorar.

—Que cuando sólo se tiene un niño, hay que malcriarlo. Lo decía constantemente. Tuviste que oírselo en alguna ocasión.

—¿Ah, sí?

La miró de un modo poco característico en él y volvió a su mesa. Ella se sentó enfrente. Casi podría decirse que había sentido miedo.

—¿Le has preguntado a Leapman?

—No. ¿Para qué?

—Es tu jefe, ¿no? Esto pertenece al ámbito del trabajo, y hay normas.

No debía saber nada. Quizás fuese lo más natural.

—Thornton, creo que no lo entiendes. Antes de que me destinaran a Roma, yo era una analista de sistemas. Me dejaron en una mesa porque era muy mala para el trabajo de campo. Estoy en el FBI porque se supone que es lo que debo hacer. Mi padre lo organizó todo, y yo no voy a fingir que soy buena en lo que hago. Y de pronto, sin más, me veo metida en un avión para Roma con Joel Leapman, que tiene metida la nariz en *The New Republic* y no abre la boca ni una sola vez. Puede que esté aquí porque hablo italiano, o a lo mejor porque soy licenciada en arte y conozco un poco de la historia del dibujo que obsesiona a ese tío.

El dibujo. La magia de las curvas y los ángulos. No podía quitárselo de la cabeza, y de eso se trataba, por supuesto.

—¿Qué dibujo? —preguntó él.

—Éste.

Cogió un bolígrafo y lo trazó en un cuaderno que tenía sobre la mesa. La forma de la bestia apareció. Ni el mismo Bill Kaspar podría haberlo hecho con más rapidez, ni con más fluidez.

—Yo no sé nada de dibujos —se quejó él, haciendo un gesto de desdén con la mano—. Eso es cosa tuya, Emily, no mía.

—¡Lo sé! Es asunto mío. Pero no tengo ni idea de lo que está pasando, te lo juro.

Él se quedó pensándolo como si intentase dilucidar si mentía o si decía la verdad.

—¿Me estás tomando el pelo?

—¡No!

—Está bien —concedió, después de pasarse la mano por la

boca—. Digamos que te creo. Mi primer consejo es que no le hagas a él ninguna de las preguntas que me has hecho a mí porque tienes razón: no te contestaría. Y sólo conseguirías empeorar las cosas entre vosotros.

—Bien. Entonces déjame que vuelva a preguntártelo a ti: ¿qué pasó en 1991?

Una amargura que jamás había visto en él ensombreció su cara.

—Tienes archivos en los que consultar, ¿no? Ya sabes lo que pasó: la operación *Tormenta del Desierto*. Los aliados se unieron para echar a los iraquíes de Kuwait.

¿Una guerra? Le parecía inconcebible. No recordaba que se hubiera mencionado la campaña en Estados Unidos, aparte de algunas reseñas en los telediarios.

—¿Mi padre tuvo que ver en eso?

—Era el agregado militar. ¿Qué esperabas? ¿Que se quedara haciendo calceta?

Así que sus recuerdos eran acertados. Su padre se había ausentado durante un tiempo.

—¿Me estás diciendo que estuvo allí?

Fielding se removió incómodo.

—No conozco los detalles. Esas cosas no tienen nada que ver con mi trabajo y yo nunca quiero conocer los detalles, pero te diré que Roma es el lugar perfecto desde el que organizar cierto tipo de operaciones, particularmente si tienen que ver con Oriente Medio. Tiene las comunicaciones necesarias, está cerca del lugar de la acción y hay instalaciones militares a las afueras de la ciudad. Eso es todo lo que sé.

—¿Estuvo en Iraq mi padre?

—Supongo. Es lo más probable, pero no lo sé con certeza y no pienso empezar a preguntar. Entonces hubo gente por aquí con la que no me gustaba tratar y como tampoco me gustaba lo que estaba pasando, intentaba permanecer al margen todo lo que podía. Teníamos un *casus belli*, sí: Sadam había invadido otro país, pero nosotros no lo meditamos como debíamos, en mi opinión, por segunda vez. Así que empezamos con el jueguecito de la guerra una vez más, y a usar las armas sin saber en realidad por qué lo hacíamos. Yo estuve a punto de dimitir en aquella ocasión.

Emily se quedó pasmada. La idea de que Thornton Fielding pudiera abandonar la embajada después de veinte años de servicio le parecía imposible.

—¿Pensaste marcharte?

—Claro. ¿Tan raro te parece? —preguntó, ofendido—. ¿Es que te crees que nos limitamos a acatar las órdenes sin discutirlas jamás? Yo no fui el único. Un tipo del departamento de visados salió de la embajada el primer día que empezaron a caer las bombas y se unió a las manifestaciones en contra de la guerra. Me parece que ahora anda poniendo cafés en un bar o algo así. Fue una estupidez. Todavía no me puedo creer que estuviera a punto de hacer lo mismo.

Le vio que volvía a mirar hacia la puerta y se sintió mal por estar poniendo a un hombre decente en una posición tan incómoda.

—No siempre es fácil hacer lo que se debe, Emily. Hay que casar la conciencia con la obligación, y es una pareja que a veces no se lleva bien. Uno tiene que ganarle la partida al otro, o si no, tienes que empezar de nuevo en otro trabajo, y yo ya soy demasiado viejo para eso. Bueno, qué demonios: demasiado viejo y demasiado bueno. Puedes abandonar el barco o esperar a que llegue otra ocasión en la que pelear por tu parcela. Yo elegí lo último.

Emily intentó aclarar la bruma que emborronaba su niñez.

—Creo recordar que estuvo fuera mucho tiempo. Recuerdo que fue un tiempo extraño. Mi madre lloraba por las noches. Estuvo muy preocupada.

—Estuvo allí casi tres meses —dijo él—, pero volvió, Emily. Al menos pudiste volver a disfrutar de él. Otros no tuvieron tanta suerte.

—Pero ahora está muerto, a manos de un tarado, en un templo en Pekín. Lo mató y le dibujó esto en la espalda, como al resto.

La conexión entre todas las víctimas seguía escapándosele.

—Ya te lo he dicho antes: nada de detalles. No quiero conocerlos...

—Sin detalles estoy perdida, Thornton. Y no puedo sacar ni una maldita línea de información del sistema porque estoy demasiado abajo en la escala. En cuanto me acerco a algo, me da en las narices siempre el mismo mensaje: consulta no autorizada por motivos de seguridad. No puedo hablar con Leapman. Sólo te tengo a ti y a unos policías italianos que puede que sepan más de lo que me cuentan.

—Yo no sé nada más, Emily. Ni siquiera debería haberte mencionado lo poco que sé. ¿Quieres un consejo? Olvídalo todo. Vuelve a casa. Ponte enferma. Presenta una queja contra Leapman... lo que sea. No será difícil que te crean. Vuelve a Washington, búscate una mesa y una silla cómodas, y sigue adelante con tu vida. Olvídate de Roma y de toda esta mierda, porque hay tumbas en las que es mejor no remover la tierra.

—Eso es imposible.

Le miró a los ojos y no cabía malinterpretar su expresión: Thornton Fielding le estaba pidiendo, rogando casi, que se marchara.

—¿Por qué?

—Porque me topé con él anoche, y ahora ya no puedo dar media vuelta y marcharme. Podría haberme matado y no lo hizo. ¿Por qué? No lo sé, y tengo que saberlo. Necesito saberlo porque soy quien soy y porque... es un tío listo, y a lo mejor pensó que estoy aquí como cebo, para hacerle salir de su agujero. Y no va a jugar a ese juego.

Él entrelazó las manos muy despacio y la miró.

—¿A quién has conocido?

—A Bill Kaspar.

El rostro de Fielding se vació de expresión.

—Por amor de Dios, Em, ¿de dónde demonios has sacado un nombre así?

—Del tío de anoche —mintió. Antes de que se lo dijera, ya lo había recordado ella—. Me llamó Pequeña Em.

"Bill Kaspar. Qué tío".

Eso decían de él tiempo atrás. No sabía ni cómo ni por qué lo había recordado, pero así era. Lo decía su padre, y puede que Thornton Fielding lo dijese también.

—Pequeña Em… —repitió—. Pero ya no soy pequeña, Thornton.

—Eso ya lo sé. Todos hemos crecido mucho en los últimos años.

—Entonces, dime: ¿qué está pasando aquí?

—No puedo —suspiró—. Ni siquiera estoy seguro de saberlo. Pero te diré una cosa: mantente al margen de toda esta mierda, si no quieres que te devore como le pasó a…

Dejó la frase en el aire y miró hacia la puerta, pero su expresión era distinta. Lo que quería era que alguien interviniese.

—¿Como le pasó a mi padre, y a los demás?

—Emily…

Thornton estaba cada vez más incómodo y ella se sentía fatal.

—¿Sabes qué pienso, Thornton? Que Leapman me trajo aquí para que hiciese de cebo. Soy mi padre disfrazado de mujer y con eso pretende recordarle algo a ese hombre, algo que le desconcierte. Joel Leapman cree que así conseguirá que ese monstruo salga de su guarida. Ese tal Bill Kaspar, ¿siempre ha sido así? Porque si lo era…

Él había clavado la mirada en los papeles que tenía sobre la mesa. Parecía fingir que ella no estaba allí.

—¡Maldita sea, Thornton! —explotó, dando un puñetazo en la mesa—. Eras amigo de mi padre. ¿Me vas a ayudar a saber qué le pasó, o no?

Él no contestó. Era perder el tiempo. Incluso podía haberse asustado tanto que acudiera a Leapman en cuanto ella saliera de aquel despacho.

—¿Y tú eres el mismo hombre que estuvo a punto de dimitir por principios? ¿De verdad esperas que me lo crea?

Emily no se sintió mejor por hablarle así. Thornton Fielding formaba parte de la Roma buena que ella recordaba, y sin embargo estaba arremetiendo contra él sin razón.

—No puedo decidir por ti lo que debes creer o dejar de creer,

Emily, pero por favor, escúchame: olvídate de esto. Por tu propio bien te lo digo. No remuevas nada más.

Ella salió del despacho y cerró de un portazo. Fielding la vio marcharse entristecido, herido seguramente, y con toda la razón. Luego se sentó a su mesa y comenzó a escribir en el ordenador, despacio, concentrado.

Emily volvió al despacho de Leapman. No había nadie. Leapman ni se había molestado en dejarle un mensaje.

¿Qué se suponía que debía hacer? ¿Dónde debía estar? Todo era una farsa, y nada de lo que ella pudiera hacer iba a significar nada.

El icono de su correo electrónico parpadeó y abrió el mensaje:

> *Lamento los problemas que has tenido con la red de la embajada. Ya nos estamos ocupando del mantenimiento para solventarlos. De todos modos, te he proporcionado un acceso que podrás usar mientras tanto y que expirará a las catorce horas.*
> *Nombre de usuario: WillFK. Contraseña: BabylonSisters.*
> *Saludos, TF*

Conteniendo el aliento, tecleó el nombre de usuario y la contraseña. Luego miró el reloj. Era la una y cinco. Fielding no había sido precisamente generoso con el tiempo pero seguramente tampoco podía arriesgarse más.

Escribió los nombres con los que había probado antes y que siempre se estrellaban contra el muro de seguridad.

Entonces se acomodó en su asiento para contemplar cómo la pantalla se llenaba de texto.

DOS HOMBRES DE uniforme encontraron a Monica Sawyer. Habían abierto el maletero del Renault medio carbonizado que alguien había lanzado por la escalera de la Plaza de España. Les había llamado la atención el olor y el líquido oscuro que goteaba de un par de maletas que había allí, así que forzaron los cierres y las abrieron.

Uno de los agentes todavía estaba en el servicio de Urgencias de San Giovanni arrojando cantidades cada vez menores de su desayuno. El segundo, un joven recluta que no debía tener más de veinte años, estaba sentado entre Costa y Peroni en el jeep, recostado en el asiento trasero con los ojos cerrados, la cara del mismo color gris del cielo, que por cierto no dejaba de arrojar copos de nieve sobre la ciudad.

Costa y Peroni habían escuchado su historia en silencio. Los había llamado Falcone cuando peinaban inútilmente la orilla del río en busca de Laila, y Peroni se había quejado a los cuatro vientos de que tenía que haber otros policías que pudieran acudir a esa llamada.

Costa había tomado dirección a la Plaza de España en cuanto llamó Falcone, pero su compañero siguió pidiéndole más tiempo para buscar a la chica. No consiguió nada, por supuesto. Falcone quería que acudieran ellos, y los dos tenían la impresión de saber por qué. El jefe se sentía acorralado, desasistido, asustado incluso. Los peces gordos se arremolinaban en torno a él, una gente en la que no confiaba, mientras que Peroni y Costa ocupaban los primeros puestos de la lista de personas en las que sí podía confiar.

También Peroni tenía razón. Había muchos otros policías en la zona que podían acudir. Falcone había reunido el mayor equipo de policías de paisano y de criminalística que se había visto nunca. En aquel momento estaban ya alrededor del coche formando una auténtica marea de batas blancas y abrigos oscuros. Había otros trabajando en las tiendas y oficinas cercanas. Una gran operación, en suma, y Falcone no podía comprometer tales recursos sin tener una buena razón. Bien creía que las cosas estaban acercándose a algo o alguien importante, o bien se estaban desmoronando a ojos vista.

—Lo mejor sería que te fueras a casa —le dijo Peroni al chaval de uniforme. Estaba blanco como la cera. No tardaría en acudir al psicólogo del departamento.

—Mi turno termina a las cinco. Entonces me iré a casa.

Peroni asintió.

—¿Cómo te llamas, hijo?

—Sacco.

—No lo olvidaré. Pareces un chaval muy sensato. ¿Es la primera vez?

Sacco cerró los ojos e hizo una mueca cargada de sarcasmo.

—¿La primera vez que encuentro un cuerpo en una maleta?

—No. La primera vez que te ocupas de un asesinato.

—Sí.

—Bien —contestó Peroni, dándole en la espalda—. Cuídate.

Costa y él se encaminaron al escenario del crimen, Peroni moviendo la cabeza.

—Novatos —murmuró—. ¿Por qué tendrán que hacerse siempre los machitos?

—Sólo hace lo que cree que se espera que haga, Gianni.

—Eso lo hacemos todos, ¿no? ¿Y qué pasa con Laila?

La manía de Peroni de tratar a todo aquel que tuviera menos de veinticinco años como un ser aún sin formar no dejaba de sorprenderle.

—Laila lleva meses viviendo en las calles, Gianni, y es dura como la que más. ¿No te habías dado cuenta? Pienses lo que pienses de esta situación en general, creo que no hay duda de que Laila es perfectamente capaz de arreglárselas sola.

Peroni le dedicó una mirada glacial.

—¿Arreglárselas? ¿De eso se trata la vida? ¿De arreglárselas?

—A veces, sí —se limitó a decir Costa—. Es lo que haces mientras llegas a la conclusión de qué quieres hacer de verdad con tu tiempo. Si no recuerdo mal, en una ocasión me diste una charla al respecto.

Efectivamente, lo había hecho, y él se lo había agradecido.

—Está bien, listillo. Puedes dispararme con mis propias balas si quieres.

—Mira, en cuanto podamos, te ayudaré a buscarla.

Su compañero señaló el Renault con un gesto de la cabeza.

—Si no la encuentra él antes.

—Tiene cosas más importantes que hacer —había algo más. Ojalá tuvieran más tiempo para pensar, en lugar de andar persiguiendo fantasmas—. Anoche podría haberla matado si hubiera querido. Emily no es oponente para él. Pero no lo hizo. ¿Has pensado por qué?

Peroni lo miró. Era obvio que él también lo había advertido.

—No —confesó—. A menos que esa chica le intimidara de algún modo, pero eso sí que es absurdo. Qué demonios... olvidémonos de ello por ahora.

Un idiota vestido de Papá Noël se había colocado en una esquina y hacía sonar su campana. Hacía poco que habían importado aquella moda tan tonta, pero de pronto parecía haber uno en cada esquina.

El tipo miró a Peroni, hizo sonar la campana y señaló con la cabeza el cubo forrado de papel de plata que había puesto sobre la nieve.

—¿Ha sido bueno, jefe?

—Según lo que entiendas por bueno —espetó Peroni, y pasó de largo.

Nic leyó el cartel que llevaba colgado del cuello: una limosna para los niños sin hogar. Echó un par de billetes en el cubo y contestó que no con la cabeza cuando el Papá Noël le ofreció una golosina.

—Dásela a tu amigo —dijo—. A lo mejor le endulza un poco la vida.

—Lo dudo —murmuró Costa y siguió andando hasta el coche.

Falcone estaba a un lado, justo delante del McDonald desierto, hablando con dos policías de paisano y acompañado por un aburrido Joel Leapman. Teresa Lupo y Silvio Di Capua estaban trabajando en algo que había en el maletero, medio ocultos por unos biombos que pretendían ocultar la escena sin conseguirlo del todo. Peroni estaba apartando uno de ellos para acceder.

Miró primero lo que había en el maletero, luego a Teresa y abruptamente dio media vuelta.

—¿Algo que debamos saber?

La forense sacó la cabeza de debajo del portón y tras hacerle una seña a su ayudante para que siguiera trabajando, se acercó a ellos.

—¿La habéis encontrado?

—Todavía no —contestó Nic—. Estábamos buscándola cuando nos llamaron para que viniéramos. ¿Te dijo algo de...

—No. Lo siento, Gianni.

—Yo también —contestó Peroni en voz baja.

A Teresa se le habían llenado los ojos de lágrimas, algo que Nic nunca había presenciado antes.

Peroni también se dio cuenta y la besó en la mejilla.

—No te preocupes —dijo, y los dos se volvieron a mirar con desprecio al grupo de buitres que se había arremolinado al otro lado de los biombos: fotógrafos, periodistas y curiosos sin nada mejor que hacer.

—Supongo que te lo han preguntado ya cien veces —dijo Peroni cuando ella hubo recuperado la compostura—, pero ¿cómo ha muerto?

Teresa se encogió de hombros.

—Sólo tengo conclusiones preliminares, ¿vale? Os digo lo mismo que le he dicho al jefe y con las mismas reservas. No quiero sacar conclusiones precipitadas en este caso. Además, si nadie me dice lo contrario, quiero llevarme a esta chica a casa. No pienso permitir que el yanqui ese vuelva a robarme el cuerpo. Aunque termine siendo compatriota suya, en este momento no hay modo de saberlo.

—¿Y eso? —preguntó Peroni.

—Aún estoy trabajando en el método. A ver cómo os lo digo con cierta delicadeza... el cuerpo no está completo.

Había algo que no quería decir, seguramente por el bien de Peroni.

—Está desnuda por completo y no hay etiquetas en las maletas. Las enviaré al laboratorio cuando hayamos terminado aquí. Deben ser caras. Puede que...

Los tres se miraron, conscientes de que estaban pensando lo mismo. Un trabajo de esa naturaleza podía llevar mucho, muchísimo tiempo.

—No me habéis preguntado lo que queríais saber.

—¿Le ha marcado la espalda? —inquirió Nic.

—Más o menos. Es el mismo hombre, pero no ha actuado del mismo modo. Si queréis verlo, puedo...

Los dos expresaron su negativa alzando las manos antes de que hubiera podido terminar la frase.

—Entiendo —dijo—. Siendo sincera os diré que aún no puedo concretar si utilizó el mismo tipo de instrumento. Podré determinarlo cuando la haya limpiado un poco en la morgue. Le han hecho un montón de cortes, pero hay marcas en su espalda que no son... que no persiguen ningún fin, digamos, y que podrían haberse hecho con un escalpelo.

Costa pensó en Emily y en la facilidad, en la naturalidad con que había trazado el dibujo el día anterior en la embajada.

—¿Y la forma?

—No sé qué deciros —admitió—. Lo siento. Pero si queréis algo más concreto, mirad.

Metió el brazo hasta el fondo del maletero y sacó una bolsa de plástico para guardar pruebas que contenía un trozo de material manchado de sangre y que parecía un insecto muerto.

—Es la cuerda —dijo—. Esta vez la quitó del cuello. Estaba en una de las maletas, supongo que por alguna razón, pero no debemos llevarnos a engaño, porque se trata del mismo material que utilizó con la mujer del Panteón. No hay duda.

Costa no sabía qué hacer con ello.

—Pero no es cuerda.

Teresa frunció el ceño.

—Leo no os lo ha contado, ¿verdad? Anoche charlamos un poco al respecto, pero supongo que tenía más cosas en la cabeza. No, no es una cuerda. Es un trozo de tejido muy resistente y que extendido presenta el dibujo que todos conocemos ya tan bien; luego ha sido enrollado con fuerza para que adquiera forma de cuerda. En un principio pensé que debía habérsela fabricado él mismo, aunque para eso habría necesitado mucho tiempo. Pero, por otro lado, se trata de un caballero obsesionado, ¿verdad?

—¿Dónde está el pero? —preguntó Peroni.

Ella le entregó la bolsa a Costa y rebuscó en su maletín.

—Sujétalo un momento, Nic. Silvio tenía un informe esperándome cuando llegué. El trabajo más rápido que ha hecho esa gente en su vida.

Costa cogió el documento y lo leyó junto con Peroni.

—¿Lo ha visto Falcone?

—Desde luego —contestó Teresa—. No me habría atrevido a retenerlo, aunque yo diría que no sabe qué hacer con él. Y el yanqui tampoco, como tampoco sabe que la cuerda que utilizó con la mujer del Panteón sigue en mi poder. En cualquier caso y por lo que he podido oír desde aquí, Leapman piensa que lo de esta mujer no está relacionado con lo demás. Al menos no de un modo directo. Tiene una teoría, ¿sabéis?

Los dos seguían leyendo el informe, intentando encontrarle un significado relacionado con el caso. Teresa tenía razón. Según aquello, no sólo el hombre era responsable de las dos muertes, sino que el análisis de la forense añadía una nueva información.

—¿Una teoría? —repitió Peroni, perplejo.

—Sí, hijo, sí. ¿Y sabes qué? Que con esa teoría, deja toda la mierda en nuestra puerta.

Los dos se quedaron pensándolo un instante.

—¿En nuestra puerta? —repitió Nic.

—Exacto. Si queréis os presto el informe durante un rato. A lo mejor se os ocurre alguna idea que darle a Leo.

—Sí —contestó Peroni, y echó a andar hacia Leo Falcone y Joel Chapman con una furia en su expresión que Costa no le había visto en mucho, mucho tiempo.

TENÍA MUY POCO tiempo y demasiada información. Era como estar perdida en un bosque de señales y signos ilegibles. Había introducido el nombre que le había dado Nic, Henry Anderton, y el ordenador había encontrado un informe corto y poco explícito sobre el ataque que había desencadenado la alerta de seguridad para los visitantes norteamericanos. Parecía algo de rutina y que no estaba relacionado con el caso que tenían entre manos. El hombre era un académico que había sido víctima de un ataque callejero en la Plaza Mattei, una pequeña plaza del gueto, sin que mediara provocación alguna. El nombre le sonaba. Tenía una fuente con una tortuga en el centro. Su padre la había llevado allí en un par de ocasiones para hacerle unas fotos junto a la fuente. Sin embargo, nada relacionaba esa agresión con su investigación. Al pobre le habían dado una paliza de muerte. Según el informe, su compañía de seguros lo había trasladado a Norteamérica y había sido ingresado en un hospital de Boston. Una breve búsqueda en Internet demostró que las sospechas de Costa eran infundadas. Henry Anderton era un académico establecido y ya retirado. Había sólo una cuestión de interés menor en el currículo que pudo encontrar de él en la red. Había publicado un trabajo sobre la estructura financiera de los grupos terroristas islámicos en el cual daba las gracias por su colaboración a varios agentes del FBI. Era una conexión muy remota, pero lo único que había podido encontrar.

Luego había tecleado el nombre de Bill Kaspar y el sistema no había encontrado nada, absolutamente nada, lo cual era muy raro. Aunque le agradecía a Fielding su ayuda, estaba claro que también él tenía sus limitaciones de acceso. No había podido introducirla en el corazón del FBI, en la madre de su preciosa inteligencia, actualizada cada minuto del día, cotejada en todo el mundo por sistemas a los que era imposible acceder desde fuera. Además debía haber limitado su rango de acceso a unos quince años, a juzgar por las fechas del material que estaba consiguiendo. En cuanto se excedía lo más mínimo en sus peticiones, otro muro de seguridad cerraba las puertas. Y era lógico. Fielding era un oficial de la embajada que trabajaba en campo abierto y que por lo tanto tenía acceso restringido a muchas puertas.

Aun así, le había proporcionado una verdadera mina, si es que era capaz de dar con el modo de localizar lo que quería. Debía teclear las palabras adecuadas, los términos que la llevaran directa al material que andaba buscando. Sin ellos no sería posible leer más que lo que ya había encontrado antes en la red. Por otro lado, en el caso de que hallara algo, se le plantea-ba el problema de qué hacer con ello. En condiciones norma-les habría podido marcar los documentos para acceder a ellos más tarde. Pero en condiciones normales, no estaría usando una identidad falsa para piratear la base de datos del FBI, de un modo que sin duda transgredía los términos establecidos en su contrato y la pondría ante un tribunal.

Era imposible imprimir un documento sin dejar rastro, y por el mismo motivo tampoco podía enviarlo a una dirección de co-rreo electrónico. Además el propio sistema se lo impediría. Ni siquiera podía cortar y pegar trozos de ese documento en otro porque también el sistema impedía pasar nada a un disquete o a un dispositivo portátil de memoria. Y tomar notas escritas era, simplemente, demasiado peligroso. Lo único que podía hacer era localizar algunos documentos clave y memorizar su contenido en la medida de lo posible. Eso o... arriesgarse un poco más.

—Primero tienes que encontrar algo —se dijo en voz baja y escribió otra frase.

Babylon Sisters.

Thornton debía haberle dado aquella contraseña por alguna razón. Las palabras tenían que significar algo en sí mismas. De nuevo acudieron a su cabeza más recuerdos de la infancia, más voces en aquel piso lleno de luz de la colina Aventina. Eran re-cuerdos de una canción de rock antigua que a su padre y a sus amigos les gustaba mucho y que ponían una y otra vez.

El grupo se llamaba Steely Dan. "Babylon Sisters" era un tema largo y con ecos de jazz que tanto le gustaba a alguien —¿a quién?—, y ese alguien había llamado a su padre "Steely" Dan Deacon[1]. El mote había gustado.

Y con razón. No era sólo porque entonces, cuando todavía vivían en Roma y la amargura y el divorcio aún no le habían rozado, le encantaba esa clase de música: rock fresco, con tintes

---

1   "Steely": de acero. N. del T.

de jazz y una letra rara que ella nunca terminaba de entender. Su padre era un tipo duro y ella lo sabía desde siempre, pero había mantenido oculta esa certeza hasta que fue imposible evitar durante más tiempo la noción. Los últimos años de su vida se volvió tan bronco que ni siquiera se atrevía a acercarse a él.

Miró el reloj. Le quedaban sólo quince minutos en el sistema y no había conseguido nada. Maldiciéndose por torpe, intentó recordar más canciones que les gustasen a sus amigotes y a él, alguna que escucharan una y otra vez en aquel magnífico Bose que sus padres tenían en el salón. Todos aquellos recuerdos seguían en su cabeza como manchas indelebles de un tiempo en el que para ella la palabra música era sinónimo de las lecciones de piano en las que se abría paso a duras penas en las partituras de Hindemith bajo la agria mirada de una rancia y estirada mujer que olía a lavanda y vivía en un bloque cercano al suyo. Algo radicalmente distinto a las notas impredecibles y alborotadas, como puñaladas en una guitarra, y a las letras tan extrañas que a su padre le gustaban tanto. Y en particular aquel tema, *Babylon Sisters*, con aquella línea cantada como de paso, justo después del título, tan rápidamente que había que esforzarse por comprender lo que decían.

Shake it.

Podía imaginarse sin dificultad a su padre, Steely Dan Deacon, achispado, cantando con la canción con un par de colegas del trabajo, bailando como hacen los hombres en ese estado, gritando los tres a pleno pulmón esas dos palabras.

—Mira que eres manta, Emily —se dijo—. Leapman va a aparecer en cualquier momento y cuando vea lo que estás haciendo te va a meter en el primer avión que salga para casa.

Y ya nunca averiguaría qué había pasado, ni qué se escondía detrás de aquel dibujo sagrado.

La red disponía de uno de esos sistemas de búsqueda de textos, una especie de SuperGoogle interno reservado para sus empleados. En ella podías teclear cualquier grupo de palabras, por ejemplo, iglú púrpura fetiche transilvano, y el sistema peinaba los billones de términos que tenía almacenados para intentar encontrar la combinación solicitada y ofrecer unas cuantas coincidencias en cuestión de segundos.

Es decir, que era una máquina muy lista, con la inteligencia combinada de un millón de hormigas trabajadoras si se era lo bastante listo para tocar la tecla adecuada.

Escribió: *Bill Kaspar Dan Deacon Iraq.*

En la pantalla volvieron a aparecer los viejos artículos que ya había consultado, páginas y páginas de documentos sin orden ni sentido particular. Días de trabajo. Semanas quizás.

Volvió a mirar el reloj. Los minutos seguían pasando. Pronto las puertas quedarán cerradas para siempre. Thornton Fielding estaba arriesgando mucho: su carrera, puede que incluso más. Tenía que hacerlo mejor, aunque fuera sólo por él.

Divina proporción Bill Kaspar Iraq.

Sólo consiguió empeorar las cosas porque en le apareció toda clase de tonterías en la pantalla y de pronto cayó en la cuenta de por qué. *Divina Proporción* no significaba nada para el sistema. Era una información distinta a lo que estaba buscando.

—Piensa en la canción, so tonta —se dijo—. Piensa en Bill Kaspar y en lo que Thornton intentaba decirte.

La contraseña no era BillK, sino WillFK.

Algunas personas acortaban sus nombres al hablar, pero lo mantenían entero al escribirlo. Otros tenían nombres compuestos. El FBI era una institución, y cuanto más se ascendiera en el escalafón, más variaciones de esa naturaleza podían encontrarse, de modo que escribió William F. Kaspar Steely Dan Deacon y dirigió una plegaria al dios que vivía detrás de aquel monitor para que aclarara aquella marea de páginas y le mostrara un poco de compasión para variar, porque necesitaba que aquel ente la ayudase, y ya.

El sistema escupió un documento fechado en 1990 y acto seguido apareció el mensaje *acceso denegado.*

—Mierda —murmuró mientras otros seis archivos quedaban bloqueados también—. Mierda, mierda, mierda...

La red se movía a la velocidad de un octogenario, y así era imposible. Absurdo. Típico de su carrera en el FBI.

Entonces, por pura desesperación, escribió: William F. Kaspar Steely Dan Babylon Sisters Shake It. Después se recostó en su silla y esperó. ¿Qué iba a hacer a continuación? ¿Ir a ver a aquel guapo policía italiano en su preciosa granja perdida bajo el manto de nieve y decirle: No tengo nada de nada. ¿Qué tal si nos tomamos un vino y charlamos un rato? Es que me gusta hablar contigo. Ojalá pudiéramos hacerlo más.

Nic Costa ni siquiera se le había insinuado, y la verdad, le resultaba raro. Poco propio de un italiano, y de un italiano, además, al que ella le gustaba.

—Pídemelo, Nic, porque me voy a volver loca de tanto mirar este trasto.

En algún lugar, en Miami, Washington, Seattle o cualquier otro servidor de la cadena, un disco duro cobró vida y le envió un solo documento, pero sin restricciones de acceso.

Era un informe que había sido escaneado, y quizás fuera ése el motivo de que se le hubiera colado a los sistemas de seguridad. Buscó la palabra por la que lo había identificado y sonrió: *Shake it.*

Aquello sí que era gracioso, tanto que se había quedado sin aliento. Se sentía absurdamente viva. Iba a ser su única oportunidad, así que tenía que aprovecharla o dejarla pasar, porque no iba a volver a presentársele.

Miró a la puerta. No había nadie. Abrió el bolso y sacó una pequeña cámara digital que solía emplear para fotografiar los accidentes de circulación y los edificios o las vistas que le interesaban de pronto, e intentando no temblar, fotografió lo que tenía en la pantalla, y la página siguiente, y la otra:

DE: WILLIAM F. KASPAR
A: STEELY DAN B. ET AL
FECHA: 1991, o muy cerca
ASUNTO: BABYLON SISTERS
ESTADO: NO NECESITO DECÍRTELO

Por la presente quiero que se sepa que yo, William F. Kas-

par, el Lagarto Rey, el Búho Sagrado, el Gran Maestre del Universo, etcétera, etcétera, se va a presentar ante la Bestia Escarlata, acompañado por mi harén real, y exijo... has leído bien, EXIJO que vosotros, hatajo de ingratos perezosos, inútiles y devoradores de pasta, me rindáis pleitesía.

Existe una finalidad para todo esto, acólitos míos. Una finalidad capital: crear el caos.

La Bestia Escarlata (por cierto, ¿de dónde sacan estos nombres? ¿Te los inventas tú, chaval?) nos ha hecho ese encargo. Dios nos ha confiado el deber de crearlo y es un enorme alivio para el viejo Bill K que ese bastardo sin rostro te haya nombrado voluntario, aunque no puedo dejar de preguntarme, querido amigo, si no te lo imaginabas de antemano. NTK, ¿eh?

He leído la lista de prescindibles. A unos cuantos los conozco, pero también los hay nuevos aunque supongo que terminaremos queriéndolos a todos. Yo, por mi parte, voy a aportar un par de señoritas, puesto que vivimos tiempos libres y saben hacer cosas alucinantes con los ordenadores y las radios. Aunque no puedo evitar preguntarme, querido amigo, si no lo imaginabas ya de antemano. NTK, ¿eh?

Pasemos a cuestiones más prácticas:

La Bestia Escarlata es una bestia generosa, pero supongo que eso tú ya lo sabes. A juzgar por las cifras que me enviaste bastará para arreglárnoslas durante seis meses en el desierto si a alguno de esos chupatintas gilipollas del Pentágono se le quedan los pies fríos y se plantea si no deberíamos pedirle a Sadam con mucha educación que recoja sus tanques y sus soldados y se vuelva andando a Bagdad.

Tenemos inmunidad. Demonios... tenemos más inmunidad que el Ku Klux Klan en Alabama en los años cincuenta. Podemos hacer lo que nos dé la gana, cuando nos dé la gana sin que a nadie le importe. ¿Te estoy diciendo algo que tú no sepas ya, muchacho?

Disponemos de una tapadera perfecta. Somos las Babylon Sisters, colega. Nadie conoce nuestro verdadero nombre. Esta operación es un pago al contado, un si te he visto no me acuerdo, manejada por un partida de fantasmas, así que no esperes medallas. Y sabiendo lo poco que yo sé de nuestro anónimo jefe, tampoco esperes que te den las gracias. Saber que has cumplido con tu deber será la única recompensa.

Puede que la Bestia Escarlata no te lo haya dicho aún, pero tienes trabajo extra. He leído tu expediente, hermano, ¡y no has disparado un arma en combate desde lo de Nicaragua! ¿Qué ha sido de mi viejo Steely? ¿Es que ahora sólo te ocupas de la pasta y la logística? El militar soy yo, así que escucha con atención lo que voy a decirte: en cuanto toquemos la arena, echaremos a correr. En el ejército las cosas son así. Dormiremos un par de horas al día si tenemos suerte, y habrá más trabajo y más acción de lo que has visto en tu corta vida. Vamos a ser los que hagamos el trabajo de limpieza previo a lo que vendrá después. Eso significa que nos vamos a comer un montón de mierda, aunque cuando el bueno de Bill no se lo espere. No tengo espacio para pasajeros, así que dime una cosa: ¿esa preciosa ratita que se te cuelga de los pantalones te ha vuelto blando? Porque, si es así, déjame que te aclare un poco las cosas. OLVÍDATE DE ELLA MIENTRAS DURE TODO ESTO. Un niño es algo genial, Dan. Cuando estuve a verte la primavera pasada y tuve sobre mis rodillas a esa preciosidad tuya, pensé que eras el hijo de perra más afortunado del mundo. ¿Pero sabes una cosa? Que en realidad no lo eres. Lo que has conseguido es cargarte con un montón de responsabilidades nuevas, además de las que ya tenías.

Tenemos que darte un buen repaso. Hay que trabajar en tus habilidades de supervivencia en el desierto. Tienes que aprender lo que pasa dentro de uno de nuestros maravillosos Humvee en los mágicos noventa (y las seño-

ritas que me han enviado los Marines están montando unos juguetitos dentro de las dos bellezas de hierro que no te lo vas a creer. Son unos aparatitos que pueden disparar, quemar y matar, para después devolverte a sitio seguro aunque esté todo más oscuro que la boca del lobo y te estén breando a base de bien). Además tengo dos Black Hawk esperándonos en Arabia Saudí preparados para cargar a esas dos nenas y dejarnos después en tierra de nadie. Es un asunto muy serio, Steely. Después, todos volveremos a casa. Eso te lo prometo yo (y también la Bestia Escarlata, así que puedes contar con ello...) También quiero que sepas que mataré a cualquiera que se interponga en mi camino. Quien no conozca el significado de la palabra "misión" será mejor que la busque en el diccionario, porque no habrá tiempo para hacerlo en el camino.

Tenemos amigos. ¿Sabes cuántos iraquíes hacen falta para cambiar un presidente? Sólo dos, siempre que tengas la pasta suficiente. Llevamos años comprando gente en el país, pagando al contado, preparando el camino. Están deseando acabar cuanto antes con el negocio porque toda esa pasta le está haciendo un agujero a alguien en el bolsillo en este momento.

Tenemos casa. Una casa estupenda. La he elegido personalmente. Nada de tiendas de campaña para nosotros, chaval, aunque tampoco tendremos agua caliente y chocolatinas sobre la almohada a la hora de dormir, pero es un lugar con categoría. Me gusta la historia, Steely, y tengo campañas que se remontan hasta Mesopotamia grabadas en la cabeza. No lo olvides nunca. Este lugar se parece a ti: tiene clase. Es un sitio muy agradable y tranquilo, un pequeño oasis en el desierto que la Guardia Republicana no tiene por qué visitar. Voy a proponerte una palabra para que pienses en ella, Steely: Zigurat.

Tu viejo amigo Billy K. se despide ya. Cómete este papel una vez lo hayas leído, o límpiate el culo con él si lo

*prefieres. O incluso mejor... qué digo, ¡la mejor solución
de todas!: archívalo en uno de esos enormes armarios de
metal que tanto os gustan a los de Vía Veneto. Guarda mis disquisiciones para la historia. Me importa un
comino.*

*Soy William F. Kaspar, lo cual significa, como tú com-
prenderás a la perfección, que no existo,*

*¿Y sabes qué es lo mejor, Steely? Pues que durante los
próximos meses, tú tampoco existirás.*

Somos las Babylon Sisters. Shake it.

—ESTOY TRANQUILO —PROTESTÓ Peroni con el rostro rojo
como la grana, y echó a andar como una exhalación hacia Falcone y el americano.

Luego se detuvo y Costa sintió toda la fuerza de su mirada,
inteligente y franca.

—Nic —dijo Peroni—, Falcone tiene a media Questura aquí,
así que no me necesita. Pero esa cría sí. Sé lo que me hago. Confía en mí. A Leo le va a encantar.

—Genial —murmuró Costa. Sabía que no serviría para nada
discutir. Cuando Peroni se ponía así, era imparable.

Entraron en aquel cochazo negro en el que Falcone y Leapman aguardaban, fumando y en silencio, viendo trabajar a los
de criminalística y al equipo de Teresa Lupo.

—Señor —espetó Peroni mirando al jefe a la cara.

Leapman lo examinó de arriba abajo.

El comisario le miró con frialdad y preguntó:

—¿Sí?

—Quiero oír la teoría.

—¿La teoría?

—Sí. En las calles de Roma hay un lunático armado con un
escalpelo, y con esta última víctima también lo ha empleado. A
mí me resulta obvio lo que ha podido ocurrir, pero parece ser
que nuestro amigo aquí sentado tiene una teoría, y me gustaría
escucharla.

Falcone señaló al americano con un gesto.

—El agente Leapman piensa que se trata sólo de una coincidencia. En cuanto a lo del escalpelo, no podemos estar completamente seguros, Peroni, así que es mejor no sacar conclusiones precipitadas.

Peroni hizo una mueca y los dos hombres intercambiaron una mirada cargada de significado, lo que a Costa le hizo pensar que algo se traían entre manos. Luego Peroni se volvió a su compañero.

—Qué te parece... ¿Una coincidencia? —repitió, volviéndose al hombre del FBI—. ¿Quiere tomarme el pelo?

Leapman parpadeó despacio como quien trata con un estúpido.

—Eso es lo que dice él, no yo. No hay coincidencia que valga, sino un trabajo policial pésimo. Media Roma conoce ya el modo de operar del asesino. Lo cuentan todos los periódicos. La gente se empapa de los detalles mientras desayuna y alguien ha debido pensar que quiere aparecer en las noticias. Esto no es más que una mala copia. A lo mejor el tío iba a matar a la mujer de todos modos y se le ocurrió utilizar el escalpelo para confundirnos. ¿Quién sabe? Desde luego ustedes no.

Costa no podía dar crédito a lo que estaba oyendo.

—¿Un imitador? ¿Se puede saber qué demonios quiere decir?

—A ver si se leen lo que les mando —espetó—. Piénsenlo. El tío que buscamos es un perfeccionista. Mata de un modo muy determinado. Coloca a sus víctimas en un lugar específico y les corta trozos de la piel de la espalda como si fuese un cirujano, pero no se dedica a hacerlos rodajas para luego meterlos en una maleta. Éste es un crimen corriente y moliente, muy por debajo de él. Además...

Leapman cortó en seco la frase, como si se hubiera dado cuenta de que había hablado demasiado. Costa lo percibió, y recordó lo que Emily Deacon les había contado. Sabía que Falcone tampoco desperdiciaría la oportunidad.

—¿Además qué, agente Leapman? —le preguntó el comisario.

—Nada, nada. No es nuestro hombre, y punto. Llevo mucho más que ustedes trabajando en el caso, y no lo es.

Falcone se quedó callado un momento, la vista fija en el equipo que inspeccionaba el coche.

—No creía que ustedes trabajasen así, basándose en sensaciones.

—Ya —murmuró.

—A lo mejor algo salió mal —aventuró Costa—. Puede ser que esté perdiendo el control de sus actos y que no pretendiera matarla.

Leapman compuso una mueca de incredulidad.

—¿Es que no saben nada del perfil de un asesino? ¿No existe la expresión *modus operandi* en italiano?

Falcone alzó las cejas.

—Lo consultaré —respondió con sequedad—. ¿Dónde está la niña, Peroni? La tenías a tu cuidado.

—No lo sé —confesó con una mueca de disgusto—. Creía haberme ganado su confianza, que no era necesario que la mantuviéramos bajo llave. Si te parece, puedo salir a buscarla.

—¿Para qué? —preguntó Leapman, burlón—. Esos críos son así. Podría estar corriendo en círculos alrededor de vosotros sin que os diérais cuenta. Además, no parece precisamente difícil. Dejar escapar al único testigo material...

El americano no siguió al ver la cara de Peroni. Había que reconocer que era un maestro en asustar a la gente con tan sólo mirarla.

—Me parece que no estaba hablando con usted... señor —contestó Peroni dándole con un dedo a Leapman en el pecho.

Leapman, amoscado, miró a Falcone.

—¿También tienes problemas de disciplina, Leo?

Peroni respiró hondo, dio media vuelta y entró en el McDonald, desierto a aquellas horas. Los tres le vieron acercarse al mostrador, señalar algo y salir con una hamburguesa. Le quitó el papel y lo tiró al suelo con la despreocupación y la costumbre que a Nic le ponía de los nervios.

Se reunió con ellos con la hamburguesa en la mano, y al oír la voz chillona de Leapman se imaginó lo que iba a ocurrir.

—¡Por Dios! —gritó el del FBI tan alto que incluso Teresa Lupo se volvió a mirar—. ¿Pero qué forma de trabajar es ésta? En esas maletas hay una mujer muerta, hecha trozos; hay oficiales de uniforme vomitando como adolescentes en el baile de fin de curso, y lo único que se le ocurre a este tío es comer. ¿Qué demo...

Peroni se acercó, le agarró por la solapa del abrigo y le encajó la hamburguesa en la boca, empujando con tanta fuerza que el pan, la mayonesa, los vegetales y la carne grisácea y chorreando grasa se le untó por toda la cara y le manchó la camisa blanca inmaculada y su caro abrigo de lana oscura.

Leapman retrocedió dando traspiés, escupiendo, la comida cayéndole por la pechera y con la mirada clavada en Peroni, temiendo lo que pudiera hacer a continuación.

—La siguiente se la meto por el culo —le advirtió—, y le prometo que no le va a gustar.

—¡Imbécil! —gritó Leapman, fuera de sí—. ¡Sois todos unos retrasados mentales! Esto se va a saber, Falcone, se lo advierto.

—¿El qué?

—¡Lo de este tío! —aulló, señalando a Peroni.

Falcone se cruzó de brazos sobre su abrigo tostado.

—Ah. Peroni —respondió, y miró al aludido significativamente—. Oficial, su comportamiento es inaceptable. ¿Tiene alguna explicación?

Peroni se sacó del bolsillo el informe de Teresa.

—Sí. Ésta.

Leapman abrió los ojos sorprendido.

—¿Qué mierda es eso?

—El informe del forense —replicó Costa—. Cuando analizamos la cuerda que había utilizado para asesinar a la mujer del Panteón, nos dimos cuenta de que no era una cuerda normal, sino un material distinto cortado en la forma que tanto le gusta al asesino y enrollado hasta adquirir la forma de una cuerda.

Leapman parpadeó. No sabía si mostrarse furioso o si pasar a la defensiva.

—Tenían la obligación de entregarnos todo lo que tuvieran —dijo—. Yo mismo les di esa maldita orden.

Los tres italianos le rodearon. No le iba a resultar fácil salir de allí.

—Sus hombres se la dejaron cuando recogieron el cuerpo —dijo Falcone—. ¿Qué quería que hiciéramos? ¿Salir corriendo tras ellos? Puede enviar a alguien a recogerla, si quiere.

—Maldita sea, Falcone...

—El tejido en cuestión —comenzó a leer Falcone—, es una trama textil de una pulgada por tres cuartos de pulgada, pardo y verde 483, resistente al moho, tipo x, clase 2B, fabricado de acuerdo con la norma MIL-5665K, que sólo Dios sabe lo que es. Es decir, que se trata de un material militar. Norteamericano, para ser exactos. ¿Conoce ese material, agente Leapman?

—No en profundidad.

—¿Eso es todo lo que se le ocurre? Es el material que se utiliza para confeccionar la ropa militar norteamericana. Está asesinando a sus víctimas con él. Nadie más lo usa, ni se puede conseguir en ningún mercado.

—¿Qué mierda saben ustedes del ejército norteamericano? Se venden prendas del ejército con una facilidad pasmosa. Todo se puede comprar.

—Seguro —intervino Falcone—. El problema que tenemos, Joel, es el siguiente: el informe del forense es muy claro. No se trata sólo de que el material sólo la haya empleado el ejército. Es que se trata de un tejido completamente nuevo. Se fabricó para la guerra en el desierto, hace un año, y creemos que el único lugar en el que ha podido probarse ha sido en las operaciones encubiertas en Iraq.

Leapman lo miró frunciendo el ceño.

—Lo sabía usted desde el principio, Falcone. Esto no es más que una estúpida pantomima.

Costa sacó una bolsa de pruebas en la que estaba la última cuerda que había empleado.

—Esto lo hemos encontrado en el coche. De la cuerda no sabíamos nada hasta hace unas horas y, por supuesto, la prensa tampoco sabe nada, así que como puede ver, Agente Leapman, se trata del mismo hombre. Tiene que serlo. Y como es natural nos preguntamos si encontraron este mismo material en los demás asesinatos. Y de ser así, ¿por qué no nos lo han comunicado? Porque está claro que este hombre ha estado cerca de alguna instalación militar norteamericana. Y hace poco.

El hombre del FBI parecía perdido.

—Quizás —murmuró—. ¿Pero quién es esta mujer? No tiene sentido. No puede...

Peroni se acercó a él y comenzó a sacudirle el abrigo.

—Siento lo de antes, agente Leapman —dijo—. He perdido los estribos, y es una pena, porque podríamos llevarnos todos muy bien.

—¿Ah, sí?

—Sí. Excepto por un pequeño detalle.

Leapman esperó y Peroni le quitó un trozo de pepinillo de la solapa.

—Tiene que empezar a contarnos la verdad. A mí no, si no le parece; ni a mi compañero, pero al comisario Falcone sí. Es un buen hombre. Se puede confiar en él. Y se merece contar con su confianza, ¿no le parece?

Leapman no contestó. Se limitó a mirarle con ojos vidriosos.

—Y eso debe cambiar, porque si no seguiremos dando vueltas y más vueltas en círculos, sin llegar a ninguna parte. Mientras ese asesino suyo... *suyo* repito, sigue en la calle.

El agente sorbió por la nariz y alzó la mano para llamar a su coche.

—No tengo la más remota idea de lo que me habla —contestó, y abriéndose paso entre Costa y Falcone, asegurándose de evitar el peligro de pasar cerca de Gianni Peroni, y salió disparado hacia su coche sin mirar atrás.

Peroni frunció el ceño y miró a Falcone. Era un gesto que quería decir *lo he intentado*.

—¿Me necesitas para algo? —preguntó.

Falcone miró el caos que los rodeaba y arrugó el entrecejo.

—No lo sé.

—Me gustaría intentar encontrar a la chica, jefe. Sólo yo. De un solo hombre puede prescindir. No se crea que es algo personal; es que tengo la sensación de que puede tener algo que contar.

—Házlo. Y oye, Peroni, ha sido un buen intento.

—Gracias.

Costa acompañó a su compañero hasta el jeep y le dio las llaves.

—¿Dónde piensas ir a buscarla?

—Pues por los mismos sitio que estuvimos el otro día. No sé.

Tenía la obligación de hacerle una pregunta... su compañero a veces se perdía en sí mismo.

—¿Y si ese tío también va tras ella?

—Podría ser que nos encontráramos. Te llamaré si lo veo, pero lo que está claro es que no vamos a tropezárnoslo si llevamos siempre a Leapman pegado a la chepa, ¿no te parece?

—Supongo que no.

La relación con el agente era antes complicada, pero después de lo que había pasado, estaba rota por completo.

—¿Cuándo te pidió Leo que montaseis el numerito?

—¿Qué numerito? —preguntó, fingiendo no comprender.

—No me toques las narices, Gianni.

Peroni se echó a reír. Era agradable oír su risa. Últimamente no se prodigaba demasiado.

—Mira, Nic, Leo y yo nos conocemos hace mucho, y a veces no es necesario decir las cosas con palabras. Hay que improvisar. Él está tan harto de ese gilipollas como nosotros, y lo que le he dicho no es más que la verdad. Ya es hora de que nos cuente todo lo que sabe, y más pronto o más tarde incluso él mismo se va a dar cuenta de que no puede hacerse de otro modo. Se supone que estamos en el mismo bando, ¿no?

A Leapman le había soliviantado lo que los de criminalística habían descubierto sobre la cuerda, pensó Costa. Pero le inquietaba algo más: aquella última muerte. Era como si por alguna razón le costase trabajo creer que se trataba del mismo hombre.

—Olvídate de Leapman por un momento, Nic, y dime: ¿por qué crees que ha podido escaparse Laila? No lo entiendo. Yo creía que íbamos bien, y no suelo equivocarme en esas situaciones.

Costa se encogió de hombros.

—Con niños así, ¿quién puede saberlo? A lo mejor ha sido precisamente porque ibais demasiado bien. A lo mejor le asusta sentirse tan cerca de alguien.

—Bah —murmuró, dándole una palmada en el hombro—. Me creo yo eso lo mismo que me creo que Leapman es una inocente palomita. No sabes ni jota de críos, Nic.

—Y tú no dejas de recordármelo.

Peroni acomodó su corpachón en el asiento del conductor.

—Llámame si me necesitas, Gianni.

—Vale, chaval —le contestó y arrancó despacio.

A Nic le reventaba sentir premoniciones. Lo complicaban todo, tergiversaban las situaciones, acababan volviéndote loco. Tuvo que recordárselo al ver alejarse a Gianni Peroni por aquella estrecha calle medieval que ahora albergaba las mejores tiendas de moda en su discurrir hasta el Corso. Un pálpito absurdo estaba despertando el recuerdo de otro compañero, Luca Rossi, que en una ocasión se fue sin él casi del mismo modo que Gianni y ya no volvió.

Las premoniciones irrumpían en la vida real y desfiguraban lo verdaderamente importante. Además, estaba ocurriendo algo. Falcone estaba atento al mensaje que una voz chillona transmitía por la radio con una expresión de intensa concentración, una expresión que Costa había aprendido a reconocer y que le gustaba.

El inspector terminó la conversación y se volvió hacia la plaza. Cuando se encontró con la mirada de Costa, chasqueó los dedos y señaló con urgencia el coche.

JOEL LEAPMAN volvió a la embajada con un aspecto desaliñado nada habitual en él. Abrió la puerta con la misma furia que un toro entra en la plaza, en busca de pelea.

—Señor... —dijo Emily.

—¿Se puede saber qué has estado haciendo todo el día? ¿Es que no me merezco al menos una llamada de teléfono?

—Creía que...

Miró el monitor. Volvía a tener su imagen de siempre. La cámara seguía estando en el bolso. Qué tonta. Debería haber sacado de allí las pruebas.

—¿Qué creías?

—Que era mejor esperar a que tuviese usted algo para mí.

—Desde luego...

Leapman no parecía ser el mismo. Incluso llevaba toda la camisa manchada de comida.

—¿Algo va mal?

—Te equivocas de pregunta.

—¿Qué tendría que preguntar entonces?

—Si algo va bien —se quejó—. Esos policías... Falcone, y los otros, ¿por qué nos odiarán tanto?

—Yo no creo que nos odien.

—¿Ah, no? Ese feo hijo de perra acaba de meterme una hamburguesa en la boca. ¿Pero de qué va?

Emily pensó en Gianni Peroni. Algo así no encajaba con él.

—Usted debe saberlo.

—No es asunto tuyo —espetó.

Emily empezaba a estar hasta las narices de aquel tipo. A lo mejor Thornton Fielding tenía razón y lo que debía hacer era enviar una queja y dejar de verle la cara.

—Entonces, ¿por qué me lo pregunta?

—Porque... porque... no tengo por qué darte explicaciones. A veces las cosas ocurren sin más, Deacon, y no se puede hacer nada por evitarlo.

¿Estaría intentando disculparse?

—Si es una disculpa, debería dirigírsela a ellos.

Desde el primer momento, desde el instante mismo en que pisaron el Panteón por primera vez, Leapman había estado intentando cabrearlos a todos. Era algo deliberado y que formaba parte del proyecto.

—Así que, según tú, ellos son los buenos y debería echarme en sus brazos, ¿no?

—Creo que lo están haciendo lo mejor posible en unas circunstancias difíciles.

—¡La dificultad está para todos, niña!

—Para ellos es aún más difícil, Leapman. Piensan que están dando palos de ciego, y tiene razón. Y una cosa más —añadió, selañándole—. No vuelvas a llamarme niña. Nunca.

Él se echó a reír y Emily tuvo la sensación de que la había provocado deliberadamente.

—Así que sabes defenderte. ¿Quién lo iba a decir?

Se sentó frente a su ordenador, tecleó algo y giró la pantalla para que ella pudiera leerla. Eran las noticias de la RAI. En primera página, aparecía un nuevo asesinato en Roma, con la foto de un coche quemado delante de las escaleras de la Plaza de España.

—Estamos perdiendo la partida, Emily —admitió en tono neutro—, y no sé por qué. Ha vuelto a matar, y tengo que admitir que no me lo esperaba. No forma parte de su patrón de comportamiento. Es una pobre e indefensa mujer que se le cruzó sin más en el camino. Nunca habría dicho que...

—¿Qué?

—Que se rebajaría a algo así.

Descolgó el teléfono y pulsó una tecla de marcación abreviada.

—¿Viale? —preguntó, y su voz sonó completamente distinta, con un matiz resignado y casi atemorizado que jamás habría esperado escuchar en él—. Tenemos que hablar. Será sólo un momento.

Tapó el auricular y la miró.

—Me apetecería tomarme un café, Deacon —dijo—. Un capuchino de los buenos, de ese sitio que está al otro lado de la calle. Tómate tu tiempo, que tengo que trabajar.

Nic respiró hondo y se sorprendió al recordar que, apenas una hora antes, estaba preocupado por Gianni Peroni. Donde quiera que estuviese, en aquel mundo blanco y helado en que se había convertido Roma, sería mejor que donde estaba él: subido a una estrecha y gélida escalera de incendios, a una altura de vértigo sobre una de las calles adoquinadas del laberíntico barrio que cerraba por el norte al Panteón, intentando distinguir algo en la tormenta de nieve que le envolvía.

En otra ocasión, con una climatología distinta, sin aquel viento que intentaba arrancarlo del tejado y estrellarlo contra el suelo, habría podido disfrutar de una vista maravillosa. El Palazzo Borghese debía andar frente a él, y de lucir el sol, la cúpula de San Pedro reverberaría al otro lado del río. Pero con aquella maldita nieve lo único que podía ver era una cegadora nube de hielo que se le pegaba a la cara y confundía sus sentidos.

Falcone le había dicho con toda claridad que él decidía si hacerlo o no. El muy zorro sabía bien lo que iba a contestarle. Era el más joven y el más apropiado para el trabajo. Además había practicado el montañismo cuando era adolescente en las Dolomitas y los Alpes. Podían haber esperado a que llegase un especialista, pero con aquel tiempo, esa espera podía prolongarse durante mucho tiempo. El problema era simple: una mujer que vivía en aquel bloque había informado a la policía de que una turista norteamericana que vivía en el último piso llevaba ausente todo el día, lo cual, al parecer, era extraño. El día de antes la habían visto entrar en el edificio con un desconocido, y ese mismo hombre había salido aquella mañana con un par de maletas grandes y de las buenas. Había hecho una descripción del hombre en cuestión, y podía tratarse de la misma persona que Costa y Peroni habían visto ya dos veces, una delante del Panteón y otra en el Tiber la noche anterior.

Resumiendo: podían echar la puerta abajo con un equipo de asalto con la esperanza de que siguiera oculto en el piso, o podían echar un vistazo desde fuera para asegurarse de si estaba ocupado o si no. Y en caso de no estarlo, podían esperar hasta ver si alguien llegaba.

Para Costa, la decisión estaba clara: aquel hombre era un ser humano, no un monstruo. Era importante no olvidarlo. Necesitaría un lugar caliente en el que ocultarse con semejante temporal. Aquella podía ser la primera oportunidad real que se les presentara de atraparlo.

De tratarse de un caso más ordinario, había modos más sencillos de averiguar si había alguien dentro de un piso. Podían instalar puestos de vigilancia desde los bloques vecinos. Podían emplear equipos de escucha a través de las paredes. Pero aquella ocasión era distinta. El lugar era una especie de pequeña cabaña, seguramente ilegal, que quedaba muy por encima del nivel del suelo y que parecía la caja gigante de un juguete que se hubiera tirado al tejado plano de un edificio del siglo diecinueve y cuyas ventanas quedaban por encima del nivel de las de todos los edificios de alrededor. En cualquier caso, en aquel barrio los edificios se habían construido tan pegados los unos a los otros que lo único que podía verse desde sus ventanas eran los ladrillos de los demás. Aquel apartamento debía ser el único en toda la zona que disfrutaba de una vista de la ciudad, de modo que era impenetrable en ese sentido. Imposible vigilarla visualmente. El único modo de saber qué había dentro era acercándose, y desde luego no por la puerta principal, que quedaba al final de una escalera estrecha y cerrada que partía del último piso propiamente dicho y que no daba acceso visual ninguno al apartamento. La escalera de incendios era la única opción. Si el tipo estaba en casa, Costa podría verle a través de la ventana y avisar a las fuerzas de asalto. Ése era el plan. Si por el contrario, el lugar estaba vacío, esperaría junto con el resto a que llegase alguien.

Planes.

Con un estremecimiento magnificado por aquella inestable escalera, se preguntó qué significado tenían en un momento como aquel. No se había parado a pensar demasiado en lo del temporal después de hablar con la mujer que había hecho la primera llamada. Se había limitado a acordar las cosas con Falcone y después de subir tres tramos de escaleras en el edificio y toparse con aquella vieja escalera de incendios, se había dejado engullir por el torbellino de copos de nieve para seguir ascendiendo. Tampoco había reflexionado mucho sobre la extraña geografía de aquel edificio. Falcone y sus hombres aguardaban discretamente al pie, lo bastante cerca para evitar que alguien pudiera escapar del lugar sin ser visto, lo suficientemente camuflados para que cualquiera que accediera al portal no se diera cuenta de su presencia. Al menos, en eso confiaban.

En cualquier caso, poco espacio para la maniobra le quedaba a Costa. Habían acordado que resultaba demasiado arriesgado colocar a una segunda persona fuera del apartamento, aunque lo hiciera vestida de limpiadora o de cartero. El individuo al que perseguían parecía demasiado listo para no darse cuenta de semejante artimaña. Cualquier persona no residente en el edificio llamaría la atención como un moretón si el hombre se aventuraba a volver. De modo que si algo salía mal, Falcone y sus hombres tendrían que entrar desde la calle.

Y mientras subía aquella empinadísima escalera, Nic cayó en la cuenta de lo largo que se le iba a hacer ese tiempo en caso de que fuera necesario. No tenía ni idea de si había alguien en el piso, pero de ser así, sería vital no alertarle de su presencia.

En aquel lado del apartamento había una cornisa de aproximadamente un metro de ancho que miraba hacia la colina en la que la Trinità dei Monti quedaba oculta por la ventisca. Del otro lado del edificio había una terraza pensada para disfrutarse con otra climatología. Un par de palmeras recortaban su incongruente silueta ancladas en unos enormes pies de barro y sus hojas cubiertas de nieve les hacían parecer fantásticos árboles de Navidad. La cantidad de nieve caída hacía casi imposible estar seguro de lo que había en el tejado de la casa: una barbacoa, un fregadero con su grifo, unos cuantos cepillos y recogedores oxidándose al aire libre.

Subió el último peldaño de aquella traicionera escalera, llegó junto a la pared y se incorporó sobre la cornisa. Los dientes le castañeteaban de frío, temblaba sin control y los pies le resbalaban en la nieve.

Falcone le había ordenado que dejara su teléfono en silencio hasta que supieran si el piso estaba vacío o no. No podían arriesgarse a que entrara una llamada inoportuna. Pero con aquel frío glacial, a Costa le costaba pensar con claridad. Estaba aturdido. ¿Lo había puesto en silencio, o no?

Con las manos ateridas de frío, lo sacó del bolsillo. Estaba desconectado, pero no recordaba cuándo lo había hecho. Iba a guardarlo de nuevo cuando sintió que se le escurría de entre los dedos. La ineludible ley de la gravedad y la estupidez podían aliarse en momentos como aquel.

El aparato dio una vuelta en aquel aire saturado de copos de nieve, se golpeó en el borde de la cornisa y cayó a la calle.

Costa cerró los ojos y cuando los copos se le pegaban ya a los párpados, maldijo su suerte. No podía volver a bajar por la escalera. Estaba demasiado cansado y tenía mucho frío. Los peldaños resbalaban peligrosamente, y de ninguna manera se arriesgaría a ir a favor de la gravedad.

Sacó el arma y se aseguró de que el seguro estuviera puesto y el cargador en su sitio. Era bastante mal tirador en condiciones normales, así que con las manos temblorosas y la cabeza como un cubito de hielo, sería un peligro público para sí mismo y para los demás.

Volvió a guardarse el arma y avanzó cuidadosamente por la cornisa. Salvar la esquina fue toda una agonía pero por fin pudo bajar a la terraza propiamente dicha, aliviado por contar con una barandilla que le protegiera del precipicio. Cuando consiguió recuperar el aliento y se convenció de que, o avanzaba, o moría congelado en el acto, se pegó a la pared y avanzó. Había una ventana pequeña que debía pertenecer a un dormitorio, y se acercó al cristal. La cortina estaba echada y no había luz dentro, ni signos de vida.

"¡Ojalá sigamos así!", se dijo, y avanzó hacia el lado del edificio que daba al río.

Entonces le asaltó un recuerdo de su época de montañero: el viento cobra velocidad con la altitud.

Un repentino y violento golpe de viento le azotó la cara al

dar la vuelta, clavándole sus agujas de hielo y Nic se encogió, cubriéndose la cabeza con los brazos, haciendo esfuerzos por mantenerse en pie, intentando en vano poner cerco al atontamiento que le invadía el pensamiento. Entonces la tormenta cesó un instante como si necesitara tomar aliento. Hubo unos segundos en los que Costa dudó de su capacidad para seguir adelante, pero luego avanzó hasta la esquina del edificio y agarrándose a una tubería de desagüe fijada a la pared, se preparó para recibir una nueva bofetada de la tormenta.

A veces no se podía elegir. Fuera cual fuese la situación de dentro de aquella cabaña, iba a tener que entrar. Simplemente era demasiado peligroso tratar de hacer cualquier otra cosa, así que dobló la esquina. La mayor parte de aquella cara del piso estaba dominada por un ventanal cuyos cristales estaban cubiertos por una capa de hielo que impedía ver lo que había en el interior, a excepción de un rincón que permanecía limpio por el efecto de la calefacción del interior.

Se acercó y miró. Había una lámpara de sobremesa encendida en el rincón de aquella pequeña y atestada habitación. ¿Qué significaría? Entonces el viento amainó y el corazón se le cayó a los pies como una piedra helada.

Había una televisión encendida. Se oía desde allí. Adelantó un poco más la cabeza y la vio: una pequeña televisión en color con una película del oeste. Música viva y ruido de disparos y del piafar de un caballo. Miró atentamente la pantalla y reconoció la escena. Era una de esas imágenes de Hollywood que habían pasado a ser iconos que no se olvidaban jamás; John Wayne con un parche en el ojo volviendo a su caballo para enfrentarse a los malos al final de "Valor de ley".

En las películas era todo tan fácil... bastaba con sujetar las riendas con los dientes y galopar.

Estaba intentando convencerse de que él también era un hombre valiente cuando lo vio.

"La tele está encendida cuando alguien la está viendo, idiota", se dijo.

Estaba donde debería haberse imaginado que podía estar

una persona que veía la tele: sentado en un sillón frente al televisor y de espaldas a él y a la ventana. Sólo se le veía la coronilla. Tenía una buena mata de pelo castaño y no aquel absurdo sombrero de Mickey Mouse que le había visto en dos ocasiones.

Apoyándose contra la pared, Costa se agachó hasta quedar sentado en la nieve, cerró los ojos, dejó descansar la cabeza contra los ladrillos e hizo un esfuerzo sobrehumano por pensar.

No había otra alternativa. El maldito teléfono se le había caído. Falcone seguiría esperando en la calle, no eternamente, pero sí lo bastante como para que él muriese por congelación en aquel temporal que azotaba sin piedad un tejado tan expuesto.

"Sujeta las riendas con los dientes y cabalga".

Miró la ventana una vez más. Al menos el tipo no estaba pendiente de que alguien pudiese entrar por ahí. Quién iba a esperar ladrones en semejantes alturas. Volvió a echar un vistazo. Estaba concentrado en la película, y no era de esperar que estuviera sentado en el sillón con un arma en el regazo.

"Nunca des nada por sentado".

Un tío que labraba la espalda de sus víctimas era imposible de predecir, de modo que debía adoptar todas las precauciones previstas para un caso así y unas cuantas más.

Incorporándose, afianzó los pies en el suelo y golpeó el ventanal tan fuerte como pudo. Las puertas se abrieron y los cristales cayeron al suelo de la habitación. El volumen de la televisión estaba demasiado alto.

—¡Policía! —bramó, y le gritó todas las órdenes que deben darse en ocasiones como aquella.

El tipo no se movió. Eso, al menos, estaba bien.

Costa se acercó al sillón. Ojalá la televisión dejara de gritar así. Ojalá en la habitación no hiciera tanto calor y no tuviera aquel olor físico tan fuerte. Además, había algo extraño. Un dibujo que le era familiar cubría las paredes en un color cuya elección no quería analizar en aquel momento.

El hombre seguía sin mover ni un músculo, lo cual le hizo sentirse casi estúpido, porque no apartaba la mirada de aquel pelo castaño ni dejaba de repetir:

—No se mueva.

Se oyeron ruidos: voces, madera que se rompe, el jaleo de un equipo de asalto.

"Concéntrate".

—Quieto —dijo y sin darse cuenta rozó el sillón. La cabeza de una mujer separada de su cuerpo, con la sangre ya negra empapándole el cuello, rodó por encima del brazo, cayó al suelo y acabó boca arriba sobre la alfombra, con el cabello castaño y largo esparcido en torno a un rostro pálido de muerte, con la boca abierta y congelada en un grito y unos ojos vidriosos que lo miraban a él pero que no veían nada.

—Mierda —murmuró, y se lanzó hacia el ventanal destrozado para darle la espalda a aquella escena y respirar el aire gélido y cargado de nieve con la esperanza de borrar aquel olor sofocante a carne.

El equipo de asalto ya estaba dentro. Oía sus voces a su espalda, la sorpresa y las arcadas de alguno de ellos.

Fue como si alguien hubiera abierto una puerta y arrojase algo de luz sobre todo aquello. El calor tan fuerte y el olor habían despertado algo que el hielo del tejado había mantenido frío. Las piezas comenzaban a encajar. Teresa Lupo se lo había advertido en cierto modo, si él hubiera insistido en que le revelase todos los detalles.

No está completa...

La cuerda estaba en una de las maletas, no en el cuello de la víctima, porque no podría haberlo estado.

Nic respiró hondo y se volvió a estudiar la habitación. El patrón geométrico cubría la mitad de una de las paredes laterales y habría seguido hasta cubrirla entera de no haberse agotado el material con que lo había dibujado. Era un fresco realizado con lo que sólo podía ser la sangre de la víctima. Y había un mensaje escrito en inglés. Se trataba de una sola palabra, en letras mayúsculas, grandes, escrita bajo los dibujos de la pared: "WHO?".

Los de criminalística iban a pasar un día de campo allí. El lugar rebosaba material que podría analizarse, lo cual en sí mismo era extraño. Había leído los expedientes y había comprendido lo que ocurrió en el Panteón. Normalmente aquel tipo era meticuloso en lo que hacía, incluida la limpieza, de modo que aquello tenía que ser deliberado.

"Casi he terminado. Ayudadme", parecía pedir.

Falcone entró, vio lo que había sobre la alfombra y soltó el aire con fuerza por la nariz.

—Así que ha puesto la cabeza de esa desgraciada sobre unos cuantos cojines, ha dejado la tele a todo volumen y lo que nosotros vamos a ver es alguien enfrascado en su programa favorito. Es un tío muy hábil.

Luego se acercó a Costa con algo en la mano.

—Se te ha caído esto. Por eso hemos entrado —dijo, y le entregó el móvil que se le había caído desde el tejado un momento antes—. No te lo tomes como algo personal, Nic, pero creo que ha llegado el momento de que te vayas a casa y duermas un rato.

A LAS CUATRO de la tarde era ya prácticamente de noche y a las cinco la ciudad era un laberinto traicionero de calles heladas y desiertas bajo una luna de luz cegadora. Pero al menos la tormenta había pasado. Gianni Peroni se había desplazado con el jeep a todos los sitios que se le había ocurrido: al café serbio de Termini, a los puentes sobre el río bajo los que ella se había refugiado la noche anterior... pero sin resultados. Los serbios no sabían nada y había montones de críos en las calles, figuras oscuras y tristes encogidas dentro de sus chaquetas negras, apretujándose en torno a las hogueras en las que ardía una basura maloliente y venenosa, y ninguno de ellos había querido darle razón de Laila. Había probado todos los trucos conocidos: dinero, amenazas, palabras dulces... todo inútil. Estaba claro que la conocían, pero por alguna razón Laila era una paria, una excluida del grupo, demasiado extraña, demasiado difícil para poder encajar.

Le ponía enfermo tener que hablar con ellos. Ver cómo vivían aquellos chavales le deprimía, y le hacía pensar en sus propios hijos, tan a gusto, tan cómodos en una casa sin padre a las afueras de Siena, preparando la Navidad, soñando con lo que iba a pasar.

Por primera vez no iba a estar con ellos. Él no era hombre al que le gustase dar vueltas a las cosas. Detestaba mirar atrás. Había demasiados recuerdos dolorosos acechando en el pasado reciente. El tiempo curaba las heridas, sí, y algún día el dolor se aplacaría y gracias a la capacidad para engañarse que todos los seres humanos poseían, los buenos momentos se sobrepondrían a los malos. Pero hasta entonces tendría que aguantarse y tragar la inexplicable mezcla de sentimientos que seguían atenazándole. Había sido un buen padre, pero había terminado siendo un mal marido. Lo ocurrido había sido uno más de los giros crueles de la vida, en los que un hecho ahoga al otro.

Cansado, aburrido y descorazonado, decidió ir a tomarse un café a uno de sus locales favoritos, un pequeño café que pertenecía al anticuado restaurante de Checco er Carrettiere que quedaba detrás de la Piazza Trilussa, en el Trastévere. Sabía por qué seguía yendo allí. Los veranos solía llevar allí a sus hijos a ver cómo aguardaban con los ojos abiertos de par en par a que una señorita con su uniforme blanco de camarera les preparase una enorme copa del mejor helado de Roma.

Aquella noche el café estaba tan desierto como la plaza helada a la que daba su fachada. Había una jovencita guapa atendiendo la barra, pero parecía cansada, preocupada incluso. Se sentó en uno de los taburetes y echó el azúcar a un *macchiato* doble. Aquellos tiempos no volverían jamás. Habían quedado enterrados en el pasado, accesibles sólo en sus sueños. En parte había sabido desde un principio que iba a ser así: los chicos crecían, se inventaban su propia vida y terminaban marchándose para seguir su propio camino. Pero su estupidez había acelerado ese proceso de manera irreversible, enviándolos hacia el norte, a un lugar en el que él era un extraño.

Apuró el café y pidió otro. En días como aquél, su sistema

necesitaba cafeína. Y también una distracción, así que intentó concentrarse en Laila. Había algo que no tenía sentido en su desaparición. No cuadraba que la muchacha se hubiera marchado de la casa así, sin decir una palabra, sin razón aparente. Pero se le acababan las opciones. A menos que siguiera pateando las calles sin rumbo con la esperanza de tener un golpe de buena suerte, no le quedaba más remedio que rendirse, llamar a Falcone, dormir un poco y sumarse después al equipo. A lo mejor incluso tenía que darle una palmada en el hombro al americano y pedirle disculpas.

La muchacha se acercó con su segundo café y le dijo, para desgracia de Peroni:

—Le recuerdo a usted del verano. ¿Y sus chavales?

—No es tiempo de helados.

—No es tiempo de nada en absoluto —se quejó—. No sé por qué me molesto en abrir. Es una pérdida de tiempo.

—Gracias. Me siento halagado.

—Oh —dijo y se echó a reír. Aquella risa suya le trajo a la memoria a aquella misma muchacha, casi una cría, sirviendo generosamente el helado mientras ellos la observaban bajo el ardiente sol del mes de julio—. Perdóneme. Es que estoy un poco deprimida.

A todo el mundo le ocurría alguna vez, pero había que ser capaz de detener ese sentimiento antes de que se transformase en auto compasión.

—Entonces, pónme un helado.

Ella abrió sus ojillos vivarachos de par en par.

—¿Qué?

—Ya me has oído. Quiero una copa. Los cucuruchos son demasiado difíciles para un viejo como yo. De café, pistacho y... lo que tú elijas.

Ella lo miró como si hubiera perdido la chaveta.

—¿Helado con un día como éste?

—Sí, en un día como éste. Yo soy el cliente y tú la camarera, así que hala, a trabajar.

La muchacha desapareció en la trastienda unos minutos.

Cuando salió, se había quitado el uniforme blanco y llevaba una falda roja corta y un jersey negro.

Traía dos copas, cada una con una selección de bolas multicolores.

—Invita la casa —dijo, sentándose a su lado—. Por hoy voy a echar el cierre.

—Es lo mejor que puedes hacer —contestó él, y probó el de chocolate. Estaba delicioso, pero el frío le hizo daño en los dientes—. ¿Y qué es lo que te pasa? ¿Tienes problemas con el novio?

—¡Por favor! —se quejó—. ¿No sabe hacerlo mejor?

—Es una forma de comenzar —protestó él—. Cuando una jovencita guapa como tú está triste, nueve de cada diez veces se debe a que tiene problemas con su novio. Los viejos como yo lo entendemos bien porque una vez fuimos jóvenes, y éramos los causantes de esos problemas.

Ella probó el de pistacho y la lengua se le puso verde.

—¿Y bien? —insistió Peroni—. ¿Me equivoco?

—No...

Su voz tenía aquel tono cáustico, como de quien hace pucheros que empezaba a notar en su propia hija.

—¿Entonces?

—¡Es que nunca me llama! —explotó—. ¡Jamás! Siempre tengo que llamar yo. ¿Qué les pasa a los hombres? ¿Tanto les fastidia pagar teléfono?

Él se encogió de hombros.

—No es cuestión de hombres, sino de relaciones. De cómo funcionan. Yo creo que se parecen a los bailes de antes: una persona guía y la otra se deja llevar.

—No tiene parecido ninguno con el baile. ¿Por qué lo hacen?

—Porque...

—Sí, ¿por qué?

—Porque...

No podía seguir porque no sabía por dónde hacerlo. Era una frase absurda. No era capaz de encontrar una sola buena razón que apoyase lo que había dicho.

—¿Llama usted a su esposa?— preguntó la chica—, ¿o es ella quien le llama?

—Es ella quien me llama, pero sólo ocasionalmente y con información fresca sobre cómo va nuestro divorcio y sobre las facturas que han dejado en la puerta de la casa de su madre.

—¿En serio?

—Y tan en serio. Pero no te preocupes, que son cosas que suceden cada dos por tres.

—Entonces, ¿tiene novia?

Peroni empezó a desear que se hubiera quedado de uniforme.

—Oye, que el adulto soy yo y las preguntas con cosa mía.

—Así que tiene novia, ¿no?

Peroni cambió de postura sobre aquel diminuto taburete de metal.

—Digamos que sí. Pero no vayas a pensar que la tenía antes, ¿eh?

—Supongo que es una relación seria, ¿no? ¿Y es ella la que llama, o al revés?

Peroni se metió a la boca un enorme pedazo de sorbete de limón que fue a quedársele pegado al paladar. Cuando dejó de toser, se dio cuenta con angustia de que un hilillo de helado le resbalaba por la barbilla. Nunca iba a aprender a comerlo.

La muchacha le ofreció una servilleta.

—Las dos cosas —dijo él mientras se limpiaba—. ¿Y a ti qué te importa?

Era mentira. Siempre llamaba Teresa.

—Se está comiendo mi mejor helado gratis, así que puedo preguntarle lo que me dé la gana. Es que los hombres que no llaman me cabrean.

—Ya me he dado cuenta.

—¿De verdad? ¿De verdad ha captado el mensaje?

¿Cómo habría llegado a desarrollar aquella costumbre de discutir con desconocidos sobre cuestiones peregrinas en un café? En Roma parecía una costumbre muy extendida, pero algo así jamás ocurriría en la Toscana. La gente allí era demasiado educada. Los romanos soltaban un pensamiento apenas se les había formado en la cabeza.

—Claro que lo he captado, mi niña, pero eso no quiere decir que esté dispuesto a hacer algo al respecto.

—Eso ya lo veremos.

Y sin más, le quitó de delante el plato de helado a medio comer.

—¡Eh! Que el helado es mío.

—De eso nada. Yo se lo he regalado.

—Vale —sacó unos cuantos billetes y los puso sobre la barra—. ¿Qué te debo?

—Ya se lo he dicho: la casa invita —respondió, devolviéndoselos—. Es que estoy convencida de que no la llama. ¿Por qué iba a hacerlo? Es un hombre.

—Ese helado es mío y lo quiero.

Ella señaló la puerta.

—Salga y llame a su novia. Cuando vuelva a entrar, se lo devolveré. Hablo en serio, que no soy tan tonta como parezco.

—La madre que me... ¿pero qué es esto?

—Navidad. Bueno, casi. ¿No se había dado cuenta?

Malditos adolescentes. No tenían el más mínimo respeto por nadie. No es que fuera mala idea lo de llamar, pero desde luego no iba a consentir que lo supiera.

—Iba a hacerlo de todos modos —murmuró de camino a la puerta.

—Sí, ya.

Qué tontería. En realidad nunca había llamado a Teresa, porque no tenía grabado su número en el móvil. Tuvo que buscarlo en la agenda.

Teresa contestó al tercer timbrazo y se quedó parada al oír su voz.

—Gianni, ¿estás bien?

—¡Pues claro que estoy bien! No tiene que pasarme algo para que te llame, ¿no?

Hubo una pausa que hablaba por sí sola.

—Exactamente, no. ¿Te acuerdas de la mujer de antes? Pues

ya está completa. Hemos encontrado la cabeza perdida en un apartamento con una decoración bastante curiosa.

—Joder... —murmuró—. Oye, Teresa, necesito preguntarte una cosa. Es sobre Laila. ¿Ha pasado algo esta mañana? ¿Por qué se marchó así? ¿Se te ocurre alguna razón?

Teresa suspiró y le pidió que esperase un momento, que iba a salir para seguir hablando. La línea quedó en silencio hasta que se oyó el inconfundible rugido del viento de la noche.

—Le dije que iban a despedirte si no conseguías que te hablara de lo ocurrido en el Panteón. Lo siento, Gianni. Pensé que a lo mejor así...

—Ojalá se me hubiera ocurrido a mí —dijo, intentando que su voz no dejase traslucir nada que no dijeran sus palabras—. Ha sido una jugada clásica de poli bueno y poli malo. A lo mejor te dan a ti la placa y yo me quedo conduciendo el furgón de la morgue.

—No seas bobo. Falcone estaría perdido sin ti. Oye, Gianni...

—¿Qué?

—¿Hablas en serio? ¿De verdad no la cagué?

—¡Pues claro que no! Debería haber funcionado. Si tenía algo que decirnos...

Pareció quedarse tan aliviada que sintió ganas de entrar en el bar y darle un abrazo a aquella cría.

—Gianni, sé que sabe algo. Por eso no entiendo su silencio.

—Yo tampoco —si Laila tenía algo que contar, lo que Teresa le había dicho debería habérselo sacado—. A menos que...

Teresa sería una gran policía. Todo el mundo en la Questura compartía esa opinión.

—¿Qué?

—Laila no ha dejado de robar. ¿Y si le robó algo a ese tío? ¿Y si se había quitado la chaqueta para su numerito y Laila no pudo resistir la tentación de echar un vistazo en los bolsillos?

Era una posibilidad, pero no se le ocurría adónde podía conducirlos.

—No sé qué decirte. Pero si le robó algo, podría habérnoslo

dado sin más. Sabe que nosotros conocemos su hábito de robar. He debido vaciarle los bolsillos de la chaqueta por lo menos diez veces.

Teresa no contestó, y Peroni se alegró de ello. Estaba pensando.

—Lo que te voy a decir se me acaba de ocurrir, así que no lo tomes muy en serio —dijo tras una larga pausa—. ¿Y si lo escondió en algún sitio? A lo mejor por eso se escapó: para recuperar lo que le robó al tío ese y dártelo. La posibilidad encajaba a la perfección.

—¡Cuánto me gustaría poder darte un beso! —suspiró.

El rumor de una risa voló hasta él sobre el aire gélido de la noche.

—Llevo puestos unos guantes quirúrgicos llenos de sangre y estoy en el tejado de la casa de una mujer muerta congelándome el trasero.

—Da igual.

Era un idiota por angustiarse de ese modo por sus hijos. Estaban seguros, cómodos y calientes. Cuando el tiempo mejorase, cogería el coche y se los llevaría a la Toscana, a uno de esos pequeños restaurantes campestres que tanto les gustaban. Puede que incluso les presentara a Teresa. Eran sólo un par de adolescentes intentando aprender a vivir con unos padres heridos. Por supuesto no era la situación ideal, pero había cosas mucho peores en el mundo.

—Te pido perdón por haber estado tan raro últimamente —le dijo, con la voz algo ahogada. Sin duda era el efecto del helado.

—Si me gustara lo normal, ¿de verdad crees que saldría contigo?

—Ya, pero lo que yo quiero decir...

De pronto se quedó sin palabras. Dios, qué malo era en aquellas cosas.

—¿Puedo volver ya con mi cabeza? Una conversación así no puede mantenerse por teléfono.

—Vale.

—Y gracias por llamarme.

Oyó que colgaba y se quedó contemplando la Piazza Trilussa desierta.

—De nada.

Volvió a entrar al café y tras dedicarle a la chica una sonrisa se sentó delante de un plato lleno de helado.

Teresa había sugerido la posibilidad de que Laila hubiera robado algo. ¿Dónde? En el Panteón, sin duda. Luego lo habría escondido. ¿Dónde? Pues en el Panteón. ¿En qué otro sitio?

Miró el reloj y recordó a aquel conserje de cara colorada y su horario de trabajo. Cerraban a las seis y media. A lo mejor Laila ya estaba antes allí. Pero, de haberse quedado encerrada, ¿por qué no habría intentado ponerse en contacto con alguien? ¿O se habría esperado a que no quedase nadie para... para recuperar lo que había dejado escondido con anterioridad?

La camarera estaba leyendo una revista y Gianni dejó un billete de diez euros sobre el mostrador.

—Oye, niña —le dijo—, ¿quieres saber por qué ese novio tuyo no te llama?

Sus ojos verdes brillaron por la intensidad de su mirada.

—Claro.

—Porque es un gilipollas. Por eso.

WILLIAM F. KASPAR permanecía sentado en el Fiat Punto amarillo que había distraído del cavernoso aparcamiento subterráneo de Porta Pinciana, esperando, pensando, contemplando la constante y ligera nevada que seguía cayendo sobre una Vía Veneto desierta, con el auricular en la oreja por el que sólo recibía el ruido de la electricidad estática. Aquella espera podía prolongarse indefinidamente. No es que le preocupara que pudieran detectar su presencia porque con aquel tiempo el aparcamiento estaba oscuro y vacío. Además había cambiado la matrícula del Fiat con la de un polvoriento Lancia que no debían haber movido hacía días. Aunque hubieran denunciado el robo, buscarían el coche equivocado.

Ésa era la clase de cosas que el Bill de siempre tenía por costumbre hacer. La negligencia de los últimos días no era propia de él. Había arriesgado mucho yendo al cibercafé y, por una vez, la suerte le había favorecido. Aun así, todo aquello era impropio de él, de William F. Kaspar, nacido en una enorme y vieja granja a las afueras de Lexington, Kentucky, donde los caballos corrían como el viento por prados verdes que se extendían sin límite, donde la palabra familia tenía un significado inequívoco: el de un lazo vivo e inquebrantable de amor y donde, si se sabía a quién preguntar, se podía beber el mejor whisky comprándolo directamente en un alambique ilegal.

En Kentucky había crecido y allí había amado a una mujer por primera vez. Después de cursar estudios universitarios en Alabama (y bastó con recordarlo para que una canción de Dan con su estribillo sobre la Marea Roja acudiera a su recuerdo), la academia militar de Kentucky le puso en el largo, larguísimo camino que hubo de recorrer para llegar a ser soldado y le llenó de amor por el mundo clásico con las lecciones sobre las campañas de Adriano, César y Aníbal. Un congresista de Kentucky que no era precisamente ajeno al trabajo encubierto, había sido el primero en señalar que tenía un talento que podía emplearse fuera de la carrera militar convencional.

Recuerdos. Fantasmas que se desvanecían, que apagaban la línea entre la realidad y la ilusión.

Había perdido aquel mundo. No era más que un mar distante de imágenes borrosas de dos dimensiones. No podría volver allí aunque lo hubiera deseado. Había organizado su equipo, el mejor, las Babylon Sisters (*shake it*, acudió inmediatamente a su memoria), y la había cagado, había sido traicionado, o lo que fuera. La sangre había cubierto el suelo sagrado del zigurat, trazando las líneas de los dibujos, manchando de rojo la filigrana en piedra que el mismo Adriano acarició una vez. Él mismo había colocado los cuerpos de sus hombres y mujeres siguiendo aquel dibujo, envueltos en algo tan vulgar como una red de camuflaje. Después, antes de que se presentara la oportunidad de caer junto a ellos, la mala suerte se cruzó en su camino. Trece años malgastados que cambiaron para siempre quien era y quien podía llegar a ser.

Un asesino.

Eso no le preocupaba. Bill Kaspar había pasado a muchos por las armas a lo largo de su carrera. Nunca habían sido muertes innecesarias, eso sí; nunca sin tener motivos para ello. A veces incluso había sido el único modo de sobrevivir. Había matado en las junglas de Colombia y en las calles de Managua. Había abatido a tiros a hombres en Afganistán e Indonesia. Y en Oriente Medio. Había estado allí en muchas ocasiones, suficientes como para terminar manejándose con soltura en árabe, kurdo y farsi. Suficientes para convencer a unas cuantas personas que podía estar de su parte, que podía ofrecerles algunas armas siempre y cuando ellos tuvieran dinero e información que ofrecer, a pesar de que eran hombres que odiaban todo lo que olía a norteamericano

Había leído todo cuanto había podido encontrar sobre Adriano, conocía hasta el último detalle de su carrera, desde Itálica hasta Roma. Mucho antes de que aquellas voces nuevas se le metieran en la cabeza, creía oír a Adriano hablándole, con una voz fuerte y modulada que se transportaba a través de una distancia de dos mil años. Su voz le había enseñado cosas que a un hombre como él podían mantenerlo vivo: cómo se podían librar batallas en múltiples frentes, lo cual requería en ocasiones transformar a un enemigo en aliado; lo importante que era saber ser un verdadero líder, un hombre al que todos pudieran admirar; y cómo la ambición resultaba ser, invariablemente, más importante que los logros porque, al final, todo quedaba reducido a polvo, muerte y fracaso, una tumba temporal y anónima en un lugar extraño lejos del hogar.

Adriano era también temerario y arrogante. El hombre que había sido capaz de imaginar un edificio como el Panteón también lo había sido de asesinar a quienes le estorbaron. Kaspar había asesinado a Monica brutalmente, acosado por las voces que oía en su interior y que no paraban de gritar, llenándose del poder que le proporcionaba aquel acto, pero aún no podía decir por qué. Sabía que lo que había dibujado en las paredes con su sangre, el fresco sagrado de formas que se enlazaban las unas con las otras, no era más que una cortina de humo para encubrir un estúpido error, un disfraz que no conseguía ocultar la enormidad del crimen. Ella no formaba parte del juego que se estaba desarrollando en las calles de Roma. No se... merecía una muerte así.

Siendo Bill Kaspar, podía haberlo evitado. Podía haberla encerrado en su dormitorio y taparle la boca con cinta para quedarse tranquilamente en aquel piso, calentito, seguro de que ni un alma podía imaginar que ocurría algo. Podía haber intentado explicarle que él era, bajo sus propios criterios, un hombre honorable con una misión honorable que cumplir. Que había sido abandonado, engañado, robado, incluso allí mismo, en Roma.

Bill Kaspar no mataba porque sí, sino porque tenía que hacerlo. ¿Acaso no había dejado viva a Emily Deacon en parte por aquella misma razón? Lo del micrófono era casi un tiro al aire. Sería un golpe de suerte que pudiera sacar algo de esa escucha. ¿O sería su reticencia síntoma de un problema más grave? ¿Habría empezado su subconsciente a funcionar por su cuenta y a exigirle una víctima, cualquier víctima, sólo porque detestaba saber que lo habían engañado?

Adriano, el más excelso de los emperadores, el hombre que definió las fronteras del imperio, acabó enloqueciendo y Bill Kaspar sabía que él no podía ni aproximarse a la suela del zapato de aquel coloso.

No es que esa posibilidad le produjera una desazón excesiva. Lo único que importaba era terminar el trabajo, y por mucho que le pesara no había encontrado el modo de acabarlo sin mezclar en ello a Emily Deacon. Cabía la posibilidad que ella fuera precisamente la clave de todo aquel asunto, y que Steely Dan Deacon, a pesar de las apariencias, a pesar del modo en que había defendido su inocencia hasta un instante antes de morir, hubiera estado al mando de todo. No se atrevía a volver a ninguno de los ciber cafés de la ciudad por si los estaban vigilando. La hija de Steely Dan tendría que proporcionarle las respuestas. Como fuera.

El micrófono empezó a transmitir poco después de las cinco. En su receptor se oyó el tráfico distante y escaso: debía estar saliendo de la zona de influencia de la niebla electrónica de la embajada.

Puso el Fiat en marcha y asomó el morro a la Vía Veneto para poder ver la cancela de hierro de la embajada. Un Ford rojo estaba saliendo y Emily Deacon iba al volante.

—Pequeña Em... —murmuró.

Los niños no eligen a sus padres. No era culpa suya que Steely Dan hubiera salido así. Por lo que había visto y por lo que había podido escuchar a través del micrófono, ella ni siquiera formaba parte del plan actual. La habían traído a Roma quizás por los viejos tiempos. O para que fuera ella quien lo encerrara, como queriendo decir: mira, los Deacon se suceden interminablemente.

En ese caso, pensó, deberían cuidar con más atención de sus posesiones.

Apenas circulaban coches por la calle. Un buen agente, y él sabía que ella no lo era sólo con haberla visto actuar la noche anterior, debería ir alerta, debería haberse dado cuenta de que un pequeño Fiat amarillo iba siguiéndola.

La Pequeña Em seguía conduciendo, alejándose del centro hasta tomar la Vía Appia Antica, y desde allí al camino de acceso casi impracticable de lo que debía ser una pequeña granja. Avanzó unos cuantos metros más hasta detenerse en una parada de autobús desierta. Le encantaba aquel lugar. En tiempos mejores, solía caminar kilómetros y kilómetros por la Vía Appia, preguntándose cuántos pies habrían hollado aquel mismo camino a lo largo de los siglos.

Se colocó el auricular y subió el volumen. Había dos voces: la de la pequeña Em y la que debía pertenecer al joven italiano de la otra noche.

Siguió escuchando con atención hasta que se dio cuenta de que no podía seguir allí. En su cabeza oyó algo que debería haberse imaginado hacía ya tiempo.

"Te estás haciendo viejo y chapucero, blanquito", le dijo el fantasma del sargento negro. "Sal de aquí y ve a por lo que te pertenece".

Abrió su bolsa y sacó de ella un lector de discos compactos que le había robado a un mochilero en el Cordo un par de semanas atrás. Llevaba su música favorita: Dan, los Doobies, Todd Rundgren y un par más, la mejor música hippie para un hijo de los sesenta espía de profesión.

Quedaba mucho espacio disponible para grabar más canciones y la batería estaba recién cargada, dispuesta para almacenar unas diez horas de conversación. Había un conector de sobra en la bolsa y lo utilizó para conectar el micrófono al reproductor antes de ponerlo a grabar. Luego lo escondió todo en un lugar seco que encontró detrás de la parada del autobús donde quedó escondido, aunque poca gente iba a pasar por aquel tramo de autovía imperial romana en una noche como aquella.

Tardaría por lo menos veinte o treinta minutos en llegar al centro histórico, y cuanto más pensaba en ello, más cuenta se daba de que corría peligro de perder su don. Las voces de su cabeza cada vez aullaban más, y era cuestión de matarlas antes de que ellas lo matasen a él.

NIC SE HABÍA quedado dormido en el sofá cuando sonó el timbre. Emily entró sin esperar a que le abriera la puerta. Sonreía, y parecía alegre y tan despejada como si no necesitase dormir nunca. Traía en la mano una cartera y colgando del hombro, un ordenador portátil.

—¿Dónde están los demás? ¿Y Gianni? ¿Y la chica?

—Te voy a hacer un resumen; la chica se ha escapado y Gianni la está buscando.

—No fastidies...

—No te preocupes, que Gianni la encontrará. No parará hasta conseguirlo. Me ha llamado hace una hora para decirme que se le ha ocurrido la teoría de que quizás Laila le robó algo a nuestro amigo y lo dejó en el Panteón, y que a lo mejor ha ido a buscarlo.

Emily consideró la idea.

—Creo que las posesiones son importantes para él. A lo mejor por eso quería encontrarla. Pero de ahí a que haya podido dejar algo en el Panteón... ¿no lo habríais encontrado?

—Si está escondido, no. De todos modos estoy empezando a llegar a la conclusión de que casi todo es posible tal y como vamos. Además, si conocieras a mi compañero, sabrías que no tiene mucho sentido llevarle la contraria.

—Se te ha olvidado, ¿verdad?

Nic se quedó mirándola intentando en vano recordar qué le había prometido que iba a hacer. Trató de recordar la conversación que habían mantenido aquella misma mañana, pero habían pasado tantas cosas después que era difícil.

—Te prometí buscar información sobre dos nombres.

Ella dio una palmada en el portátil.

—Exacto. Y he venido preparada. He seguido lo ocurrido por internet, así que sé lo que ha pasado. Menudo día, ¿eh?

Seguro que no sabía de la misa la media. La acompañó al salón y la vio disponer todos sus trastos en la mesita baja de delante del sofá.

—Y que lo digas. ¿Te apetece un café?

—Preferiría una bebida de verdad —contestó, quitándose la chaqueta negra y dejándola en el respaldo del sofá—. ¿Tienes vino?

—Vino —suspiró. ¿Cuánto tiempo más iba a ser capaz de mantener los ojos abiertos? Fue a la cocina y de la nevera sacó una botella de Alto Adige Sauvignon, la descorchó y volvió al salón con dos copas. Aquel vino de montaña era potente, y a lo mejor conseguía mantenerle despierto durante un rato antes de que el sueño lo rindiera.

Emily parecía animada, puede que incluso demasiado. Su esfuerzo por desprenderse del disfraz que llevaba puesto un par de días antes en el Panteón era evidente. Cuanto más se empeñaba Leapman en mantenerla fuera del caso, más trabajaba ella en él. Era una interesante transformación, tanto que empezaba a preocuparle que le distrajera demasiado.

—Oye, pareces agotado. ¿Estás bien?

—Sobreviviré. ¿Dices que sabes lo que ha pasado?

—Sólo por lo que he leído en la red, no vayas a pensar que Leapman me tiene al corriente. Dicen que ha matado a una mujer y que vosotros habéis descubierto dónde lo hizo.

El recuerdo de aquel diminuto apartamento y de una cabeza que caía rodando a la alfombra con los gritos de John Wayne como telón de fondo le revolvió el estómago.

—Sí.

—¿Seguro que estás bien? —insistió, mirándole fijamente con sus ojos azules.

—Seguro —no quería darle los detalles. No estaba preparada—. Pero ha sido distinto a los otros. Y si te parece, dejémoslo así.

Emily abrió el ordenador, miró por la habitación en busca del cajetín del teléfono, lo enchufó y volvió al sofá.

—Distinto... qué interesante. A mí me parece que a nuestro hombre no le gustan mucho los cambios.

—¿Ya sabes quién es?

—Esta mañana te di su nombre, y ahora tengo una historia. Una historia de la leche. Una historia que debería acabar de otro modo, creo yo, con héroes y victorias.

Nic tomó otro sorbo de vino y mientras se sentaba al lado de Emily intentó hacerse a la idea de que no estaba tan cansado.

Ella tecleó algo y dos imágenes aparecieron en la pantalla.

—Son fotografías de unos documentos que he encontrado en la embajada. Leapman sigue actuando como si yo no existiera, pero con un poco de ayuda, he conseguido tener acceso a cosas que no estaban a mi alcance.

—¿Fotos?

—Sí. Me arrancarían la piel a tiras si llegaran a saber que las tengo.

Nic se levantó con un suspiro y fue a la cocina a por unos pistachos.

—Los italianos sabéis cómo tratar a una mujer, ¿eh? —comentó, mirándolos.

—Pues sí, y ya te lo demostraré en otro momento. Así que ahora te dedicas a robar información de la embajada, ¿eh?

Ella enarcó las cejas.

—Creía que eso era lo que querías. Además, no es la clase de documento que se pueda fotocopiar tranquilamente. No te estarás volviendo tiquismiquis, Nic, ¿verdad? Quieres que te cuente la historia, ¿sí o no?

Él alzó la copa.

—Hable usted, agente Deacon. Intentaré no quedarme dormido.

—No te va a ser difícil, te lo aseguro —contestó convencida—. La historia empieza en 1990. Está a punto de estallar la Guerra del Golfo. Nosotros éramos una criaturitas entonces. ¿Tú te acuerdas?

—Más o menos. Mi padre era diputado entonces por el partido comunista, y recuerdo que le vi quemar una bandera de barras y estrellas delante de vuestra embajada.

Ella le miró con incredulidad.

—Estás de coña, ¿no?

—En absoluto. Me llevó con él. Éramos una familia poco convencional.

—Y que lo digas. Bueno, así que recuerdas la guerra mejor que yo, pero sólo me sacas un par de años, ¿no? Bueno, da igual. Fue como cualquier otra guerra. Cada ejército dispone de un servicio de inteligencia, por supuesto, y ambos quieren que ese servicio empiece a funcionar antes de que estalle el conflicto armado, de modo que sitúan a sus agentes en la zona para que la reconozcan y para que establezcan contactos con la oposición iraquí. Cada uno por sus propias razones, claro está, así que se organiza un equipo, principalmente integrado por norteamericanos, y un par de iraquíes que aportan el conocimiento del terreno. Lo organizan aquí, en Roma, pero no me preguntes cómo lo sé. Simplemente lo sé. No quieren que lo sepa nadie de fuera de su círculo. ¿Te parece posible?

Los asuntos del ejército no eran su fuerte. Su padre tenía

unas ideas muy personales sobre ellos. Decía que la guerra era la resaca de otra era en el desarrollo de la humanidad, una resaca que pronto desaparecería, pero Marco Costa no había vivido lo suficiente para ver hasta qué punto se equivocaba.

—Es una historia, ¿no?

—No, Nic. Es la verdad. El tío al que buscamos era el líder del equipo, al menos en cuanto a la organización militar. Se llamaba William F. Kaspar. Y de alguna manera lo que le ocurrió entonces está detrás de lo que está pasando ahora —hizo una pausa—. ¿Te molesta que fume?

—¿Tú fumas? —se sorprendió.

—A veces. Como también a veces tengo novio. ¿Tanto te sorprende, o es que esta casa es una especie de monasterio?

—No siempre, pero no permito que nadie fume aquí, así que si necesitas un cigarrillo, ya sabes. A la calle.

Emily se volvió a mirar hacia la puerta.

—Pero por favor... luego —le rogó Nic.

Estaba pensando en lo que le había contado. Todas las campañas militares estaban precedidas por cierta actividad encubierta, pero aun así parecía algo demasiado alejado de una cadena de asesinatos acaecida más de una década después.

—Hace mucho tiempo de eso, Emily.

—No lo creas. Sólo para los que entonces éramos muy jóvenes. Para la gente que participó en ella, es como si hubiera ocurrido ayer mismo. Así son siempre las guerras, Nic. ¿Es que nunca has hablado con un soldado que haya participado en una contienda? Es lo primero que se nota. La guerra vive con ellos todos los días, y en muchos casos durante el resto de su vida. Incluso a veces es lo más importante que les ha pasado.

—Esto es Italia. Aquí no abundan los soldados.

—Vale —espetó, mirándole con frialdad—. Yo represento el poder imperial y nosotros tenemos soldados a espuertas, así que créeme: los recuerdos de la guerra no se borran con facilidad. Y mucho menos en el caso de nuestro hombre.

Señaló el nombre que aparecía en mitad de aquel extraño informe que tenía en la pantalla, titulado *Babylon Sisters*.

Lo leyó detenidamente, a veces tropezando en la dificultad del lenguaje coloquial.

—William F. Kaspar otra vez —dijo al terminar—. Vale. No he tenido tiempo de buscar información sobre el diplomático, pero sí sobre él, y no hay nada en nuestros archivos.

—Me sorprendería que lo hubiera. Yo tampoco he encontrado apenas nada. No hay informes del ejército sobre él, ni tampoco información personal. Sólo este informe.

—Aquí hablan de un secreto, de algo altamente confidencial, ¿no?

—Eso creo.

—Entonces, ¿cómo es que has encontrado este rastro?

—¡Es que no lo sé! A lo mejor ha sido un error —sugirió sin mirarle, pero en realidad había algo que le molestaba también a ella—. A lo mejor lo archivaron mal.

Costa estaba empezando a pensar que sabía más de lo que le contaba, pero antes de que pudiera insistir, ella continuó, impaciente:

—Pero aparte de eso, de lo que ponga en el informe, hay más, Nic. Mi padre conocía a este tío. Incluso yo le recuerdo vagamente. Era un tío grande y escandaloso que se reía mucho y siempre traía regalos. Gritaba mucho, y daba miedo, al menos a mí. Creo que era el jefe del cotarro. Incluso en este informe se deduce lo mismo por el tono que emplea. Es él quien dirige la operación, el que organiza el equipo y lo lleva a la acción. Mi padre era sólo uno más de ese equipo.

Las cosas solían complicarse en cuanto rozaban el terreno personal. Nic lo sabía por experiencia.

—¿Estás segura de que tu padre formaba parte de esto?

—Completamente. En 1991, pasó mucho tiempo fuera de casa. Lo recuerdo perfectamente. Soy hija única y las cosas así no te pasan desapercibidas. Además, mientras estuvo fuera, el ambiente de nuestra casa cambió por completo. Todo era... raro. Intenté hablar de ello con mi madre, pero ella sólo quiso decirme que mi padre estaba fuera, trabajando.

—Y a lo mejor fue así.

—No lo dudo, pero ahora sé dónde. Y sé que el suyo no era un trabajo convencional. Además cuando volvió había cambiado. Estaba distinto. Algo le había marcado. Dejó de ser... dejo de ser mi padre. Una parte de él, la alegría y las ganas de vivir, habían desaparecido. Se volvió frío y triste. No tardó en volver a marcharse, pero esta vez para divorciarse de mi madre. Nos quedamos solas ella, yo, y el resentimiento. Y te puedo decir que hubo mucho.

—Lo siento.

Emily hizo un gesto con la mano, azorada.

—Sé lo que piensas. Estás pensando que estoy intentando cargar el muerto de la ruptura de mi familia, pero déjame decirte algo. En primer lugar, Bill Kaspar mató a mi padre. Es un hecho incontestable. Lo comprobé cuando le miré a la cara y le vi dudando si matarme o no. En segundo, sí, quiero saber por qué, pero no sólo por mí, sino por todos ellos. Lo que le empujó a matar a mi padre fue lo mismo que le impulsó a matar a todos los demás. Es la razón que cerraría este caso.

Nic vio entonces sus cicatrices... La primera provocada por el cambio en su padre cuando era pequeña, y la segunda con su muerte hacía unos meses. Aun así, había un hilo conductor racional y fuerte en su razonamiento. Emily Deacon era capaz de pensar a pesar del dolor, o al menos eso creía ella.

—Necesitamos pruebas, Emily.

Tecleó el nombre de un buscador en Internet.

—Pruebas que a veces no se consiguen pirateando el sistema de una embajada —contestó ella—. A veces hay que esperar. Échale un vistazo a esto y dime qué opinas.

Costa reconoció vagamente aquel sitio, uno de esos tableros de noticias anónimo que la gente hojeaba sin prestarle demasiada atención. Había un mensaje corto que había respondido a la búsqueda de Babylon Sisters. La primera entrada, la que abría la conversación, había sido enviada el treinta de septiembre.

—Lo encontré casi por casualidad, buscando en la red —dijo Emily sin emoción alguna en la voz—. Es un sitio público, y alguien lo ha colgado ahí por alguna razón. Es el nombre en clave de la operación. Imagino que Babilonia sería el lugar conocido más cercano al punto al que se dirigían. El nombre es el título de una canción antigua que a mi padre le gustaba. A lo mejor Kaspar y él coincidían en los gustos musicales. Y ahora, trece años después, aquí está, y fíjate, Nic: se envió tres días después del asesinato de mi padre.

Leyó el primer mensaje:

La Bestia Escarlata fue generosa, y debes honrar su memoria. Que se joda China. Que se joda el zigurat. Reunámonos en el lugar de costumbre. Ha llegado la hora de que la clase del noventa y uno vuelva a encontrarse. Queda sólo un sitio libre en la mesa. ¿Vienes o no?

—En la red encuentras esta clase de cosas por todas partes, Emily.

—Por supuesto, y yo creo que es deliberado que se parezca a esa basura. Quienquiera que escribió esto, pretendía que no significase nada para nadie, excepto para Bill Kaspar. Saben cómo es. Saben que de vez en cuando se acerca a un ordenador en cualquier parte del mundo para lanzar una búsqueda con las palabras *Babylon Sisters*, así que más tarde o más temprano iba a encontrarse con esto, y más tarde o más temprano iba a responder. Y ya lo ha hecho. Lee el segundo mensaje.

Avanzó a la página siguiente:

Mentiroso hijo de puta, traidor, cobarde de mierda. "Bill Kaspar" es mi culo. Baja de las nubes, gilipollas. Yo no tengo miedo. Habrá reunión, y pronto. Reza porque no nos encontremos.

La respuesta era de aquella mañana y estaba firmada simplemente como *killthem@killthemall.com.*

—Podría ser Kaspar enviándose mensajes a sí mismo —sugirió Nic. El lenguaje parecía pertenecer a esa clase de disputa interna que puede darse en la cabeza de alguien capaz de desmembrar a una mujer, dejar su cabeza frente al televisor para que una habitación parezca normal y luego pintar con su sangre unos dibujos extraños y repetitivos, una y otra vez—. Está lo bastante loco como para hacerlo.

—¿Y por qué iba a esperar más de tres meses para contestarse? Es más: he echado un vistazo a los turnos y esta mañana, a las once, justo después de que Kaspar enviase la respuesta, Leapman ha enviado a dos de los cinco tíos de seguridad, que yo no sabía ni que existían, a la calle. ¿Adivinas dónde han ido? A varios ciber cafés, a ver si no podía resistirse a picar por segunda vez. ¿Te das cuenta de lo que está pasando?

Se la daba, sí, como también era consciente de lo inútil del esfuerzo. La ciudad estaba llena de lugares, grandes y pequeños, en los que se podía entrar y comprar quince minutos de conexión. Cinco hombres no podían cubrir todos los ciber cafés, librerías y demás que había en Roma.

—¿Crees que Leapman escribiría algo así?

Ella contestó que no con la cabeza, moviéndola despacio, y Nic no pudo evitar reparar en cómo su pelo rubio se mecía con el gesto.

—Tampoco tiene por qué hacerlo. Tenemos especialistas para esos casos. Seguramente alguno de los que se ocupan de los perfiles, con acceso a archivos que a mí no me está permitido consultar. La sintaxis es muy directa y clara. A lo mejor Kaspar es el típico caballero del sur, y de ahí lo exagerado del acento, o a lo mejor lo han copiado del primer memo que te he enseñado, aunque lo dudo. Si supieran que seguía estando en el sistema, supongo que lo habrían borrado.

Había tantas posibilidades que Costa deseó que su cabeza estuviera más despejada para considerarlas todas, para separar la especulación de los hechos.

—Tenemos que estudiar esto con alguien. Con tu gente, o con la mía. A lo mejor hay algo aquí. O a lo mejor sólo estamos viendo lo que queremos ver.

—Ay, Nic —su mano rozó su brazo y esbozó una blanca sonrisa—. En realidad no entiendes a lo que nos enfrentamos,

¿verdad? Mi gente ya lo sabe. Incluso puede que algunos de los tuyos también.

Falcone no, pensó. De eso estaba seguro. No era su estilo.

—Lee el que queda —añadió ella—. Leapman volvió a intentarlo.

Avanzó por la pantalla y leyó el tercer mensaje, enviado a las doce desde la misma dirección de correo, Will*FK@whitehouse. gov*

Hay que ver... cuando crees haber hecho algo a prueba de idiotas, van e inventan un idiota mejor. No puedes tener las manos quietas, ¿verdad Billy, muchacho? Tanto usar el bisturí te ha vuelto tonto, tío. Llama a casa. Sal del fango. Nada apesta más que un soldado corrompido. Aquí habrá clemencia para ti, si tienes el buen juicio de pedirla. Y si lo haces, seguirás vivo.

Ah, por cierto, ¿qué te hizo Laura Lee, tío? Se llevó una bala cuando todo el lío aquel. ¿Cómo es que ella está muerta y la Pequeña Em no tiene ni un rasguño? ¿Es que te tiemblan las rodillas cuando los de la Supremacía Blanca se te acercan? ¿O es que la vejez te está volviendo blando?

Costa se quedó paralizado. No podía haber otra explicación.

—La Pequeña Em...

—Soy yo.

Como una muestra más de la mala suerte de Peroni, estaba de guardia el mismo conserje mal encarado y de peor temple que la noche en que murió asesinado Mauro Sandri.

Aquel viejo agriado se pasaba el turno metido en la caseta que había junto a la puerta del Panteón mirando a cada momento al reloj, de la que sólo salía de tarde en tarde para barrer los copos de nieve que caían en espiral por la abertura del óculo. Peroni se había sentado en la oscuridad, al otro lado de aquella sala circular y gélida que era siempre un deleite para la vista, aún con su pésima iluminación eléctrica que tenía. Los vagos recuerdos que aún conservaba de sus clases de historia le ayudaron a imaginarse a un emperador romano plantado allí, justo en el centro, mirando por la abertura del óculo, señor de todo lo que le rodeaba, preguntándose quién le estaría devolviendo su mirada en aquel reino de los cielos. Era un error permitir que su percepción de un lugar como aquel se alterara por lo ocurrido dos noches antes. Era un pensamiento deprimente, lo mismo que también lo era sospechar que estaba perdiendo el tiempo. Después de dejar el café del Trastévere lleno de esperanza, había cruzado el puente sobre el río con el coche y había aparcado discretamente en la boca de una de las calles que salía de Rinascimiento para luego seguir a pie hasta el Panteón. Tuvo que hablar con el conserje al llegar para que le permitiera entrar, pero estaba empezando a pensar que no era su noche de suerte. Sólo un par de personas se habían aventurado a visitarlo, y ambas parecían buscar —en vano— alivio del frío. Se cerrarían las puertas dentro de una hora. Era una idiotez seguir allí, pero no se le ocurría otra cosa.

Además, si algo le sobraba, era tiempo. Laila podía haber entrado a recoger lo que quiera que hubiera escondido y vuelto a salir a la oscuridad prematura del invierno hacía ya horas. ¿Y luego qué? Prefería aferrarse a la idea de que Laila había actuado de ese modo porque después de escuchar la historia inventada de Teresa, quería ayudarle. Seguro que intentaría ponerse en contacto de algún modo. Procuró animarse recordando lo que le había dicho el conserje: que ninguna cría vestida de negro y sola había entrado en el Panteón aquella noche, y teniendo en cuenta los escasos visitantes que había registrado el lugar con aquel temporal de hielo y nieve, era un consuelo.

Andaba dándole vueltas a lo mismo cuando se le acercó el conserje, sacudiéndose los copos de nieve de su ajado uniforme.

—Oiga, inspector, teniendo en cuenta que últimamente le

hago favores día sí y día también, ¿qué tal si usted me hiciera a mí uno?

—¿Qué?

Señaló la cabina adosada al muro circular del edificio con un gesto de la cabeza.

—Podría cubrirme un rato. Normalmente somos dos, pero mi compañero se ha puesto malo. No me extraña, con este tiempecito... —se humedeció sus labios bulbosos y Peroni supo lo que le iba a pedir—. Lo único que tiene que hacer es sentarse ahí y parecer importante. No le costará mucho.

No era gran cosa. El Panteón estaba vacío, y aunque no tenía la más mínima intención de barrer la nieve, tampoco tenía nada mejor que hacer. Había hablado con Falcone, que le había relatado lo de la mujer muerta en el apartamento, y no había recibido reprimenda alguna por su comportamiento con Leapman. Falcone parecía resignado. El caso estaba estancado, sepultado bajo la nieve y paralizado por la búsqueda de algo, lo que fuera, en la ristra de lugares que el elusivo asesino había ido abandonando. Hasta que el tipo no cometiera alguna estupidez —a ser posible sin derramamiento de sangre—, lo único que podrían hacer sería permanecer sentados haciendo molinillos con los pulgares, aunque Leo Falcone jamás admitiría algo así, al menos por el momento.

—¿Adónde va usted exactamente, amigo? —le preguntó.

—Necesito tomarme una copa —contestó, clavando sus ojillos arrugados en él—. Llevo todo el día congelándome los huevos en este sitio y ya no aguanto más. Debería haber una norma sobre el trabajo con un tiempecito como éste. ¿Qué se piensan que soy? ¿Un esquimal? Sólo media hora. Es todo lo que le pido. Venga conmigo...

Condujo a Peroni al cubículo que había junto a la entrada, el que tenía las cámaras de circuito cerrado y los sistemas de seguridad que tan lindamente habían sido desconectados dos noches antes.

—Todo ha vuelto a funcionar. Lo único que tiene que hacer es saber dónde están los cortacircuitos. Si se funde una bombilla, saltará la alarma. Usted apaga, que ya cambiaré yo la bombilla cuando vuelva. Además, por ayudarme, le voy a regalar algo muy especial: le permitiré cerrar la puerta. Usted solo. Es algo que no se permite hacer a nadie, así que es un gran privilegio.

"Menudo vago de siete suelas estás tu hecho", pensó. Era sólo una puerta, una hoja de las dos. La otra estaba cerrada. Era una puerta muy grande y muy vieja.

—¿No me diga?

—Desde luego —contestó, y salió de allí para ir cobrando velocidad a medida que se alejaba con la urgencia de un hombre que necesita desesperadamente una dosis de alcohol.

Peroni se acomodó en la silla dura de detrás del cristal, pero de modo que quedase oculto en la oscuridad. La entrada al Panteón era gratuita, de modo que la gente entraba y salía a su gusto, excepto algún que otro idiota que no se podía creer que estuviese permitido entrar en un monumento histórico sin pagar.

Una vez estuvo sentado, su mente vagó hacia el paisaje que siempre acudía a él cuando estaba solo: sus hijos. ¿Qué estarían haciendo? ¿Serían felices? ¿Le echarían de menos? Pensó en Laila e intentó imaginarse la clase de vida que debía llevar, qué la habría empujado a salir de Iraq para acabar en las calles de una ciudad hostil en la que nadie sabía quién era ni le importaba lo más mínimo.

Entonces paseó la mirada por aquel extraño edificio, con su interior esférico, como si fuera la sección semicircular de un ojo con la pupila puesta en las estrellas. ¿Qué papel jugaría en la maraña de hechos que habían conseguido reconstruir? La verdad es que no había prestado mucha atención a la charla de Emily Deacon en ese sentido. Por su temperamento, se inclinaba más a compartir el punto de vista de Joel Leapman, es decir, que un tío que se dedicaba a tallar estrambóticas formas geométricas en la piel de la gente a la que previamente asesinaba estaba loco de atar, por mucho que se intentara racionalizar lo que hacía. Pero al reconsiderar aquel juicio allí, dentro del Panteón, ya no estaba tan seguro. La clase de asesino tras la que andaban era la de un perturbado muy peligroso, sin duda, pero de ello no se podía inferir que su conducta fuese ilógica o errática. Más bien todo lo contrario. Si los acontecimientos les hubiesen dado la oportunidad de iniciar el proceso de análisis de los hechos del modo habitual, le habría sugerido a Falcone que dejaran a un policía de paisano allí las veinticuatro horas, por si acaso. El viejo dicho de que los asesinos volvían siempre a la escena del crimen no carecía de rigor. Ocurría muchas veces, y aquel lugar en concreto parecía tener obsesionado a aquel asesino en particular. Formaba parte de su historia, parte de su visión del mundo. En sus ángulos y sus curvas, en los rincones en penumbra de sus precisas proporciones, había encontrado una verdad oculta que daba sentido a lo que estaba intentando lograr.

Varias posibilidades se estaban empezando a formar en la cabeza de Gianni Peroni en aquel momento, desplazando el recuerdo de sus hijos y de una niña kurda perdida.

Entonces miró hacia la abertura vertical y dilatada de la puerta, perfectamente definida por las luces de la plaza, y vio entrar una figura flaca cuya sombra alargada se perfiló en el suelo geométrico.

Dio un respingo. ¿Cómo debía manejar la situación? Las sombras que quedaban a la derecha del altar colocado frente a la puerta ocultaban a Laila, que había saltado por encima del cordón dispuesto para que la gente no entrase más allá. Sus movimientos eran decididos, deliberados, concentrados. Teresa había dado en el clavo: la niña había vuelto a buscar algo. Entonces otra forma apareció en la puerta: era el conserje que volvía, con paso firme y la cabeza baja, y no con el paso inestable que Peroni esperaba ver en un hombre que media hora antes parecía dispuesto a tragarse tres cafés bien cargados de coñac.

—Llega cinco minutos tarde —protestó tras consultar el reloj, y salió del cubículo de cristal para acercarse al altar, con la luz de la luna que entraba por el óculo cayendo directamente sobre sus hombros.

Había visto a la niña medio oculta tras una especie de cortina que había a un lado del altar.

—Laila.

La llamó con firmeza, con suavidad y dulzura, pero aun así no fue suficiente. La vio quedarse inmóvil al oír su nombre. Si echaba a correr, un hombre de cincuenta años no podría impedir que saliese del edificio y volviera a desaparecer en la noche.

—Soy yo, Peroni. No te asustes, que no hay nada que temer. Nada en absoluto.

Excepto... de pronto recordó todas aquellas dudas que se había planteado en el silencio de la cabina del conserje. Todas aquellas pesadillas que, aunque triviales, despertaban en la cabeza de los adultos cuando menos se lo esperaban: accidentes de coche y meningitis, los amigos equivocados, el momento equivocado en el que cruzar la calle, rubéola, el casco que no se lleva para montar en bici, un meteoro que se estrella contra el planeta...

Y Laila, siendo ella una niña, tendría sus propias pesadillas, todas ellas relacionadas con los hombres. En la calle. En las casas. Hombres que no deberían existir. Hombres que acechaban medio ocultos por la noche, todos ellos en busca de lo mismo: alguien lo bastante débil para hacer de ella su presa.

El mundo era a veces una mierda, y seguro que Laila lo había descubierto siendo apenas una niña.

Hubo movimiento tras la cortina. Laila había decidido salir. Los ojos le brillaban, quizás por las lágrimas, pero sonreía. Sonreía de un modo que no le había visto antes. Con naturalidad, con cierta timidez, pero con orgullo.

Tenía un objeto en las manos que parecía una cartera de hombre, y Gianni se dio cuenta de que le importaba un comino, por interesante que pudiera ser. El caso podía esperar. Había algo más importante.

—Hola —dijo, abriendo los brazos. Ojalá Dios quisiera que aquella chiquilla se arrojara corriendo en ellos.

Pero eso era demasiado pedir. La niña se acercó, la cartera en la mano derecha, sin dejar de sonreír y secándose las lágrimas, lágrimas de alegría, de alivio, de temor, ¿de qué?

Peroni la abrazó por los hombros y la apretó contra su pecho.

—Haz el favor de no darle esos sustos al tío Gianni —le

dijo con los labios pegados a su pelo—. Que ya es demasiado viejo.

No iba a llevarla a la Questura. Podían ir a casa de Teresa, o a casa de Nic, si lo prefería. A un lugar en el que no hubiese ningún uniforme, ni pudieran encontrarse con la cara gris y aburrida de un trabajador social que la mirara moviendo despacio la cabeza.

Uniformes... por cierto, que no había hablado con el idiota del conserje. Se acercaría a decirle adiós para volver con Laila a la tierra de los vivos.

No tardaría en hacerlo porque cuando se volvió, lo vio cerrando la puerta, aquella enorme pieza de bronce vertical que llevaba colgando de sus goznes casi dos milenios, abriéndose para que generaciones y generaciones entrasen para quedarse boquiabiertos con los misterios que protegía en su interior. Debía haberse olvidado de que le había ofrecido a él aquel privilegio como recompensa por haberse quedado al pie del cañón mientras él se echaba al coleto un par de copazos.

—Eh, tío, que todavía te quedan clientes dentro. ¿Te acuerdas?

La puerta siguió moviéndose hasta que quedó cerrada de un golpe y la repentina ausencia de las luces de la plaza hizo parpadear a Peroni. Una oleada de dolor y miedo le corrió por la espalda.

Laila se aferró a él. Temblaba. Al conserje no se le veía por ningún lado.

Empujó a la niña hasta volver a meterla en el rincón y le dijo al oído:

—No pasa nada. Confía en mí. Tú quédate aquí hasta que el tío Gianni lo aclare.

Laila no protestó y se ocultó de nuevo detrás de la cortina, apretándose de tal modo contra las antiguas piedras de la pared que se diría que deseaba poder colarse en las junturas.

Se oyó un ruido cerca de la cabina del conserje. Alguien estaba bajando los automáticos. Las luces se iban apagando de una en una, en una especie de danza circular. Y seguramente las cámaras de circuito cerrado, también. Aquel tío había estado ya antes allí. Laila lo sabía. Puede que incluso lo hubiera intuido antes que él.

"Chica lista", pensó.

—Oiga, escúcheme —le gritó a la oscuridad preñada y etérea—. Estoy armado. Soy policía. No voy a permitir que se acerque a esta niña, a menos que pase por encima de mí, y eso no va a ocurrir, ¿entiende? —y añadió—. Ríndase ahora, o si lo prefiere saque su culo por esa ventana y lárguese, ¿me oye?

Por toda respuesta hubo una risa. Fue de esa misma clase de risas que se oye en las películas, áspera, nasal, astuta. Extranjera también, porque los italianos no se reían así. No sabían cómo hacer que un sonido sin forma y sin palabras llegara a ser una frase entera, llena de significado, desbordante de maldad.

Pero un hombre no podía asustar a nadie sólo con su risa. Ni siquiera aquel tipo con su escalpelo mágico y su fijación por los dibujos.

No. Peroni supo por qué aquella carcajada le había hecho encogerse dentro de sí mismo, temblando, sin saber hacia dónde mirar. Había sido el modo en que había reverberado simétricamente por los ejes ocultos del edificio, siguiendo una especie de camino geométrico y secreto, cruzando de un lado para otro el interior vacío, una y otra vez, casi como si el hombre al que pertenecía lo hubiera planeado así deliberadamente, como si su voz se hubiera transformado en un complejo místico de líneas que ascendían flotando hasta desaparecer por la pupila de aquel ojo muerto.

Peroni quitó el seguro a su arma e intentó recordar la última vez que había disparado empujado por la ira.

—¿LAURA LEE? ¿QUIÉN demonios es Laura Lee?

Tenía ya la respuesta a esa pregunta, pero quería que se la ganase.

—Vayamos paso a paso. Antes de nada, hay que descifrar el

primer mensaje. Recuerda que se envió tres días después de que Kaspar hubiera asesinado a mi padre en Pekín. ¿Crees que puede ser mera coincidencia?

"Todo puede ser coincidencia", se dijo Costa. Se podía echar a perder una investigación por excederse al leer información relacionada con el caso.

—Podría ser.

—¡No! Piénsalo. Kaspar hirió el corazón mismo del servicio diplomático en este país, asesinando al agregado militar. Sabe que se le van a echar encima. ¿Qué crees que hacen los tíos que le persiguen?

Podría estar en lo cierto. Tenía lógica.

—¿Crees que fueron ellos quienes le enviaron este mensaje?

—Claro que lo creo. Puede que hayamos sido nosotros. O puede que haya sido la CIA, no lo sé. Pero está claro que se trata de alguien de nuestro lado que ha llamado a su línea privada. Le están diciendo: sabemos quién eres, sabemos dónde has estado y lo que has hecho. Ya es hora de acabar con todo, Bill K, antes de que tú también resultes herido.

—No sé… me parecen demasiado indulgentes dadas las circunstancias.

—No me digas —replicó, frunciendo el ceño.

—¿Y Leapman?

Ella lo miró de soslayo.

—¿Has hablado con él de todo esto? —insistió.

—¿De verdad crees que debería hablar con él? —espetó mirándole fijamente—. Si no lo sabe aún, se subirá por las paredes cuando descubra cómo me he enterado, y si ya lo sabe…

Leapman lo sabía. Al menos eso sospechaba ella, y a juzgar por cómo se había comportado desde su primer e inesperado encuentro en el Panteón, algo que ellos desconocían parecía guiar sus pasos.

—¿Y el zigurat?

Tecleó algo en el ordenador y apareció una página llena de jerga arqueológica y tres fotos de un lugar antiguo y parecido a un montículo.

—Un zigurat es una especie de templo antiguo de Iraq. Me da en la nariz que es el lugar que Kaspar empleó como base para su misión. No hay nada en los archivos oficiales, por supuesto, pero un equipo arqueológico de inspección de Naciones Unidas fue destinado el verano pasado a Iraq para tratar de evaluar los daños sufridos por los monumentos históricos en las dos guerras y durante el régimen de Sadam. He encontrado esto...

La página trataba de un templo erigido en un lugar cercano a Shiltagh, próximo a los bancos del Eúfrates, entre Al Hillah y Karbala, en plena Mesopotamia. Era menos conocido, o como decía el informe, estaba menos documentado que el famoso zigurat de Ur. Pero había resultado dañado durante la primera Guerra del Golfo. Lo que debió ser una pirámide baja y escalonada era ahora un montículo derruido con una silueta apenas discernible. Los agujeros causados por el fuego de mortero habían acribillado la amplia escalera ceremonial de la entrada.

—La batalla debió ser tremenda —murmuró.

—Exacto. Esto no puede pasar por daños colaterales, ni por los efectos de un bombardeo aéreo. Hubo un combate encarnizado aquí y en el informe se fechan los daños en mil novecientos noventa y uno.

—¿Por qué es tan especial este lugar?

—Por dos razones: la primera es que las tropas aliadas no llegaron tan lejos en 1991 y por lo tanto no pudo haber una batalla campal entre soldados convencionales.

—De todos modos...

Ella pulsó una tecla y dijo:

—Es el dibujo, Nic. La divina proporción. Está por todas partes. De aquí lo sacó.

En la pantalla apareció una foto de lo que Nic supuso que debía ser el interior subterráneo del zigurat. Las paredes mostraban el sarpullido producido por las balas. Se habían arrancado trozos enormes del muro en el que estaba la puerta como si alguien hubiera estado intentando repeler a un atacante que quisiera entrar. Pero el patrón era inconfundible: dibujado en el estuco de las paredes, repitiéndose en todas direcciones. Había unas cajas vacías que debían haber contenido munición y equipo, y en el centro había una pila de un material oscuro amontonado.

Acercó la imagen y el material reveló su naturaleza: eran pacas de red antigua de camuflaje.

—También tiene el mismo dibujo —dijo Emily—. Debieron usarlo para montar algo parecido a dormitorios y tener un poco de intimidad. Es sólo una coincidencia, por supuesto. La red tiene el dibujo porque la trama es así, supongo que para darle consistencia, pero entre las paredes y la red, imagino que eso es todo lo que pudo ver cuando fueron a buscarle mientras el resto de su equipo caía prisionero o era asesinado. En las paredes. En los dormitorios. ¿Te imaginas cómo debió ser?

El suelo, el techo bajo y curvo, le recordaban a lo que había visto pintado con sangre en aquel pequeño apartamento que apestaba a carne humana.

—Debe ser algo que no te abandona jamás.

—Exacto. ¿Y qué haces? Pues revivir esa pesadilla una y otra vez hasta que entiendes cuál fue la causa. Entonces te liberas, y empiezas a cazar gente en el mismo tipo de lugares sagrados para ver si ese dibujo te da algunas respuestas —hizo una pausa para pensar y luego le miró directamente a los ojos—. ¿Crees que las habrá encontrado? ¿Estará cerca al menos?

Pensó en la palabra escrita con sangre en el apartamento.

—Creo que no. Cuando asesinó a la última mujer, escribió algo una y otra vez por las paredes: la palabra "¿Quién?"

No parecía tener sentido.

—Ha estado asesinando a personas que conoce —contestó—. ¿Por qué iba a hacer esa pregunta?

—No lo sé. ¿Dices que todos han sido estrangulados con una cuerda?

—Sí.

—Pues no, te equivocas. No utilizó cuerda, al menos en el Panteón. Era esto: tejido de red enroscado hasta darle forma de cuerda. Teresa se lo quedó, y ya te imaginarás cómo se ha puesto Leapman. La mujer que hemos encontrado hoy había sido estrangulada con eso mismo. La identificación ha sido positiva: es un tejido fabricado para el ejército de los Estados Unidos. No se puede comprar en ningún otro lugar, y lleva muy poco tiempo disponible. De hecho, este tipo en concreto empezó a fabricarse el año pasado. Según hemos averiguado, el único sitio en el que se ha empleado en campo abierto ha sido en Iraq.

—¡Para el carro! —exclamó—. Ahora eres tú el que va demasiado deprisa.

—Tratándose de un hombre que sigue siempre el mismo patrón, la habrá empleado en todos los demás asesinatos, ¿no? —le preguntó, aun a su pesar.

—No lo sé.

Costa no dijo nada y ella se volvió a mirarlo.

—¿Crees que te estoy ocultando información después de esto? —se indignó, señalando el ordenador.

—No —sonrió—. En absoluto.

—Veamos —dijo, y sus manos volaron sobre el teclado—. Tengo archivados aquí todos los informes anteriores, los que os enviamos a vosotros.

Uno a uno y con suma atención fueron leyendo los sumarios de los casos anteriores. Eran breves. Constaban tan sólo de unas cuantas páginas, pero deberían contener toda la información relevante.

—Esto es ridículo —protestó Emily—. ¿Por qué demonios no me habré dado cuenta antes? ¿Y por qué vosotros tampoco?

—Tú no eres policía, y nosotros no hemos tenido tiempo, ¿recuerdas?

—Es verdad. Perdona.

Había dejado abierto el último documento en la pantalla. Era el informe sobre la muerte de su propio padre. Pensándolo detenidamente, la omisión era tan evidente que deberían haber caído en la cuenta mucho antes. El sumario proporcionaba información sobre la causa de la muerte, estrangulación, pero no aportaba datos forenses sobre el material empleado por el asesino.

Emily señaló de nuevo la pantalla.

—¿Has trabajado antes en investigaciones de asesinatos?

—Claro.

—No puede ser normal que en la causa de la muerte no se especifique nada sobre el material que utiliza el asesino. Los de criminalística deberían haber añadido su parte, ¿no? Algo así tiene que ser muy útil.

—Desde luego. Hace un par de años, Teresa Lupo consiguió que los forenses analizaran de nuevo la cuerda que se había empleado en un caso de violencia doméstica cuando ya estaban a punto de rendirse. Resultó que encontraron pruebas de que el marido era el culpable. Había tensado tanto la cuerda que se dejó trozos de piel en ella.

Emily frunció el ceño.

—Mira, todavía tengo el acceso abierto.

Tecleó algo y el módem del ordenador silbó y crepitó. Costa vio que escribía claves y más claves en la mayor sucesión de pantallas de seguridad que había visto en su vida. Por fin llegó a donde pretendía: un informe con el logotipo del FBI en el encabezamiento. Era un expediente completo. Hasta aquel momento, sólo habían tenido acceso a un sumario.

—Autopsia, autopsia... —susurró—. ¡Mierda!

Siguió avanzando hasta que encontró la parte que buscaba. Contenía sólo cuatro palabras: PENDIENTE. CONSULTAR CON MANDOS.

—Podrías...

—¿Probar con los demás? —terminó por él—. Cómo no.

Después de un momento, se quedó inclinada sobre el ordenador con las manos en la cabeza, furiosa. Costa le puso una mano en el hombro, pero enseguida la quitó.

—Emily...

—Di algo útil. Dime algo que yo quiera oír.

—Acabas de hacer un descubrimiento. Acabas de averiguar con qué asesinaron a todas esas personas. No era cuerda sin más. Era lo mismo que hemos encontrado aquí: un tejido de red utilizado por el ejército de los Estados Unidos. A lo mejor lo trajo consigo, o lo compró aquí, quién sabe. En cualquier caso, lo sabemos y basta.

Emily bajó las manos y sonrió.

—Tienes razón: es el perro que no ladró.

Costa la miró sin comprender.

—Te lo explicaré en otro momento, Nic. ¿Qué más podemos hacer?

Lo último que ella pretendía, pensó. Seguro.

—Dejar esto hasta mañana por la mañana. Seguiremos esta conversación con más gente alrededor.

—¿Eso es lo que quieres?

Por lo menos no había discutido su decisión. No les quedaban demasiadas opciones.

—¿Me estás preguntando si tengo miedo?

—Más o menos.

—Pues no.

—¿Nunca te asustas?

Nic miró a su alrededor. Era agradable compartir aquel salón con alguien. Los fuegos por fin empezaban a hacer su función y la casa parecía un lugar cálido y habitado.

—Aquí, no. Y en este momento, tampoco. Pero tengo que confesar que dentro de quince minutos me voy a quedar dormido, agente Deacon, así que será mejor que antes tengas otra cosa más con la que sorprenderme.

—Y la tendré —contestó ella sonriendo, y volvió a teclear.

A PERONI NUNCA se le habían dado demasiado bien las armas; tampoco había prestado nunca mucha atención a esos sabelotodo que pretendían enseñarte que el mundo se podía dirigir a través de la mira de un arma. Él era policía de estupefacientes y había ocupado un puesto de responsabilidad durante años. No le importaba trabajar pie a tierra, pero cuando era responsable de otros, nunca les había permitido que asumieran riesgos que él mismo no correría. De todos modos, en narcóticos las cosas no eran como allí. Trataban con proxenetas y fulanas, guerras de bandas y traficantes estúpidos y fulleros, situaciones blancas o negras a veces, pero en su mayoría de un difícil e indeterminado color gris. Nada que ver con enfrentarse a una forma escurridiza que se movía en la oscuridad, sin rostro, sin cuerpo, decidida a matar sin razón aparente.

Peroni hizo lo que le salió de dentro: abrazar a la chiquilla y protegerla con su cuerpo, un gesto inútil que más pretendía tranquilizarla que otra cosa. El portón de salida estaba cerrado, y sin duda la puerta lateral también lo estaría. Aquel hombre no cometía errores, y puesto que no podían escapar, lo único que les quedaba era esperar y enfrentarse a lo que fuera.

Y pensar... incluso un estúpido y viejo policía como él podía hacerlo.

—¿Qué quieres? —gritó.

Alguien se movió. Hubo ruido de pisadas sobre aquellas piedras vetustas, signo de una presencia amenazadora que se movía en aquel interior como un fantasma. Podía estar en cualquier parte. Sus pasos reverberaban en las paredes, ascendían por la bola de aquel ojo de piedra y les llegaban desde todas direcciones.

—¿Qué quieres? —volvió a gritar.

Los pasos se detuvieron y todo quedó en silencio, de no ser por el motor de un coche que se perdía en la noche del lejano mundo exterior.

—Lo que es mío.

Era una voz norteamericana. Monótona, de un hombre de mediana edad, sin matices. Una voz que sonaba como si la vida la hubiera abandonado casi por completo. ¿De dónde provenía? Si pudiera apuntar en alguna dirección, disparar unas cuantas veces y esperar que algo —con un poco de suerte, los restos de Dios que pudieran quedar en aquel lugar—, dirigiera la bala hacia el lugar preciso...

Pero él no creía ni en Dios ni en fantasmas. Cada uno tenía que trabajarse su destino.

Se volvió sin dejar de cubrir el cuerpo de la niña, la miró a los ojos y extendió la mano. Laila se aferraba a la cartera con sus manos de dedos finos como si fuera la posesión más preciada para ella en el mundo.

—Laila —musitó—, por favor...

Robar es malo, hubiera querido decir. Robar te mete en líos, te marca para el resto de la vida, tanto como si llevaras un collar rojo en el cuello que dijera ladrón. O un símbolo mágico tatuado a fuego en la espalda.

Por eso los policías como él se pasaban lo que duraba su vida en activo persiguiendo a los ladrones a pequeña escala, buscando esas marcas reveladoras. Era demasiado difícil atrapar a los grandes, a los mejores, a esos tíos que llevaban un escalpelo en el bolsillo y que no tenían reparos para utilizarlo. Y en cuanto a los peces gordos... gozaban de la inmunidad que les proporcionaban los políticos que tenían en nómina. Nada de todo ello podía ayudar a un policía bobo a distinguir el bien del mal.

Laila se la entregó sin decir una palabra, con los ojos brillantes y aterrados.

—¡Tómala! —gritó de nuevo a la oscuridad y lanzó la cartera hacia el centro del edificio, confiando en que la fuerza con que la había tirado le permitiera llegar a una zona de sombra para que aquel tío pudiera recogerla sin ser visto, darle las gracias y desaparecer.

Pero la dichosa cartera fue a parar precisamente al pequeño montículo de nieve que se estaba formando bajo el oculo, y se quedó allí bajo la luz plateada como si fuera un faro, como una boca reluciente.

—¿No era eso lo que pretendía? —dijo Peroni, tanto a sí mismo como al dueño—. No quiero trucos. Recoge la cartera y lárgate, ¿vale?

El arma empezaba a pesarle y Laila había comenzado a moverse. Si existiera alguna salida, la habría mandado inmediatamente hacia ella para que saliera de aquella tumba en el centro de una ciudad sepultada bajo la nieve. Pero lo único que podía hacer era esconderla de la amenaza que se acercaba, proteger su cuerpecillo tras el suyo.

Y ni siquiera eso bastó. Cuando surgió de las sombras fue como si una tormenta de fuerza descomunal descargara sobre ellos, furiosa, implacable. Aquel tipo gritaba, golpeaba con las manos, con los puños y con la pistola, que al impactar en la cabeza de Peroni parecía más un martillo. Peroni perdió su arma, que cayó con un sonido metálico al suelo de piedra y fue resbalando hasta las sombras. Intentó esquivarle, encontrar el modo de apartarse de aquel asalto feroz de violencia, pero fue imposible. Soltó a Laila e intentó taparse la cara. Sintió que se quedaba sin aire en los pulmones y que su mente empezaba a escabullirse hacia otro lugar.

...muerte lo llaman, un lugar que este hombre conoce muy bien. Un lugar que le gusta visitar con frecuencia, en compañía de otros.

—Déjala ir —murmuró, consciente de que el sabor a metal que tenía en la boca era de su propia sangre, que se le escapaba de los labios al hablar—. ¿Qué daño puede hacerte una niña?

Vio la culata de la pistola avanzando hacia él a toda velocidad y oyó lo que la figura que la empuñaba decía una y otra vez:

—Estoy ocupado, estoy ocupado, estoy ocupado...

Era un hombre ocupado, sí. Eso era prácticamente todo lo que sabían de él. Entonces incluso esa noción desapareció una vez la pistola se estrelló contra su cabeza y sintió que se marchaba, que entraba en una agonía negra en la que nada tenía sentido, ni siquiera las palabras que oía a través de aquel velo sanguinolento que le cubría la cabeza.

EMILY SEGUÍA PENSANDO en la divina proporción. Quería organizar primero la historia en su cabeza para contarla después en el orden adecuado.

—Este zigurat es único, Nic. Lee el informe. No es que el

dibujo sea distinto, pero que toda una estancia, el sancta sanc-
torum, haya sido decorado con él, sí que lo es. En todo Iraq no
hay un lugar así. Seguramente no lo habrá en el mundo entero.
Fue descubierto en los años ochenta, y en aquel momento nadie
tenía dinero para que las excavaciones se hicieran como es debido. Es ahora cuando la gente empieza a darse cuenta de lo que
hay en realidad. La ironía es que los romanos debían conocer
esa clase de arquitectura en profundidad y la tomaron prestada
para edificios como el Panteón. El parecido no puede ser mera
coincidencia. ¡Pero si hasta tiene óculo! Adriano podría haberlo copiado entero.

Era difícil rebatir esa conclusión.

—¿Qué piensas tú que ocurrió?

—Empecemos por los hechos. Kaspar conocía a mi padre.
Estuvieron juntos en el zigurat. Mi padre y los demás consiguieron salir, pero él no. El resto...

No era difícil de adivinar.

—¿Laura Lee?

—Esa debe ser la mujer que murió en el Panteón. No es su
verdadero nombre, por supuesto. Esta tarde he intentado buscar información sobre ella, pero todos los expedientes han desaparecido. Se ve que los han enterrado tan hondo que es como
si no existieran. ¿Para qué? ¿Por qué razón han hecho eso?

La respuesta era siempre la misma.

—Porque algo salió mal.

—Exacto. Te voy a exponer el caso: nada de lo ocurrido es
casual y nunca lo ha sido. Ha tenido trece años en alguna de
las apestosas cárceles de Iraq para pensárselo. Ahora, este año,
llega la liberación a Iraq, pero él no se acerca a la primera base
norteamericana que le sale al paso y les dice: eh, que estoy aquí.
Llevadme a casa. Por alguna razón no quiere aparecer. Lo que
quiere es vengarse, así que empieza a tirar del hilo, y ese hilo le
lleva a mi padre.

Faltaba algo en aquella historia, y ella también lo sabía.

—¿Por qué? —preguntó Nic—. Si ha estado en una cárcel
tanto tiempo, ¿por qué iba a querer prolongar su sufrimiento?

—Aún no tengo la respuesta a esa pregunta. Puede que Leapman sí, pero no nos lo ha dicho. Ya sabes que él se ciñe a la versión oficial que dice que Kaspar está loco. Pero si nos fijamos en el tono de sus mensajes… tú mismo lo has dicho: le están ofreciendo la salvación. Puede que te parezca una estupidez, pero creo que de algún modo le siguen considerando un héroe. Es lo único que tiene sentido. De otro modo, ¿por qué desplazar aquí a una unidad del FBI y a Dios sabe cuántos agentes más? ¿Por qué no dejaros que limpiéis la mierda?

—Él no confía en Leapman. Puede que en nadie.

—Lo sé. También puede ser que de verdad esté loco. Sólo cuando le interroguemos podremos averiguarlo. Oye, si lo hubiera sabido anoche, se lo habría preguntado. A lo mejor es todo lo que necesita: que alguien haga sangrar su herida.

A Costa no le gustaba ni pizca la idea.

—Ése no es tu trabajo.

—Puede que no, pero alguien tiene que hacerlo. Bill Kaspar tiene todo un capítulo de su vida dándole vueltas y más vueltas en la cabeza y hasta que no lo comprendamos, no iremos a ninguna parte. He vuelto a revisar los nombres de sus víctimas. La mayoría, simplemente, no existen, pero hay algunos detalles interesantes en los que sí he encontrado. Su segunda víctima era un ejecutivo que tenía un servicio particular de distribución de carburantes. Había trabajado en Iraq antes de la guerra. Otra era una mujer que había sido adjunta a la embajada de Estados Unidos en Teherán durante un tiempo, supuestamente con un contrato civil. Resulta obvio, ¿no te parece? Son la clase de personas que podrían estar envueltas en una operación encubierta. De un modo u otro todos consiguieron salir. Todos menos él, y ahora ha vuelto decidido a matar a sus antiguos camaradas uno a uno. Y tengo la impresión de que no ha terminado.

La duda debía ser palpable en la cara de Nic.

—Falta algo, ¿no?

—Sí. ¿Por qué demonios iba a venir aquí Laura Lee, o como quiera que se llamara? ¿Y cómo localizó a toda esa gente?

—Es un profesional, no lo olvides. Ése era su trabajo. Tienes que meterte en su piel para comprenderle. Debió ser alguien importante. Puede que a lo mejor eso mismo sea lo que le está matando: saber que falló.

Pero seguía faltando algo.

—Eso no responde a la pregunta de por qué vino ella. Si sabía que corría peligro, ¿por qué arriesgarse a venir?

—Sólo se me ocurre una razón: que no tuviera elección. Seguía de servicio, y Leapman la hizo venir a Roma como me hizo venir a mí. Las dos somos cebos, pero a ella se le acabó la suerte. Kaspar se la quitó a Leapman delante mismo de sus narices. Si no, ¿por qué iba a estar tan permanentemente cabreado? Imagínate lo que debe estar diciéndole su jefe ahora.

Era fácil de imaginar. Hombres como Leapman atraían a los de su misma especie. Alguien debía estar dándole patadas en el trasero, y él las devolvía a quien podía.

—¿Por ahora estás de acuerdo? —preguntó Emily.

—Creo que sí, pero ¿qué quieres que haga yo?

—Ya lo has hecho. Quería que me escucharas, y casi esperaba que me dijeras que estoy chalada.

—Estás chalada. Pero puede que no lo estés en lo referido a este caso.

—Muchas gracias, señor Costa —dijo, y cerrando los ojos, se recostó en el sofá—. Dios, podría dormir un millón de años de un tirón. Y así, cuando me despertara, todo esto habría desaparecido. Sería sólo un mal sueño, la clase de pesadilla que se tiene cuando el queso te sienta mal.

Estaban tan cerca que podía oler su pelo. Cuánto le gustaría tocar uno de sus mechones dorados para saber cómo era su tacto.

—No sé que hacer —suspiró, y su voz le sonó asustada—, aparte de no comer queso.

Nic miró la botella de vino. Casi se la habían acabado, y ninguno de los dos había probado bocado.

—Nada de queso entonces —dijo él—, pero tenemos que comer algo. Y luego…

Fue sólo una mirada. Sólo la expresión de sus ojos.

—...luego dormiremos.

Ella se había dejado caer un poco, lo justo para que sus hombros se rozaran. No era lo que él pretendía. Al menos, conscientemente.

Emily lo miró con sus ojos azules y Nic se sintió perdido en ellos. Parecía más tranquila, agradecida por haber compartido la carga que llevaba sobre los hombros y por sentirse con ello más cerca de él. Una sonrisa palpitó en sus labios. Estaba muy cerca. En otra ocasión, en distintas circunstancias...

Nic cambió de postura, buscando algo, lo que fuera que pudiera cambiar aquellos derroteros.

—Entonces, ¿qué demonios es la Bestia Escarlata?

Funcionó. Su rostro se iluminó de un modo que estaba empezando a reconocer y a buscar. Sabía algo más, y no podía esperar a contárselo.

—Primero —dijo, apartando la botella—, no más vino. Necesitamos concentrarnos. Y comida, por favor. Porque en esta vieja casa de soltero también habrá comida y agua, ¿verdad?

—Veré lo que puedo hacer.

—Bien. Sólo queda un secreto, y después... —Emily Deacon hizo un esfuerzo por encontrar las palabras adecuadas— ...habré terminado.

LAILA GRITABA, SUPLICABA en otro idioma con una extraña musicalidad que a él le era desconocido, pero que debía ser kurdo. Y a pesar de la confusión que le nublaba la dolorida cabeza, Peroni supo también lo que estaba diciendo:

—Por favor, por favor, por favor...

Era una silueta delgada y oscura que parecía bailar sobre sus propios pies en aquella estancia en sombras, rogando por su vida a un desconocido que no podía ver mientras el corpulento policía que se suponía que iba a protegerla estaba ovillado en el suelo de mármol como un niño.

—Por favor, por favor, por favor.

Intentó levantarse y la culata de la pistola volvió a estrellarse contra su cabeza. Cayó de nuevo al suelo bajo un río de obscenidades.

Laila gritó, aquella vez aún más fuerte, tanto que su voz podría salir al exterior por el ojo abierto del oculo.

—¡No, no, no!

Entonces se dio cuenta de lo que pasaba en realidad: la niña no rogaba por su vida, sino por la de él. Intentaba negociar con aquel monstruo para intentar evitar el dolor y el acto último de silencio.

—No te canses, Laila, y huye —le dijo con los labios ensangrentados—. Deja que este cerdo se divierta.

De pronto el mundo empezó a moverse. Una mano fuerte le había agarrado por el cuello del abrigo y le arrastraba hasta la pared, de modo que ambos quedaron bañados por la luz de la luna.

Tenía que ser un tío muy fuerte para manejarle como si fuera un saco de patatas. Tenía que ser...

Peroni se encontró ante un rostro que le sorprendió. Era el de un hombre poco más o menos de su misma edad, bien afeitado, incluso guapo en sus facciones ásperas, inteligente y sin emoción alguna. No era la clase de rostro que imaginas en un asesino, sino más la de un académico o un médico. Llevaba gafas. A lo mejor era por la luna pero su piel parecía tener un color raro, poco natural. Algo en sus ojos, en la línea angular de su boca, le dijo que era momento de escuchar. Eso y el arma que le había colocado en la sien.

—Déjala ir —le dijo.

—¿Qué significa esa kurda para ti?

—Un niño siempre es un niño —contestó, de nuevo con aquel sabor metálico en la boca.

Él no dijo nada. Se limitó a seguir sujetándolo contra la pared.

—No te resistas —le dijo—. Te dolerá más.

Entonces le puso ante los ojos algo que Peroni reconoció: un par de esposas de plástico, de la misma clase que la policía empleaba en ocasiones especiales.

—Vale, vale —murmuró, y se puso las manos a la espalda, juntando las palmas, para que él le colocara las esposas que se le clavaron en la carne.

—Tú —dijo el americano, señalando a Laila.

Ella sacó las manos al frente, sumisa y obediente.

—Así que eres una chica lista, ¿eh? ¿Quieres un consejo? Deja de robar. Sólo te traerá problemas.

Le colocó las esposas con más cuidado del que había tenido con él. Luego le dio la vuelta a Peroni y de un empujón lo colocó junto a ella y con un tercer juego de esposas juntas las manos de ambos y les ató a la pata de hierro del altar. No se podían mover. El americano metió la mano en el bolsillo de Peroni, sacó el teléfono y lo tiró al suelo.

—Una vez trabajé con kurdos —dijo—. Te llaman hermano, dicen estar dispuestos a hacer todo por ti, a darte lo que les pidas, hasta que una noche descubren que llevas dinero en el equipaje. Entonces se te acercan, te degüellan y se compran con tu dinero un DVD. ¿Y sabes por qué?

Peroni suspiró.

—Yo soy policía. Me paso la vida pateando las calles y haciéndolo lo mejor posible, intentando encerrar a gente como tú.

Fue como si no le hubiera oído.

—Y voy a decirte por qué: porque eso es lo que les hemos enseñado. Recuérdalo la próxima vez que te roben.

—Ya —respondió, y casi sin pensar, añadió—: ahora ya nadie es responsable de nada, ¿eh? —temió vomitar. O desmayarse. O ambas cosas quizás, y en el orden incorrecto—. Supongo que en realidad no fuiste tú el que dibujó eso en la espalda de la mujer el otro día, sino alguien que llevaba tu piel.

El tipo bajó el arma.

—No te imaginas hasta qué punto estás en lo cierto.

Sacó una pequeña linterna e iluminó brevemente el rostro de Peroni. Luego abrió la cartera y sacó dos viejas y ajadas fotografías que iluminó con la linterna. Había dos grupos de personas en el desierto, Dios sabe dónde. Llevaban ropa militar y gafas de sol, parecían encantados de estar allí y posaban tan contentos junto a dos de esos enormes jeep que a los americanos tanto les gustan.

Él aparecía en la primera de las dos fotos. Se le veía más joven, feliz, sereno. Puede que fuera el jefe posando con su equipo, ocho hombres y mujeres que sonreían a la cámara, amos de su pequeño universo.

—Los tengo a todos ellos dentro de mí —explicó—. A todos. Los vi morir y no pude hacer absolutamente nada porque nos habíamos metido en un estúpido tiro al blanco de feria sin saberlo.

—Supongo que esa foto es importante para ti.

—Y que lo digas.

Luego enfocó la otra. Era gente distinta, pero del mismo tipo en el fondo. Uno de aquellos rostros le resultó familiar: era el padre de Emily Deacon, con un aspecto mucho más joven y más feliz. Y había también dos mujeres: una de ellas podía ser el cadáver que habían encontrado allí mismo hacía dos noches.

Se acercó más a Peroni y dijo:

—Una monada, ¿eh?

Su rostro no revelaba nada, pero algo estaba pasando. El tipo estaba pensando. Tenía tiempo de hacerlo. Pero nada de lo que pudiese hacer Peroni iba a conseguir un cambio en los acontecimientos.

—Así que no eres más que un lacayo, ¿eh? Un policía local. ¿Los de la embajada no te han contado nada?

—Tú lo has dicho: soy sólo un lacayo. No sé más que lo que ellos creen que debo saber.

Peroni le miró a los ojos preguntándose qué podría conmover a aquel hombre, si es que existía algo.

—Que un loco anda suelto, un zumbado que se dedica a marcar la espalda de sus víctimas sin razón aparente. Un tipo al que le encantan los tejidos que usa el ejército norteamericano —añadió.

Sus últimas palabras debieron tocar un nervio sensible porque el tipo se echó a reír, y no con aquella risa, fría y seca, que le había oído antes en la oscuridad. Aquella era más humana, y precisamente por ello impresionaba más, ya que provenía de lo más hondo y era la clase de risa que puede pasar de la alegría a la desesperación en un abrir y cerrar de ojos.

—¿Sin razón aparente? —repitió, y puso el arma en la cara de Peroni—. ¿Y tú te lo crees?

Peroni miró el cañón gris de metal a intentó averiguar qué opciones le quedaban en su dolorida cabeza.

—La verdad es que no —murmuró.

NIC HABÍA ENCONTRADO un poco de pasta y un bote de salsa de tomate. Seguían los dos sentados en el sofá delante de los platos ya vacíos, conscientes de que el reloj avanzaba ya cerca de la media noche, y de que ambos estaban tremendamente cansados. Nic ni siquiera estaba seguro de querer más respuestas. En realidad, ya no estaba seguro de lo que quería.

Emily se recostó en el respaldo, cerró los ojos y preguntó:

—¿Tienes una biblia?

Él parpadeó, despierto de golpe.

—¿Cómo dices?

—Una biblia. Éste es un hogar italiano como Dios manda, ¿no?

Cuántas cosas tendría que explicarle.

—Sí, pero eso no quiere decir que tenga una biblia. Es más, no me atrevería a cruzar el umbral de la casa con una en la mano. El fantasma de mi padre me perseguiría durante toda la eternidad. Ya te he dicho que era comunista. ¿De verdad la necesitas?

Ella tardó un momento en reaccionar. Luego cogió el cuaderno y empezó a buscar.

—No puedo hacerlo de memoria. Mi familia nunca ha sido lo que se dice amante de ir todos los domingos a la iglesia, pero cuando estaba estudiando en el FBI, me pasé tres meses investigando a unos fanáticos religiosos en la Red. Unos tíos estupendos. Todos blancos, y todos armados hasta los dientes. Y locos. Aquí encontraremos lo que busco.

Se inclinó hacia delante y la vio abrirse camino hábilmente por la red. Tras una breve búsqueda, Emily encontró la página de un extraño sitio religioso, con grabados de bestias mitológicas junto a una ilustración en color sepia de un cómic en la que aparecía una mujer desnuda retozando con un dragón rojo de varias cabezas.

—Esta página es sólo una de tantas. Aquí puedes encontrar todas las conspiraciones que se le puedan ocurrir a un ser humano: de judíos, de católicos, de los illuminati... ¿Y sabes adónde acuden a buscar inspiración?

—Yo diría que a la amplia variedad de drogas que ofrece el mercado, pero supongo que...

—Ojalá. Acuden al Libro de las Revelaciones. Es el último libro del Nuevo Testamento. ¿Lo conoces?

Costa abrió las manos en un gesto de desesperación.

—Recordarás que Kaspar menciona a la bestia escarlata en aquel informe de 1990. Leapman, o quienquiera que sea, está intentando tentarle con la misma frase, así que eso quiere decir que es importante. La única referencia que he podido encontrar es aquí. Además lo recuerdo bien porque los fundamentalistas no se la quitaban de la cabeza. Se suponía que lo explicaba todo. Escucha...

Y comenzó a leer de la pantalla:

"Me llevó en el Espíritu al desierto, y vi a una mujer sentada sobre una bestia escarlata llena de nombres de blasfemia, que tenía siete cabezas y diez cuernos...»

—Me temo que es demasiado para mí en este momento —dijo Nic. La cabeza le daba vueltas.

—Espera, que sigue. Mira:

Esto, para la mente que tenga sabiduría: Las siete cabezas son siete montes sobre los cuales se sienta la mujer.

—Siete montañas, Nic —insistió.

Pero él tenía la mente en blanco. Aquello quedaba tan lejos de su campo de acción habitual.

—Fíjate —le dijo—. Piensa en lugar de en siete colinas, en siete montañas. Y otra pista: la imagen de la mujer se suele emplear para referirse a la Iglesia.

La comprensión venció al agotamiento.

—¿Me estás diciendo que la Bestia Escarlata es Roma?

Ella asintió.

—Más o menos. Hay que analizarlo todo desde el principio, y descubrirás que es bastante simple. Estos tíos pretenden hacer lo que todos los chiflados: volver a escribir la historia como a ellos les parece. El Libro de las Revelaciones se escribió en un momento en que la Cristiandad estaba desmembrándose por la opresión de Domiciano. Para ellos fue como una Apocalipsis particular, pero por supuesto no sobrenatural sino muy real y que provenía de Roma. Viviendo como vivían en constante peligro, tenían que hablar de ello en clave. Más adelante, a la gente comenzó a gustarle el código simplemente por eso, porque era un código. Cuando la Iglesia se dividió, el mismo mensaje podía alentar la solidaridad entre los cristianos que podía usarse como argumento contra el catolicismo: que si el Papa es el nuevo emperador romano, que si el anticristo... en fin, esas cosas. No te imaginas lo que se puede encontrar por ahí.

Más callejones sin salida. Más complejidad.

—Entonces, ¿crees que Kaspar es un fanático?

—Lo dudo —contestó. Era como si Emily fuera navegando en la cresta de una ola: no iba a parar hasta que no acabara de tirar del hilo—. Todo es un juego. En operaciones como ésta, se emplea siempre un nombre en clave, y cuanto más demencial, mejor. En este caso, todo empezó cuando las Babylon Sisters se reunieron. Seguramente es una burla a su propio pasado. Me da la impresión de que no es un tío de ciudad. Más bien de una de esas comunidades perdidas de la mano de Dios en las que esta clase de cosas son relativamente normales. Además, la historia encaja también en otro sentido: Roma es donde se reunieron para poner en marcha la misión. Mira este otro párrafo del Libro de las Revelaciones. Es del mismo capítulo:

Y llevaba un nombre escrito en la frente: Misterio. Babilonia la grande, la madre de las rameras y las abominaciones de la tierra.

—¿Lo entiendes? —le preguntó.

—Más o menos —mintió Nic.

—Es un chiste dentro de otro chiste. Tienen que usar identidades y nombres falsos. ¿Por qué no divertirse un poco con ello? ¿Por qué no exagerar? La Bestia Escarlata, las *Babylon Sisters*, meterlo todo en la coctelera y mezclarlo con unos cuantos viejos roqueros llamados Steely Dan...

—¿Quién?

Su cabeza estaba a punto de saturarse.

—Un grupo, y bastante bueno por cierto. Un grupo que debía gustarles a todos ellos. Bueno, al menos a mi padre sí que le gustaba. Recuerdo que ponía música suya cuando sus amigos venían a casa y corría la cerveza. Ten un poco de paciencia, Nic, que enseguida llego a lo que quiero contarte. Esta gente se lo estaba pasando bien, jugando a los espías, todo muy NTK, como ellos dicen.

—¿NTK?

—*Need to know.* Son las reglas que rigen cuando trabajas en algo tan secreto que no puedes contárselo absolutamente a nadie. Ni siquiera puedes dar tu nombre, a menos que no te quede más remedio. A mi padre le encantaba jugar a eso.

Aquel recuerdo apagó un poco su vehemencia.

—Les gustaba jugar con las palabras, y a mi padre más que a ninguno. Y estos tíos han seguido haciéndolo. Tu jefe le preguntó a Leapman que cómo sabíamos que había venido a Roma. ¿Recuerdas su respuesta?

Sí que la recordaba: simplemente se había negado a contestar.

—Lo recuerdo —contestó, pensando en lo que había leído en la pantalla—. Y es que no podía decirlo abiertamente, ¿verdad?

—Kaspar vino a Roma porque le invitaron —le dijo, y el mensaje volvió a aparecer en la pantalla.

Nic lo leyó en voz alta:

Reunámonos en el lugar de costumbre. Ha llegado la hora de que la clase del noventa y uno vuelva a encontrarse. Queda sólo un sitio libre en la mesa. ¿Vienes o no?

—La traducción es *Ven a Roma*. Te estamos esperando —aventuró.

Emily le dio un golpe en el brazo.

—¿Lo ves? Por fin lo has entendido.

—Gracias.

Pero todo aquello tenía otra lectura posible y le sorprendía que ella no se hubiera dado cuenta.

—Todo esto me suscita una pregunta.

Ella le miró con los ojos brillantes otra vez.

—Yo diría que varias. Un par de docenas, para ser exactos. Oye, Nic —añadió con cara de sorpresa, como si hubiera visto algo inesperado—, que has dejado de mirarme como si fuera la niña más lista de la clase y no me gusta, porque lo soy. La más lista de la clase, quiero decir. ¿Es que no estás de acuerdo?

—Por supuesto que lo eres, pequeña Em.

—No me llames así —le reprendió con frialdad—. No vuelvas a hacerlo.

—Perdona. Ha sido una torpeza.

—Sí...

Casi parecía a punto de echarse a llorar. Qué curioso. Era una mujer joven y mayor al mismo tiempo. Nic sintió ganas de echarse a reír. Y más aún, de besarla. Eso sí, después de explicarle lo que pensaba. Se acercó al ordenador y tecleó.

—¿Qué haces?

—Estoy buscando una cosa. Aquí está: *honra su memoria*.

—Eso ya te lo he dicho yo. No estarás hablando en sueños, ¿verdad?

—Y aquí, en el informe original: *la Bestia Escarlata fue una bestia generosa.*

Ella parpadeó.

—¿Y?

—Tienes razón en lo del sitio, Emily, no lo dudo, pero fíjate en las palabras. Son más que eso.

Volvió a leer las frases mientras ella escuchaba con atención. Sus ojos azules tan inteligentes, tan brillantes, se iluminaron al comprender.

—¡Claro! —murmuró—. ¿Cómo he podido ser tan tonta?

—Es un acertijo, así que no tienes por qué darte cuenta a la primera. Además, no se puede estar seguro de que mi interpretación sea la correcta.

—Por supuesto que lo es. Lo que pasa es que yo leía sólo lo que quería leer. Es un lugar y una persona, ¿verdad? La Bestia Escarlata es quien lo organiza todo, el hombre al que incluso Kaspar debe obedecer.

—Eso creo.

—Entonces, ¿es el malo? —le preguntó. La idea despertaba montones de posibilidades en su cabeza—. ¿Crees que Kaspar le culpa por lo ocurrido? ¿Crees que piensa que le traicionó?

Costa levantó las manos, desesperado.

—Es sólo una posibilidad.

—Entonces, ¿quién demonios era la Bestia Escarlata?

Costa buscó el informe en el ordenador y subrayó la frase con el cursor.

—Es sólo una posibilidad.

Por el presente quiero que se sepa que yo, William F. Kaspar, el Lagarto Rey, el Búho Sagrado, el Gran Maestre del Universo, etcétera, etcétera, se va a presentar ante la Bestia Escarlata.

—¿Alguien en Roma? —se sorprendió—. ¿Tú crees que tiene sentido?

—¿Qué era eso que decías de NTK?

—Vale, vale. Entiendo. A lo mejor ni siquiera Bill Kaspar sabe quién estaba al mando. A lo mejor también él lo anda buscando…

Emily seguía pensando y de pronto le miró con miedo en los ojos. Los dos sabían adónde se encaminaba todo aquello.

—O puede que sí lo sepa —dijo Nic, y buscó algunas de las frases del informe original.

La Bestia Escarlata (por cierto, ¿de dónde se sacan estos nombres? ¿Te los inventas tú, chaval?) nos ha hecho ese encargo. Dios nos ha confiado el deber de crearlo y es un enorme alivio para el viejo Bill K que ese bastardo sin rostro te haya nombrado voluntario, aunque no puedo dejar de preguntarme, querido amigo, si no lo sabías de antemano. NTK, ¿eh?

—¡No, no y no! —exclamó con firmeza—. Mi padre era muchas cosas, pero no un traidor. Es imposible.

—Kaspar podría haberse equivocado —sugirió Nic, con poca convicción.

—¿Qué quieres decir? ¿Que Kaspar pensó que mi padre planeó su propia huida?

—¿Puedes descartarlo?

—No lo sé —contestó. Emily estaba dispuesta a sacar la cara por su padre, pero no a ignorar los hechos—. En teoría supongo que podría ser posible. Todas estas operaciones se montaban con el máximo de secreto. Alguien aparecía con un montón de dinero y dejaba que el equipo se ocupara de lo demás. Por supuesto alguien tenía que encargarse de la logística, de las finanzas, y mi padre estuvo mucho tiempo aquí en Roma, pero…

Se recostó en el sofá, se tapó la cara con las manos y permaneció así unos minutos. Cuando se incorporó, tenía los ojos llenos de lágrimas y de furia.

—Sigo sin entenderlo. Todo esto se me escapa. No puedo creer que mi padre estuviera metido en el ajo, y no sólo porque sea su hija. Era un hombre tan organizado, Nic. Si le hubieras conocido sabrías que es imposible que la cagara en el desierto y se limitara a salvar el culo dejando que este pobre imbécil se pudriera en una cárcel iraquí, donde tendría meses, años para atar cabos. Era un buen hombre, Nic. Él no...

No pudo seguir, y Nic se preguntó si él sería capaz de decirlo.

—En su momento también pensaron que Kaspar era un buen tío, Emily, y mira ahora... tú misma lo has dicho. Algo cambió.

—No —insistió—. Tú no le conociste. Puede que pienses que esa es la respuesta, pero no lo es. No lo es.

—A estas horas, ya no puedo pensar con claridad. Mañana tenemos que abrir esto un poco.

—¿Qué quieres decir? —le preguntó, mirándole a los ojos—. ¿Que tú llamas a tu jefe y yo llamo al mío? ¿Les contamos lo que sabemos esperando que todo se arregle?

—No. No creo que sea tan fácil. Y yo no abandono las cosas hasta que no están terminadas. Es un defecto de familia.

Ella se echó a reír.

—Desde luego no tienes nada que ver con el policía que yo creía haber conocido.

—Me lo tomaré como un cumplido.

—Es lo que pretendo.

—Bien. Y oye... —tenía que decírselo porque era la verdad—. Resulta raro porque tú no lo sabes, pero podrías pasar por italiana. Al menos la mayor parte del tiempo, y siempre y cuando no estés con Leapman. Por cierto, que no me creí la historia esa de que os escupieran en los autobuses.

—Ocurrió una vez —confesó encogiéndose de hombros—. Gente con ideas preconcebidas, nociones que se pueden usar para que todo el mundo se sienta seguro y cómodo durante un tiempo. Así no tienen que pensar mucho.

—Razón de más para evitarlas.

—Pues por lo que a mí respecta, estoy perdiendo ideas preconcebidas a cada minuto —contestó sonriendo y mirando aquella estancia amplia, con sus esquinas llenas de polvo y sus cuadros viejos—. Esta casa es un lugar hermoso. Si yo viviera aquí, creo que no saldría jamás. Aquí no te alcanzaría la mierda de fuera.

—Ni ninguna otra cosa, te lo aseguro.

—Ya.

Los norteamericanos tenían a veces una sorprendente e irritante franqueza. Se había vuelto hacia él para mirarle a la cara e intentar entender sus últimas palabras.

—Supongo que a todos nos ocurre alguna vez. Cuando era niña, yo creía que nunca nos marcharíamos de Roma, ¿sabes? Que era así como debía ser la vida: segura, feliz, a salvo de esas enormes sorpresas negras de las que no sabemos nada hasta que nos hacemos mayores.

—¿Preferirías no haber llegado a descubrirlas?

—No —su sonrisa palideció—. Pero querría entender por qué todo se vino abajo. Querría saber... mierda.

Volvió a taparse la cara con las manos. ¿Estaría llorando otra vez? Agotamiento. Eso tenía que ser.

Emily se inclinó hacia él hasta que apoyó la cabeza en su hombro, y no se movió cuando él estiró un brazo casi sin saber lo que hacía para acariciar su pelo.

Con los ojos cerrados por la timidez con que unos extraños intercambian su primer beso, Nic probó su boca húmeda y suave, sintió sus labios acariciar los suyos, despacio, con delicadeza, hasta que llegó un momento en que se descubrieron a sí mismos besándose y se separaron, azorados.

Ella no levantó la cabeza de su hombro y él clavó la mirada en las ascuas de la chimenea.

—Nuestra relación profesional está empezando a irse al garete, señor Costa —le susurró Emily al oído—. ¿Te importa?

Él cerró los ojos y deseó con toda el alma no estar tan cansado.

—Lo resistiré.

Emily volvió a rozar sus labios antes de decir:

—Dame un minuto.

La vio subir hacia el baño de la planta de arriba y deseó no ser tan torpe con las mujeres, porque no tenía ni idea de qué esperaba de él. ¿Debería seguirla a uno de los dormitorios, o era mejor esperar y charlar un poco más? Aunque la verdad, pocas palabras le quedaban dentro después de un día como aquel.

No lo había planeado y no quería que ocurriera algo así, en mitad de una investigación que a ella la tocaba más de cerca de lo que era aconsejable. A veces la vida se negaba a seguir las directrices que se le marcaban. A veces...

—¿Cómo se llama el tío de la embajada que no os ha contado nada?

Peroni sentía la cabeza rodeada de una especie de bruma, y tenía el estómago revuelto, pero no era el momento de perder la concentración. Miró el arma y guardó silencio. Tenía que darle el rumbo correcto a aquella conversación, establecer una relación con aquel tipo.

—Joel Leapman —dijo el otro y bajó el arma—. ¿Le conoces?

—Si está en el negocio, los nombres importan poco —contestó con una mueca—. Además, llevo fuera de juego mucho tiempo. ¿Y qué dice que es? ¿Agente de la CIA? ¿Del FBI?

—¿Por qué me lo preguntas a mí?

El cañón del arma le tocó la mejilla.

—Porque estás aquí y porque no eres idiota.

—Del FBI. Al menos la gente que lo acompaña sí lo es. A una la conociste anoche.

—Sí, ya sé.

—Por cierto, que me alegro de que no resultase herida. Parece buena chica.

El tío estaba pensando, y a Peroni le pareció mejor dejar que llegase a sus propias conclusiones.

—A veces, a pesar de los padres, los niños salen bien —contestó por fin—. Necesito que alguien transmita un mensaje, así que eres un hombre de suerte.

Peroni intentó sonreír con ironía.

—Pues cualquiera lo diría. Ahora mismo tengo la sensación de que me ha pasado por encima una apisonadora.

—Sobrevivirás. Tú y esa ladronzuela —añadió, señalando a Laila con el arma. Os doy un par de horas para encontrar el modo de salir de aquí. No salgáis antes, que yo podría estar todavía merodeando. El idiota del conserje debe andar en una de estas calles orinándose encima, supongo. Dile que ha tenido mucha suerte. Cuando te pagan por cuidar de un lugar como éste… —miró a su alrededor—, hay que hacerlo como es debido.

—¿Y el mensaje?

Aquel rostro inexpresivo y sagaz se le acercó.

—A eso iba. Dile a ese tal Leapman que se me está agotando la paciencia. Que estoy cansado de esperar. Que esta vez, le toca mover a él, si no quiere que cambien las normas.

—¿Mover el qué?

—Él lo sabe de sobra.

—¿Seguro?

El hombre volvió a soltar una de aquellas ásperas y frías risotadas.

—Sí, pero por si acaso, le dices también esto: que hablé con Dan Deacon antes de que muriera, y que fue él quien me sembró las dudas. Quiero saber si he terminado.

Peroni no se esperaba oír algo así.

—Por supuesto que has terminado. ¿No te vale que te lo diga yo?

—¡No me jodas! —explotó, blandiendo el arma. El americano pasaba de la serenidad a la furia en menos de un segundo.

—Vale, vale.

—Dile que quiero pruebas. Díselo.

Aquello parecía importante.

—Lo haré.

El arma volvió a tocarle la mejilla y Peroni echó hacia atrás la cabeza para separarse de aquel frío y engrasado metal.

—Eso espero, porque si no te escucha, las cosas van a empeorar. Dile que dentro de poco le ofreceré otro regalito, sólo a modo de recordatorio.

—¿Empeorar? —repitió Peroni sin darse cuenta, pero el americano había echado a andar hacia la cabina del conserje para luego perderse en la noche.

Estaba claro que aquel hombre al menos era sincero. Tenía sus reglas. Podría haberlos matados a los dos, y puede que en otro lugar y en circunstancias distintas, cuando las piezas del rompecabezas encajasen, lo hubiera hecho. Necesitaba unas palabras determinadas y escritas en papel, todo limpio y geométrico, dispuesto en el orden mágico que le obsesionaba.

Eso era todo lo que había que hacer: encontrar el patrón, mostrarle las runas y la ciudad dejaría de levantarse cada mañana preguntándose si volvería a tropezarse con un charco de sangre y con aquel dibujo primitivo labrado en la espalda de un muerto.

Peroni esperó a oír que se cerraba la puerta e intentó controlar la sensación de náusea y el dolor de cabeza. Tenía que concentrarse, pensar con claridad.

—¿Gianni? —susurró la niña, acercándose a él, temblorosa—. ¿Qué hacemos ahora?

—Esperar, Laila —contestó con tanta seguridad como le fue posible—. Esperaremos un rato. Eso es lo que él ha dicho. Luego saldremos de aquí y nos iremos a un lugar agradable, calentito y cómodo. A casa de mi amigo, quizás. No queda lejos. Ahora vamos a sentarnos, ¿eh?

Poco a poco dobló las piernas y se sentó en el suelo. La niña hizo lo mismo. Peroni cerró los ojos y se preguntó cómo tendría la cara. Las últimas palabras del americano le hicieron recordar el cuerpo que habían hallado en el coche. Quizás fuera sólo un aperitivo de lo que les esperaba: asesinatos al azar destinados a convencer a Leapman de que no tenía más remedio que hacer lo que tenía que hacer. Puede que incluso guardara algo todavía más horrendo en el armario para hacerle llegar su mensaje.

—Gianni...

—Necesito descansar un momento... —gimió. La cabeza le daba vueltas y la cara le dolía horrores.

Entonces algo extraño le sobrevino, algo parecido al sueño pero que no lo era.

Cuando despertó, gracias a un empujón de la niña, el lugar se había vuelto más frío y oscuro. La nieve seguía entrando como un torrente por el óculo. Laila tenía la cabeza baja y parecía concentrada en algo.

—¿Cuánto tiempo he estado inconsciente? —le preguntó.

—Mucho —contestó ella, y esbozó una sonrisa—. Ya no importa.

La niña tenía la boca y la muñeca derecha cubiertas de sangre y Peroni comprendió enseguida lo que había ocurrido: llevaba todo el tiempo que él había pasado inconsciente mordiendo y tirando del plástico de las esposas hasta conseguir romperlo.

Se levantó y su primera inclinación fue volver a escapar. Era su instinto natural.

—Eso está bien —le dijo él confiado, como si no tuviera ni idea de lo que estaba pensando—. En la chaqueta —continuó—, tengo una navaja. Está en un pequeño bolsillo con cremallera. Cógela.

La vio dudar un instante pero enseguida deslizó la mano dentro de su chaqueta con un movimiento ágil y familiar para ella, y sacó la navaja en un abrir y cerrar de ojos. La navaja y la cartera.

—Laila.

La muchacha lloraba. Lloraba de verdad. Y las lágrimas le rodaban por las mejillas, con mucha mayor abundancia que cuando se habían enfrentado a aquel hombre y tan a punto habían estado de perder la vida.

—Ahora no —le pidió—. Te necesito. Necesito tu ayuda.

Entonces Laila dijo algo que le heló la sangre, algo que también había dicho el americano, con aquel mismo fervor, con la misma mirada, con los mismos ojos que miraban a todas partes.

—*Busy, busy, busy* ...

Peroni deseaba creer que se podía sanar a un niño herido tan sólo a base de amor, cariño y sinceridad, pero Teresa tenía razón. Sus heridas eran mucho más profundas. Laila padecía una enfermedad, una infección tan real como la fiebre, más pe-

ligrosa aún porque acechaba desde su interior, solapada, iloca-
lizable, tergiversada por un mundo frío y desconfiado.

Peroni se volvió y alzó los brazos.

—Córtalas, ¿quieres?

—¿Y luego?

—Luego iremos a buscar una cama cómoda y calentita para
ti, y algo de comer. El tío Gianni tiene cosas que hacer. Le has
salvado la vida esta noche, ¿sabes?

—¿Ah, sí? —se sorprendió.

—Desde luego.

Gianni le presentó las muñecas.

—No irás a dejarme aquí así, ¿verdad?

Laila se lo pensó un instante, luego abrió la navaja y comenzó a cortar el plástico.

Diez minutos más tarde, Peroni había liberado al aterrado
conserje, al que el americano había encerrado en una oficina
portátil que había junto a la pared lateral del edificio.

A continuación, llamó a Leo Falcone.

EN AQUEL SIMPLE y avejentado cuarto de baño del primer piso
Emily Deacon se miraba a un espejo desconchado, intentando
encontrar respuestas a unas preguntas que todavía ni siquiera
sabía formular.

Nunca se le habían dado bien las relaciones y era consciente de ello. Sentirse cerca de otra persona era como una droga:
solucionaba muchos problemas, pero tenía efectos secundarios.
El compromiso dejaba abierta la ventana al dolor. La separación
sería aún más difícil, llegando incluso a convertir a los amigos
en enemigos. Siempre se había sentido así, cada vez que había intentado, torpemente, poner en pie una relación. Incluso
cuando era niña.

Incluso cuando vivía en Roma.

Recordó el tiempo en que su padre volvió del viaje con las
Babylon Sisters después de haber interpretado aquel vodevil

sangriento sobre las arenas del desierto de Iraq, dañado irreparablemente por razones que todavía no alcanzaba a comprender pero que cada vez quedaban más cerca.

"¿Por qué él? ¿Por qué no otro? ¿De verdad se reía el jefe de Bill Kaspar, y fingía ser su amigo? Y si de verdad lo era, ¿qué pudo justificar que Bill Kaspar apareciera de pronto para arrebatarle la vida en un hermoso templo de madera de Pekín trece años después, para luego labrarle en la espalda las formas de un antiguo templo de Babilonia? ¿Tanto le ahogaba la sed de venganza?"

—Pero no se detuvo ahí —le dijo a la imagen que le devolvía el espejo.

Si estaba en lo cierto, todos los que habían conseguido escapar de Iraq habían muerto a sus manos. ¿Por qué entonces seguía matando, y qué podía hacerle parar?

La respuesta tenía que estar en su obsesión misma, una obsesión insatisfecha por un motivo que seguramente ni él comprendía. Aunque pareciera una locura, la creencia demencial de que se podía devolver el orden a la vida obligándola a colocarse en mitad de un enrevesado y simétrico patrón de formas e ideas podía resultar atractiva. Pero era la clase de proceso propio de los perdidos, los abandonados, los malditos. Era, en última instancia, la salida más fácil: desviar la responsabilidad atribuyéndosela a un simulacro inerte de perfección, a un paraíso ficticio enterrado bajo un laberinto de líneas y curvas. En el mundo real era el desorden, lo inacabado, lo impredecible de la vida diaria lo que confería a cada día su humanidad, lo mismo que la fuerza aleatoria e imprevisible que palpitaba en el fondo de toda relación. Si el magnetismo de la atracción podía racionalizarse, dejaba de existir.

¿Sería ésa la razón por la que llevaba toda su vida intentando retener a un hombre? ¿Sería esa insistencia una especie de razón o de prueba? El rostro que la miraba desde el espejo no tenía la respuesta, sino que era en sí mismo otra parte de la adivinanza. Seguía intentando deshacerse de la niña que fue, cuyos primeros recuerdos estaban unidos a un lugar distinto, a la ciudad de Roma en la que había pasado los diez primeros años de su existencia, convencida de que el mundo era un paraíso lleno de colores brillantes, un lugar de armonía, gracia y belleza donde las decisiones más difíciles siempre las tomaban otros.

Inocencia e ignorancia: dos caras de la misma moneda.

—Tendrás que crecer alguna vez —se dijo. Por eso se había enfadado tanto cuando Nic la había llamado pequeña Em: porque no sabía él hasta que punto estaba en lo cierto.

Se lavó la cara, los dientes y se sentó en la tapa del inodoro con la cabeza en las manos para intentar encontrar algo de lógica que la ayudara a seguir adelante.

Aún le faltaba una pieza, y sabía que era incapaz de seguir buscándola. Estaba demasiado cansada para eso.

Se levantó y al mirarse una vez más en el espejo, se preguntó qué era lo que de verdad estaba viendo allí: una adolescente asustada, una mujer intentando encontrarse en el hervidero de la vida moderna... o lo más probable es que fuera alguien a medio camino entre las dos, una forma cambiante e ignorante de lo que sería al final.

Emily era consciente de que, por primera vez en su vida, iba a llevar ella la iniciativa. Iba a decirle a un hombre que ya había llegado la hora de que se fueran juntos a la cama, aunque quizás no ocurriera nada entre ellos y sólo compartieran el calor de un ser humano junto a otro bajo las sábanas.

Asustada como cuando era pequeña y se embarcaba en una aventura que iba más allá de los límites de la vida diaria, excitada, completamente despierta de pronto, bajó la escalera.

Nic se había quedado dormido en el sofá, con los brazos abiertos y completamente vestido. Dormía como un bebé, sin mover un solo músculo a excepción del suave balanceo de su pecho.

—Nic —le llamó en voz baja, tan baja que en realidad no sabría decir si quería que la oyese.

Cerró los ojos y sonrió.

—Siempre nos quedará mañana —susurró.

Y siempre le quedaría la posibilidad de fumarse un cigarrillo.

Abrió el bolso, sacó un Marlboro y un encendedor, se colocó la chaqueta sobre los hombros y abrió la puerta con cuidado de no hacer ruido.

La atmósfera estaba tranquila en aquella noche más propia del ártico y de una belleza exquisita. El cielo se había despejado por completo y una luna casi demasiado blanca brillaba como un sol frío en miniatura sobre aquel paisaje de formas redondeadas y nacaradas, salpicado por la silueta de las tumbas de la Vía Appia.

Encendió el cigarrillo y le dio una honda calada para luego expulsar el humo y verlo ascender en volutas hacia el tronco desnudo de una parra que se enroscaba en el techo de una pérgola. Aquella terraza sombreada y cargada de uvas debía ser muy agradable en verano.

—Y ni siquiera soy capaz de conseguir un hombre —se dijo. Ojalá pudiera echarse a reír.

Le contestó una voz fría, conocida, de acento norteamericano.

—Yo no diría eso.

Un brazo fuerte como un leño la sujetó por el cuello y alguien le puso un trapo en la cara que le cubría la boca y la nariz. Oyó el ruido de un cristal al romperse y le inundó el olor a hospital antiguo, al quirófano en el que estuvo una vez cuando su padre la llevó al hospital para que le curaran el brazo que se había roto al intentar que su bici volara como la de los Power Rangers.

No te va a doler... Steely Dan, ¿dónde estás ahora, y qué diablos hiciste entonces?... Su padre, un médico anónimo del hospital, Kaspar el Fantasma, Joel Leapman sonriendo, Thornton Fielding, todo compasión, Nic Costa...

Todos ellos pronunciaron una estúpida frase al unísono a la luz de su debilidad, todos fuera de la corona blanca de la luna:

—Esto no te va a doler nada en absoluto.

SABATO

EL TIEMPO ESTABA cambiando y no del modo que cabía esperar. La nieve no se había transformado en lluvia, sino que había desaparecido, dejando que el sol campase a sus anchas por el cielo, un sol que parecía empezar a recordar cómo se proporcionaba calor a la ciudad. El deshielo había comenzado y riachuelos de agua sucia comenzaban a manar de los canalones. Pero seguía haciendo mucho frío, eso sí. Un viento incisivo y persistente soplaba desde el mar cargado de sal, recordándoles que la ola de frío aún no se había retirado por completo.

Falcone caminaba por la Vía Cavour pensando, dándole vueltas y más vueltas a la cabeza. La noche anterior, antes de recibir el mensaje de Peroni, había hecho unas cuantas llamadas, discretamente eso sí, para aclarar algunas dudas que le rondaban la cabeza, y después de conocer las respuestas, todas de ámbito legal y llenas de peros, excepciones e intrincados vericuetos, tuvo que tomar varias e importantes decisiones. Quedaban quince minutos para su reunión con Viale, un encuentro que había solicitado él y que tendría lugar a las nueve en el SISDE, cuyo edificio hacía esquina un poco más abajo. Moretti y Leapman estarían presentes también a instancias de Viale, seguro, y aún no había decidido cómo iba a manejar la situación. Dos de sus hombres habían arriesgado sus vidas el día anterior, y eso le otorgaba ciertos derechos. Las heridas de Peroni habían resultado ser menos graves de lo que parecían en un primer momento, a las dos de la madrugada en un hospital y mientras los médicos le cosían la cara, una cara que ya había soportado castigo más que suficiente en el pasado. Luego se había sentado junto a él con Teresa Lupo y la niña curda, y había accedido sin reticencias a su primera demanda: que la niña fuese puesta al cuidado de una trabajadora social que Peroni conocía y que vivía en Ostia, adonde deberían llevarla aquella misma noche. La muchacha se levantó, besó a Peroni en un trocito de mejilla que no tenía un moretón o una herida y se marchó con una policía de paisano, lo que les dio la oportunidad de seguir charlando un poco más, de intercambiar ideas y de plantearse dudas.

Peroni esperaba algo de él. Los manejos de los hombres de gris debían tener límites. Había hablado con Costa a primera hora de la mañana y ambos habían estado de acuerdo en ello. La norteamericana le había contado a Costa una larga historia cargada de desvaríos que intentaba explicar lo que estaba pasando en Roma, y luego había desaparecido, aunque se había dejado sus cosas en la granja. Costa no tenía ni idea de dónde podía estar.

Él llamó inmediatamente a Joel Leapman para decirle que no sabían dónde estaba la agente Deacon y que su coche había desaparecido. Era su obligación. Además quería comprobar cuál era la reacción del agente del FBI. La noticia pareció sorprenderle de verdad. Incluso podría decirse que le había inquietado. Un arma más que podía emplear.

También había percibido preocupación en la voz de Costa aquella mañana. Deacon no era un agente de campo, aunque tenía razones personales por las que saltarse las normas. En realidad, aquel caso estaba cargado de razones personales de toda índole. Incluso Peroni y Costa tenían las suyas, ya que habían estado presentes cuando el desafortunado Mauro Sandri cayó fulminado sobre la nieve delante del Panteón, hacía ya tres días. A juicio de la mayoría de policías, había sido un caso de mala suerte, pero para ellos —y Falcone era consciente de que ésa era una de las razones por las que los defendía a ambos a capa y espada— era un desafío, un ultraje, un desgarrón en el tejido social que exigía castigo. Y era ese convencimiento de ambos lo que le empujaba a confiarles información y pensamientos que no compartía con los demás miembros del Cuerpo. Era inevitable que los acontecimientos de los últimos dieciocho meses los hubieran convertido en un equipo, una unidad cuyos miembros a veces estaban demasiado unidos. Costa en particular le recordaba por qué él en su juventud había tomado la decisión de hacerse policía: para mejorar las cosas. Codo a codo con Peroni, entre los dos habían conseguido sacarle de su complacencia, arrancarle la lasitud y el cinismo que acompañaban indefectiblemente a dos décadas de profesión. Costa y Peroni le habían hecho preguntas fundamentales sobre lo que estaba bien y lo que estaba mal en un mundo en el que todas las fronteras parecían estarse derrumbando. No era de extrañar que Viale los detestara.

Cuando llegó a la esquina los vio, de pie ante el edificio gris y anónimo del SISDE, al lado de un restaurante chino. Hacían una extraña pareja, completamente distinta a los policías que trabajaban habitualmente de paisano. Peroni se balanceaba hacia delante y hacia atrás sobre sus enormes pies y el frío le había hecho cruzarse de brazos, a pesar del grueso abrigo que llevaba, y mirar al cielo. Habían empezado a aparecer unas nubes altas y blancas, que bien podían ser el aviso de más nieve.

A Costa no parecía preocuparle el tiempo. Estaba examinando las cicatrices frescas en el rostro maltrecho de su compañero y su gesto era de preocupación.

Falcone llegó a su altura y estudió también sus heridas.

—Las he visto peores. Además, búscale el lado positivo. Antes ya no eras un chico guapo.

—Podría denunciarte por hablarme así, ¿sabes? —respondió Peroni—. Te montarían un juicio y yo les contaría lo hijo de perra que eres.

—Hazlo —contestó Falcone, riendo—. De todos modos, me parece que no me voy a librar.

—¿Seguro que no deberías haberte quedado en casa, Gianni?
—le preguntó Costa.

—No me mimes tanto, cariño —espetó—. ¿O es que quieres que
me pierda la diversión por unos cuantos cortes y moretones?

¿La diversión?, se preguntó Falcone. Qué ironía. En aquel
caso no iban a divertirse en ningún momento, ni él ni nadie.
Incluso cuando Peroni era inspector jefe de estupefacientes, ya
se le conocía por su seriedad en el trabajo.

—La verdad es que no conozco a nadie más con tanta afi-
ción como tú a que le sacudan de vez en cuando. ¿Cuál es el
secreto?

—Trabajar contigo. Antes de que me degradaran y acabara
en tu equipo de tarados, nunca me habían dado una paliza. Ni
siquiera una vez desde que soy adulto.

Falcone se quedó pensativo un instante.

—¿Quieres pedir el traslado?

—Tú sabes perfectamente bien lo que quiero. Quiero recuperar mi puesto. Quiero tener un chofer que me lleve y que me
traiga. Quiero seguir metido en el admirable mundo de las drogas y la prostitución porque tengo que decirte, Leo... perdón,
señor, que está mucho más cuerdo que el vuestro.

—No me digas... ¿Qué tal te encuentras? ¿Te cuidó bien la
patóloga después de que yo me fuera?

—Sobreviviré —contestó con una sonrisa—. Pero estoy hasta las narices de este tiempo. Y hasta más allá de este caso. Con
el tiempo no podemos hacer nada, pero con el caso...

Falcone suspiró y miró a Costa.

—Ya veremos. ¿Dónde está Emily Deacon?

—No lo sé. Se llevó el coche, pero el ordenador se lo dejó en
mi casa, y eso es raro. La he llamado un montón de veces, pero
nada. A lo mejor Leapman...

—Ya le he preguntado por ella, y por primera vez me ha parecido verle preocupado de verdad. No pensarás que haya podido
cometer una estupidez, ¿verdad?

—No lo creo —contestó Costa, aunque no parecía estar
completamente seguro de lo que decía.

Peroni miró a Falcone y murmuró:

—Familias. Leapman no debería haberla metido en esto. ¿Qué clase de gilipollas es ese tío?

—La clase de gilipollas que sabe lo que se hace —contestó Falcone—. Nic, lo mejor sería que no asistieras a esta reunión. Podría tener un efecto... pernicioso para tu carrera, y tú tienes mucho más futuro por delante que nosotros.

Peroni le miró con la boca abierta.

—¿Qué? ¿Pero de qué demonios...? ¿Por qué yo, Leo? —le preguntó, entrelazando las manos como si rezara—. ¿Por qué yo?

—Que busquen su coche —continuó el comisario—. Que empiecen por los sitios más normales. ¿Me has traído lo que te pedí?

Costa le entregó el sobre con los documentos que Falcone le había pedido.

Peroni parecía disgustado.

—¿Un efecto pernicioso para su carrera? —le preguntó, contemplando el edificio gris del SISDE—. Yo ya he tenido bastante, Leo, y no me gusta esta gente. No son buena compañía. Déjame hacer de niñera de Nic. O si lo prefieres puedo irme a la Questura y hacer unas cuantas llamadas, limpiarte la mesa, plancharte los pantalones... lo que quieras.

—También Nic podría llevarte a casa y que descansaras un rato —sugirió el comisario—. No sé si te has enterado de que no eres inmortal, Peroni. Anoche te zurraron bien la badana.

—¿No me digas? Razón de más para seguir metido en esto, ¿no te parece?

Falcone se encogió de hombros.

—Entonces, nos veremos en tu funeral. Y si te empeñas en seguir en el caso, tendrás que venir conmigo a la reunión. Necesito un testigo, y un poco de respaldo. Supongo que Leapman también asistirá, además del comisario principal Moretti, puesto que necesitarán que alguien tome notas. Puede que hasta te lo pases bien. ¿Quién sabe?

—Que me lo pase... tú estás mal de la cabeza.

Falcone sonreía de nuevo con una sonrisa de oreja a oreja. Estaba consiguiendo preocuparles y eso le gustaba.

—¿Qué va a hacer, señor? —le preguntó Costa—. ¿Hay algo que los dos debamos saber?

Leo Falcone siguió sonriendo, y en el fondo, el cambio resultaba incluso agradable. Iba a revelarles algo, a hacer el saque de honor, a contarles algo que nunca olvidarían.

—Se me ha ocurrido ver hasta dónde puede llegar un hombre antes de que lo despidan.

Frío, frío, frío.

—*Mueve ese culo gordo y ponte en marcha de una vez* —le ordenó aquella voz negra.

Bill Kaspar se puso manos a la obra. A las nueve de la mañana salió de la caseta colocada sobre el tejado de Castel Sant'Angelo, dejó atrás las lonas y los andamios de los trabajos de restauración que mantenían cerrado al público el lugar, tomó la escalera espiral y salió por una puerta lateral, más allá del punto de venta de entradas. El castillo estaba cerrado. Los albañiles habían parado el trabajo por causa del mal tiempo, pero siempre había unos cuantos turistas medio bobos que no se enteraban de nada y que se habían presentado ante la puerta principal del mausoleo de Adriano, erigido majestuosamente a la orilla del Tiber, un emplazamiento tan magnífico que el lugar se transformó más tarde en palacio papal y refugio unido al Vaticano por un corredor elevado y estrecho que el Papa podía emplear para huir en caso de necesidad extrema.

Y Kaspar sabía bien que esos mirones no se enterarían de nada. El interior del mausoleo era un vasto y prolijo laberinto de cámaras, túneles y corredores, invisibles desde la calle, donde los transeúntes veían poco más que los muros exteriores y la estatua triunfante del arcángel Miguel en la cima, blandiendo su espada hacia el Tiber. A las tumbas les servían para poco las ventanas. Lo que sí importaba, lo que recorría el edificio como un nervio central, era la rampa en espiral que partía de la cripta original en la que una vez reposaron las cenizas del emperador y que ascendía a través de grandes estancias y colecciones, estancias de la servidumbre vacías, cocinas y galerías, hasta alcanzar el tejado.

Había que cruzar el río y caminar unos cinco minutos para llegar a una tienda de artículos de caza y pesca en Lungotevere. Una vez allí, Kaspar gastó la mayor parte del dinero que le quedaba en dos de los abrigos más grandes y gruesos que puedo encontrar, unas parkas color caqui con la capucha rematada en piel y que se podían cerrar hasta que lo único que quedaba al descubierto eran los ojos. Guardó su vieja chaqueta de lana negra en una bolsa junto con el resto de sus adquisiciones mientras ponía en orden sus pensamientos del modo en que hacía siempre antes de la batalla.

Había tenido una noche muy dura: hablar con Emily Deacon, intentar decidir qué hacer con ella, dilucidar hasta qué punto podía creerse lo que ella le decía y lo fácil que era añadir lo que faltaba. Habían estado así durante horas, hasta que cuando ya no pudo más, la encerró y se quedó dormido. Pero entonces la madre de todas las pesadillas surgió de las profundidades de su mente, hostigándole con los sonidos y las imágenes que tan bien conocía.

Sólo pensar en ella le hizo sentarse en uno de los puntales de granito clavados en la nieve a las afueras del castillo, sudando como arrebatado por la fiebre. La mente humana era un mecanismo cruel e implacable. Nada podía extirpar aquellas imágenes: el estallido de las armas de fuego, los gritos, la sangre. La matanza sobre aquel suelo geométrico del templo en el alma misma del zigurat, rodeados por aquel dibujo mágico, el mismo que una vez tuvo en sus manos y con el que se envolvió, como si pudiera ser un disfraz capaz de engañar al muro vengativo de odio y de dolor que los cercaba.

Miró su reloj y comprobó la fecha: veintitrés de diciembre. Trece años atrás ocurrió, trece largos años, durante los cuales había rezado a todos los dioses que conocía pidiendo la libertad.

Se perdía la cuenta del tiempo en aquel lugar. Entre las palizas y la tortura, entre los interminables y absurdos interrogatorios, había luchado por no perder los recuerdos, que eran lo único que podía mantenerle vivo. Los rostros acusadores y hoscos de aquellos que habían muerto por su culpa le pedían justicia. Bill Kaspar sentía poco afecto por la vida, incluso después de salir de la cárcel de Bagdad y aprender lo que significaba ser libre. Era simplemente cuestión de hacer justicia. Nada más. De acallar esas airadas voces interiores que le acosaban en cualquier momento y en cualquier lugar.

Pensó en lo que tenía por delante en aquel día, analizó los detalles, todas las posibilidades, todos los modos en que podía volver a fallar. A continuación recorrió el perímetro del mausoleo de planta cuadrada, varado en la nieve como una ballena en la arena de la playa, entró por la puerta lateral y ascendió por la rampa hasta el tejado.

Tenía encerrada a Emily Deacon en el aseo de señoras que pertenecía al café, cerrado por las labores de restauración. A Kaspar le gustaba considerarse un caballero, a pesar de lo que pudiera parecer. Abrió la puerta y se hizo hacia atrás con su arma en la mano, por si acaso. La humedad era tremenda allí arriba y el viento soplaba con fuerza, así que Emily salió castañeteándole los dientes y abrazándose. El sol la deslumbraba y alzó brevemente la mirada hacia la estatua del arcángel, que espada en mano, parecía dispuesta a dar el golpe fatal, una figura impresionante y vengativa que dominaba el cielo de aquel barrio de Roma.

Kaspar señaló la estatua con un gesto de la cabeza.

—Da miedo, ¿eh?

Ella se llevó la mano a los ojos a modo de visera para protegerse del sol y su pelo rubio se le cruzó en la cara.

—Depende de cómo se mire. Se supone que está envainando la espada. Es algo simbólico… conmemora el final de una plaga o algo así. Lo he olvidado.

Era una muchacha inteligente y de buen fondo. Él antes tenía la capacidad de ver esas cualidades en las personas. Quizás la recuperase algún día.

—Siempre estabas pendiente de lo que se hablaba cuando eras niña. ¿Eso te lo contó tu padre?

—¿Y a usted qué le importa?

La agarró por un brazo y tiró de ella hasta el borde del pretil desde el que había una sobrecogedora vista de la pasarela que salvaba el Tiber para acceder al centro histórico. El viento era más hiriente aún allí.

—¿Te enseñó algo de ópera tu padre, pequeña Em?

Ella intentaba zafarse de su mano, pero no era rival para su fuerza.

—No me llame así.

—*O Scarpia, avanti a Dio!* —declamó, medio gritando medio cantando con voz teatral.

—No me va la ópera.

—¿Ah, no? —preguntó, sintiéndose como un profesor de universidad. A lo mejor era el mismo Steely Dan Deacon quien hablaba por su boca, o sus genes de Nueva Inglaterra—. Cuéntame, Emily. No irás a decirme que nunca has sentido ganas de saltar del borde del precipicio y saber lo que se siente.

—Nunca. Tengo demasiadas cosas por hacer.

Kaspar se quitó de la cabeza al personaje. Estaba convencido de que Emily mentía. Lo había visto en sus ojos dos noches atrás, en el Campo. Su mirada decía que le importaba un comino vivir o morir. Le preocupaba más que aquella ladronzuela, aquella zorra de dedos ágiles que se había largado con los únicos recuerdos que le quedaban, no sufriese daño alguno. En eso no se parecía a su padre.

—¿Enviarme al infierno es una de ellas? — le preguntó.

—Entre otras. Además, la curiosidad no intervenía en el argumento de esa ópera. En el fondo, Tosca sabía lo que iba a ocurrir. De eso se trataba, ¿no?

—En efecto —contestó, aflojando un poco la mano—. Supongo que tienes razón. A mí me gustaba mucho la ópera, pero cuando se pasa tanto tiempo sin escucharla, se pierde un poco la sensibilidad, el toque.

—Es fácil perderlo —respondió con crudeza—. A veces incluso por buenas razones. ¿No le parece que ya es hora de poner punto final? Yo puedo hacerlo si quiere. Podemos acudir directamente a los italianos. No tiene por qué pasar por el FBI. Hay bastante para retenerle aquí durante años, haga lo que haga Washington ante los tribunales.

No iba a arrugarse, ni a hacerse pasar por una muchachita desvalida y tímida, y eso en cierto modo le complacía. Era la hija de Steely Dan, con una vuelta de tuerca más.

—Ya hemos hablado de ello. No se puede dar marcha atrás a estas alturas.

—¿Y si se equivoca? ¿Y si vuelve a fastidiarlo todo, y en realidad fue sólo mi padre y esa otra gente?

—Tendrían que demostrármelo.

—Dígame, Kaspar —le preguntó, mirándole a la cara—. ¿Es algo que le ha dicho mi padre? ¿Qué le dicen esas voces?

—Nada. ¿Cómo se habla con un fantasma?

—No le creo.

No le gustaba recordar. Dan Deacon le había musitado algo al final, después de que él hubiera intentado con tanta brutalidad, con tanta ira, arrancarle la información de otro modo. Sin embargo, esas pocas palabras compartidas parecían haber perdido fuerza, así que le habló a Emily de la Piazza Matei, que su padre había mencionado dos veces. Le contó que incluso había pensado que la respuesta podía estar allí, pero que al intentar comprobarlo, al pretender arrancarle la verdad al hombre que vivía en la casa en aquel momento, resultó ser sólo una ilusión.

Aquello era importante. Emily también lo entendía así.

—¿Y si todo fuera eso, una ilusión? —le preguntó—. ¿Y si sólo fuera cosa de esas voces que oye en su cabeza?

La línea que separaba la realidad de lo imaginado era a veces difícil de trazar. Aun así, podía aferrarse a unas cuantas verdades: a la de un horroroso *marine* negro al que le faltaba la mitad de la cara. A la de un torturador brutal de Bagdad preparando sus instrumentos de tortura, burlándose de él por su estupidez. Ambos eran reales. Demasiado reales.

Su lado oscuro, el lado que había asesinado a Monica Sawyer

le hizo preguntarse si debía obligarla a saltar sin esperar más. La sangre de Steely Dan circulaba por sus venas, la parte incisiva capaz de leer el pensamiento.

—¿Y qué si lo es?

—Pues que pensó que todo iba a terminar cuando mató a esa mujer en el Panteón. ¿Cómo se llamaba… Laura Lee? Era la última, ¿verdad?

—Nombres —murmuró—. En nuestro mundo no significan nada.

—Pero luego mató a la otra mujer, y eso es algo que no pretendía. Además, las voces siguen ahí. ¿Qué le dicen, Kaspar? *¿Shake it?* ¿Le dejarán en paz alguna vez?

—Niños —musitó, y miró hacia el río mientras en su cabeza trazaba la divina proporción. En esas líneas residía el orden, la cordura, la paz en cierto sentido. Trinità dei Monti cerraba el horizonte, la Plaza del Popolo quedaba a la izquierda y en algún punto detrás de la mole de la colina Palatina estaba el Coliseo, perfecto en su emplazamiento, un monumento a los mártires de cualquier lugar. Y algo más. Cuando miraba al frente, cuando recordaba, podía ver un pequeño apartamento construido en el tejado de un edificio del otro lado del río. Una parte de sí mismo había cambiado allí. Había matado sin motivo. El viaje había tomado un cariz que no se esperaba.

Agarró con firmeza el brazo de Emily y tiró de ella escaleras abajo hasta llegar a la oficina portátil cuya puerta abrió de un puntapié.

Sus cosas estaban en el suelo. Lo que tenían frente a ellos era todo lo que le quedaba, prueba de que sus opciones cada vez se reducían más.

—¿Escuchaste lo que te dije anoche, o la droga que te di seguía nublándote las entendederas? —ladró.

—Lo escuché. ¿Y usted? ¿Me escuchó a mí?

—Hasta la última palabra. Y bien, agente Deacon, ¿quieres vivir o quieres morir?

Ella se echó a reír en su cara.

—No van a tragar, Kaspar. A Joel Leapman le importo un

comino, lo mismo que le importaban un pimiento Laura Lee y los demás. Sólo le quiere a usted, y no va a renunciar a todo por salvarme el trasero.

—Te equivocas —contestó, mirándola fijamente. De pronto parecía muy joven, y muy asustada.

Sacó una parka de la bolsa y se la lanzó.

—Es la de más abrigo que he encontrado. La vas a necesitar. Y eso...

Señaló dos chalecos verde militar comprados la semana anterior, cuando se le ocurrió la idea. Ahora lo tenía ya todo preparado. El delantero de los chalecos lucía una ristra de pequeñas latas amarillas.

—Los he preparado yo mismo, pequeña Em. Y ya sabes que soy un maestro en las artes oscuras.

El Lagarto Rey, el Búho Sagrado, el Gran Maestre del Universo... todos aquellos títulos se burlaban de él.

Sonrió. Tenía razón en lo de las voces. Esa intuición de los WASP lo hacía todo más fácil.

—¿Crees que nos sentarán bien?

COSTA BUSCÓ POR todas partes: en el bloque de Vía Veneto, en los lugares en los que habían estado cuando trataban de encontrar a Laila. Incluso se las arregló para localizar la antigua dirección de la familia Deacon, un espacioso piso en Aventino que ahora ocupaba un cirujano egipcio que no tenía ni idea de qué había sido de sus predecesores y que no había visto a una joven rubia y norteamericana por allí.

Los de tráfico encontraron su coche. Estaba aparcado en zona prohibida en el Lungotevere, cerca del Castel Sant'Angelo, algo que hizo saltar las alarmas inmediatamente. Emily nunca habría dejado el coche así. Bloqueaba parcialmente una de las zonas de mayor tráfico de Roma. Los de la grúa se lo habían llevado a las nueve de la mañana y nadie lo había reclamado aún. También habían encontrado un Fiat Punto amarillo que había sido robado en Vía Appia Antica. Por lo tanto, Emily podía haber sido secuestrada.

Costa quería hablar de todo aquello con alguien, preferentemente con Peroni. O con Falcone incluso. Seguramente lo haría más tarde aquella misma mañana, pero necesitaba hablarlo con alguien en aquel instante, y era obvio con quién, así que dio media vuelta en dirección a la Questura, aparcó de cualquier manera delante del edificio de la morgue y entró en él.

Jamás había un momento de paz, de inactividad allí dentro. Aquel edificio era una especie de templo a la muerte, una última parada en el viaje final de cientos de desafortunados cada año. Incluso el hombre que fue su compañero antes que Peroni, Luca Rossi, descansó sobre una de aquellas mesas en las que trabajaba Teresa Lupo, quien compartía con él el afecto por el fallecido. A Luca le habían disparado, de modo que el trabajo podría haberlo hecho otra persona, por lo que no era necesario un trabajo forense en profundidad. Sabían incluso quién había sido el responsable de su muerte. Lo habían atrapado. Él personalmente se había encargado de ello, a su manera.

Pero la muerte de Luca no había detenido a Teresa. Era su trabajo.

Miró a su alrededor. Silvio Di Capua estaba supervisando a uno de los empleados de la morgue que limpiaba una mesa de disección. Teresa no andaba por allí.

—Silvio...

Se llevaban bastante bien, teniendo en cuenta eso sí que Di Capua se moría de miedo cada vez que un policía se acercaba a él. Nic siempre lo trataba con respeto y evitaba emplear el mote de *el monje*, que era como se referían a él en la Questura. A cambio, Di Capua era, alguna que otra vez, útil. O casi.

—No —cortó Di Capua.

—¿No, qué?

—No a lo que sea que quieres que haga. No pienso volver a saltarme las normas. No pienso hacer esto en lugar de hacer aquello. Aquí tenemos normas, Nic, y estoy decidido a respetarlas.

Costa no pudo evitar reírse. Cualquiera diría que Di Capua estaba al mando.

—Venía buscando a Teresa.

—¿Qué es lo que quieres? Pregúntamelo a mí.

—Es personal.

El hombrecillo frunció el ceño.

—¿Personal? ¿No te parece que últimamente nos estamos excediendo con el rollo de lo personal aquí? Tenemos mucho trabajo, Nic. Claro que eso no es nuevo.

Costa le lanzó la mirada que había aprendido de Gianni Peroni que había perfeccionado lo suficiente como para que funcionase con un forense de segunda.

—Ahora no está de servicio —le confesó Di Capua, enrojeciendo—. Pero como siempre está aquí, liada con papeles. Mira a ver en el despacho del conserje. Antes le ha dicho que se tomara el día libre.

Aquello era una novedad porque la aversión de Teresa por el trabajo burocrático era conocida por todos. Costa entró en el pequeño cubículo del conserje y la encontró tecleando en el ordenador.

—No me digas que me traes más trabajo, Nic —le dijo nada más verlo—, que aunque sea de vez en cuando, tengo que ponerme al día.

Él abrió los brazos y luego se palpó los bolsillos del abrigo.

—Regístrame. No traigo clientes nuevos, te lo prometo.

—¿Es importante? Me están tirando de las orejas para que presente de una vez los presupuestos, y ahora que he reunido el valor suficiente para hacer las cuentas, me gustaría acabarlas.

—Sí, es importante.

Señaló una silla y dijo:

—Siéntate.

—Gracias. ¿Qué piensas de Emily Deacon?

Una pregunta tan inesperada la sorprendió.

—¿En qué sentido?

—¿Qué es lo que la mueve?

—La familia —contestó, poniendo cara de que su pregunta era obvia—. El hecho de que su padre haya sido asesinado. ¿Qué más? ¿A ti te parece un agente del FBI?

—Las apariencias pueden despistar. Mucha gente piensa que yo no parezco un policía.

Teresa apartó el teclado.

—Eso es más sencillo. Es que tú eres... bajito, te gusta el arte, no comes carne y raras veces pierdes los estribos. Podrías pasar por un ser humano cuerdo e inteligente. No es raro que te distingas en este zoo.

—Eso es porque me miras bien.

—Lo sé. ¿Por qué me preguntas por Emily?

—Ha desaparecido. O dicho de otro modo, no sé dónde está.

—¿Y por qué deberías saberlo? Quiero decir que es una mujer adulta. ¿Y el imbécil que va con ella? ¿Tampoco lo sabe?

—No. Es que... —no quería entrar en detalles sobre lo que había ocurrido la noche anterior. En realidad ni siquiera él estaba seguro—. Estuvo en mi casa ayer, y esta mañana ya no estaba. No ha dejado nota, ni nada de nada. Han encontrado su coche mal aparcado en el centro, y no me parece propio de ella.

—Vaya, vaya... *ayer. Esta mañana*. Muy interesante

Teresa se frotaba las manos.

—Podría estar equivocándome, claro —dijo, haciendo caso omiso de su invitación para que contase más—. Salió por su cuenta ayer y según me contó, tuvo una experiencia muy productiva.

—¿Haciendo turismo?

—Descubriendo unos cuantos hechos que se supone que nosotros no debíamos saber.

"Puede que incluso más de lo que me contó", pensó.

—Es una mujer lista, Nic. A lo mejor está investigando por su cuenta.

—Ya lo he pensado, pero entonces, ¿por qué no contesta al teléfono? ¿Por qué se dejó el ordenador en mi casa?

—Ay, la arrogancia de los hombres. ¿Podría ser porque no quiere saber nada de ti? Leapman pasa de ella cuanto puede, y tú, dime la verdad: ¿querrías tener a un novato del FBI siguién-dote como un perrito todo el día?

Nic no contestó.

—Ah —suspiró Teresa. Parecía haber detectado un interés personal en él—. En ese caso, déjame decirte una cosa: Emi-ly Deacon me parece una mujer inteligente y honrada, lo cual, dada la situación en la que está, puede que sea parte del proble-ma —hizo una pausa, sorprendida quizás por el pensamiento que se le había ocurrido—. La honradez es un rasgo un tanto peligroso en este trabajo, ¿no te parece?

Ese comentario tenía mucho que ver con Gianni Peroni. Seguro.

—No —dijo con cierto grado de convicción—. La honradez es todo lo que nos queda. Gianni está bien, por cierto. Anoche le salvó la vida a esa niña.

—Lo sé. Fue valiente como un toro. ¿Qué otra cosa espe-rabas? ¿Pero fue su valentía lo que los salvó? Yo no lo sé. En el hospital me contó algo sobre un mensaje. *Busy, busy, busy.* No entendí ni jota.

—De todos modos...

—De todos modos —le interrumpió—, lo está haciendo bien porque es como si hubiera adoptado a esa niña. Sé lo que pien-sa. Está esperando que algún primo suyo la adopte y así el tío Gianni podría ir a verla de vez en cuando. Pero... pero eso tie-ne que cambiar, Nic —sentenció con dificultad—. Vivimos en un mundo duro al que no puedes pretender cambiar con amor, honradez y encerrando a algún malo de vez en cuando.

No le gustaba nada lo que estaba escuchando. Era la misma clase de desencanto de Falcone.

—¿Y se puede saber por qué no?

—Porque eso acaba volviéndose contra ti al final. Te debili-ta. A Gianni ya le está ocurriendo. Se siente culpable por lo de su familia, y eso le hace... vulnerable. Más de lo que te imagi-nas. Tiene que aprender a enterrar parte de esos sentimientos, porque si no lo hace, va a terminar destrozándose la vida. Lo sé bien porque le quiero —declaró, y enrojeció súbitamente, por lo que Nic se imaginó que la confesión se le había escapado—. Es decir, que lo que pienso es que Gianni es un ser humano maravilloso, lleno de compasión y bondad, y no sé qué demonios hace en un trabajo como éste. No sé cómo consigue sobrevivir —frunció el ceño—. Antes me lo preguntaba sobre ti también, pero ahora... creo que lo conseguirás, y eso está bien.

—¿Y Emily Deacon?

—Pues no sé qué decirte. Me da la sensación de que le encantaría dejar este trabajo y sentarse en cualquier esquina a dibujar. ¿Has hablado ya de pintura con ella?

—No —contestó, un tanto ofendido.

—No te acalores, que sé que lo harás. Y no he terminado todavía. Me parece que Emily está muy cabreada por lo que le pasó a su padre, así que seguir investigando el asunto puede que sea todo lo que tiene a su alcance para liberarse, independientemente de cuáles sean las consecuencias, e independientemente del dolor que pueda causarse a sí misma o al que pille por en medio. ¿Entiendes lo que quiero decir?

Sí. Lo había entendido desde un principio. Sólo quería que ella se lo confirmara.

—¿Qué vas a hacer? —le preguntó.

—Tomar un café y esperar a que llame Falcone.

Ella miró su reloj.

—Anda y que le den morcilla al presupuesto. No aguanto el rollo de los números. Además, se supone que no estoy de servicio. Invítame a un café.

Salieron del edificio tristón que albergaba la morgue, giraron en la esquina y entraron en el café al que solía ir Teresa. No era un lugar frecuentado por la policía, y ésa era una de las razones por las que a ella le gustaba el sitio. El joven de coleta que atendía la barra se asustó un poco al verla entrar, como siempre, lo cual significaba que el café estaba servido en un santiamén. Y era, también como siempre, delicioso.

Tan bueno como en la Tazza d'Oro. Emily le había hablado en alguna ocasión de su café favorito, y se preguntó mirando su café si en lugar de estar allí no debería haberse pasado por la Tazza d'Oro.

—Relájate un instante, Nic —le pidió Teresa poniéndole la mano en un brazo—. Gianni y tú no sois los únicos policías de Roma.

Pero ésa era precisamente la sensación que él tenía en aquel momento. Falcone los había apartado por una razón que en algún momento tendría que explicarles.

—Háblame de tu Navidad —le pidió ella—. Cuéntame cómo se vivía en un hogar laico como el tuyo.

¿De verdad la casa de Vía Appia era distinta de las demás? Él había vivido su infancia como el resto de niños, pensando que ellos eran los normales y los demás, los raros.

Entonces le vinieron a la memoria algunas imágenes: la comida, la risa, las canciones. Recordó a su padre con una copa de vino de más y comportándose, por una vez, como si no existiera el mañana, como si no hubiera ninguna batalla fundamental en la que luchar, nada que hacer en el mundo excepto disfrutar de la compañía de quienes le rodeaban, de las personas que lo querían y a las que él quería también.

—Éramos felices —dijo sin más.

Teresa ya estaba pidiendo un segundo *macchiato*. Bebía café como si fuera agua.

—¿Qué más te puedo preguntar?

—Nada.

Sonó el teléfono de Nic. Falcone había dicho que le llamaría.

La voz que le llegó lo arrancó inmediatamente de la inercia en la que estaba sumido. Emily parecía distante, cansada y asustada.

—Nic...

—¡Emily! Te he estado buscando.

—Escucha —le interrumpió—. No tengo tiempo. Préstame atención, que es importante. Y confía en mí, por favor.

—Desde luego.

Hubo una pausa en la que le dio tiempo a preguntarse hasta qué punto parecía ella convencida de lo que le estaba diciendo.

—Estoy con Kaspar —dijo al fin—. Puedo llevarle a la comisaría y no habrá más asesinatos, ni más sangre, pero tienes que hacer lo que te pida, por más absurdo que pueda parecerte. Si no...

Se oyó un ruido al otro lado del auricular. Algo físico, parecido a un carraspeo.

—Si no —continuó hablando una voz con acento norteamericano—, la pequeña Em y tú no volveréis a divertiros juntos.

Costa permaneció en silencio, escuchando. Cuando colgó, Teresa lo miraba con aquella expresión tan suya de preocupación sincera que había aprendido a reconocer y a apreciar. Luego apartó la taza vacía de café y miró en torno suyo.

—Como te decía, Nic, no estoy de servicio, así que si hay algo que yo...

PERONI MIRÓ AL hombre que estaba al otro lado de la mesa, echó un vistazo al breve y preciso informe que Falcone le había entregado en el ascensor y se preguntó cómo sería que su carrera terminase allí. A lo mejor podía volver a casa y abrir una granja de cerdos en las afueras de Siena. O pedirle a la chica del Trastévere un trabajo vendiendo cucuruchos de helado. Cualquier cosa sería mejor que tener que pasar más tiempo con aquellos tres: Filippo Viale, engreído como un pavo real, con esa cara que parecía decir que no estaba dispuesto a dar ni los buenos días; Joel Leapman, resentido y agrio, y el Comisario general Moretti, con su inmaculado uniforme, el bolígrafo parado sobre un cuaderno como una secretaria que aguardara el dictado de su jefe.

Leapman miró a Peroni cuando él y Falcone entraron y se sentaron al otro lado de la mesa.

—Una buena pelea, sí señor —comentó el yanqui—. ¿No cree que es ya más que hora de que mejore un poco sus habilidades comunicativas?

Peroni miró a Falcone y después pensó: "A la mierda con todos".

—Estoy cansado —dijo—, me duele la cabeza, y preferiría estar en cualquier otro lugar del mundo antes que aquí, de modo que, si me perdonan la osadía, les diré que al siguiente que se le ocurra otro comentario chistoso como ése, lo lanzo por la ventana —sentenció, señalándola con un gesto de la cabeza.

Moretti suspiró y miró a Falcone frunciendo el ceño.

—¿Señor? —preguntó el comisario.

—Haz el favor de atar corto a tu perro, Leo —le advirtió y volvió a suspirar—. Tú has convocado esta reunión. ¿Te importaría decirnos con qué motivo?

—Para limpiar un poco el aire, que está muy enrarecido.

—Y para saber algo más sobre Emily Deacon —añadió Peroni.

—Ya les he dicho que no sé dónde está —intervino Leapman.

—¿Cree que podría tenerla Kaspar?

Los otros tres se miraron.

—¿Quién? —preguntó Leapman.

—William F. Kaspar —contestó Falcone.

Peroni estudió sus expresiones. Viale no revelaba absolutamente nada. Moretti parecía atónito, y la cara de Leapman era la de alguien que acabase de perder a un ser querido, por difícil que resultara imaginarle queriendo a alguien.

—¿Quién? —volvió a preguntar.

Falcone miró a Peroni y éste se levantó tan rápido como el rayo, agarró a Leapman por el cuello y tiró de él por encima de la mesa. Bolígrafos, un par de teléfonos y algunas cosas más, cayeron al suelo. Peroni se lo acercó a la cara para que disfrutara de un primer plano de sus puntos y moretones. El agente del FBI parecía asustado y sorprendido a partes iguales. Viale no se había movido de su silla, pero Moretti se había levantado rápido como un galgo y estaba pegado a la pared contemplando la escena horrorizado y sin saber qué hacer.

—Está claro que la hamburguesa que le restregué por la cara no consiguió hacerle llegar el mensaje —le dijo—. Ya estamos hartos, mi querido amigo. Me han puesto la cara así por culpa de sus mentiras, y he tenido que ver a una niña temer por su vida. Tenemos compañeros en grave peligro por su culpa, Leapman. Buena gente. Así que déjese de mierda. O nos empieza a contar algo que se parezca a la verdad, o se acabó el numerito. Se acabó lo de hacer de gilipollas. ¿Está claro?

—¡Suéltale ahora mismo! —gritó Moretti cuando por fin encontró su voz—. ¡Falcone!

—¿Qué? —contestó el comisario—. Fíjese cómo está el pobre muchacho. Mire cómo han dejado a uno de sus hombres, Moretti. Es lo menos que se merece.

Luego puso la mano en el hombro de Peroni y le dijo con calma:

—Suéltale, Gianni. Veamos qué tiene que decirnos.

Peroni soltó por fin el cuello de Leapman y de un empujón lo lanzó a la silla.

—¡Viale, haga algo! —dijo Leapman con voz amenazadora.

El hombre del SISDE abrió los brazos y sonrió.

—Vamos, vamos, Leo. Estamos en mi despacho, y no quiero que ocurran cosas como estas aquí. Vamos a calmarnos todos. ¿Cuál es el problema? Esto no es distinto a cualquier otro trabajo policial: hay que asumir las órdenes. Hacer lo que se nos dice que hagamos —hizo un pausa y miró a Peroni—. Deberías buscarte gente nueva, si quieres conservar tu puesto.

Falcone le miró de pies a cabeza.

—Esto es distinto.

—¿Distinto en qué?

—Esto no es trabajo policial. Y mi puesto no me preocupa lo más mínimo. ¿A ti sí, Filippo?

—No me amenaces.

—No lo hago. Sólo estoy aclarando la situación. Leed estos documentos… —del bolsillo de la chaqueta sacó dos documentos con el membrete del Palacio Chigi y los dejó sobre la mesa—. Aparece tu nombre, y el de Moretti también. Eso debería preocuparos, y mucho.

Viale hizo un gesto conciliador.

—Leo…

—Callaos y escuchad —ordenó Falcone—. Anoche busqué consejo profesional, ya que me pareció lo más apropiado dadas las circunstancias. Aunque a vosotros se os haya olvidado, en este país tenemos algo que se llama sistema legal.

—Y también hay algo que se llama protocolo...

—Chorradas —le cortó Falcone—. Hay cosas que están bien y cosas que están mal, y ésta está mal, muy mal. No se pueden emitir mandatos judiciales como si fueran multas de aparcamiento. Hay reglas para eso. Para empezar, se necesita la firma de un juez.

Falcone empujó los documentos hacia el hombre del SISDE.

—Y tú no tienes nada, Filippo. Estás intentando engañarme con un membrete y unas cuantas bravatas, y esperas que yo no me dé cuenta.

Moretti se revolvió con su uniforme negro y miró a Viale.

—¿Es eso cierto?

—Es sólo cuestión de papeleo —le dijo a Falcone el hombre del SISDE, sin contestar a la pregunta de Moretti—. Pura burocracia. La gente ya no trabaja así en la actualidad, Leo. Yo, no. No tengo necesidad y tú lo sabes.

—La ley es la ley. No puedes escoger sólo lo que te interese y olvidarte del resto. Ni tú, ni nadie, lo sabes bien. Por eso te has limitado a que te firmen el papelito unos cuantos del SISDE y Moretti: para no molestarte con los trámites judiciales. No podías enfrentarte tú solo a este caso. Es demasiado conocido. Tenías que ponernos a nosotros de pantalla para poder romper las reglas y llegar adonde querías llegar.

La falsa cordialidad de Viale le abandonó y miró a ambos policías con sus ojos grises y mortecinos.

—¿Ah, sí?

—Por supuesto. La única circunstancia en la que un juez puede aprobar algo así es cuando corre peligro la seguridad nacional. *Nuestra* seguridad, no la de otro país, aunque no creo que sea ése el caso que nos ocupa. Deliberadamente has obstaculizado la investigación en un caso de asesinato de un ciudadano italiano. Has estado mareando a la policía, le has dado carta blanca a un servicio de seguridad extranjero para que trabajase aquí sin impedimento alguno, y todo ello fuera de la ley italiana. ¿Y para qué? Pues para que Leapman pueda seguir con su particular *vendetta* contra un individuo sobre el que nosotros tenemos total jurisdicción. Podría detenerte en este mismo instante. Con hacer una llamada, estarías compareciendo ante un juez a la hora de comer.

—Así que ahora eres tú quien juzga lo que es asunto de seguridad nacional y lo que no lo es, ¿eh?

Falcone sonrió. La reunión iba como había previsto.

—Hasta que alguien me demuestre lo contrario, sí. Así que, caballeros, díganme en qué quedamos: ¿nos van a contar quién es en realidad William F. Kaspar, o...?

—¿O qué? —intervino Moretti.

—O los detenemos a los tres en este mismo instante por... —se volvió a Peroni—. ¿Cuántos cargos teníamos la última vez que los contamos?

—Eh... —Peroni contaba con los dedos mirando al techo, como si le costara trabajo recordarlos todos—. Conspiración, obstrucción a la justicia, falsificación de documentos públicos, posesión ilegal de armas, uso de medios electrónicos para enviar amenazas criminales, obstrucción en los procedimientos forenses, retención de información...

Viale perdió los estribos.

—¿Te atreves a amenazarme, Falcone? ¿Aquí? ¿Tienes idea de lo que estás haciendo?

—Yo diría que sí —contestó con tranquilidad—. Además tengo estos documentos.

Los sacó de un sobre y los tiró sobre la mesa. Leapman fue el primero en cogerlos. Tenía el rostro desencajado. Eran copias que Costa hacía hecho aquella misma mañana del material que Emily Deacon le había proporcionado el día de antes: las conversaciones de la red, y sobre todo, el informe de 1990 titulado *Babylon Sisters*.

—¿De dónde demonios habéis sacado esto? —murmuró Leapman.

—De Emily Deacon —respondió Falcone—. Quien, por cierto, ha desaparecido.

—Esa zorra sabe más de lo que debería. Y yo que creía que...

—¿Qué? ¿Que era sólo un pelele, como todos nosotros? —espetó Falcone.

—Pues sí —corroboró Leapman con gesto agrio.

—Vuelves a equivocarte, pollino —intervino Peroni, señalándole con uno de sus dedos como plátanos—. Y voy a darte algo más en qué pensar: ¿y si está muerta? No habrás pensado que podrías mantener en secreto algo así, ¿verdad?

Leapman intercambió una mirada con Viale. Estaba claro que algo se traían entre manos. Peroni se arriesgó a mirar a Falcone, y el brillo de sus ojos le confirmó que la trampa había funcionado.

—Esto es un desastre —murmuró Leapman—. Un maldito desastre.

Moretti había dejado el bolígrafo sobre la mesa. Estaba pálido.

—No me dijiste que pudiera ocurrir algo así, Viale —le dijo, frunciendo el ceño—. Dijiste que...

A Peroni le encantó poder intervenir.

—Usted va a cobrar un buen pellizco de pensión cuando se jubile, ¿verdad, Moretti? Pues si se la retiran, escuece que te cagas, ¿sabe? Claro que no sé que es peor: si eso, o la cárcel...

—Maldito santurrón de mierda... —le lanzó junto con una mirada de odio—. Tú no tienes que tratar con esta gente todos los días. No tienes que aguantar sus presiones, sus amenazas, sus ofrecimientos...

—Creía que le pagaban para eso... señor.

—No tenemos tiempo para esto, caballeros —intervino Falcone mirando su reloj—. ¿Dónde va a ser? ¿Aquí, o en la Questura?

Costa estaba empezando a desesperarse. El cruel ultimátum de Kaspar le impedía concentrarse. Teresa se estaba dedicando a lo que más le gustaba hacer: recorrer la Questura de arriba abajo en busca de cualquier información que pudiera obtener acosando a gente que ni siquiera debería hablar con ella; él, mientras, se ocupaba del trabajo de calle. Nadie le había contestado en la dirección que Emily le había dado. A través de las ventanas había visto que la casa estaba amueblada con unos cuantos trastos propios de las casas de alquiler, y se había planteado la posibilidad de colarse. Así era difícil obtener información de lo que podía haber ocurrido trece años atrás. Además había aporreado seis puertas más, pero sin resultados, y mientras se desmenuzaba la cabeza intentando pensar qué hacer, había visto a un panadero judío acarreando harina en la puerta de su pequeño establecimiento, y al olor a pan fresco en aquel gélido día de diciembre le había contestado un rugido de su estómago. Tenía que ser capaz de enfrentarse a aquella situación con la misma dedicación serena y firme que Kaspar había demostrado poseer, si no quería meter el miedo en el cuerpo a todo el mundo anunciando otro sangriento desastre.

En el corazón de la Plaza Mattei estaba la pequeña fuente de las tortugas. Comparada con el resto de fuentes de la ciudad, se trataba de una pequeña creación con un toque cómico que a él le divertía mucho cuando era muchacho. Cuatro jóvenes desnudos, encaramados sobre otros tantos delfines, intentaban empujar a cuatro pequeñas tortugas para que cayeran a la cazoleta de lo más alto de la fuente. La imagen resultaba lúdica, casi irreal, y a pesar del frío, el agua seguía corriendo.

Se acercó a la fuente, saltó la pequeña verja de hierro que la protegía de las imprudencias de los conductores que transitaban por los estrechos callejones del gueto y hundió un dedo en la nieve acumulada en la pileta central. El hielo estaba derritiéndose. Miró entonces al cielo. Seguía haciendo un frío de mil demonios, pero se avecinaba un cambio de tiempo.

Y así tenía que ser. La mente humana perdía de cuando en cuando la perspectiva de hechos como aquél. Terminábamos siempre por considerar normal el advenimiento de hechos extraordinarios, cuando en realidad había que considerarlos con la perspectiva que se merecían. Roma volvería a mostrar su ros-

tro más habitual para el mes de diciembre en el que estaban.
Los aviones volverían a volar y los autobuses y los trenes recu-
perarían su relativa puntualidad. De un modo u otro, los asesinatos cesarían. El caos, por su propia naturaleza, era efímero.

Lo fundamental era poner punto final a todos aquellos hechos causando el menor daño posible, y no estaba convencido
de ser capaz de hacerlo. Falcone estaba en su reunión, pero en
cuanto concluyese le tendría al teléfono. ¿Habría obtenido respuestas para las preguntas con las que sin duda le iba a bombardear? Y, en caso de tenerlas, ¿se sentiría inclinado a compar-
tirlas con él?

Además, había una pregunta que debía hacerse a sí mismo
inevitablemente: ¿hasta qué punto le habría dicho Emily la verdad? Desde que la noche anterior la obligó a asumir que su padre era el hombre que se ocultaba tras el destino fatal al que
Kaspar se había enfrentado en Iraq, surgió en él la certeza de
que le ocultaba algo.

Teresa había estudiado el informe sobre el ataque acaecido
en la Plaza Mattei en el mes de octubre en un intento inútil por
encontrar algo nuevo. Los hechos aparecían desnudos, descon-
certantes y sospechosamente breves. El académico norteamericano era un huésped temporal del número trece, dedicado a una
investigación de carácter académico en la embajada de Estados
Unidos y había sido atacado en la plaza, junto a la fuente. Por
pura casualidad, dos policías se encontraban en los alrededores,
pero nadie había sido detenido, y no se había descubierto motivo
alguno para la agresión. Todo podía ser un callejón sin salida...

Luego, Teresa había sugerido que investigasen la propiedad
en sí, y en cuestión de un cuarto de hora, tiempo en el que Nic
no había conseguido llegar a ninguna parte, ella volvió a llamarle. Estaba entusiasmada. Las escrituras más antiguas que
había podido localizar y que databan de 1975 demostraban que
la vivienda del número trece siempre había sido propiedad de
la misma empresa privada radicada en Washington. Ese hecho,
en sí mismo, era ya poco corriente. Los extranjeros no solían
tener una propiedad durante tanto tiempo. Por otro lado, aque-

lla empresa no aparecía ni en la guía telefónica, ni en los registros de Hacienda que había consultado un subalterno al que había convencido para hacerlo. Teresa estaba convencida de que
algo olía mal, y Nic confiaba en su corazonada. El problema era
transformarla en hechos. Todo quedaría en agua de borrajas a
menos que consiguiera despertar el recuerdo de alguien que
llevara años viviendo en aquella plaza.

"Lo que hay que hacer en una situación como ésta" —se dijo
Nic—, "es tomarse un café".

Entró en un pequeño café de la plaza, pidió un *macchiato*
largo y le añadió una dosis extra de cafeína en forma de café y
azúcar que el establecimiento ofrecía en dos pequeños cuencos
dispuestos sobre la barra. Luego, y mientras esperaba a que la
cafeína hiciera su efecto, intentó imaginar qué haría Falcone en
una situación semejante.

El comisario tenía unos cuantos dichos muy personales, y
uno de ellos le vino a la memoria en aquel momento: *la curiosidad es la madre de toda investigación. Sin ella, no se puede
descubrir nada. Sin ella, mejor dedicarse a otra cosa.*

Intentó recordar lo más sustancial de los informes que había leído durante aquellos últimos días en la Questura y enfren-
tarlos con lo que Emily le había dicho después de que Kaspar la
pusiera el teléfono. Luego apuró su taza y llamó al propietario
del bar, un hombre de mediana edad.

Debería habérsele ocurrido antes. El gueto nunca cambia.
Los inmuebles pasan de padres a hijos, generación tras generación. Quedaba apenas a un paseo del centro comercial de
la ciudad moderna, y sin embargo mantenía su carácter de
pueblo, un lugar en el que todo el mundo conocía a todo el
mundo. Roma era, en cierto sentido, una colección de comunidades individuales que convivían ruidosamente. Era lo que la
diferenciaba de otras capitales que había visitado, ciudades que
parecían enormes áreas metropolitanas, con límites borrosos y
zonas en las que no había ni un alma por las noches.

—¿Quién es el residente más antiguo de esta zona? —le preguntó tras mostrarle la placa.

El hombre siguió puliendo el cristal de un vaso con un paño inmaculado mientras pensaba.

—Supongo que se referirá al viejo que todavía sea capaz de recordar cómo se llama, ¿no?

—Más o menos —suspiró Costa—. Mire, no tengo tiempo de…

Sacó la mano del vaso y señaló con el paño a una casa que quedaba al otro lado de la plaza.

—Sorvino. Número veintiuno, planta baja. No le diga que le mando yo.

A nadie le gustaba hablar con la policía. Ni siquiera a los propietarios de los bares, que son siempre los primeros en llamar cada vez que alguien sale de su establecimiento con un sobrecito de azúcar de más.

—Gracias —contestó Nic, dejó un par de monedas sobre el mostrador y salió.

Atravesó la plaza, llegó al número veintiuno, que por capricho de la numeración quedaba cuatro puertas más abajo del trece, y llamó a un timbre en el que ponía el nombre de "Sorvino". Una mujer de corta estatura, que caminaba con las piernas un tanto rígidas y que llevaba un vestido de flores descoloridas abrió la puerta y le miró desde detrás de unas gafas redondas de montura negra. Debía tener ochenta y tantos años, puede que incluso más, una edad en la que era difícil acertar. Bajita pero erguida y orgullosa, como si quisiera decir *me importa un comino ser vieja*. Examinó un instante su placa y le invitó a pasar al salón. Estaba inmaculado: muebles antiguos y pulidos, una selección de pequeñas fotografías enmarcadas, y lo que debían ser recuerdos judíos a cientos.

—Señora, yo quería hablar con alguien que hubiera vivido aquí durante mucho tiempo y pudiera tener recuerdos de lo ocurrido en esta plaza.

—¿Le bastan ochenta y siete años?

—Me sobran —sonrió, intentando no transmitir la impaciencia que sentía.

La anciana tomó una delicada taza de porcelana.

—Manzanilla. Le sienta bien a la gente demasiado nerviosa.

330

—Gracias. No lo olvidaré.

—Lo dudo. Usted es joven, y todavía piensa que puede superarlo todo. ¿Qué es lo que busca? Debe ser importante.

—Mucho, no lo dude. Busco hechos, nombres... sobre todo nombres. He llamado a varias puertas, pero no he tenido suerte.

—El gueto está cambiando. Ya no hay familias como las de antes.

—Quiero información sobre el número trece.

—Ah —asintió y entrecerró los ojos, pensando—. *Il Duce* tuvo una chica allí durante la guerra. Era alemana. Ilse, creo que se llamaba. No es que él viniera en persona, ya se imaginará. No iba a ensuciarse las manos viniendo por aquí.

Los judíos de su generación albergaban sentimientos muy distintos hacia Mussolini. Hasta los últimos momentos de su régimen, *Il Duce* mostró poco interés por el antisemitismo. Costa recordaba haber oído decir a su padre que incluso algunos judíos se unieron a los fascistas. Un número más bien escaso de ellos fue conducido a los campos de concentración. Una muestra más del carácter de los romanos: nada era jamás ni blanco ni negro.

—¿Qué ocurrió con la casa después de la guerra?

—No soy agente de la propiedad inmobiliaria —espetó con severidad.

—Lo sé. Sólo quería saber quién vivió allí. Es usted muy amable, señora, y estoy seguro de que le gusta relacionarse con sus vecinos.

—Siempre y cuando ellos lo deseen también.

—Por supuesto.

—Soldados —dijo, encogiéndose de hombros—. Soldados americanos, al menos durante un tiempo. Gente muy agradable. Oficiales de buenos modales, y no como los hombres de esta ciudad. Eran extranjeros y me pedían ayuda de vez en cuando. Me gusta que los extranjeros se lleven un buen recuerdo de Roma. Todos los buenos ciudadanos deberían hacerlo así.

—Por supuesto. ¿Y después?

—¿Piensa preguntarme por todas las personas que han vivido en esa casa durante los últimos cincuenta años?

—Me sería muy útil.

—Hum...

No era fácil tratar con personas de esa generación. Estaban resentidas. Quizás porque el mundo había cambiado demasiado. O porque se hacían viejos y se sentían indefensos.

—Por favor, intente recordar. Este año atacaron a un hombre aquí mismo, en la plaza. ¿Se acuerda?

—¡Desde luego! ¡Peleas en plena calle, aquí! No había vuelto a ocurrir algo así desde la guerra... —frunció el ceño—. El mundo va cada vez peor. ¿Por qué no intentan ustedes hacer algo?

—Yo sí lo intento.

—Pues no es suficiente, me parece a mí.

Era una observación bastante razonable.

—Es posible, pero yo no puedo... la policía no puede hacer nada sin su colaboración. Necesitamos el apoyo de los ciudadanos. Sin él...

Nada parecía escaparse a los ojillos vivarachos y penetrantes de aquella mujer.

—¿Sí?

—Sin él, sólo somos personas que hacen respetar las leyes que inventan los políticos sin tener en cuenta el pensamiento de los ciudadanos, e incluso a veces sin tener en cuenta lo que está bien y lo que no lo está.

—¡Dios bendito! —exclamó sonriendo y dejando al descubierto unos dientes del color de la porcelana antigua, unos dientes cuyas pequeñas imperfecciones demostraban que no eran postizos—. Un policía con conciencia. Cuánto deben estimarlo.

—Yo no me dedico a esto para que me quieran, señora. Y ahora, por favor, la casa... ¿de quién es? ¿Quién ha vivido en ella en los últimos años?

—¿Que de quién es? Pues de los americanos, supongo. Me da la impresión de que son funcionarios del gobierno, aunque a mí eso me da igual. Está en buen estado... y no sé qué más decirle. Que van y vienen, que nunca son los mismos y que no se quedan mucho tiempo. Unas semanas, como si fuera un hotel. No lo bastante para que nos conozcamos. Eso sí, son gente respetuosa. Hombres, en su mayoría, y siempre solos.

Estaba intentando recordar algo y Costa esperó, a pesar de que era consciente de que no podía dejar que aquella entrevista se alargara sabiendo que quizás podía haber otros caminos a seguir.

—¿Y?

—Son gente solitaria —añadió—. No de los que charlan fácilmente en la calle.

—¿Todos?

—La mayoría.

—¿Recuerda algún nombre? Existe la posibilidad de que confundieran con otra persona al hombre al que atacaron.

—Han pasado tantos que...

Ni siquiera la gente mayor se esforzaba mucho por colaborar. Costa sacó una tarjeta del bolsillo y se la entregó.

—Si se le ocurre algo, llámeme —le dijo, señalando su número de móvil—. De todos modos, puede que esté equivocado. Si todos ellos han estado aquí poco tiempo... —era poco probable que hubiera sido cuestión de una confusión de identidad—. Tenía la esperanza de que alguien hubiera residido aquí más tiempo, hace unos años. Un hombre que a lo mejor considerase la casa como propia.

Sus ojillos brillaron.

—Hubo uno, hace unos diez o quince años. Ahora lo recuerdo. Debió quedarse un año, o puede que incluso más.

—¿Recuerda su nombre?

Ella negó con la cabeza.

—¿Cómo voy a saberlo?

Teresa había investigado. Si se tratara de una propiedad que se pusiera en alquiler, habría información al respecto, pero no aparecía nada de nada. Debía tratarse de un piso franco para las agencias norteamericanas. Ellos tendrían modo de eludir las obligaciones a las que estaban sujetos los ciudadanos normales.

—Pero puede que tenga una fotografía —dijo la anciana de pronto—. ¿Le ayudaría eso? —del pulido mueble de caoba que tenía al lado escogió uno de los pequeños marcos y se lo entregó—. ¿Sabe qué época del año es?

Invierno, sin duda. Un grupo de hombres, mujeres y niños, todos bien abrigados, habían posado delante de la fuente de las tortugas con velas encendidas en las manos.

—No.

—¡Qué vergüenza! ¿No ha oído hablar del *Hanukkah*? ¿Por qué los católicos piensan que lo único divertido es la Navidad?

—Lo siento, pero yo no soy católico.

—Es curioso. En fin, de todos modos, le perdono. En el barrio tenemos una tradición: todos los años nos hacemos una fotografía los que vivimos aquí delante de la fuente. No faltamos ni un año. Puedo enseñarle fotos desde que yo era una cría, antes de la guerra. No me reconocería —añadió con coquetería—. No se crea que siempre he sido un trasto viejo.

—¿Y él aparece en la foto?

—El pobre no quería. Lo que pasó es que llegaba a casa justo cuando nos estábamos preparando, y le insistimos tanto que no tuvo más remedio. Es que habíamos bebido un poco de vino, ¿sabe?, y podemos ser muy persuasivos si nos ponemos a ello.

—No lo dudo. ¿Cuándo fue tomada la foto?

—No podría decírselo con exactitud. Tengo tantas...

—¿Podría ser hace diez o quince años?

Se levantó para coger un par de fotos, se quitó las gafas, dejó una y la otra se la ofreció. Costa examinó las caras y le dio la vuelta. Había una fecha escrita a lápiz: 1990.

—Así QUE QUIERE saber quién es Bill Kaspar...

Joel Leapman parecía hablar con un conocimiento de primera mano y había algo en su mirada, algo que podría tomarse por regodeo, o por sorpresa incluso, que a Gianni Peroni no le gustaba lo más mínimo.

—Bien, se lo diré. Es una especie de soldado, medio espía, medio mercenario. Una especie de transbordador entre hombres que, como él, tampoco existen. Uno de los mejores, eso sí. Se lo digo yo. La clase de tío a la que seguirías a cualquier parte, incluso al infierno. Un héroe americano, creíamos nosotros. Nadie se atrevería a decirlo en voz alta, por supuesto, y ahora vamos a tener que colgarle hasta que se pudra... la vida es una puta, a veces.

Aquello confirmaba lo que Emily Deacon había descubierto. En 1990, a Kaspar le habían encargado la dirección de uno de los dos equipos que de manera encubierta iban a entrar en Iraq al otro lado de las líneas enemigas para llevar a cabo una misión de inteligencia. El resultado fue desastroso. Al día siguiente de haber establecido una base avanzada en el interior de un antiguo monumentos a las afueras de Babilonia, la Guardia Republicana atacó el lugar. Dan Deacon estaba de patrulla con su propio equipo cuando ocurrió todo. Pidió socorro por radio y le ordenaron no intervenir. Cuarenta y cinco minutos más tarde, dos Black Hawk, respaldados por fuego terrestre, llegaron al lugar. Del zigurat salía un humo denso, y a partir de la información facilitada por los aparatos de vigilancia electrónica, Kaspar y su equipo habían sucumbido. En cualquier caso, no habrían tenido efectivos suficientes para atacar a los iraquíes. El equipo de Deacon consiguió llegar a una granja deshabitada a unos cuatro kilómetros de allí, donde un helicóptero los rescató casi ante las narices del enemigo, aunque una mujer integrante del equipo resultó gravemente herida.

La misión nunca existió. Los combatientes, de cara a sus familiares, habían estado incomunicados en una base en el Golfo para un entrenamiento específico hasta que dos meses después un capitán del ejército se personó en sus casas para decirles que habían muerto como héroes en el conflicto, que a aquellas alturas estaba en plena efervescencia. No podía haber medallas, ni duelo público. Ni siquiera les impondrían el Corazón Púrpura en ceremonia privada. Ninguno de ellos había pertenecido al ejército. Los espías, aunque perecieran, no recibían ningún honor.

Las guerras creaban un tumulto generalizado en el que la pérdida de nueve personas desconocidas causaba poco impacto, y el dinero ayudó a mantener en silencio a las familias y a unos cuantos más. Los hombres y mujeres que lograron sobrevivir volvieron a sus trabajos en el cuerpo diplomático, los servicios de inteligencia y la vida civil, y siguieron adelante guardando el secreto. La batalla se ganó, Sadam volvió a casa dejando tras de sí un reguero de muertos, y Kuwait quedó libre bajo el humo de los pozos de petróleo incendiados.

En su conjunto y según Leapman, aquella guerra se consideró un trabajo bastante bien hecho. Hubo quien dijo que deberían haber perseguido a Sadam hasta sus palacios de Bagdad, pero eso no figuraba en el mandato de Naciones Unidas, y en aquel entonces los militares se guiaban escrupulosamente por ellos. El objetivo era recuperar Kuwait y esperar que Sadam aprendiese la lección. Y en parte, lo consiguieron.

Tomó un trago de la botella de agua que se había llevado con él y los miró a ambos.

—Todo eso se lo cuento gratis —dijo—. Ahora ya es historia, ¿y a quién le importa? Sin embargo, lo que viene a continuación es harina de otro costal. Si trasciende, todo se nos irá de las manos, y no seré yo, ni Viale, quien ponga el grito en el cielo, sino los jefes de los jefes, el ejército y puede que alguien todavía más arriba, y no queremos que eso ocurra, ¿verdad, caballeros?

Peroni asintió. Qué estupidez. Como si pudiera elegir.

—Lo que ocurrió es que se dieron cuenta de que Bagdad tenía a alguien dentro. Alguien les estaba ayudando, aun después de la guerra.

—¿Ayudándoles, cómo? —preguntó Falcone.

—Con información de fondo —contestó Leapman—. Era cuestión de sumar dos más dos y descubrir qué era lo que no tenía sentido. Por entonces se habían dictado sanciones, bastante duras por cierto, de modo que funcionaban, todo lo bien eso sí que pueden funcionar las sanciones. Sin embargo, Sadam sabía cosas que no debería saber. Conocía el funcionamiento de nuestro armamento mejor que nosotros mismos. Descubrió a tres iraquíes que habíamos colocado en su entorno para que pudieran enterarse de lo que estaba pasando. Tenía información de inteligencia. Sabía cosas, en definitiva, que no debería saber, así que tuvimos que preguntarnos qué estaba pasando.

—¿Kaspar? —sugirió Peroni—. ¿No ha dicho que lo consideraban un héroe?

—Sí. Y también he dicho que le creíamos muerto. Hablamos con la gente del equipo de Deacon, y ninguno quiso creer que él pudiera ser el responsable. Supongo que después de pasar por una experiencia así, no quieres pensar mal de tus camaradas. Pero un par de ellos, incluido Deacon, tenían sus sospechas, o al menos así lo dijeron después de mucho insistir. En aquel momento creíamos que Kaspar había muerto con el resto de su equipo, pero puede que eso fuera lo que nos indujeron a creer. Y mientras, él se estaría dedicando a vivir la vida en algún palacio del desierto, a contar el dinero y a ir desgranando poco a poco todo lo que sabía mientras Sadam le lamía el culo. ¿Qué hacer en un caso así?

—Buscar pruebas —contestó Peroni. No cabía otra elección.

—Exacto.

Leapman señaló a Viale.

—El SISDE ya tenía a alguien desplazado en Iraq, así que Dan Deacon volvió a Roma a trabajar durante un par de meses con Viale y enviar otro equipo que pudiera estar atento a cualquier comentario que se oyera sobre un norteamericano que pudiera estar trabajando para ellos. Fueron cuatro oficiales. Uno de ellos volvió, y los demás...

Leapman movió despacio la cabeza.

—No quiero ni imaginar qué fue lo que pasó allí. Recibimos un informe en el que se decía que el mismo Uday se ocupó personalmente de ellos. Supongo que habrán oído hablar de qué clase de carne le gustaba echar a sus leones.

Aguardó en silencio a que digirieran lo que acababa de contarles.

—El hombre de Deacon consiguió volver y traer noticias. Había un americano, y estaba hablando. Era un tío grande y duro que parecía saberlo todo de todo, y esa descripción encajaba perfectamente con Kaspar. Menudo héroe. ¿Y quieren saber lo mejor? Pues que no podíamos tocarlo. No nos iba a quedar más remedio que dejarle allí hablando por los codos hasta que tuviéramos la ocasión de volver a entrar. Teníamos que andarnos con pies de plomo. De hecho fue necesario emplear a fondo todos nuestros recursos para introducir un equipo encubierto sólo para recabar información, así que era imposible pensar en misiones más agresivas para capturarle o para sacarle, porque con ello echaríamos a perder cualquier posibilidad que tuviéramos de formar una coalición y terminar el trabajo. Aunque eso tampoco funcionó. Menuda cagada...

—Aun así, consiguieron volver —dijo Peroni con una sonrisa.

—¡Por supuesto! —espetó—. Y algún día el mundo se dará cuenta del favor que le hicimos.

—Se está alejando del caso, Leapman —le recriminó Falcone.

—Sí, ya sé que a los europeos no les gusta esa conversación —replicó—. Está bien. Al final, la primavera pasada volvimos, y le dijimos a nuestra gente de inteligencia que buscasen a un tal Bill Kaspar, y que cuando le encontrasen le encerraran en alguna parte para que pudiéramos charlar con él un rato.

—¿Con quién, exactamente? —preguntó Peroni.

—¿Y qué más da? ¿Qué importancia tiene?

—La tiene porque se supone que ustedes son el FBI —puntualizó Falcone.

—Denúncienme —rezongó Leapman—. La cuestión es que, diez días después de haber comenzado la guerra, encontramos a Bill Kaspar corriendo como alma que lleva el diablo en un pueblo en los alrededores de Bagdad. Nuestros chicos hicieron lo que les habíamos dicho: encerrarle en una celda y esperar la llegada del equipo especial de basureros. ¿Y saben lo que hizo Kaspar?

Lo que los hombres como él hacían siempre, pensó Peroni.

—Me lo imagino.

—No. Es imposible. Los hombres que le detuvieron eran soldados de baja graduación, hombres convencidos de que era uno de los malos, y así se lo dijeron a él. Conozco a Bill Kaspar y sé que habría podido eliminarlos unos uno a uno si hubiera querido, pero lo que hizo fue volverse loco. Loco de furia, quiero decir. Se sentía humillado. Un sargento estúpido anduvo tocándole las narices y acusándole de traidor. Entonces Kaspar se subió por las paredes. Exigió ver al comandante, a quien estuviera por encima de él, al jefe militar de la intervención, al propio Dubya. ¿Y por qué? Porque lo habíamos interpretado todo mal. No había estado disfrutando de la hospitalidad de un palacio iraquí mientras les contaba la historia con todo lujo de detalles. El pobre desgraciado había estado en la cárcel todo aquel tiempo, soportando torturas a diario después de un desayuno de polvo y mierda, sin que consiguieran sacarle ni una palabra, porque Bill Kaspar es así.

Leapman respiró hondo antes de continuar.

—Nos la habían metido bien, y él lo supo mucho antes que nosotros. Aguantó los insultos de aquel idiota de sargento hasta que decidió aprovechar la situación y largarse. No mató a nadie para escapar. Eso sí: un par de soldados tardarán un tiempo en volver a andar. Increíble, ¿eh? Así que nos quedamos con un informe inútil mientras él se escapa y se pierde en el caos que reinaba en el lugar. No hemos tenido ni la más remota posibilidad de localizarle después, por una simple razón: porque él no quiere que lo encontremos.

Peroni no podía ni imaginarse cómo iban a salir del atolladero.

—No tenía dinero, ni podía contar con que alguien lo ayudara —adujo.

—¡Estamos hablando de Bill Kaspar! —le gritó Leapman—. Él inventó todos los trucos y recursos que pueden emplearse en circunstancias como ésa. Podrías lanzarle en paracaídas sobre Marte, y al volver a buscarle seis meses después, te lo encontrarías no sólo vivo, sino acomodado en una casa comiendo langosta, bebiendo champán frío y escuchando música de los setenta en el estéreo. Es un superviviente. El mejor.

—¿Cuándo se enteraron? —preguntó Leapman.

—Tardamos un tiempo. Ni siquiera sabíamos que había vuelto a Norteamérica. Creíamos que se escondería en Siria, o en algún otro lugar semejante. La gente del equipo de Deacon... la mayoría habían pasado ya a la vida civil, y no caímos en la cuenta hasta los asesinatos de Virginia. Para entonces, descubrimos que había demasiadas coincidencias. De todos modos, no podíamos saber qué estaba haciendo. Para nosotros Bill Kaspar era un renegado, un criminal de entre los más buscados. No nos podíamos ni imaginar qué razón le había empujado a volver a casa arriesgando el cuello, pero...

Hizo otra pausa. Debía estar decidiendo hasta dónde podía llegar.

—Entonces llegamos a la conclusión de que la única prueba que teníamos contra Kaspar nos la había facilitado el hombre de Deacon como resultado de aquella misión secreta unos años antes. Nada más había corroborado su historia, y mucho menos los otros tres hombres que no consiguieron salir de allí, así que decidimos investigar las cuentas bancarias de los que sobrevivieron. Habían hecho todo lo posible por ocultarlo al principio, pero supongo que después de un tiempo, te vuelves descuidado. Desde luego hay una gran parte que desconocemos. ¿Estaría ya todo dispuesto así antes de que salieran para Iraq? ¿Lo sabrían quizás sólo uno o dos y se lo contaron al resto al llegar allí? Vive y sé un traidor rico, o muere y que nadie sepa que fuiste un héroe. Ahora no podemos saberlo con seguridad. De operaciones de ese tipo no se guarda información y todos los que participaron en ella, excepto Bill Kaspar, han muerto. Pero estábamos empezando a confirmar nuestras sospechas cuando localizó a Dan Deacon en Pekín. Después de eso, ya estuvimos seguros. Deacon tenía medio millón de dólares en una cuenta bancaria en Filipinas, y el muy idiota no se gastó nunca ni un céntimo. ¿Se lo pueden creer?

Leapman intentaba ganarse su simpatía, pero Falcone no se prestaba a esos juegos.

—¿Y la mujer que murió en el Panteón? —preguntó.

—¿Qué pasa con ella?

—Ella lo sabía. Tenía que saberlo. Ustedes la trajeron.

—Sí, la cagamos —admitió con desprecio—. Tenía cinco hombres vigilándola y todavía no me explico cómo Kaspar lo consiguió.

Pero Falcone no iba a dejarlo pasar tan fácilmente.

—¿Y por qué vino aquí?

—Porque yo no le dejé otra opción. Era una asesina a sueldo y con chasquear los dedos la habría hecho desaparecer. La dispararon accidentalmente nada más llegar y apenas se enteró de nada, así que le di la opción de redimirse, y de haber salido bien las cosas, habría quedado libre.

—Qué generoso —comentó Peroni—. ¿Por qué no intentaron hablar con él directamente?

Leapman cogió los papeles de Costa que estaban sobre la mesa y los desparramó de un manotazo.

—¡Ya lo hemos intentado! ¿Qué se creen que son estos mensajes? Si pudiera hablar con él por teléfono… primero me disculparía y luego le diría que ya es más que hora de poner fin a toda esta mierda y de confiar en nuestra clemencia. Pero ahora…

Esperaron a que decidiera continuar.

—Ahora ha asesinado a un civil, y eso no debería haber ocurrido nunca. Ya había acabado con todos. El único que quedaba vivo era él. No tendría por qué haber arremetido contra alguien que no tiene nada que ver con todo esto. A menos que piense que ya no tiene sentido hablar. Kaspar siempre ha tenido un concepto un tanto anticuado de lo que es el patriotismo. Debió salir de ese agujero de Iraq pensando que se iría a casa tranquilamente, puede que incluso con un discreto reconocimiento, ¿y con qué se encuentra? Con que le tratamos como si fuera un renegado. Si piensa que su país le ha abandonado, que lo ha tachado de traidor, supongo que también puede creer que últimamente todo vale.

—Y tiene razón —murmuró Peroni.

—Por fin —suspiró Leapman— estamos de acuerdo en algo.

COSTA SE REUNIÓ con Teresa donde habían quedado por teléfono, cerca de Largo Argentina, y rápidamente la puso al corriente de lo que había averiguado. Luego los dos recorrieron a pie la corta distancia que los separaba del café en el que Emily había dicho que les esperaría. En un primer momento no la reconoció. Estaba de pie junto a la barra del Tazza d'Oro, la cafetería cercana al Panteón, medio vacía a aquellas horas. Podía pasar por cualquiera con aquella parka color caqui demasiado grande para ella y de la que llevaba la capucha puesta. La saludó con una inclinación de cabeza, pidió un par de cafés y los tres se sentaron a una mesa.

Emily parecía asustada, pero también exaltada. Nic le bajó con cuidado la capucha y ella, con una sombra apenas de sonrisa, sacudió su melena rubia, aplastada y sucia.

—Creía que vendrías con Gianni —dijo, mirando a Teresa.

—Él está ocupado —contestó Teresa inmediatamente—. Yo soy lo mejor que hemos podido conseguir.

—No pretendía menospreciarte —se corrigió con otro atisbo de sonrisa—. Perdón. ¿Tenéis algo?

Costa señaló a Teresa.

—Creemos que sí, pero antes cuéntanos tú. ¿Qué demonios pasó anoche? ¿Cómo encontraste a Kaspar?

—Él me encontró a mí. Tú... te quedaste dormido —titubeó. Debía sentirse incómoda con Teresa—, y yo salí fuera. Lo siento. No era mi intención ni mucho menos, pero podría ser que...
—se mordió un labio—. Podría ser nuestra única oportunidad. Es importante que entendáis la situación. Mirad.

Se bajó el cuello de la chaqueta y les mostró un pequeño cuadrado negro de plástico.

—Es un micro. Kaspar nos está escuchando en alguna parte. Puede oír absolutamente todo lo que estoy diciendo y así será hasta que esto acabe. Lo digo para que a nadie se le vaya a ocurrir alguna idea absurda. Y si el micrófono deja de transmitir, estoy muerta. Este tío sabe lo que hace. No lo olvidéis. Es mejor no tocarle las narices.

Costa miró a su alrededor sin pensar, y Emily le cogió la barbilla para que volviera su atención a lo que estaban hablando.

—Podría estar en cualquier parte, Nic. Ni lo pienses. Hemos hecho un trato con él, así que concentrémonos en eso. No podemos meter la pata.

—Comprendo.

—Bien.

Teresa frunció el ceño. Había descubierto una marca que tenía en el cuello.

—¿Estás herida, Emily?

—Debo haberme caído. Nada más. No te preocupes.

Nic tiró suavemente del cierre de la cremallera de la parka.

—No, Nic —le ordenó ella, apartándole la mano—. Aquí, no —le dijo, y volvió a subir la cremallera—. Ahora no. Eso no es lo que importa. No pienses en ello. Espero que no tengamos que pensarlo.

—Eso es lo que deseamos todos, Emily —intervino Teresa—, pero ¿crees que podemos detenerle?

—¡Sí!

—¿Estás segura?

—Completamente. Y no estoy en posición de discutir, ¿vale?

Costa no conseguía distinguir si lo que estaba diciendo iba destinado al micrófono de Kaspar o era la verdad.

—Asesinó a tu padre, Emily —continuó Teresa—. A él y a todos los demás. ¿Cómo nos vamos a fiar?

Ella frunció el ceño.

—Lo sé. Pero anoche estuvo hablando conmigo de un montón de cosas. Tiene sus razones. Él lo considera incluso justificado. Dice que no tenía otra salida. Yo no estoy de acuerdo, por supuesto, y supongo que no esperaba que lo estuviera, pero…

Nic sacó un bolígrafo del bolsillo y se lo acercó junto con una servilleta.

—Él sólo quiere saber que se ha hecho justicia. O lo que él entiende por justicia —explicó, mirando el papel, pensando.

Luego garabateó dos palabras sobre el papel: *¿lo sabes?*

Costa asintió y escribió un nombre.

Ella cerró los ojos. Parecía incluso que estuviera mareada. Luego cogió el papel, releyó el nombre escrito en la servilleta y mirándole con sus penetrantes ojos azules le preguntó sin voz:

—¿Estás seguro?

Costa tapó el micrófono con la mano y se acercó a ella. Su pelo todavía olía a champú, un olor familiar, propio de su casa, y murmuró:

—Estoy seguro de que vivió en una casa propiedad que vuestro gobierno tiene en la Piazza Mattei en 1990. Estuvo todo el tiempo solo. ¿Te parece suficiente?

Sus mejillas se rozaban y ella le besó brevemente en el cuello.

—Desde luego —le contestó en un susurro.

Le quitó la mano del micrófono y le acarició los dedos con los labios un instante. Después sonrió.

—Si Kaspar quiere justicia, lo único que tiene que hacer es presentarse en cualquier Questura. Para eso están ahí.

—Y lo hará. Te lo prometo.

Anotó una dirección y una hora y se lo entregó a Teresa.

—Quiere que se le lleven las pruebas a esa dirección y a esa hora. Sólo vosotros dos tenéis que saberlo. A lo mejor pretende poneros a prueba. Me sorprendería que no lo hiciera. Y... —hizo una pausa para dar énfasis a lo que iba a decir— ...que las pruebas sean irrefutables. Por favor.

Qué habría dado Nic en aquel momento por tener una varita mágica, algo que pudiera sacarlos de allí, llevarse todos los restos de muerte y violencia, y devolverlos a un mundo que fuese cálido, humano y pleno.

—¿Y si algo sale mal? —le preguntó—. Si hay un retraso, o... ¿cómo nos ponemos en contacto con él?

—¡No! —exclamó—. No se lo tragará, Nic. Es demasiado listo. O hacéis las cosas a su modo, o...

Kaspar iba a ser inflexible, eso estaba claro. Les estaba ofreciendo su rendición, de modo que las condiciones las fijaba él.

—Llamaré a Falcone cuando pueda contactar con él y lo organizaré todo.

—¿Y yo? —preguntó Teresa.

Emily sacó de su abrigo una tarjeta con una banda magnética y escribió una incomprensible serie de letras y números, además de una dirección de correo en la servilleta.

—Si consigues colarte en el despacho de Leapman, esto te franqueará el acceso al sistema. Después... Nic y tú tenéis que encontrar el modo de solventar esto juntos. Yo no puedo...

Debía ser el efecto retardado del shock. Emily empujó su silla hacia atrás. Estaba pálida, a punto de venirse abajo. Costa lo vio, pero no supo qué hacer.

Teresa intervino. La agarró por los hombros y le cerró el abrigo, lo cual lo decía todo.

—Emily —susurró—, sigue adelante. No te hundas. Podemos hacerlo.

Y salió de la cafetería sin mirar atrás, consciente de que entre ellos iba a tener lugar un momento de difícil intimidad.

Ella volvió a cogerle las manos un segundo. Las tenía frías y sudorosas.

—Hazlo, Nic —le rogó—, y no sólo por mí.

Se inclinó hacia él y le besó en la mejilla. Sus labios estaban fríos, casi no parecían reales. Luego se subió otra vez la capucha y con los ojos clavados en la puerta se alejó y salió a la mañana brillante y hostil, en dirección a la mole curva que cerraba la plaza.

FALCONE ESTABA INTENTANDO que se concentraran en el mensaje que Kaspar le había dado la noche anterior: pruebas. Quería pruebas. Pero Leapman no cedía, y Peroni cada vez estaba más preocupado.

—Fue Dan Deacon. Este numerito lo montó él desde el principio. Kaspar ya se habría dado cuenta si la cabeza le funcionara lo más mínimo.

Ésa no era la cuestión, y todos lo sabían.

—¿Puede demostrarlo? —le preguntó Peroni—. Anoche miré a los ojos a ese tío y no va a ser fácil convencerle. Él ya habló con Deacon y no creo que...

—¡Deacon! ¡Deacon! ¡Ese hijo de perra era un traidor! —explotó Leapman—. ¿Cómo se puede confiar en lo que dijera?

¿A qué demonios estaba jugando Leapman? Desde luego, a algo bastante más complejo de lo que parecía a simple vista.

—A Deacon le iba la vida en ello, y me da la impresión de que la gente no suele mentir en situaciones como ésa.

Leapman miró al hombre del SISDE frunciendo el ceño.

—Díselo.

Viale le dedicó una mirada risueña.

—La gente miente cuando le viene en gana, Peroni. Bienvenido a nuestro mundo. Mejor que vayas aceptándolo cuanto antes.

—Lo único que podemos aceptar —intervino Falcone—, es que Kaspar ha hecho una amenaza directa, un ultimátum que está dispuesto a ejecutar, aquí, en esta ciudad, y nuestro deber es responder. Es esencial saber qué podemos ofrecerle a cambio. ¿Puede demostrar que fue Deacon?

—No —respondió Leapman—. Ésa es la verdad.

Peroni sintió ganas de volver a agarrarle por el pescuezo. Era como si el problema no fuera con él, o como si se tratara de algo tan simple como pedir la cuenta de un restaurante.

—¿Y por qué? —preguntó Falcone—. Esas cosas deben costar millones de dólares, de modo que tienen que existir cuentas, informes, algo.

El americano se rió, y Gianni tuvo que agarrarse a los brazos de la silla para no saltar.

—¿En qué planeta vive usted, comisario? Eso es precisamente lo que no hay. Esta clase de operaciones están diseñadas para que, en caso de salir mal, la mierda no salpique a nadie. Sólo así pueden funcionar. Kaspar lo sabe tan bien como todos los demás. De hecho fue él quien inventó la mitad de las normas que rigen casos como éste, y el hecho de que pida pruebas no es más que una muestra de lo perturbado que está. Es lo mismo que si nos pidiera que nos ahorcáramos en público.

—Pero tiene que… —continuó Peroni.

—¡No! —cortó Leapman—. Éstas son las normas del juego, y ni siquiera Kaspar puede echarse atrás ahora. La confidencialidad lo es todo. Nada de papeles, ni de transacciones bancarias. Nada. Sólo un puñado de dinero que se pierde en alguna cuenta de Washington, de manera que no lo note nadie.

Moretti intervino por fin.

—Ya les has oído, Viale. He tragado con esto hasta ahora, pero no quiero problemas en las calles de Roma. Eso no formaba parte del trato.

—Vivimos en un mundo duro —contestó Viale con la mirada clavada en la mesa—. Nos las arreglaremos.

—¡Maldita sea, Viale! —explotó Moretti—. Ya nos las hemos arreglado hasta ahora. Somos la policía. Por algo estamos aquí.

—¡Estáis aquí porque nos conviene! —gritó Viale—. Nunca he conocido a un policía que cambiase de chaqueta con tanta facilidad como tú. Jesús… Leo no habría caído en la trampa. Se habría informado antes. Es lo que ha hecho ahora. Tú… —ni se molestó en disimular el desprecio que le inspiraba el hombre del uniforme—, tú no eres más que un bufón gordo al que le han dado un bolígrafo y unos cuantos botones brillantes para que se los ponga en la chaqueta. Me eres útil, Bruno, pero no te sobrestimes. Y no te acostumbres a replicar.

El comisario general se quedó callado y clavó la mirada en la mesa. Debía estar aturdido, pensó Peroni. O incluso avergonzado, lo cual no estaría mal.

—Se pondrá en contacto con nosotros y querrá que le demos algo —insistió Falcone.

Viale cogió el bolígrafo y el cuaderno de Moretti y anotó un par de cosas indescifrables.

—Y se lo daremos. No pienso permitir otra muerte inocente.

Reuniré unos cuantos documentos que lo tengan entretenido mientras lo encontramos.

Peroni sintió ganar de gritar.

—¿Pero es que no se da cuenta de que ese tío no es idiota? No puede largarle unas cuantas cartas falsas y esperar que se lo trague. Él ya se sabe todos esos trucos.

Leapman asintió.

—Tiene razón. Si le proporcionas información falsa, sólo conseguirás que se cabree más, y luego ¿qué?

Viale parecía enormemente complacido consigo mismo.

—¿Y quién te ha dicho que vaya a ser falsa, Joel?

—¿Qué?

—Ya me has oído.

El hombre del SISDE se levantó de la mesa y anduvo hasta un rincón del despacho en el que había un antiguo archivador de metal cerrado con un código. Compuso el número en uno de ellos, abrió un cajón y sacó un expediente azul.

Leapman masculló una grosería.

—¡Vamos, hombre —exclamó Viale, que estaba disfrutando mucho con todo aquello—, que fuisteis vosotros quienes montasteis este numerito! Nosotros sólo os servíamos de secretarias. Y como todo buen secretario, conservo las cosas. Anoche estuve releyéndolo todo, Joel, para refrescarme la memoria. Aquí tenemos la costumbre de transcribir las conversaciones porque nos gusta asegurarnos de recordar cuanto más, mejor. Vosotros teníais montones de razones para hacerlo desaparecer todo de raíz, las mismas que nosotros para conservar unos cuantos datos que nos sirvieran para recordar lo que ocurrió en realidad. Sólo por si a alguien se le ocurría señalarnos después con el dedo. Somos vuestros aliados, pero no vuestros lacayos. Ni vuestro colchón. No habrías pensado que estaríamos dispuestos a hundirnos con el barco, ¿verdad?

—Vaya, vaya, vaya... siempre es tu propia gente la que termina jodiéndote más.

Viale volvió a la mesa, sacó una foto del expediente y la lanzó sobre la pulida superficie de madera. Era la instantánea de un grupo de hombres y mujeres vestidos de manera informal pero militar, trabajando en un jeep. La fotografía parecía robada. Ninguno de los fotografiados sabía que la estaban haciendo. Debían estar en el campo. Quizás en Italia. Quizas no.

Leapman frunció el ceño.

—¿Se puede saber por qué hiciste esa foto?

Viale mostró unas cuantas tomas más, todas de la misma escena.

—Por prudencia. Mira la fecha.

Había sido revelada el doce de octubre de 1990.

—Aquí Kaspar no tenía aún ni idea del proyecto. Y éste es Dan Deacon.

Peroni no se podía creer que fueran a escabullirse tan fácilmente.

—Eso sólo significa que estaba en el ajo, no que lo dirigiera.

—Detalles, son sólo detalles —contestó Viale, despreciando la idea con un gesto de la mano. Luego dio unas palmadas en el expediente—. Kaspar necesita algo nuevo que pueda despertar su interés y aquí lo tiene. Hay documentos, fotos y algo que señala directamente a Dan Deacon. Y mientras estudia todo esto...

Esperó a que todos comprendieran lo que quería decir.

—Joel, ¿no ves lo que te estoy ofreciendo? —le preguntó, abriendo los brazos en un gesto de generosidad—. Los hombres que tienes aquí son buenos, ¿no?

—Lo son.

—Entonces, ¿qué más puedes querer?

Peroni movió despacio la cabeza. Aquello no era lo que pretendían. Miró entonces a Falcone, que seguía la conversación acariciándose ausente su plateada barba de chivo. Su expresión no dejaba entrever sus pensamientos.

—No me puedo creer lo que estoy oyendo —dijo—. ¿De verdad piensan que nos vamos a quedar de brazos cruzados mientras su gente organiza una unidad de asalto ante nuestras narices?

—¿Qué otra alternativa tenemos? —contestó Viale—. No se le puede juzgar en Italia. Sería muy embarazoso para todos, y no me refiero sólo para los aquí presentes. Además, no pensarás que podemos hacer lo que nos dé la gana en un asunto como éste. Nosotros también obedecemos órdenes de personas que sólo quieren resultados sin tener que afrontar las consecuencias. Es una posición muy ingrata la nuestra. Siempre lo es. La gente que estuvo involucrada en todo esto sigue por ahí. ¿De verdad crees que nos autorizarían a inculpar a un ministro, o a todo un gobierno?

Falcone miró a Leapman.

—Pueden juzgarle ustedes. Podríamos preparar su extradición.

—Ojalá —contestó el americano.

—¡Y se suponía que era un héroe! —explotó Peroni—. ¡Kaspar está en esta situación porque ustedes la cagaron!

—Cierto —contestó Leapman sin el más mínimo rastro de culpa—. La palabra clave es que *era* un héroe. Antes de que se volviera loco, yo pensaba que podríamos llevarle a algún lugar apartado, a una cabaña en mitad del bosque donde pudiera entretenerse leyendo y haciéndoles fotos a los pájaros. Pero este último asesinato... esa mujer no tenía nada que ver ni con nosotros ni con él. Es lo que cambia el juego. Kaspar es un animal, un estorbo. Es lo mejor.

Falcone se levantó.

—No. Esto ha llegado ya demasiado lejos.

—Siéntate, Leo —suspiró Viale—. No seas pelmazo.

—Esto no es...

—¡Siéntate y escucha! —gritó—. O en este mismo instante te juro que te hundo sin remedio. Y a él también.

—No es de buena educación señalar con el dedo —se burló Peroni.

Viale le miró fijamente antes de bajar la mano. Falcone volvió a sentarse y el hombre del SISDE asintió.

—Los dos haréis lo que yo os diga —continuó—. Esa... criatura no tardará en ponerse en contacto con nosotros, y nos enfrentaremos a ese momento como solemos hacerlo. Dos de los hombres de Leapman...

—¡No, no y no!— objetó éste—. Eso no es suficiente. No me habéis escuchado bien. A Kaspar no se le puede tratar como si fuera un chorizo de tres al cuarto.

Viale no cedía.

—Sólo dos de los tuyos. O se soluciona esto discretamente, o no se soluciona. Sé cómo trabajan tus hombres, Leapman, y no pienso darles rienda suelta porque son de gatillo fácil. Lo tomas o lo dejas. Yo me ocuparé de la logística y Falcone de las cosas más prácticas. Puede poner en ello a este gorila y a ese otro... Costa. Mejor que no salga de vosotros tres, Leo. No hay que correr riesgos. Kaspar tendrá que reunirse con alguien para que pueda darnos su respuesta y entonces...

Dejó la frase en el aire.

Peroni se desabrochó la chaqueta, sacó el arma, la dejó sobre la mesa y tiró también la placa.

—No pienso tomar parte en esto. Ni por usted, ni por nadie.

—Ya lo estás haciendo —espetó Viale—. Si me arrastras a mí o a cualquier otro ante los tribunales, Peroni, les diré que lo sabías todo desde el principio. Y lo mismo te digo a ti, Leo. No me amenaces, ni ahora ni nunca.

—Un ejemplo muy interesante sobre cómo es la relación entre las distintas agencias —contestó Falcone.

La mirada pétrea de Viale se cargó de odio.

—Eres un gilipollas, Leo. Te crees tan por encima de todos los demás... Utiliza la cabeza. ¿Es que no te has preguntado por qué me tomé tanto interés por ti la otra noche en Al Pompière? No te tragarías lo de que tenías aquí un puesto, ¿verdad? Hace años que perdiste esa oportunidad. Sólo me estaba cubriendo las espaldas. Estuvimos juntos, hablando en privado, y mucha gente nos vio —señaló a Moretti con un gesto de la cabeza—. Él me dio permiso.

El comisario general se miró las uñas y guardó silencio.

—Creo recordar —continuó, ladeando la cabeza—, que estuvimos hablando de las ramificaciones de este caso. ¿No te acuerdas? Y no tendré más remedio que mencionarlo si me interroga un juez —sonrió—. No se puede mentir cuando se está bajo juramento.

Falcone se quedó pensando toda una eternidad en opinión de Peroni. Luego se volvió a Moretti.

—Le echarán a los perros cuando todo esto haya terminado. Lo sabe, ¿verdad? En cuanto les convenga. Después de esto, ya no podrán utilizarle. Es usted material caducado. Manchado.

—No te preocupes por mí —murmuró el comisario—. Preocúpate por ti. Y por ese energúmeno —añadió, viendo que Peroni sonreía.

La duda y la tensión crecían de forma casi palpable en Falcone. El comisario había pasado por varias guerras civiles dentro de la Questura y siempre había salido victorioso, pero aquel era otro cantar.

—Leo... —comenzó Peroni.

—Ahora no —le cortó, poniéndole una mano en el brazo.

Con una sonrisa, Filippo Viale empujó la pistola y la placa.

—Podéis esperar abajo —les dijo—. Llamadnos cuando tengáis noticias.

ERA CASI MEDIODÍA cuando el conserje levantó la cabeza, vio a Nic Costa avanzando hacia su cuchitril junto a las puertas de bronce del Panteón y aulló como un lobo herido.

Costa se plantó delante de él y le mostró la placa.

—¡No! —contestó el conserje, con la cara descompuesta—. ¿Por qué yo? ¿Por qué no vienen en el turno de otro? Me han disparado, me han dado una paliza y me han encerrado en un armario. Váyase, por favor. Yo tengo un trabajo sencillo aquí, y me gustaría disfrutar de paz y tranquilidad durante un par de días.

Nic se volvió a examinar el vasto y elegante interior del edificio. Sólo había cinco personas en aquel momento. Cuatro de ellos, dos hombres y dos mujeres, iban caminando junto a las paredes, volviéndose de vez en cuando hacia el óculo, que en aquel momento dejaba entrar un chorro brillante y cegador del pálido sol del invierno. Los hombres le parecieron demasiado jóvenes para que uno de ellos pudiera ser Bill Kaspar. Leapman tenía a varios de los suyos en la calle, y cabía la posibilidad de que se hubieran enterado de algo y hubiesen entrado para coger posiciones.

La quinta persona, Emily Deacon, debía estar haciendo exactamente lo que Kaspar le hubiera dicho. Había cogido una silla de la zona de reunión y la había colocado exactamente en el círculo que marcaba el epicentro del edificio: el lugar situado directamente bajo el oculo. Se había sentado allí, arrebujada en aquella enorme parka, medio encogida, y lo miraba de vez en cuando.

—Tenemos que desalojar el edificio —dijo Costa.

—¡No me diga! —se burló el conserje—. ¿Y de qué se trata esta vez? ¿Una invasión alienígena? ¿La peste?

Costa había echado a andar hacia Emily y el hombre le seguía pegado a sus talones.

Nic se paró en seco y se volvió.

—Un aviso de bomba.

—¿Ah, sí? Pues déjeme decirle, señor, que sabemos muy bien lo que hay que hacer en los avisos de bomba. Nos han enseñado que primero llama alguien y luego llegan coches de policía a montones con las sirenas a todo volumen. Y no que se presenta un policía escuchimizado que por lo menos esta vez no se ha traído al feo de su tío... y no es que me queje, ¿sabe? —añadió. Debía haber recordado algo de la noche anterior.

Costa se agachó delante de Emily, que seguía sentada bajo la mirada deslumbrante del óculo con las manos en el regazo, tranquila, expectante, concentrada en la presencia intensa y palpitante del edificio. Nic le cogió la mano y la miró a los ojos.

—¿Cómo estás?

—Preparada.

—Emily...

Ella se desbrochó el cuello del abrigo para que pudiera ver

el micro. Era un recordatorio: en algún lugar, cerca de allí, Bill Kaspar estaba escuchando.

Además, sabía lo que iba a decir: que podía haber otro modo. Que podían acudir a un experto en desactivación de explosivos. O localizar a Kaspar antes de que tuviera ocasión de presionar el botón.

—Quiero seguir adelante con esto, Nic. Necesito saber.

—Comprendo —dijo y levantándose tomó su cara entre las manos y la besó en la frente.

El conserje estaba a su lado dando golpecitos de impaciencia en el suelo con el pie. El sonido reverberaba en aquel hemisferio y se copiaba a sí mismo en las curvas.

—Bueno, ¿qué? ¿Dónde están los demás policías?

Costa bajó la mano hasta el cuello de Emily, palpó para buscar la cremallera y tiró de ella muy muy despacio. Ella tenía la respiración entrecortada y le miraba a él, no a lo que iba apareciendo sobre su pecho.

No había bajado aún la cremallera del todo cuando el conserje lo vio. Sujeto al pecho joven de Emily había un chaleco militar verde en cuyos bolsillos se habían colocado una especie de latas de color amarillo brillante y de forma fácilmente reconocible, unidas las unas a las otras por un laberinto de cables multicolores.

—Es una bomba —dijo Costa, oyendo cómo el conserje se tropezaba consigo mismo al intentar alejarse rápidamente—. Varias, en realidad. Yo desalojaré el edificio. Cuando esté vacío, cierre las puertas con llave, métase en su oficina y espere mis instrucciones.

Las dos parejas resultaron ser turistas franceses, y no agentes del equipo de Joel Leapman.

Nic los acompañó a la puerta, revisó de nuevo el interior y se preguntó dónde y cómo William F. Kaspar se habría escondido en el laberinto de calles que configuraban aquel antiguo barrio de Roma. Luego cogió otra silla, la colocó junto a Emily y comenzó una larga, larguísima conversación con Leo Falcone.

En el edificio gris de la Vía Cavour el comisario general Moretti organizó el cierre del Panteón por motivos de seguridad sin especificar, y se marchó a la Questura con la excusa de que tenía otra cita. Viale y Leapman se habían enfrascado en una conversación privada. Nadie parecía haberse sorprendido demasiado por lo que Costa le había contado a Falcone. Tampoco nadie lo consideró otra cosa aparte de una oportunidad para atrapar a Kaspar. Pensar que Emily Deacon estaba allí sentada con los explosivos pegados a la piel y un ultimátum que expiraba en noventa minutos colgando sobre su cabeza como una espada de Damocles, y que todo ello resultase periférico, un hecho inconsecuente en un drama más ambicioso y oscuro, tenía a Peroni descorazonado. Incluso Leo Falcone parecía considerarlo del mismo modo. El juego había pasado a otro estadio, a uno de supervivencia o final, y Peroni deseó en parte ser capaz de hacer igual que Moretti: encerrarse en el despacho y fingir que aquel día era sólo uno de tantos.

Cuando Viale dio la orden, salieron del edificio del SISDE en dos coches. Falcone iba en el asiento del copiloto de un coche de policía sin identificar, mientras Peroni conducía el Fiat por las calles embarradas y vacías. Los otros se subieron a una furgoneta gris con un par de pequeñas antenas en el techo, un vehículo que parecía llevar rotulada la palabra *espía* para cualquiera que tuviera un poco de imaginación.

Dos de los gorilas de Leapman se habían materializado como por arte de magia a las puertas del edificio cuando ellos salían. Eran criaturas anónimas, más o menos jóvenes, de pelo corto, abrigos largos y las manos metidas en los bolsillos.

Peroni iba pensando en ellos mientras conducía. Aquellos hombres habían sido entrenados para manejar armas de fuego y participar en operaciones encubiertas. Era su profesión, y a pesar de las dudas de Viale, Peroni no albergaba ninguna de que eran eficientes en su trabajo. Pero él era policía, un policía que odiaba las armas, el uso de la violencia para resolver los problemas, que para él era en definitiva un fracaso. Lo mismo que pensaba Costa. Y Leo Falcone también. O eso esperaba.

El circunspecto comisario hizo otra llamada; a Costa, por lo que Peroni pudo deducir. No había sido fácil, a juzgar porque Falcone se había pasado casi todo el tiempo escuchando y haciendo lacónicas preguntas.

Cuando terminó, Peroni evitó dos montones de nieve sucia aún por derretir en la Piazza Venecia y no pudo contenerse más:

—¿Te importa si te hago una pregunta, Leo?

—¿Puedo impedir que me la hagas?

—No. ¿Qué hacemos aquí? Aunque ese bastardo del SISDE nos tenga trinchados como un pavo de Navidad, ¿qué sentido tiene complicarlo todo más? Si estamos jodidos, pues lo estamos. ¿Para qué hacerlo dos veces? ¿Por qué no cambiamos de amistades, nos rendimos y dejamos que otros se ocupen de este tinglado?

Falcone se frotó la barba y miró a dos turistas que paseaban alegremente por la carretera sin prestar atención al tráfico.

—Buena pregunta —dijo tras un momento.

—¿Y me vas a contestar?

—Puede.

La furgoneta gris iba unos cientos de metros por delante de ellos y en aquel momento tomaba la salida para Vittorio Emanuele y la vía de servicio que conducía hacia el Panteón.

—Tienen razón en algo —dijo Falcone—. A Kaspar hay que sacarle de las calles. Eso lo sabes tan bien como yo.

—¡Pues claro que lo sé! —era como si Falcone pretendiera deliberadamente ser exasperante—. Pero no por eso tenemos que cargárnoslo nosotros. Lo que quiero decir es que... ¿en qué clase de mundo vivimos? Yo no quiero ser juez, jurado y verdugo de nadie. Si lo quisiera, me habría ido a vivir a Sudamérica, o a algún sitio así.

—El pragmatismo es...

—¡Tonterías!

Falcone señaló la furgoneta gris.

—No les pierdas. ¿Qué sugieres que hagamos?

—Pues por ejemplo, volver a la Questura y buscar un uniforme de mayor graduación que Moretti. Tendrá que haber alguien que nos escuche.

—Y lo habrá —concedió Falcone—, pero así no cogeríamos a Kaspar. O le cogerían ellos y desaparecerían de la faz de la tierra, dejándonos a nosotros con el marrón de contestar a un montón de preguntas. Además, hay otro pequeño asunto: la agente Deacon. ¿Quién crees que se está ocupando de ella ahora? ¿Leapman?

Peroni se quedó pensando. Las bombas eran consideradas terrorismo, y un acto de terrorismo quedaba fuera de la jurisdicción de la Questura. Todo había que pasárselo a otros cuerpos, al SISDE o a otros especialistas, seguramente en los Carabinieri. Todo ello necesitaba tiempo, recursos, inteligencia... todo lo que ellos no tenían.

—Es raro que de repente te quedes tan callado —comentó Falcone.

—¡Vamos, hombre, por amor de Dios, deja de pegarme en la boca cada vez que se me ocurre hacerte una sugerencia! No me extraña que tus matrimonios no te duren. Eres un sabelotodo, Leo, y eso no le cae bien a nadie.

Era una explosión inmerecida y Falcone le dirigió una de esas gélidas miradas suyas que Peroni ya conocía.

—Vale, perdona. Lo siento. Es que estoy un poco tenso. ¿Qué crees que deberíamos hacer? ¿Dejar que esos bastardos nos jodan como se les antoje?

Falcone sonrió.

—Es obvio, ¿no? Hasta tu compañero lo ha comprendido. A juzgar por la conversación que hemos mantenido, lo ha pillado a la primera.

Peroni tenía la sensación de que la cabeza le iba a explotar.

—Claro. Eso es porque Nic y tú habéis salido del mismo molde. Del que pone *Escurridizo como una anguila. Manejar con cuidado. Muerde cuando menos te lo esperas.* Mientras que yo...

—Tú eres sólo un policía viejo de estupefacientes al que degradaron por cometer una transgresión menor y de naturaleza personal.

—Más o menos —contestó, y se preguntó por qué su voz habría adquirido aquel tinte casi mimoso—. Muéstrame la luz, Leo. Me duele la cabeza.

Falcone le miró y por un segundo su mirada contuvo un poco de compasión.

—Es muy sencillo —dijo—. El poder que tiene la gente como Viale y Leapman emana sólo de una cosa.

—Que es...

—Que juegan con normas propias, y por eso se creen inmunes. También es cierto que lo hacen por una buena razón, y es que la gente a la que se enfrentan, terroristas y demás, hacen lo mismo. No tienen reparos a la hora de hacer cosas que la mayoría de seres humanos, ya sea por educación, responsabilidad o buen gusto, encontrarían repugnante tener que hacer.

Peroni se quedó pensativo.

—¿Y?

—Si queremos ganar, Gianni, tenemos que hacer lo mismo. Hay que asumirlo. Teniendo en cuenta que nos tienen cogidos de pies y manos, ¿qué otra alternativa nos queda?

—Ojalá no te hubiese preguntado nada —murmuró—. Hubiera preferido no saber. Qué bocazas soy.

—Sí, bastante. Sólo tenemos un problema.

—¿Sólo uno? ¿Estás seguro?

—No disponemos de la gente necesaria. Yo estoy en el ajo, y Costa y tú también.

—Un momento...

—Cállate. No es momento de andarnos con tonterías. No hay tiempo para eso. Aunque quisiera, no podría llamar a nadie más. Moretti se enteraría y entonces, todo se iría al garete.

—Ya... ¿y quién está lo bastante loco para tirar su carrera por el retrete junto con la nuestra? A ver, dime: ¿quién?

Falcone se había recostado en su asiento y había cerrado los ojos.

—Sólo un loco, supongo —contestó, y cuando se volvió a mirar a Peroni, éste se sintió, incomprensiblemente, más descorazonado que nunca.

EL MÁS ALTO de los hombres de Joel Leapman se llamaba Friedricksen. Su cara era la del típico adolescente rubio, pero su cuerpo musculoso hablaba de las horas y las dolorosas rutinas deportivas a las que debía someterse en el gimnasio. Costa estaba junto a Peroni y Falcone, y los tres le veían evolucionar alrededor de Emily Deacon, que permanecía sentada mientras él tocaba con un lápiz determinados puntos de la parka, se agachaba, olisqueaba, continuaba examinando. Peroni hubiera querido pedirle ayuda a uno de los artificieros de la vieja guardia. Al menos parecían profesionales, y no aquel memo, que parecía haber hecho un cursillo por correspondencia.

De pronto Emily, hasta el gorro de todo aquello, tiró de la cremallera de la parka murmurando una grosería entre dientes y dejó al descubierto las dos líneas de latas amarillas y el nido de cables de todos los colores que las conectaban.

—¡La madre que me parió! —exclamó Friedricksen y dio un salto hacia atrás del susto—. ¿Sabes lo que es eso? ¿Tienes idea de lo que te ha puesto ahí ese cabrón?

Emily suspiró aburrida y miró a su jefe.

—Oye, Joel, me habría encantado que me hubieras presentado antes a estos gorilas tuyos. La llenan a una de confianza.

Leapman frunció el ceño.

—Se supone que sabes de explosivos, Friedricksen. Habla.

—Eso hago —protestó el otro.

—¿Qué es? —preguntó Peroni—. ¿Dinamita o algo así?

El joven le miró con el sarcasmo que tan bien le sentaba a Peroni.

—Sí, ya. Igualita que la de los dibujos animados. Pum, pum. Esto no se parece a nada que hayas visto antes. Ni siquiera en Palestina lo encontrarías. El cableado, a lo mejor, aunque esto es mucho más profesional. Y más complicado. Esto es... —señaló las latas metálicas—, increíble —calificó, moviendo la cabeza sin parar—. No puedo hacer nada. Nada de nada.

—Pues danos una pista —pidió Costa.

—Son BLU-97. Bombas. ¿Se acuerdan de esas historias que contaban sobre la munición que no había explotado en Iraq y Afganistán y que se llevaba por delante a los niños porque sus colores les llamaban la atención y la cogían? Pues son éstas. Dios bendito...

Necesitó un momento para reunir el valor suficiente para acercarse un poco y mirar más de cerca.

—Les ponen un paracaídas dentro que las deja caer lentamente de su cápsula, pero me parece que ese tío se lo ha quitado y les ha montado un detonador electrónico. Está zumbado de verdad. Lleva PBXN-107 dentro. A su lado, la dinamita es plastilina para juegos de niños. Lleva unos trescientos fragmentos dentro que pueden atravesar hasta el blindaje de los carros. No son minas anti persona.

Friedricksen contó las bombas que llevaba sujetas al chaleco. Parecían latas de refresco, pensó Peroni. No era de extrañar que llamasen la atención de los niños.

—Ocho —concluyó—. Si las detonase ahora, quedaríamos hechos comida para los pollos. Incluso es probable que todo el edificio se viniera abajo.

Filippo Viale, que se había mantenido detrás de todos, se acercó y miró a Emily.

—¿Se le pueden quitar?

—¡Sí, hombre! —contestó Friedricksen, y el muy idiota incluso se rió—. Necesitaría una máquina de rayos X, una semana de vacaciones y ganas de morir. A lo mejor así tendría una oportunidad.

Viale se agachó delante de Emily y le miró a la cara como si fuera un profesor que mirase a un crío especialmente recalcitrante.

—¿Qué te dijo exactamente?

—¿Y quién demonios eres tú?

Viale ni pestañeó.

—Alguien que a lo mejor puede salvarte la vida. ¿Qué te dijo?

—¿Exactamente? Pues que me daba *exactamente* noventa minutos a partir del mediodía, y que después, apretaría el botón. Llevo un micrófono...

Se bajó el cuello y se lo mostró.

—Tiene mucho alcance —añadió Costa—. Podría estar escuchándonos desde muy lejos. Desde el Campo, o el Corso. Algún sitio... —pensó en lo que ella le había contado— ...muy transitado.

—¿Por qué dices eso? —preguntó Falcone.

—Porque él también lleva un chaleco como éste —contestó Emily—. Lo he visto. Lo lleva puesto. Me dijo que pensaba ir a algún sitio en el que hubiera mucha gente: a un gran almacén, o a un café, no sé. La idea es que si son ustedes lo bastante tontos como para intentar localizarlo, se llevará por delante a docenas de personas. Con un botón, desapareceré yo, luego él, y después todo el que esté cerca de nosotros.

Leapman se rió sin humor.

—Joder... ya decía yo que era el mejor.

—Muy reconfortante —comentó Costa, y miró su reloj—. Tenemos poco más de una hora para solucionar esto. ¿Qué se supone que vamos a hacer?

Viale señaló el micrófono que Emily llevaba pegado al cuello.

—¿Nos estará escuchando?

—De eso se trata —contestó Emily con sarcasmo.

Joel Leapman se colocó delante de Viale y anunció:

—Yo me ocuparé de él.

El americano se agachó delante de ella. Parecía querer hacer una declaración, lo cual era ridículo. Kaspar había fijado una hora límite que no les permitía margen de maniobra. Sabía muy bien lo que se hacía.

—Escúchame, Kaspar —dijo en voz alta—. Esta mierda tiene que terminar. Tenemos unos documentos para ti. Podemos demostrar que ya tienes a la gente que querías.

Viale sacó de su portafolios el expediente azul y lo movió delante de Leapman como recordatorio.

—Lo tenemos aquí mismo —continuó Leapman—. Sólo tienes que venir a recogerlo. Luego podrás quitarte el chalequito, levantar en alto las manos y tomar un avión rumbo a casa porque no pienso perder más el tiempo contigo. Puede que te debamos una disculpa y puede que te busquemos algún lugar agradable donde puedas sentirte a gusto y vivir tranquilo, a pesar de todo. Tienes que leer esto y acabar de una vez. Los documentos no dejan lugar a dudas. Pero tienes que venir a buscarlos en persona. Son documentos altamente confidenciales, y no pienso perderlos de vista ni un momento.

—No va a funcionar —dijo Emily con serenidad—. ¿Qué clase de idiota crees que es? No vendrá aquí por mucho que le prometas.

—¡No le queda otra salida! —insistió Leapman—. No pienso permitir que unos archivos secretos anden danzando por ahí porque él lo diga.

—¡Kaspar os ha dado su palabra! —gritó—. ¡Dadle pruebas y todo esto terminará!

Leapman alzó los brazos y comenzó a gritar, con tanta fuerza que su voz metálica reverberaba en todas las esquinas del edificio.

—¿Su palabra? ¡Su palabra! ¡Y una mierda! Ese tío está zumbado. Es un maníaco que ha perdido el control. Me importa un comino lo que…

Costa se acercó y le agarró por el cuello del abrigo para ordenarle que se callara.

De pronto Emily empezó a gritar, a revolverse en la silla, incapaz de decidir si debía moverse o estarse quieta. De su chaqueta provenía un ruido que la estaba volviendo loca. Había siete hombres en el edificio en aquel momento. Leapman y sus esbirros corrieron a ocultarse entre las sombras, con Viale pegado a los talones. Nic Costa miró a sus compañeros y se acercó a Emily para sacar de uno de los bolsillos de la parka algo que vibraba bajo la tela. Parecía un ruido electrónico, una especie de música extraña, un estribillo que de pronto reconoció.

—La *Cabalgata de las Valkirias* —adivinó antes de abrir la cremallera y sacar el teléfono.

—Dios mío, Nic —susurró ella—. Ni siquiera sabía que estaba ahí.

Le acarició el pelo un segundo y contestó:

—Está improvisando. Lo mismo deberíamos hacer nosotros.

Pulsó el botón del altavoz y colocó el teléfono en la silla de Filippo Viale, que tan rápidamente había quedado desierta.

—Señor Kaspar —le dijo—. Faltan poco más de veinte minutos para la una. Según el horario que usted ha establecido, sólo nos quedan cuarenta minutos para resolver este asunto. Mejor que esta conversación la escuchen todos los presentes, ¿no le parece?

VEINTICINCO MINUTOS ANTES, después de pasarse un instante por la morgue para recoger unos cuantos útiles, Teresa Lupo había cogido un taxi para ir hasta la Vía Veneto y valiéndose de su identificación de policía, entrar en la embajada norteamericana. Había revisado sus notas. Recordaba al oficial que había sido enviado para ocuparse del cuerpo del Panteón, el que se había olvidado de llevarse las ropas de la muerta. Las idioteces eran propias de los idiotas, así que buscó su nombre en sus apuntes y dijo en recepción que necesitaba ver urgentemente a Cy Morrison. Los policías de uniforme de la puerta no habían prestado mucha atención a la caja que llevaba. Unas cuantas prendas en bolsas de plástico no les impresionaron demasiado, ni a ellos ni a su escáner.

Morrison, un hombre de aire cansado y treinta y tantos años, apareció inmediatamente. Parecía de mal humor.

—¿En qué puedo ayudarla?

Teresa colocó la caja en el mostrador y sonriendo contestó:

—Su querido agente Leapman quiere que le lleve todo esto a su despacho. Ahora.

Desde luego su mirada no era la de un lumbreras, y tampoco parecía hombre al que le gustara discutir.

—Hace poco que he intentado hablar con el agente Leapman, pero no está en su despacho, y creo que la agente Deacon tampoco. Me aseguraré de que lo reciba.

—No me recuerda, ¿verdad?

—¿Debería?

—Nos vimos en el Panteón, hace dos días. Usted vino a hacerse cargo del cuerpo.

—Ah... eso.

—Se olvidó de una cosa.

—Señorita...

Ella le mostró brevemente su identificación.

—Doctora.

—Doctora Lupo, yo me ocuparé de que todo esto llegue al lugar adecuado.

—Sí. Entonces supongo que no le importará que yo también me asegure de ello.

—¿Qué?

Ella suspiró, como si estuviera poniendo a prueba su paciencia.

—Se las dejó en el Panteón, Morrison, y esta mañana he tenido que aguantar los gritos de Leapman por teléfono, como si yo tuviera la culpa de algo.

—¿Qué?

—Vino a hacerse cargo del cuerpo, ¿sí o no?

—Por supuesto, y eso fue lo que hicimos. No es algo habitual para nosotros, que no somos un servicio de funeraria. Además, no deberíamos ocuparnos de esta clase de cosas.

Teresa golpeó el suelo con un pie.

—Se llevaron el cuerpo y se dejaron sus cosas, así que lamento decirle que no estaría cualificado para ser un servicio de funeraria. De no haber sido por mí, todo esto habría acabado pudriéndose en un rincón, aunque no pretendo que me aplaudan por ello. Supongo que se imaginará lo contento que estaba Leapman.

La mujer de la recepción estaba empezando a interesarse por la conversación, y miraba al tal Morrison con cara de *te está bien empleado*. Joel Leapman no podía ser demasiado popular por allí. A lo mejor Cy Morrison tampoco.

Morrison se separó un poco del mostrador para tener un poco de intimidad.

—Mire —empezó, furioso—, no me interesa lo más mínimo lo que piense Joel Leapman. Yo no trabajo para él, y está listo si piensa que voy a limpiar sus mierdas. Déme esto y terminemos de una vez.

—No. No pienso permitir que vuelva a gritarme porque usted meta la pata. Quiero ver cómo las deja en su despacho. Si por casualidad llegan a perderse, se subirá por las paredes y no quiero que me salpique.

—¡Maldita sea! —gritó Morrison—. ¿Desde cuando tiene usted derecho a dar órdenes aquí?

Sacó la tarjeta de seguridad de Emily y se la metió en la cara, intentando que no viera la foto.

—Desde que Joel Leapman me dijo que fuera a ver al *imbécil de Morrison*, me dio esto y me dijo que no me separara de las pruebas hasta que las viera a salvo en su mesa con mis propios ojos. ¿Quiere hacer el favor de acompañarme, o tendré que encontrarlo sola? No me gustaría tener que ver la cara de ese hombre, ni su despacho, una sola vez más.

Cy Morrison miró la tarjeta de seguridad. Alguien como Joel Leapman no se desprendería así como así de su tarjeta. Tenía que significar algo. Pero debía asegurarse de que era la suya, y esa idea se estaba formando en su cabeza cuando ella intervino.

—Además —añadió Teresa, preguntándose si no estaría yendo demasiado lejos, y lo que podría significar para su carrera colarse en un despacho de la embajada de Estados Unidos—, lo necesita urgentemente.

Del fondo de una bolsa sacó una muestra que había recogido el día anterior en el apartamento.

—Esto *era* la mujer de ayer. Supongo que se habrá enterado. Resulta que también era norteamericana. Puede que no tarde en llamarle para que también se haga cargo del cadáver.

—Ah, no. Otra vez, no. ¿Y me ha llamado *imbécil*? ¿Ese cerdo ha tenido el valor de llamarme imbécil, después de todo lo que he hecho por él?

—¿Y le parece impropio de Leapman?

Morrison no contestó.

—La mujer fue decapitada —continuó—, cuando aún lleva-ba puesto el camisón.

La prenda en cuestión estaba en una bolsa grande y las manchas de sangre se habían vuelto ya negras y el tejido esta-ba tieso. Morrison miró la bolsa por el rabillo del ojo. Parecía tener náuseas.

—Claro que si usted quiere asumir la responsabilidad —con-tinuó Teresa—, se lo haré saber a Leapman. Así que si algo se pierde, si se mancha, se daña o se altera de modo irreversible y no se puede utilizar como prueba ante un tribunal...

Asustar a los hombres a veces resultaba divertido. Tendría que hacerlo más a menudo.

—Porque usted sabe cómo funciona lo de las pruebas, ¿ver-dad? Lo que pasa si no se tratan como es debido, o si una huella aparece donde no debe estar.

—Sinceramente, me importa un comino. Si Leapman le ha dado su tarjeta, allá películas. Entre. Y salga cuando le dé la gana.

Y sin más, dio media vuelta y se alejó en dirección contraria a la que ella tenía que seguir, pasillo adelante y cruzando el vestíbulo.

Se fue tarareando una canción, llegó ante la puerta, pasó la tarjeta de Emily Deacon por el lector y esperó a que se abriera.

Lo tenía todo pensado. La frase adecuada, las insinuaciones justas. Una vez, cuando era pequeña, su tío la llevó de caza. La experiencia fue horrible, pero el perro la maravilló. Un perro adorable como ninguno, pero que sabía mostrar un faisán so-litario en mitad de un campo de maíz con olisquear el aire y avisar luego de su posición con un único ladrido.

Un minuto. Era todo lo que necesitaría para escribir un co-rreo sencillo, pasar luego la tarjeta de Emily para autentificarlo, marcarlo como urgente, enviarlo y aguardar a ver qué pasaba después.

Acribilló el teclado con sus dedos gordezuelos.

—Vamos, hijo de perra, date prisa —murmuró entre dientes,

y confió en que aquello surtiera efecto. Las latas que había sentido al abrazar a Emily no dejaban de recordarle lo que podía encontrarse en su reluciente y fría mesa de trabajo si algo salía mal.

—Pan comido —se dijo—. Deberías hacer esto más a menudo.

Había dejado la caja encima de la mesa de Leapman. La verdad es que la mayor parte de su contenido le pertenecía, a excepción del camisón rojo. Lo había llevado como último recurso, como toque de efecto. Esa prueba era suya, algo que podía necesitar para esclarecer un asesinato que seguía bajo jurisdicción de la policía italiana.

—Con esta gente, es una pérdida de tiempo.

Además, tarde o temprano llegarían a saberlo. Cuando el huracán pasara, Leapman tendría tiempo de ver el contenido de aquella extraña caja, seguiría sus pasos y terminaría averiguando cómo había llegado a ocurrir.

—Qué puñetas... —murmuró, recogió el camisón endurecido, lo metió en su bolso, salió y cogió un taxi para el centro histórico.

—Miren a su alrededor, caballeros, y disfruten de la vista.

Costa había dejado el teléfono sobre la silla vacía que había al lado de Emily. Estaban todos arremolinados en torno a ella, escuchando la voz de Bill Kaspar crepitando a través del altavoz, clara y resuelta.

—¿Se imaginan estar en un lugar así, viendo cómo tus camaradas van cayendo uno a uno, aferrado a un trozo de red como si eso pudiera protegerte de las balas?

—Nos hacemos una idea —masculló Leapman.

Hubo una pausa.

—Ya. Tú eres el de la CIA, ¿verdad?

Viale le hizo un gesto a Leapman para que siguiera tirando de ese hilo.

—Mira, Kaspar —continuó Leapman—, quién sea yo carece de importancia. Lo único que quiero es que entiendas una cosa: sabemos lo que pasó. Washington no tiene la más mínima duda. Ya no.

—Así que creen saber...

—¡La cagaste, sí! ¡Aprende a vivir con ello! No eres el primero. Tú y tu gente os metisteis en un escenario como éste, y fue muy duro, pero en la guerra siempre hay bajas.

Kaspar permaneció en silencio un instante antes de contestar. Un instante eterno.

—¿Así que fuimos simples *bajas*?

—Vosotros y muchos otros. Pero la mayoría consiguen pasar página. No sé. No entiendo por qué...

No sabía por dónde salir. Viale se sentó y le miró desilusionado.

—Veo que no captas la simetría —dijo Kaspar—. Es comprensible. Supongo que hay que estar allí.

Leapman intentó controlarse, miró a Emily y dijo:

—Mira, Kaspar: Dan Deacon nos engañó a todos. A ti, a mí, a Washington, a todos. De hecho todo esto ya había comenzado cuando empezamos a caer en la cuenta. Lo siento. ¿Era eso lo que querías oír?

El hombre que hablaba por teléfono suspiró, escondido Dios sabe dónde.

—Ignorancia... qué excusa más pobre. La inteligencia no tiene nada que ver con cuándo o con dónde has nacido, sino con quién eres. Lo enseña la historia. El tío que construyó el lugar en el que estáis... se llamaba Adriano, por si no lo sabes. Sabía luchar, sabía dirigir un imperio, sabía reflexionar sobre la vida. Fue capaz de sentarse precisamente en el mismo sitio en el que estás ahora e imaginar todo un cosmos.

Leapman parpadeó y miró a Viale llevándose un índice a la sien.

—Anoche dormí sobre su mausoleo —continuó—. Pensé que soñaría con él, pero no fue así. Volví a soñar con la misma mierda de siempre, lo cual no tiene sentido, porque se supone que ya están todos muertos. ¿Me sigues?

—¿Quieres decir que estamos pasando por todo esto sólo por lo que ves cuando sueñas, Kaspar? —preguntó Leapman—. ¿Te das cuenta de lo que dices? Así sólo hablan los locos. Eso es lo que...

—¿Los locos? —la voz subió unos cuantos decibelios—. ¡Loco! ¿Y esto? ¿Te parece también una locura?

Un ruido inesperado a su espalda los sobresaltó a todos. Provenía del chaleco de Emily Deacon, y no era un teléfono sino algo parecido al ruido del disparo de un arma pequeña. Ella gritó. Temía moverse y temía permanecer sentada. Un destello intenso salió de la lata amarilla situada más cerca de su cara.

Los hombres volvieron a esconderse. Costa examinó el chaleco, se acercó e intentando que Emily no se moviera, se envolvió la mano con un pañuelo y de un tirón le arrancó la lata. Rápidamente la lanzó al suelo, donde quedó apagándose con un silbido amenazador.

—¡No vuelva a jugar así! —le gritó al teléfono—. ¡Ella no se lo merece!

—¡No tenéis ni idea de lo que os merecéis! —espetó Kaspar—. ¡Ni idea!

Costa ni siquiera le escuchó. Estaba junto a Emily y le acariciaba la mejilla. Tenía los ojos llenos de lágrimas y estaba aterrorizada.

—Lo siento —balbució cuando consiguió calmarse un poco—. Lo siento...

La risa de Kaspar crepitó en el teléfono.

—¡Bien! ¿Habéis aprendido algo? La improvisación lo es todo. Un hombre debe guardarse siempre un as en la manga. Lo que acabáis de presenciar ha sido una demostración. Un detonador que cae en la arena, amigos. Fuegos artificiales para mantener vuestra atención. Pero lamento deciros que también los hay de verdad, aparte de los que tengo aquí, en un lugar que no os imagináis, lleno de gente a la que seguramente no le haría ninguna gracia morir sin saber qué les han traído los Reyes Magos. Que el idiota ese de explosivos le eche un vistazo al chaleco de la pequeña Em. Esto no es una pesadilla. Es real. No lo olvidéis.

—Esto es real —murmuró Emily a nadie en particular y con la cabeza baja.

Viale, Leapman y los dos norteamericanos volvían a acercarse al centro no sin cierta vergüenza.

Costa los miró frunciendo el ceño, cogió el teléfono, apagó el altavoz y se lo pegó al oído, a pesar de las protestas de Leapman.

—Soy Nic Costa, de la policía de Roma. Dígame qué es lo que quiere y yo le diré si se lo pueden dar o no.

Hubo una pausa al otro lado de la línea, seguida de una risa descolorida y extraña, y Costa supo con certeza que estaba hablando con un hombre muy listo.

—Por fin… señor Costa. Esta llamada me parece ya distinta. ¿Estamos hablando en privado, hijo?

La voz había cambiado. Parecía más cercana, más humana, y también un poco aprensiva.

—Sí —contestó, mientras Gianni Peroni impedía que un furioso Leapman le arrancara el teléfono.

—Así me gusta. A ver: ¿cree que puede convencerlos de que le dejen salir de ese lugar con algo?

—Sí —respondió, intentando sonar convincente.

—Bien. Estoy impresionado.

—¿Qué quiere decir?

Kaspar volvió a reír.

—Pues que ya tenemos medio camino hecho, porque yo tengo algo para ti.

La línea quedó muda. No se oía nada, ni un solo ruido de fondo, ni el murmullo de una tercera voz que pudiera darle a Costa alguna idea por mínima que fuera de dónde podía estar Kaspar.

Leapman temblaba de furia y Peroni le soltó. El americano señaló a Falcone con el dedo y escupió:

—Eso no formaba parte del trato.

—Lo estaba perdiendo —replicó Falcone con frialdad—. Si hubiéramos seguido por ese camino, ella y seguramente todos nosotros, estaríamos muertos. Ya nos dará las gracias más tarde.

—¿Cómo puede...

—¡Cállate! *¡Cállate!* —gritó Emily. Estaba a punto de venirse abajo. Había rodeado con sus propios brazos aquella parka preñada de muerte y se balanceaba despacio hacia delante y hacia atrás mientras las lágrimas le bajaban por las mejillas—. ¡Por amor de Dios, dadle lo que quiera, o largaos de aquí para que no os lleve también por delante!

Para sorpresa de Costa, el tipo del FBI por fin se paró a pensar.

—¿Y qué es lo que quiere?

—Lo que ya pidió anoche —contestó Costa—. Pruebas.

—Estupendo. ¿A cambio de qué?

Costa tuvo sumo cuidado al contestarle.

—A cambio, ha prometido rendirse. Desarmará los dos chalecos y...

—¡Qué! —Viale estaba lívido—. ¿Y tenemos que fiarnos de él? Quiero tenerle delante de mí antes de darle absolutamente nada. No pienso fiarme de una promesa suya.

Costa miró a Emily. Quería que supiera que aún quedaba esperanza, que todavía se podían hacer bien las cosas.

—Supongo que él piensa lo mismo. Quiere que le lleve las pruebas, las revisará y si son reales...

—¿Dónde es la entrega? —preguntó Falcone.

—No lo sé —mintió Nic—. Ha dicho que me llamaría por el camino. Y que no intente seguirme nadie. Si ve algo que le haga pensar que pretendemos engañarle, todo habrá terminado.

Costa le vio digerir lo que acababa de decirle.

—Ha organizado todo esto de modo que no nos queden demasiadas opciones —continuó—. No es tan estúpido como para venir aquí, y creo que no estamos en disposición de torearle, ¿no le parece?

Leapman bajó la mirada, desesperado.

—Dios... el muy cerdo nos está envolviendo.

Costa se arriesgó a mirar brevemente a Emily.

—Déjeme hacerlo. ¿Qué podemos perder? Ha sido tajante: si se le entregan los documentos que le han prometido, volverá conmigo y se entregará. Ha dicho exactamente que se rendirá.

Era un término militar, una palabra que tenía que conectar con un hombre como Joel Leapman.

—¿Tenemos alguna opción? —preguntó Falcone—. ¿Hay algo negociable?

—Nada. Ni siquiera sabría adónde llamarlo. Ha bloqueado su número.

—Bill Kaspar... —suspiró Leapman—. Qué tío —miró a Costa a los ojos—. Este edificio en el que estamos, ¿es una iglesia?

—Entre otras cosas.

—Ya.

Se acercó a Viale y alargó la mano, pero como el hombre de SISDE no se movió, le arrancó el expediente de debajo del brazo.

—Esto es mío por derecho —le dijo a Costa al entregárselo—. He venido leyéndolo por el camino, y no aparece nadie en él excepto Dan Deacon. Si esto no le convence de que fue él, nada lo hará, así que ya puedes meterte en el rollo de chico de los recados, que nosotros sólo podemos quedarnos aquí y rezar.

EL CIELO SE lo estaba pensando. Seguía azul, pero el hielo empezaba a hacerlo palidecer. Se avecinaba otra nevada. Tardaría unas horas en llegar, pero estaba ya de camino, una carambola más de los dados en aquella insólita Navidad.

Abandonó la sombra de las puertas del Panteón, esperó a que Peroni cerrara el portón de bronce y bajó los escalones que lo separaban de la plaza, cerca de donde Mauro Sandri había caído tres noches atrás. Cuántas cosas habían ocurrido en tan poco tiempo. Así debió ser todo para Kaspar en Iraq: movimiento constante, amenazas constantes. Esa experiencia le había marcado, le había convertido en el hombre que era en la actualidad, un ser obsesionado con el detalle y la planificación, esclavo de la simetría de la red que había tejido en torno a todos ellos, abriéndose paso entre su complejidad con una destreza extraordinaria.

Teresa Lupo estaba sentada en la terraza del café. Le miró, se arrebujó en su grueso abrigo y tomó un sorbo de algo cuyo vapor ascendía en ondas en el aire frío.

Nic se detuvo junto a la mesa y miró a su alrededor. La plaza estaba casi vacía.

—¿Ha funcionado? —preguntó ella.

—Creo que sí —contestó—. Y algún día tendrás que contarme cómo lo has hecho.

—Unas amenazas allí y unas súplicas allá... —suspiró—. Yo no estoy hecha para esto.

—Y pretenderás que me lo crea, ¿no? Anda, ten —dejó el expediente sobre la mesa—. Guárdalo en lugar seguro.

Teresa lo abrió, y hojeó las páginas con el emblema del sis-de y marcadas todas ellas como *Información secreta*.

—Dios bendito —susurró—. Ahora sí que estamos metidos hasta el cuello.

—No pierdas la confianza —le dijo Costa, y echó a andar en dirección al otro lado de la plaza.

Allí esperó casi dos minutos.

Entonces sonó el teléfono y oyó la voz de Kaspar, que ya reconocía.

—Trabajas con gente eficaz, Costa, y eso me gusta. ¿Adónde vas?

—Piazza Sant' Ignazio.

—Bien. Supongo que eres quien dices ser de verdad, pero sólo para asegurarme de ello te voy a enviar a otro sitio...

—¡No hay tiempo! —le gritó.

—Pues camina más deprisa, hermano. Vía Metastasio. ¿La conoces?

—Claro.

—Mejor. Busca a alguien vestido como la pequeña Em: parka gruesa y capucha puesta. No pienso correr riesgos.

—Ya. Bien.

La comunicación no se interrumpió.

—No me lo has preguntado.

—¿El qué?

—Si voy a cumplir mi parte del trato.

—¿Y para qué iba a preguntárselo? De todos modos, va usted a hacer lo que tenga pensado, ¿no es así?

—Por supuesto, señor Costa —contestó, riendo.

Su risa era tan fría como el viento que barría la plaza, pero Nic tuvo la impresión de que Kaspar había bajado la guardia en aquel momento. Le pareció escuchar su voz real, y no a través del teléfono, en la plaza. Quizás podría...

No. No iba a enfrentarse a William F. Kaspar. Nadie podía hacerlo.

—Siento haberte interrumpido la otra noche —le dijo Kaspar—. Em es una joven bastante interesante. Mucho más que su padre, la verdad.

—Si Emily muere, Kaspar...

—Si muere —contestó, ofendido—, será culpa tuya. Vamos.

Nic recorrió a paso rápido las callejas de la zona, las manos hundidas en los bolsillos, pisando la nieve a medio derretir.

Consultó el reloj. Quedaban veinte minutos. Quince para cuando quisieran volver... si tenía suerte.

Tenía que quitarse las dudas de la cabeza y convencerse de que no había otra posibilidad, así que miró hacia delante. Allí estaba, tal y como le había dicho que haría, cubierto con una gruesa parka igual que la de Emily, voluminosa sobre la misma carga letal que la de ella.

Se acercó y le dijo:

—Vámonos.

No obtuvo respuesta. Tampoco la esperaba. Ni siquiera había podido verle la cara. La capucha se la cubría prácticamente por completo, de modo que sólo unos ojos entrecerrados, brillantes y de mirada intensa quedaban a la vista.

Los dos echaron a andar calle adelante en silencio, desembocaron en la plaza y ascendieron la escalera del Panteón. Una vez allí, Costa llamó a Falcone y esperó a que se abrieran las puertas de bronce.

A VEINTE METROS de distancia, temblando por el frío cada vez más intenso, Teresa Lupo se bebió lo que le quedaba de su *capuchino* cuando los vio entrar; luego sacó el móvil y marcó. Tardaron un siglo en contestar.

—Típico —murmuró.

—Carabineros —contestó una ajada voz de hombre.

Incluso por teléfono parecían imbéciles.

—No sé si llamo a donde debo, oficial —dijo, titubeando. Su objetivo era parecer boba.

—¿Qué quiere? —preguntó el hombre con tono aburrido.

—Verá, es que... no sé, puede que sea una tontería mía, pero me ha parecido ver que un hombre obligaba a un policía... a un policía nacional a entrar en el Panteón a punta de pistola. Además el edificio, está cerrado a cal y canto, cuando debería estar abierto. Eso no es normal, ¿verdad?

—¿Qué dice que ha visto?

Era increíble que tuviera que repetirlo. Por lo menos aquel idiota la escuchó en silencio mientras volvía a contárselo, añadiendo algún detalle más.

—Pero es que era un policía, ¿sabe?, y a lo mejor no debería llamarles a ustedes, sino a ellos.

Un insólito destello de inteligencia brilló al otro lado de la línea.

—Nos ocuparemos nosotros. ¿En el Panteón, dice?

—Exacto.

—¿Y su nombre?

Miró a su alrededor, se pegó el teléfono a la boca e hizo los ruidos más raros que pudo.

—Lo siento —gritó, apartándose el teléfono de la cara—, pero me estoy quedando sin cobertura...

Y colgó. Podían localizar las llamadas aun cuando el número estuviese oculto. Además, ya no necesitaba el teléfono. Sólo tenía que esperar a que aquellas enormes puertas de bronce se abrieran.

—Odio esperar —murmuró, y entró rápidamente en el café a por otro capuchino para volver a ocupar con él su silla helada y solitaria junto a los alegres delfines de piedra.

FUE LEAPMAN QUIEN abrió las puertas, intentando no darse aires de triunfo. Costa entró tras la figura de la parka, que había seguido caminando hasta el centro de la estancia, y oyó las puertas cerrarse a su espalda.

—Buen trabajo —murmuró Leapman, dándole una palmada en la espalda antes de acercarse a la parka.

—De nada —le contestó, y echó mano al bolsillo para empuñar la pistola pero sin sacarla.

La figura se detuvo frente al grupo que le esperaba: Viale y los dos americanos, flanqueados por Peroni y Falcone.

—Bill Kaspar —murmuró Leapman con desprecio—. Eres increíble. Entras aquí tan fresco, como dijiste que harías. Supongo que lo has leído, ¿no? ¿Estás contento ya? Eso espero, porque hace mucho tiempo que aguardábamos este momento.

Leapman echó mano a la capucha de la parka sin soltar el revólver que tenía en la mano.

—Ahora, desenchúfate tú y a la niña. Sin trucos. Nosotros hemos respetado nuestra parte. Danos el gusto de contarnos el por qué y luego te llevaremos a casa.

Kaspar no había movido ni un dedo. Sólo la cabeza.

—No es tan sencillo —intervino Emily.

Leapman parpadeó, bajó el arma un instante y la miró como si sus palabras hubieran sido una intolerable intrusión.

—¿Qué?

—Ha dicho —contestó Costa muy cerca de su oído mientras apoyaba el cañón de la pistola en su mejilla—, que no es tan sencillo. Déme su arma, agente Leapman —dijo, y miró a los otros—. Y que los demás hagan otro tanto.

—¿Pero qué...? —gritó Leapman, pero entregó su arma a Costa—. ¡Falcone, esto es...!

Su furia creció al ver que el comisario y Peroni estaban desarmando a sus hombres con una atención profesional que no encontró resistencia.

—Haces demasiado ruido, Leapman —dijo Falcone—. Deja de gritar y empieza a escuchar.

Luego se dirigió a Viale.

—¿Y tú?

El hombre del SISDE estaba rojo de ira, aun con aquella luz gris de la tarde.

—Esto es una locura —les dijo, blandiendo un puño—. ¿Se puede saber qué pretendéis?

Sacó el móvil y marcó un número.

—¡Peroni! —ordenó Falcone.

El hombrón se plantó delante de él y le quitó el teléfono de las manos.

—Cachéalo —dijo el comisario—. Seguramente se cree tan arriba en la escala como para no necesitar un arma, pero quiero asegurarme.

Viale abrió los brazos mientras Peroni le cacheaba sin demasiada delicadeza.

—Los tres os habéis metido en un callejón sin salida. No podéis andar jodiendo a gente como yo. Os crucificaré, lo juro.

—Vale, vale —murmuró Peroni—. Está limpio. Supongo que siempre son otros los que hacen el trabajo sucio. Pero tiene una lengua muy afilada. Si vuelve a hablar más de la cuenta, habrá que hacer algo al respecto.

—¡Estáis muertos! —vociferó—. ¡Todos!

Peroni se le acercó más y mirándole desde su estatura le dijo muy despacio en el tono que Costa conocía tan bien y que conseguía hacer callar hasta a los peores maleantes de la calle:

—Sé buen chico y cierra la bocaza.

—Ya hablaremos después —le advirtió, y Peroni lo empujó hacia donde estaban los americanos.

—Y bien, señorita Deacon —dijo Falcone—, ¿adónde vamos ahora?

—Al meollo de la cuestión.

Se levantó y plantándose ante la figura de la parka, le bajó la capucha y de un tirón arrancó la tira de cinta plateada que le tapaba la boca. Thornton Fielding aulló de dolor y se rozó los labios con la mano. Pero darse cuenta de quiénes estaban allí le hizo olvidarse del dolor enseguida. Era como si se hubiera despertado de una pesadilla para caer en otra.

—¿Es un chiste? —gritó, mirándose con horror el chaleco que le cubría el pecho, con sus latas amarillas y el laberinto de cables—. ¿Te has vuelto loco, Leapman? ¿Qué es esto? Quítamelo ahora mismo.

Nic Costa había estado mirando a Leapman, intentando calibrar su reacción, pero en su cara sólo había visto sorpresa e incredulidad.

—¿Qué hace él aquí? —le preguntó a Falcone.

—Hablar —contestó Costa por él—. Si es que quiere seguir viviendo.

Emily miró el chaleco de Fielding y luego el suyo propio.

—Estas latas son bombas BLU-97, Thornton, adaptadas para este caso, para ti y para mí. Esta mañana vi cómo las preparaba Kaspar. Cada una lleva un detonador, conectado a un control remoto que tiene él. Sabe lo que se hace. Además —añadió, mostrándole el micrófono que llevaba en el cuello—, oye todo lo que decimos. Si no le gusta lo que hacen—continuó, señalando a Leapman—, me convertiré en mártir. Y si no le gusta lo que cuentes tú, ese honor recaerá en ti. O en los dos. ¿Quién sabe?

El terror más absoluto brilló en sus ojos.

—Pero por amor de Dios, ¿qué puede querer de mí ese lunático?

—Lo mismo que quiero yo, Thornton —contestó Emily sin dejar de mirarle a los ojos—. Respuestas. Quiero saber qué ocurrió aquí, en Roma, en 1990. Lo recuerdas, ¿verdad?

—¿Qué? ¿De qué me estás hablando? Mira, Emily... —miró a Leapman primero y después a Falcone como pidiéndoles ayuda—. Voy a contarte la verdad, te lo juro: hace una hora estaba en mi despacho de la embajada y recibo un correo tuyo diciéndome que estabas metida en un problema muy serio, y que tenía que ir a una dirección en el Corso inmediatamente.

Con el ceño fruncido, Leapman miró a Costa.

—Hace una hora, Emily estaba aquí. Ese mensaje no puede haberlo enviado ella.

—¡Me llegó por el correo interno! —gritó Fielding—. ¡Venía

de su propio ordenador! Al leerlo daba la impresión de que el mundo se estaba derrumbando y que de algún modo iba a pillarme a mí también.

—Y así es —le respondió Emily.

—Esto es ridículo...

Leapman se acercó a él. Parecía interesado.

—¿Qué pasó a continuación?

—Que de pronto un perturbado grande como un oso y de uniforme se me tira encima, me arrastra hasta un callejón, me pone este chisme y me dice que si no espero donde él me diga hasta que alguien venga a recogerme, estoy muerto. Y luego me tapa la boca con esa cinta. Y claro, yo me quedo ahí hasta que él —señaló a Costa—, se presenta.

Costa esbozó una sonrisa.

—¿Qué demonios está pasando aquí, Joel? —exigió Fielding—. Como resulte ser uno de esos malditos ejercicios tuyos de entrenamiento...

—No —le cortó—. ¿Estabas aquí en Roma en el 90?

—¡Pues claro! —gritó—. No es ningún secreto, como tampoco lo es por qué sigo estando aquí. Soy el maricón de la embajada, ¿recuerdas? Entonces no quisieron darme otro destino porque era un riesgo para la seguridad, y ahora no me mueven porque formo ya parte del mobiliario. Me importa un comino.

—No lo sabía —se sorprendió Leapman.

—¡Quítame este trasto de encima! —gritó.

Costa se acercó.

—No puede quitárselo. Fue Kaspar quien se lo puso y sólo él sabe hacerlo.

—¿Y vosotros me habéis puesto a merced de ese lunático?

—Eso parece —observó Leapman—. ¿Y dónde está Kaspar ahora, señor Costa?

—Regístrenme —contestó encogiéndose de hombros—. Yo me limité a contestar a su llamada. Me dijo que a menos que obtuviera algunas respuestas, esos chismes empezarían a explotar en... —miró el reloj—, en cuestión de algo menos de diez minutos. ¿Qué piensa usted, señor Fielding? ¿Le cree capaz de hacerlo?

Fielding no mordía el anzuelo.

—¡Yo no le conozco! Joel... —continuó, mirándole—, esto no va a quedar nada bien en tu expediente.

Emily se acercó y tocó algunos cables y él saltó hacia atrás como si hubiera sufrido una descarga.

—Lo hará, Thornton —insistió—, a menos que hables. Puedes empezar cuando quieras. Sabemos escuchar.

—¿Hablar? ¿De qué quieres que hable?

—De las *Babylon Sisters*. De quién estaba detrás de todo...

—¡Pero si ya te lo he dicho, Emily! Ya he hecho todo lo que podía hacer. ¿Es que no has leído lo que te dije? ¿Es que no comprendiste el mensaje? ¿Es que tengo que deletreártelo?

—Sí. Eso es lo que tienes que hacer.

—¡Muy bien! Todo ese tinglado lo organizaron tu padre y Kaspar. Dan era el jefe y Kaspar el soldado. Un par de *hippies* armados y con un cheque en blanco de los servicios de seguridad. ¿Quieres saber por qué todo se fuera al garete?

—¡No! Me has enseñado sólo lo que te interesaba, Thornton. Y no por protegerme a mí, sino por protegerte a ti mismo.

—Qué locura. ¿Se puede saber de qué estás hablando?

—¡De ti! —gritó—. Entonces eras tú quien movía los hilos, y sigues moviéndolos ahora. No conseguía entender por qué quedaba sólo un documento en el sistema cuando me dejaste entrar. ¿Un accidente? Por supuesto que no. Era el documento que señalaba a mi padre, y no a ti. Por eso lo dejaste. Para que yo lo encontrara.

—Joel, necesitamos a tus hombres.

Fielding no cedía y Costa pensó en los minutos que iban pasando sin pausa. ¿Hasta cuándo esperaría Kaspar?

Emily estaba directamente debajo del óculo y miró hacia las alturas.

—Son estos lugares, Thornton. Es lo que él ha estado intentando comprender desde el principio. Lugares como éste. Mi padre y Kaspar tenían por costumbre reunirse aquí para hablar.

Él mismo me lo dijo. Pero mi padre hablaba de la misión con alguien más, alguien que vivía en la Piazza Mattei, alguien a quien Kaspar no llegó a conocer.

Eso le asustó.

—¿Y qué?

—Eso es lo que mi padre le dijo a Kaspar antes de morir. Es más, le dijo que ojalá no hubiera ido nunca a ver al hombre de la Piazza Mattei. Kaspar intentó localizarlo. Hace un par de meses estuvo en la plaza y averiguó que una de las casas llevaba años siendo piso franco. Atacó al hombre que vivía en ella para intentar arrancarle alguna información, pero no le mató. No era quien él buscaba. Por entonces, no mataba a cualquiera.

—¿Entonces?

—Él no consiguió la información, pero nosotros sí. Nosotros *sabemos*.

Fielding la miró atónito.

—¿Y te crees lo que te dice ese lunático? ¿Yo estoy aquí por eso?

—Sí —contestó con calma, y echó mano al amasijo de cables de su propio chaleco.

—¡Emily... —exclamó Nic.

—Y voy a enseñarte por qué —concluyó, y tiró de los cables arrancándolos de las latas con violencia.

Fielding se agachó, aterrado, pero no ocurrió nada. Emily seguía de pie donde estaba. Luego se quitó la parka, bajó la cremallera del chaleco y se lo quitó también.

Friedricksen se refugió en las sombras con la velocidad de una liebre.

—¡Vuelve aquí! —le gritó Leapman y cogió el chaleco para examinarlo. Quitó el detonador de una de las latas y vació el contenido, que cayó al suelo. Frunciendo el ceño, rascó el metal amarillo con la uña.

—Son de pega —se admiró.

—Es una lata de coca cola —dijo Emily—, pintada de amarillo y modelada con masilla. El olor es de aguarrás, para darle un poco de realismo. Lo único auténtico son los detonadores. Kaspar no tiene un céntimo. No tenía ni para montar dos chalecos.

—Muy hábil —concedió Leapman y señaló a Fielding—. ¿Y ése?

—Ah, ese —contestó, y se agachó para sacar algo de uno de los bolsillos de la parka—. Ése es verdadero —dijo, y agarró a Fielding por el cuello del chaleco—. Todo esto puede hacernos pedazos a todos, Thornton. ¿Y sabes una cosa?

Emily le mostró un pequeño aparato negro cuyo botón sujetaba ella con el pulgar.

—No es Bill Kaspar quien tiene el poder de decisión sino yo. Él me lo confió. El detonador y el chaleco falso. ¿A quién crees que creo yo, Thornton?

Costa sintió la mirada de Falcone clavada en la sien.

—Emily —dijo—, esto no formaba parte de...

—Ahora sí —contestó, y pasó el brazo por la cintura de Thornton para ponerle el mando delante de la cara—. Háblame Thornton. O no lo hagas si no quieres, porque a estas alturas ya no me importa. Te cargaste a mi padre, y era un buen hombre, lo vendiste a él y a sus hombres. Los dejaste llegar allí esperando que... ¿qué esperabas?

Fielding había empezado a ponerse nervioso, pero no lo suficiente.

—Tienes que hacer algo, Leapman —rogó Fielding—. Esta cría está tan loca como su padre.

—Supongo que esperabas que una vez reconocieran que se trataba de rendirse o morir, todos pensarían como tú —continuó Emily—. Que aquella no era su guerra. Pensaste que se rendirían con los brazos en alto y que todo terminaría tan limpiamente. Ése fue el trato que hiciste. Después, una negociación secreta con Bagdad y seguramente una devolución de los presos en la frontera siria o algo así. Todo el mundo volvería a casa y tú desaparecerías con unos cuantos millones en el bolsillo. Sin más.

Aquello era un tiro al aire y él lo sabía, así que ganó confianza. Y Emily lo notó.

—Pero Bill Kaspar se negó a desaparecer sin hacer ruido, ¿verdad? —continuó.

—¿Arena y latas de coca cola? —se burló—. ¿Así anda el héroe?

—Pruebas —musitó—. Eso es lo único que quiere. Él y cualquiera.

La frente de Fielding brillaba de sudor.

—No, Emily. Lo que quieren es que se acabe toda esta mierda y que ese lunático esté donde debe estar. Lo mismo que debes querer tú, puesto que mató a tu padre.

Emily estiró el brazo y rozó delicadamente una de las latas amarillas, la más próxima a su barbilla.

—No te muevas, Thornton. No querría equivocarme al elegir. Las demás están conectadas en paralelo y explotarán si las toco. Kaspar me lo explicó sólo una vez.

Él se quedó agarrotado, sin saber si aquello era o no un farol. Emily desconectó unos cuantos cables y sacó con cuidado la lata.

—Pensó que a lo mejor necesitabas convencerte —dijo, y tiró del detonador. De la parte superior de la lata salió un brillo intenso y la lanzó con fuerza hacia la oscuridad de la puerta.

Fielding se quedó inmóvil, mirándola sin pestañear, mientras Leapman y Viale se tiraban al suelo. Emily le abrazó con fuerza.

—¿Te acuerdas de cuando bailabas conmigo, siendo yo pequeña? Dábamos vueltas y más vueltas, como si fuéramos compases que dibujaran círculos en el suelo. A la gente le gustan las formas regulares, Thornton. Les hacen sentirse seguros. Te hacen pensar que el mundo es algo más que un puro caos.

Una detonación violenta partió de algún punto cercano a las puertas y se extendió por el interior del edificio con un rugido ensordecedor que avanzó por las paredes del hemisferio. El aullido de una sirena les llegó desde el exterior. Emily siguió aferrada a él, de pie ambos, resistiendo el calor y la fuerza de la explosión.

—Eso es lo que Kaspar ha estado buscando —continuó, la mano puesta en el detonador y éste pegado a la mejilla de Thornton, mientras los dos seguían trazando lentos círculos sobre el suelo de piedra—. Algo que restaurase el orden perdido. Pero puede que no exista. A lo mejor debería apretar este botón y dejar que todo volviera a la nada de donde salió. Sin recuerdos. Sin culpabilidad. Sin odio. ¿Crees que debería hacerlo?

Fielding no contestó. Tenía los ojos cerrados para no perder el control.

—Era mi padre, Thornton, y él te creía su amigo. Recuerdo que venías mucho por casa, que comías con nosotros... —aquellos recuerdos conservaban para ella toda su intensidad. Se le veía en los ojos—. No te gustaba nada la música que ponía mi padre y te traías música de orquesta, música para bailar, y bailábamos, yo pequeña y tú tan grande. Y lo asesinaste. Mucho antes de que Kaspar llegase allí. No sé cómo, pero yo lo supe entonces. Lo que pasa es que no he querido darme cuenta de ello después.

Él la sujetó por los hombros. La zarandeó.

—¡Dan también aceptó dinero, Emily! Nadie le obligó, ni a él ni a los de su equipo. Si ese loco de Kaspar no hubiera empezado a disparar, todos habrían salido de allí en un santiamén y nadie se habría enterado de nada. Un equipo rico y limpio, y el otro pobre y heroico, con la conciencia intacta. Vivimos en un mundo sucio, Emily. ¿Es que todavía no te has dado cuenta?

Costa vio el dolor en su rostro, vio cómo el dedo se le crispaba sobre el botón del detonador.

—No te creo.

Fielding la apartó y ella no se resistió.

—Entonces, ¿por qué no dijo nada cuando volvió? ¿Por qué no hizo preguntas?

—¡Porque no lo sabía!— aulló.

Fielding volvió a agarrarla por los hombros para mirarla a los ojos.

—Eres demasiado lista para tragarte algo así —le dijo, con la mirada brillante.

Emily no contestó. Se quedó de pie, moviendo la cabeza, mirándole furiosa.

—Piénsalo —continuó él—. No dijo nada porque estaba en nómina, Emily. Todos los de su equipo lo estaban, incluso antes de formarse. De todos modos, no era sólo por el dinero, al menos en un principio. Para los demás sí, pero para él no. Y para mí, tampoco.

—Entonces, ¿por qué? ¿Pretendes decirme que fue una decisión moral?

Era como si Fielding se hubiera olvidado del chaleco letal que llevaba sobre el pecho. Estaba furioso con ella, rabioso porque no lo comprendiera.

—Eres tan joven... no tienes ni idea.

—Explícamelo tú.

Cerró los ojos un instante y se cruzó de brazos.

—Dan y yo habíamos trabajando juntos ocasionalmente a lo largo de los años. Desde lo de Nicaragua. Nos habíamos pasado media vida revolviendo en la mierda, y lo peor de todo, sin conseguir nada en absoluto. Estábamos hasta las narices de formar parte de esa máquina, de decidir quiénes eran los buenos y quiénes los malos. Hastiados del hecho de que los amigos de ayer resultaran ser los enemigos de hoy. Tu padre tenía ese inconmensurable sentido del deber, pero ese deber, esa conciencia es algo que debe provenir de tus superiores, y de no ser así, empiezas a cuestionártelo. Tu padre terminó sintiéndose utilizado. Los dos nos sentíamos así. Y ésa es la clave.

Miró entonces a Leapman, que observaba la situación con desprecio.

—Entonces, o te vuelves como él, un autómata que hace lo que le mandan sin pensar, o te conviertes en el enemigo. No hay término medio. Aceptamos el dinero pero la verdad es que lo habríamos hecho gratis. No queríamos que la guerra se extendiera, a pesar de que todos aquellos lunáticos dijeran que tenía que seguir hasta Bagdad, como si fuéramos un ejército colonial liberador que llevase al mundo paz, alegría y libertad. Los *Babylon Sisters* no se iban a limitar a Kuwait, sino que iban a ser una base avanzada desde la que poder operar una vez los halcones de la guerra hubieran convencido a Bush de que había que continuar. ¿Me sigues?

Ella le escuchaba sin pestañear, intentando asimilarlo todo.

—Emily —le rogó—, tienes que comprender. Tu padre y yo

lo habíamos acordado de antemano. Nadie tenía que resultar herido. Había dispuesto que el ejército enemigo los hiciera prisioneros a todos, incluido él mismo, para luego ser liberados, sanos y salvos y sin que nadie tuviera que saber nada. Un asunto sencillo. El único problema... —suspiró y bajó la mirada al suelo—, es que no contamos con Kaspar. Dan y yo lo estuvimos hablando pero al final no tuvimos valor para contárselo. Pensamos que cuando vieran lo que se les venía encima, se rendirían, y no que estaría tan loco como para echar a los leones a nueve héroes, así que a tu padre y a sus hombres no les quedó más remedio que presenciar el baño de sangre sin poder hacer absolutamente nada para detenerlo. Y después...

No quería continuar, pero ella insistió.

—Después, ¿qué? —preguntó, lívida.

—Después nos encontramos entre la espada y la pared. No fue culpa suya, ni tampoco mía. Ni siquiera de Kaspar. Fue simplemente una idea estúpida que en su inicio era buena. La idea de un par de pacifistas chalados y cansados de todo con la que creyeron que podrían evitar que el mundo perdiera todavía más su equilibrio. Qué estupidez. Qué imbéciles fuimos. Y cuando aquellos iraquíes volvieron a por todos nosotros después de la guerra para pedirnos más y más, amenazándonos con desvelarlo todo si no nos plegábamos a sus exigencias, averiguamos hasta qué punto lo fuimos.

—Pero él no...

—¡El también! —gritó Fielding—. Todos lo hicimos. No nos quedaba otra. O seguíamos su juego, o nos veíamos en la cárcel, o aún peor. Hasta que Kaspar salió, claro. ¿Y sabes qué es lo más divertido? —de pronto un odio visceral le brilló en la mirada—. Pues que para entonces, ya no importaba. Si Bill Kaspar no hubiera salido de caza, todo esto se habría olvidado. Públicamente, quiero decir. No cuando te despiertas en plena noche empapado en sudor por los recuerdos.

Al otro lado de las puertas parecía haber gran actividad. Megáfonos, voces que hablaban con autoridad: carabineros, seguramente.

Fielding señaló el detonador con un movimiento de la cabeza y dio varios pasos hacia atrás.

—Así que quieres apretar el botón, ¿eh, pequeña Em? Pues si te vas a sentir mejor, hazlo.

—No te imaginas lo bien que me voy a sentir, Thornton —contestó, y apretó.

El chaleco de Thornton Fielding se iluminó como si fuera una cascada de fuegos artificiales. Costa se lanzó sobre ella en un abrir y cerrar de ojos, intentando tirarla al suelo, pero ella no se lo permitió.

—No te preocupes —le dijo en voz baja—. Kaspar no tiene un céntimo. Son sólo latas, arena y unos cuantos detonadores. Y un poco de fertilizante en el que yo iba a lanzar. No te imaginas lo que he aprendido en las dos últimas horas.

Fielding comenzó a girar sobre sí mismo, aullando, dando saltos en el centro mismo del edificio, y cuando los detonadores terminaron de quemarse, cayó al suelo sollozando, hecho un guiñapo.

Nic miró a Emily a la cara e intuyó lo que veía brillar en su mirada. Era una imagen de otro tiempo, de una niña bailando con el mejor amigo de su padre ajena a la oscuridad que acechaba fuera de aquella habitación blanca e iluminada en la cual se encerraban todos los recuerdos felices de su vida, sin sospechar lo difícil que era penetrar en los pensamientos de otro ser humano, incluso de aquellos a los que creías conocer y amar.

—Nic —dijo ella de pronto en un tono profesional y frío—, comisario Falcone, Gianni, ¿están preparados?

Falcone la miró con una expresión que Costa no reconoció en un principio: desconcierto.

—Por supuesto —contestó Falcone, y miró con desprecio a la figura de Thornton Fielding que seguía a gatas en el suelo, bajo el ojo gris del óculo—. Creo que eso le pertenece —le dijo a Leapman.

Y siguieron a Emily hasta las puertas de bronce para ayudarla a empujar la hoja de la derecha y que girara sobre sus goznes, aún los originales. Una avalancha de carabineros penetró en el edificio haciendo preguntas, apuntando a todas partes, dando marcha atrás sólo cuando Falcone les gritó que lo que ocurría allí dentro estaba bajo jurisdicción de la policía nacional.

—Venid conmigo —dijo ella.

Costa y Peroni fueron tras ella hasta la oficina del conserje. Emily sacó una llave, abrió la puerta y los dejó pasar.

Allí había un hombre corpulento y de rostro arrugado vestido con un uniforme de conserje que le quedaba pequeño. Estaba recostado en una silla, los pies cruzados sobre la mesa junto a un teléfono móvil y una pequeña radio colocados ambos en paralelo con el borde de la mesa. Tenía entre las manos un viejo y polvoriento ejemplar del *Infierno* de Dante.

William F. Kaspar se quitó un auricular, los miró y asintió.

—Como siempre digo, la improvisación es la madre de todas las ciencias, agente Deacon. Buen trabajo. Estoy orgulloso de ti —y mostrándoles el libro, añadió—: ¿os importa si me lo quedo? Estaba aquí, pero no creo que sea suyo.

Señaló a una figura acurrucada en un rincón, las manos atadas a la espalda, amordazado y en calzoncillos. Peroni reconoció al conserje de rostro encendido y sintió ganas de reír.

—Tengo que deciros que este tío es un quejica sin remedio. Además, tiene una boca de cuidado. No sé cómo le dejan cuidar de un sitio como éste.

Falcone abrió la puerta de la entrada lateral. No había carabineros por allí. Sólo una fina cortina de nieve que caía en la incipiente oscuridad.

Costa sacó unas esposas, pero Emily se interpuso entre él y Kaspar.

—¿Cómo estás —le preguntó a Kaspar.

Él miró por la puerta que daba a la estancia central del edificio. Parecía estarse despidiendo. Luego se volvió y miró los objetos alineados sobre la mesa: el libro, la radio, el teléfono.

—Tranquilo —contestó, y empujó los tres objetos de modo que quedaron completamente descolocados, como piezas de dominó revueltas al azar—. Hace mucho tiempo que no estaba todo tan tranquilo.

NAVIDAD

TERESA LUPO ESTABA junto a la ventana de la cocina, peleándose con la montaña de platos que Peroni había ido dejando a su paso, antes de escapar al salón con Nic, Emily y una botella de *grappa*. Leo Falcone estaba fuera con Laila, intentando salvar al muñeco de nieve antes de que volviera el sol y terminara por desintegrarlo.

Que Falcone hubiera aceptado su invitación a aquella comida de Navidad la había dejado boquiabierta. La verdad es que hasta su misma presencia allí le sorprendía, pero la cara que había puesto Peroni cuando Nic había dejado caer la invitación no le había dejado otra opción. Gianni quería cocinar. Quería sentarse a la mesa con otras personas, y muy especialmente, con una niña.

Y Falcone... era un hombre solitario que no tenía nada mejor que hacer, de modo que para él debía tener sentido estar allí, con su grueso abrigo de vestir, dando vueltas alrededor de un menguado muñeco de nieve con una vieja y mustia zanahoria en la mano intentando encontrar el mejor lugar para clavarla. Laila, a quien la trabajadora social había llevado aquella mañana a la granja y que volvería a recogerla por la noche, observaba el muñeco con la misma seriedad que el comisario. Verlos así la estaba poniendo de los nervios.

—Qué par de muermos —murmuró. Falcone la sacaba de

sus casillas muchas veces, pero nunca como aquel día. Siempre había sabido que era un hombre solitario y grave, pero de lo que no se había dado cuenta era de que esos rasgos de su personalidad eran también para él casi un enigma. Verle caminar alrededor del muñeco de nieve, lentamente, con la zanahoria en la mano y cara de estar a punto de tomar la decisión más importante de su vida le hizo sentir una incómoda compasión por un hombre que, en el fondo, no le gustaba demasiado.

Ya no podía contenerse más, así que abrió la ventana y le gritó:

—¡En la cara, Leo! Intenta ponérsela en la cara.

Falcone se volvió a mirarla. Parecía desesperado. Suspiró.

—La zanahoria no es el problema —contestó Laila—. El problema es la cara.

Tenían razón.

—Pues haz algo.

—Pero... —protestó Falcone

Cerró la ventana tan deprisa que no le dio oportunidad de contestar. No quería seguir contemplando aquella escena. Para algunas personas, el tiempo era algo insignificante. Eran personas que nunca se daban cuenta del paso de los años, que jamás se paraban a sumarlos y a contemplar el resultado: qué era posible en aquel momento y qué desaparecía pronto de su alcance en cuanto la manecilla del reloj pasara de las doce en Nochevieja.

Peroni les había dicho que el que habían comido era el último pavo que quedaba en la ciudad. Su carcasa estaba todavía allí, un montón de huesos que parecían los de un dinosaurio. Dios, qué forma de comer. Sobre todo la niña. El primo de Peroni que vivía a las afueras de Verona y que se había ofrecido a quedarse con la niña durante unos cuantos meses a ver si podía funcionar, ya podía comprarse un frigorífico nuevo. Incluso Nic había probado un bocado de pavo, que por cierto Peroni había cocinado con maestría, bañándolo en aceite, ajo y romero. Algo que jamás se había imaginado poder llegar a ver.

Volvió a mirar por la ventana. La niña estaba rehaciéndole

la cara al muñeco, e hizo que sus ojos de carbón miraran hacia la casa. Falcone la observaba con un dedo puesto en la mejilla, pensando, seguramente en algo de más enjundia que un muñeco de nieve. Habían padecido una verdadera tormenta desde lo del Panteón, hacía ya dos días. Los medios se habían quedado en la superficie de lo ocurrido: que un asesino había sido detenido por la policía nacional, y pronto su interés había empezado a desvanecerse. A los periódicos y a la televisión les gustaban las historias con presentación, nudo y desenlace, y Bill Kaspar no encajaba en ese perfil. No sin el expediente azul del SISDE, que había quedado bajo custodia de Falcone. ¿Y qué había hecho con él? Pues lo sabía sólo a medias. Se lo había preguntado directamente cuando se quedaron solos un momento, y por toda respuesta Falcone le había dedicado una de sus inescrutables miradas. Debía haberlo puesto a buen recaudo en algún sitio que sólo él conociera, por si acaso necesitaban echar mano de él más adelante. De hecho se había abierto una investigación en la Questura, de la que Falcone sabía bastante más de lo que había dejado entrever durante la comida. Una investigación que debía estarse instruyendo también en el SISDE. ¿Y qué harían los americanos? No se había atrevido a preguntarle a Emily Deacon si seguía teniendo trabajo. No le había parecido bien. Nic y ella eran pareja, o estaban a punto de serlo. Tenían ese brillo tan especial en la mirada.

"Qué barbaridad", pensó. "Nic encuentra por fin una chica y resulta que vive en Norteamérica. Es decir, en un mundo distinto, del otro lado del océano, y seguramente en el paro. Aunque con ese pelo rubio tan precioso y el magnetismo de su mirada, de su expresión, que puede pasar de la frialdad a la ira y a la niñez en cuestión de segundos, no será durante mucho tiempo. Dios, ¿es que los hombres no saben escoger?"

Que Gianni Peroni la hubiese escogido a ella terminaba de rematar el cuadro.

—¿A quién quiero engañar? —murmuró, enfadada consigo misma—. Menuda perita en dulce soy yo.

Vio a Laila clavar la zanahoria en el centro del muñeco de nieve, volverse y dedicarle a Falcone una sonrisa abierta, sin sombras, una sonrisa que ella no había sido capaz de arrancarle a aquella cría por más que lo había intentado. Una sonrisa que consiguió algo inaudito: que Falcone se la devolviera con la misma viveza, la misma franqueza. Entonces le sonó el teléfono y el Leo de siempre volvió a escena. Necesitaba tomar una copa de *grappa*, así que pasó al salón. Peroni estaba solo, la cabeza recostada en un cojín, la boca abierta.

—Hazte a un lado, pedazo de carne —le dijo, y se sentó junto a él antes de servirse una copa de licor.

Él abrió los ojos y la miró.

—¿Sí?

—¿Sí, qué?

—Me da la impresión de que quieres contarme algo.

—Pues te equivocas.

Peroni se encogió de hombros. En algún momento terminaría por contárselo, y lo sabía.

—Ojalá tuvieras razón, Gianni. Ojalá fuera posible convencer a alguien hablándole de que dejase de estar enfermo. Porque Laila lo está, ya lo sabes. Lo de su cleptomanía es parte de un problema más profundo. No es capaz de diferenciar entre lo que es real y lo que no.

—Lo sé.

—No existe una pastilla que pueda curarla. Tu primo es granjero o algo así, ¿no? No es una niña a la que puedas explicarle la situación y que de pronto se le iluminen los ojos y diga *aahh*.

Peroni se quedó pensándolo un instante.

—En eso tienes razón. Pero de verdad creo que es una chica de campo. Está claro que la ciudad le hace daño, y puede que un cambio le siente bien, que sea un paso en la buena dirección. Quizás. No lo sé. Es Navidad. ¿No podemos dejar a un lado todas las preocupaciones aunque sea sólo durante un día?

Tenía razón, y tener razón era otra de las costumbres que a ella la sacaban de quicio. Nadie podía curar a Laila en un día, pero sacarla de Roma, con todos aquellos mamones intentando atrapar a cualquier que rondase las calles, era sin duda una buena idea.

—Está bien, pero ¿querrás hacerme el favor de llevarme la contraria cuando tenga ganas de discutir?

Con qué ganas le habría dado de puñetazos en su pecho de gorila. Y con qué ganas también se lo habría llevado a casa, le habría tumbado en la cama y olvidándose de todas las precauciones se habría dejado llevar sin pararse a pensar lo que podría ocurrir en el futuro.

—Ni lo sueñes —le contestó, y la besó un par de veces en cada mejilla.

—¿Qué va a pasar? —le preguntó.

—¿Por qué me lo preguntas a mí? —respondió, encogiéndose de hombros—. Yo soy el último en enterarse de nada aquí.

Ciertamente le había sorprendido que Peroni no se hubiera enfadado al descubrir lo que Nic, Falcone y ella habían organizado para intentar obligar a Thornton Fielding a delatarse. Había llegado a comprender que Gianni era el policía más honrado que podía encontrarse en toda Roma, y la idea de tener que confiar en Kaspar, aunque fuera por la mejor de las razones, o aunque no hubiera otra opción, era algo que le resultaba profundamente incómodo.

—Ya me he disculpado por eso, Gianni, pero es que no había tiempo. Ni tiempo, ni otra alternativa.

—Lo sé, pero es que no me ha gustado que arriesgaras tu trabajo de ese modo. Colarte en la embajada, llamar a los carabineros... fue una grosería por tu parte no contármelo.

—Lo siento. No volverá a ocurrir, te lo prometo. ¿Y ahora qué va a pasar con nosotros?

—Entre Leo, Nic y yo hemos conseguido cabrear a un montón de gente, y no es la primera vez. Pero no te preocupes, que a ti no te va a pasar nada. Leapman tiene cosas más importantes de las que preocuparse. Además, eres una civil, y te quedas con el premio gordo, que soy yo. La comida ha estado bien, ¿eh? ¿A que no te imaginabas que sabía cocinar así? Podría tenerte la comida en la mesa todos los días cuando volvieras a casa. Ser tu amo de casa.

—Ah, ya. Así que sabes cocinar, ¿eh? ¿Y qué más sabes hacer?

—Déjame pensar... lo de ser guapo no es lo mío, y a veces, hablar tampoco lo es.

Teresa puso la mano en su mejilla con cuidado, pues aún la tenía dolorida de la paliza de Kaspar. Aún le quedaban costras sobre las cicatrices que llevaba en la cara prácticamente toda la vida.

—Lo harás bien, no te preocupes. Y yo me refería a lo que va a pasar contigo y conmigo.

—Ah. ¿Quieres saber si me voy a largar después de que haya pasado todo esto? ¿Si voy a volver corriendo con mi mujer, o si voy a preferir seguir estando soltero?

—Entre otras cosas.

—Como todo el mundo ha andado diciendo estos últimos días, vivimos en un mundo nuevo, guapetona. ¿Quién demonios puede saber lo que va a pasar mañana?

—¿Y quién demonios quiere saberlo?

Peroni le puso su mano como una losa en la mejilla, le alborotó el pelo y luego la abrazó con la fuerza y la envergadura de un oso.

—Feliz Navidad, Teresa —le susurró al oído—. Vámonos pronto a casa, ¿vale? Además a Laila la recogen dentro de una hora poco más o menos.

—Tengo una habitación de más. Si quieres, puede quedarse y...

Él sonrió.

—No tienes por qué hacerlo.

No, se dijo. No era necesario, pero quería ofrecerle la posibilidad. Sentía la necesidad de complacerle, y muy pocos hombres habían suscitado en ella ese sentimiento.

—Trato hecho— dijo, justo cuando Falcone entraba por la puerta de atrás con Laila pegada a los talones.

El comisario parecía el gato que se ha comido al ratón.

EL ESTUDIO ESTABA hecho un desastre. Las telarañas colgaban del techo y se extendían como sábanas blancas. Había lienzos sostenidos en caballetes medio ocultos por telas viejas. Había maletas en el suelo, llenas de polvo. Ni un alma había entrado en aquella habitación desde que su hermana Giulia se marchara a Milán, hacía ya casi cinco años, pero la belleza del lugar seguía siendo evidente. Unos ventanales del techo al suelo ocupaban la pared sur y tanta luz entraba por ellos que en el verano resultaba cegadora.

Para un pintor, o cualquiera que se dedicara a las artes visuales, aquella casa era perfecta. Giulia a veces se quedaba dormida allí en un pequeño sofá, cubierta de salpicaduras de pintura, exhausta.

Emily Deacon fue mirando todos los lienzos uno a uno.

—Tu hermana es buena.

—Lo sé. Buena y entregada a su trabajo, lo que significa que la mayor parte del tiempo está sin un céntimo o persiguiendo comisiones de las agencias de publicidad de Milán. La vida de los artistas, ya sabes.

—Ésa fue una de las razones que me empujaron a estudiar arquitectura. La educación de los Deacon: hay que tener carrera, aunque no te dejen ejercerla después.

Aquella mañana, al llegar a su casa, no le había preguntado nada sobre la reunión que había mantenido el día anterior en la embajada, y ella se había limitado a contarle que se había pasado todo el día de Nochebuena elaborando un informe con un equipo de seguridad y que luego la habían llamado de recursos humanos. Nic sabía lo que significaba todo aquello: procedimientos disciplinarios. O puede que incluso algo peor.

Pero era imposible evitar la pregunta eternamente:

—¿Qué vas a hacer?

Ella se volvió y le miró a los ojos. Estaba feliz. Nada de todo aquello parecía haberla afectado.

—¿Quieres decir si pienso dimitir antes de que me echen?

—Llegado el caso...

—Ya ha llegado, Nic. Ya he presentado mi dimisión. He terminado. Ni siquiera he tenido que recoger mi mesa. Ellos se ocuparán de enviármelo todo. Hasta ese punto me odian. ¿Qué te parece?

—Lo siento.

—¿Por qué? —se rió—. Yo estoy encantada. Puede que no sepa con exactitud quién o qué soy, pero de lo que estoy bien segura es de lo que no soy. Ese trabajo era para otra persona. Además... —una sombra de ira cruzó su cara—, piénsalo. He hecho lo mismo que hizo mi padre hace trece años. Llegó un punto en el que no estaba preparada para tragar más mierda y me hundí. Me olvidé de las reglas. Es más: he actuado como si las reglas no importasen.

—Emily... —se acercó a ella y la cogió por los hombros—. Has hecho lo que tenías que hacer. Todos lo hemos hecho.

—¡Ya lo sé! Pero si llevo una placa es para hacer lo que se supone que debo hacer, y no para hacer lo que me parezca a mí. Ni para solventar mis asuntos personales. Eso es egoísmo puro, y se merecen a alguien mejor que yo. Alguien capaz de ser más profesional, más que Joel Leapman también. Aunque me hubieran dejado quedarme, no habría tardado en volver a liarla, porque es que esa no soy yo. Llevo dentro los genes de un renegado, Nic. Debería haber sabido lo que iba a ocurrir desde un principio. Lo mismo que tú. Y que Gianni. Incluso que Falcone. No sé cómo podéis vivir con ello.

En parte tenía razón. Nic lo reconocía e incluso le asustaba un poco.

—Nic, ¿de verdad habrías intentado detenerlos a todos? Quiero decir si no hubieras conseguido destapar lo de Thornton Fielding y Kaspar se hubiera plantado allí.

—¿Tú crees que lo habría hecho? —le preguntó. Era algo que se había preguntado a sí mismo en varias ocasiones.

—¿Quieres decir si le hubieran dado ese informe en lugar de a Thornton Fielding? Yo creo que sí. Estaba cansado. Estaba hasta el gorro de no tener un céntimo y verse siempre en la calle. Y creo que también estaba asustado de sí mismo, y supongo que para un hombre como él, no hay nada peor. El hecho de no poder controlarse era la última jugarreta del destino. De todos modos... detenerlos tú... no tenías los recursos, y la autoridad la tenían ellos.

—Tener autoridad no es lo mismo que tener razón.

—Eso es cierto. Y tener razón no es lo mismo que ganar.

Costa había evitado meditar esa alternativa. Estaba claro que lo más probable era que hubieran salido perdiendo, aun a pesar de la determinación de Falcone. Fueran cuales fuesen las consecuencias, no habrían permitido que Leapman y Viale hicieran lo que les diera la gana.

—¿Y qué os va a pasar a vosotros? ¿Ya os han echado la bronca?

Nic se encogió de hombros. Él ya había pasado por eso, y puede que aún en peores circunstancias. Viviría con ello sin remordimientos.

—Todo se andará. Ojalá hubiera sabido que todo esto era una especie de juego, Emily. Que eran latas vacías lo que llevabas en el chaleco y no bombas de verdad. Estaba muerto de miedo; yo y todos.

Ella le reprendió con un gesto de la mano tan italiano que tuvo que recordarse que era extranjera.

—Ah, no. No pienso permitir que me critiques por eso. Supongo que en Italia no representan a Gilbert y Sullivan[1], pero ellos dirían que se trataba de un detalle corroborativo que pretendía dar verosimilitud artística a una narrativa que habría resultado estéril y poco convincente. Creyendo que se trataban de bombas de verdad, seguíais concentrados. Era un juego de una única apuesta y no podía correr riesgos.

—Estábamos haciéndole los recados al hombre al que pretendíamos coger —respondió él, que no quería entrar en detalles, pero tampoco deseaba dejar pasar la ocasión de decirlo—. Bastante poco habitual, ¿no te parece?

Ella también quería aclararlo todo.

—También me estabas haciendo los recados a mí, Nic. Fui yo

---

1   Autores de óperas cómicas (N. del T.)

quien te envió a la Piazza Mattei, ¿recuerdas? Kaspar simplemente
aceptó mi corazonada de que tú encontrarías allí algo que él no
había sido capaz de encontrar. Además, ¿de verdad crees que habríamos podido ganar la partida por nuestros propios medios?

Para eso no tenía respuesta preparada.

—Entiendo que te sintieras engañado —continuó Emily—,
pero fue por una causa justificada. Lo siento, pero tengo que
admitir que volvería a hacerlo si fuera la única salida. Bastaba
con mirarte a la cara para que todos se convencieran de que tenían que hacer cuanto dijeras. Además, eran de verdad, lo que
pasa es que no del modo que esperabais.

Él sonrió, y Emily pareció sentirse aliviada de que la conversación no fuese a derivar en un interrogatorio.

—Además —añadió—, Kaspar iba a utilizarme de un modo
u otro, así que tenía que elegir entre ser simplemente un rehén
o seguirle el juego e intentar provocar la situación y ver adónde
nos conducía.

—Sabes que legalmente... —quiso decir, pero no terminó la
frase. Podrían haberla detenido si hubieran querido por obstrucción a la justicia, por falso aviso de bomba, pero Falcone
había descartado inmediatamente la posibilidad de hacerlo.
Otro comisario podía haber tenido una opinión distinta.

—Nadie se atrevería a detenerme por cuestiones legales
—contestó—. Ni a mí ni a ninguno de nosotros. Sería demasiado embarazoso al final. Lo siento, Nic, de verdad. Supongo
que creías conocerme, pero en realidad era imposible. Apenas
hace unos días que nos encontramos por primera vez.

—Eso es cierto.

Levantó la tapa de una caja que había sobre la mesa, el único
objeto de aquella habitación que no estaba cubierto de polvo.

—¿Qué es esto? Son recientes, ¿no?

Eran fotografías en blanco y negro, de tamaño profesional.

—Las recogí ayer en la oficina. Sé que por aquí hay un archivador de fotos y quería conservarlas.

—¿De qué son?

Nadie quería quedarse con las últimas fotografías que había

tomado Mauro Sandri: ni sus padres, temiendo los recuerdos que despertarían en ellos, ni los policías encargados de un caso que ya se había cerrado.

—Son de la noche en que empezó todo. Las hizo el fotógrafo que venía con nosotros. El que murió.

—Ah.

Emily se detuvo en una de ellas. Nic no había tenido tiempo aún de verlas todas, y aquella instantánea era sorprendente.

—No recuerdo haberle visto hacerla —comentó.

Estaba hecha en la comisaría, antes de salir. Mauro debía haberla tomado desde la puerta. Nic aparecía en ella, mostrándole a Peroni un informe en la tele, seguramente del tiempo. Falcone estaba en un segundo plano, observándolos. La foto era muy buena: la seriedad de Costa, el modo en que Peroni, sonriendo, le escuchaba; todo bajo la atenta mirada de Falcone, que los observaba con un resto de sonrisa en los labios de un rostro normalmente inexpresivo.

—Debía ser un buen fotógrafo —dijo Emily—. No es fácil sacar una foto como ésta sin que os dierais cuenta.

¿Qué le había dicho Mauro aquella noche en el café? Que si pedía permiso, todo el mundo se lo negaría.

—Son momentos robados —reflexionó.

—¿Cómo?

—Eso decía Mauro. Que esa era su forma de trabajar.

—Chico listo —comentó Emily, sin apartar la mirada de la foto—. ¿Y sabes lo que hace que sea un trabajo espléndido? Pues que él ha captado algo que todo el mundo veía excepto vosotros tres: que sois un clan, un trío muy unido, lo cual es peligroso. Si estuvierais en el FBI y alguien viera esta foto, no seguiríais juntos ni un día. ¿Puedo quedármela?

—Te haré una copia.

—Vale. Tenemos tiempo.

—¿Tiempo?

—Para conocernos. He tomado una decisión: voy a volver a la universidad. Quiero hacer un master aquí. Hay una escuela muy buena, así que ¿por qué no?

—¿Y qué vas a estudiar?

—Primero quiero aprender a dibujar edificios, y luego, a crearlos. Se llama arquitectura. Es lo que debería haber hecho desde un principio.

Aquello era tan repentino...

—¿Y cuándo?

—En cuanto me admitan —contestó encogiéndose de hombros—. Nada me espera en Norteamérica, y el cambio me vendrá bien. No dejo de pensar en lo ocurrido, y no me refiero a los detalles, sino a las razones. A toda esa gente que se parte la cara por unas absurdas convicciones. Mi padre y Thornton Fielding. Incluso Leapman, a su modo. Todos creían... no, todos *sabían* que estaban haciendo lo correcto, y mira dónde nos han llevado. Estoy harta de tanto credo, de verdad. Quiero volver a tener dudas en mi vida. Además...

Calló un momento. Tenía que estar segura que lo que iba a decir también ella lo tenía claro.

—Mi padre está muerto y enterrado. Antes no era así, pero yo no quería aceptarlo. No estoy orgullosa de lo que he averiguado de él, pero no por eso ha dejado de ser mi padre. Una parte de él siempre me quiso, y ahora mi relación con él es como siempre debió ser. Anoche... —la voz se le quebró—. Anoche lloré hasta quedarme sin lágrimas en la cama de ese apartamento tan impersonal, sola conmigo misma, una almohada mojada, la carta de mi dimisión y mis recuerdos. Anoche puse punto final a todo eso, Nic. A la existencia falsa que he estado intentando llevar por complacer a otros. ¿Y sabes qué?

La duda, algo que Nic no estaba acostumbrado a ver en ella, le brillaba en la mirada.

—Es como si hubiera hablado con él, y tuve la sensación de que me comprendía. Tu padre también murió, así que ¿te parece una locura?

Aquella mujer no dejaba de sorprenderle. Siempre iba directa al meollo de las cosas, sin tenerle miedo a las palabras. Él había nacido en aquella granja y había visto a su padre pasar de ser un hombre joven a otro de mediana edad para terminar

siendo un hombre tullido, enfermo y prematuramente enveje-
cido. La comprendía perfectamente.

—¿Y qué le dijiste?

—Pues todas las cosas que no le dije cuando estaba vivo. Que
no habíamos sabido disfrutar de los buenos momentos como
deberíamos haber hecho, y que sin embargo le dábamos más
importancia de la debida a los malos. Y de que siempre llega
un momento en que dejas de ser un niño y tienes que cortar el
cordón, por mucho que eso pueda doler.

Costa no sabía qué decir. Nunca había tenido una conversación como aquella con nadie.

—No dices nada, Nic.

—¿Te sentiste mejor después?

—Mucho —sonrió—. Y lo más descabellado de todo es que
me dio la impresión de que él también.

Volvió a dejar la foto de Mauro con las demás y las palabras
del fotógrafo volvieron a su memoria.

—Conozco esa sensación.

—Vaya... —murmuró, acercándose a él con los ojos brillantes—. Te ha costado lo tuyo.

—¿Dónde vas a vivir? —le preguntó, desesperado por cambiar de tema.

—Esa es la primera de mis dudas. No tengo ni idea.

Estaba enrojeciendo. Ojalá no se notara.

—Esto... que voy a decirte, no es algo a lo que tengas que contestar ahora mismo. No es más que una idea. Sin compromisos.

—Vale.

—Como ya sabes, tengo esta enorme casa para mí solo. Puedes usar el estudio si quieres, o una de las habitaciones. Sin
obligaciones. Tú decides.

Emily no tardó en contestar.

—Has dicho que sin obligaciones. Eso significa que tendré
que pagarte un alquiler.

—Claro —contestó Nic, haciendo un gesto nervioso con la
mano—. Un alquiler. Y no hay prisa. Tómate tu tiempo.

—De acuerdo.

—Y...

Sentía cómo le ardían las mejillas. Qué horror.

Ella frunció el ceño.

—¿Estás seguro de que eres italiano?

—Es que... no quiero que tomes una decisión precipitada. Contéstame cuando quieras.

—¡Pero Nic! —exclamó, y su voz subió unos cuantos decibelios—. Ya lo he pensado, y te he dicho que vale. "Vale" significa que sí, que me encantaría quedarme una temporada. Limpiar un poco el polvo, ver cómo salen las cosas. Sería un... placer.

Sus ojos azules se clavaron en él divertidos y pícaros.

—Sólo una cosa —añadió.

—¿Sí? —tragó saliva.

Se acercó a él y deslizó la mano por el cuello hasta su nuca. Unas descargas eléctricas le estremecieron de arriba abajo.

—¿Podríamos dormir juntos por lo menos una vez antes de que empiece a pagar el alquiler? Es que si ocurriera después, me resultaría bastante... raro.

—¿Purdah[2]? ¿Pero dónde demonios...

Peroni miró a Laila, que parecía asustada ante su repentina explosión.

—¿Dónde demonios está Purdah? En el norte, ¿a que sí? Quieren que dimita. Saben que no aguanto a los cerdos del norte.

—Gianni... —Teresa Lupo estaba de pie frente a él, con los brazos cruzados y cara de estársele agotando la paciencia—. *Purdah* no es un lugar. Es... es... digamos una...

—Metáfora —intervino Emily.

—Más o menos.

Peroni hizo un gesto airado con su manaza.

—¿Y se puede saber dónde está esa metáfora cuando se refiere al sitio en el que voy a vivir? ¿Alguien quiere decírmelo?

---

2   "Cortina" en lengua urdu, empleado por las mujeres en el Islam para cubrirse el rostro.

A Nic Costa no le gustaba ni una pizca la cara del comisario. Su expresión era astuta, divertida y cerrada como un baúl.

—Un momento —dijo, señalando al comisario con el dedo—. No estamos de servicio, te has comido mi comida y te has bebido mi vino. Hoy, precisamente hoy, tengo derecho a llamarte Leo. ¿Queda claro?

Sólo consiguió de él que frunciera el ceño.

—¿Se puede saber qué está pasando?

Falcone respiró hondo.

—Como intentaba explicaros antes de que el volcán entrase en erupción, tengo noticias. He hablado con la Questura, y con alguien más.

Señaló una botella que había dejado sobre la mesita baja, y con una sonrisa y un gesto invitó a los demás a coger los vasos que él mismo había traído de la cocina.

—Esto es champán —anunció mientras servía—, y no *prosecco,* gracias a Dios. Lo llevaba en el maletero del coche... por si acaso.

—No queremos hablar del vino, Leo —protestó Teresa, tomando un trago del espumoso—. Hechos, por favor.

—Hechos —corroboró Falcone—. Moretti se va a retirar inmediatamente, lo mismo que Filippo Viale. No habrá proceso judicial contra ellos, ni se seguirá con las investigaciones. Todo quedará olvidado, y dadas las circunstancias, es lo mejor. Kaspar será juzgado en Italia, naturalmente, y se declarará culpable, lo cual disminuirá la publicidad en cierto modo. Y... —miró a Costa y a Peroni—. Y nosotros tres nos vamos a purdah.

—¿Quieres dejar de decir eso? —rugió Peroni—. ¿Durante cuánto tiempo?

—Un poco.

Costa conocía aquellos tejemanejes.

—¿Un poco poco, o un poco mucho?

—Más bien un poco mucho. Tenemos que dejar que las cosas se enfríen.

—¡Mierda! —Peroni cerró los ojos y empezó a rezar en voz

baja—: por favor, que no esté en el norte. Por favor, que no esté en el norte. Por favor...

Falcone le escuchaba, distante y en silencio.

—¿Adónde, Leo? —le gritó por fin, incapaz de contenerse.

—A Venecia —contestó sin emoción alguna.

Nic parpadeó varias veces. Emily se había colgado de su brazo. Ella se quedaba en Roma, a vivir bajo su mismo techo, y él se largaba al otro extremo de Italia, a ver las aguas grises de la laguna subir y bajar con la marea, solo.

—Me encanta Venecia —dijo ella, y apretó su brazo—. No está demasiado lejos.

—¿Yo también voy? —preguntó Teresa.

—No —contestó Falcone, sorprendido—. Es un asunto policial. ¿Qué tiene que ver contigo?

—Eh... nada, nada. ¿Venecia? —estaba intentando recordar algo—. He estado allí sólo una vez, al menos desde que acabé el instituto. Me emborraché después de un partido de rugby en Padua, y no recuerdo demasiado, la verdad. Pero...

Miró a Laila. La pobre no sabía de qué iba la vaina.

—No está lejos de Verona, Gianni. Así podrás visitar a Laila siempre que quieras. Yo también podría ir de vez en cuando, si tú quieres.

Teresa acarició el pelo de la niña y ella le sonrió. Con una sonrisa de verdad que obligó a Teresa a contener el deseo de abrazarla.

—No soporto Venecia —dijo Peroni—. Hay mucha humedad, hace frío y es horrible. La comida apesta y los venecianos son vagos, mentirosos, falsos...

Falcone miró su reloj.

—Empezamos el lunes de la semana que viene. Mientras tanto, será mejor no dejarse ver por la Questura. Tomaos unas vacaciones. Disfrutad.

Parecía distinto. Por una vez, Leo Falcone parecía estar verdaderamente contento, libre al fin de todas aquellas cargas invisibles que siempre parecía llevar sobre los hombros. Tenía ganas de cambiar. Lo necesitaba. Quizás lo necesitaban todos.

—Hemos hecho lo correcto —declaró el comisario y sonrió a Emily—. Particularmente tú. Si Nic no hubiera ido a la Piazza Mattei...

—No fue más que un tiro al aire, Leo. De verdad.

—¿De verdad? —insistió.

Ella suspiró.

—Es que hace tanto tiempo... puede que fuera sólo cosa de mi memoria, pero recordaba haber estado sentada en aquella fuente, debajo de las tortugas, acabándome un helado. Era verano y hacía mucho calor. Mi padre me había dejado allí para entrar en una de las casas de la plaza. No era la primera vez que ocurría, creo yo, pero aunque nunca llegué a ver quién era, sí que tuve la impresión de que era alguien que él conocía.

Emily miró a Laila, a quien la conversación estaba resultando aburrida y se había puesto a leer una de esas revistas de adolescentes que Gianni le había comprado.

—Recordaba el nombre del sitio por las tortugas, y recuerdo que entonces era tan feliz que pensaba que aquel mundo nunca desaparecería —y añadió con cierta tristeza—. Era una niña.

Falcone asintió.

—Tuviste mucho valor para hacer lo que hiciste. Lo arriesgaste todo —miró a los demás—. Os estoy muy agradecido. A todos.

—No me abraces —se burló Peroni—. Ni se te ocurra. Venecia... ¿*Venecia*? ¿Pero qué le está pasando a mi vida?

—Que está dando un pequeño giro —le contestó el comisario—. Disfrutémoslo. Y ahora... —apuró su copa y miró el reloj—. Tengo que irme. *¡Ciao!*

Tan deprisa se movió que tenía el abrigo puesto y estaba ya en la puerta antes de que nadie hubiera tenido tiempo de protestar. Pero se detuvo aún antes de salir para añadir algo.

—Ah, una cosa más.

Peroni y Costa lo miraron asustados.

—Uniformes —dijo—. Los vais a necesitar. Mejor que os tomen medidas después de las vacaciones, cuando hayáis perdido un poco de peso.

Y se largó dejando una verdadera tormenta tras de sí.

TÍTULOS PUBLICADOS DE LA
SERIE NIC COSTA

La Sangre de los Mártires

En el silencio de una sala de la Biblioteca Vaticana... un profesor es abatido a tiros tras mostrar la prueba de un horrible crimen. Poco después, dos cadáveres aparecen en una iglesia cercana, mutilados de forma espantosa...

Nic Costa es un joven y peculiar policía que se verá envuelto en la ola de aterradores crímenes que van a sacudir los cimientos de la Ciudad Eterna. Conectada de alguna forma a estos asesinatos está Sara Farnese, una enigmática joven que pronto subyugará el alma de Nic.

La caza del asesino salpicará a políticos y religiosos, pero para desaliento de Nic, todas las pistas conducen una y otra vez a Sara Farnese...

La Villa de los Misterios

En las afueras de la ciudad de Roma una pareja americana, cegada en su afán por poseer un objeto auténtico de la Antigüedad, se ve desbordada ante un descubrimiento que hará estremecer a la Ciudad Eterna.

Teresa Lupo, patóloga inconformista, cree tener la víctima de un antiguo ritual pagano en sus manos. El inspector Leo Falcone, sin embargo, y a pesar de los primeros indicios que apuntan hacia esta tesis, cree que están ante un asesinato reciente y que sin duda necesita ser esclarecido cuanto antes. Así empieza una investigación que llevará a la policía hasta los secretos más inquietantes, siniestros y oscuros del hampa romana.

OTROS TÍTULOS DE ESTA COLECCIÓN

CUADRADO PERFECTO
Reed Farrel Coleman

EL ÚLTIMO PUENTE
Elizabeth Becka

REPTILIA
Thomas Thiemeyer

LA SOMBRA DE LUCIFER
David Hewson

LA CIUDAD PERDIDA
James Rollins

EL SILENCIO DEL MIEDO
Kathryn Fox

DOCE OLAS
Andrés Jal

EL ÚLTIMO REFUGIO
Chris Knopf